KB038151

# 위대한 소원

## VII

# 위대한소원 7

**초판 1쇄 인쇄** 2019년 5월 8일
**초판 1쇄 발행** 2019년 5월 22일

**지은이** 하늘가리기
**발행인** 오영배
**편집** 편집부
**디자인** Another
**본문편집** 오정인
**제작** 조하늬

**펴낸곳** (주)삼양출판사 · 피오렛
**주소** 서울시 강북구 도봉로 173
**대표 전화** 02-980-2112 / **팩스** 02-983-0660
**편집부 전화** 02-987-9393 / **팩스** 02-980-2115
**블로그** blog.naver.com/dan_gul
**출판등록** 1999년 3월 11일 제9-00046호

ISBN 979-11-283-9658-8 (04810) / 979-11-283-9651-9 (세트)

**fioret** 은 (주)삼양출판사의 로맨스 판타지 문학 브랜드입니다.

ROMANCE FANTASY NOVEL
하늘가리기
로맨스 판타지 장편 소설
위대한 소원
The Great Wish
VII

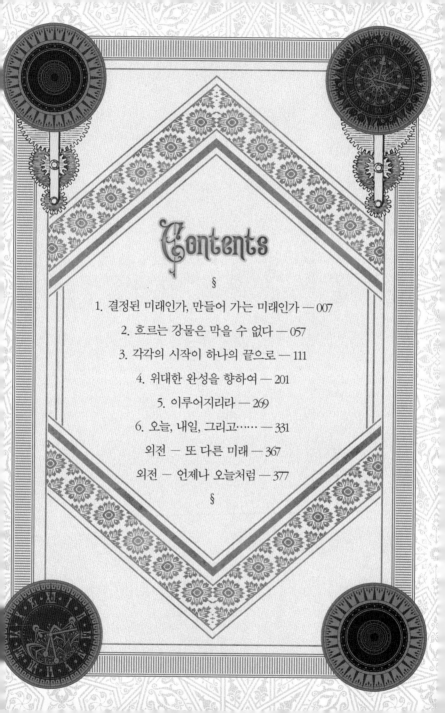

# Contents

§

§

# 1장

## 결정된 미래인가, 만들어 가는 미래인가

"전하."

시에나는 눈을 떴다. 무거운 눈꺼풀을 억지로 들어 올리며 옆에 있는 사람을 확인했다. 베스였다.

"전하. 한 시간만 주무신다고 깨워 달라고 하셨습니다."

"……그랬지."

조금 전에 눈을 감은 것 같았는데 어느새 한 시간이 지난 건가. 자꾸 눈이 감긴다. 들러붙는 잠기운을 떼어 내기가 힘들었다.

시에나는 속으로 하나, 둘, 셋을 세면서 흔들의자에 기댔던 등을 떼고 허리를 세웠다. 두 손으로 눈두덩이를 꾹 눌렀다가 일어났다.

"철왕비는 입궁했소?"

오늘은 공작 저에 나가 지내던 철왕비가 입궁하는 날이있다. 출산 예정일이 얼마 남지 않았기 때문이다.

며칠 전부터 철왕궁은 본격적인 출산 준비를 시작했다. 철왕궁에 상주하는 의사 숫자를 늘리고 시녀들은 산모와 아이를 보살피는 방법을 교육받았다.

"예. 조금 전에 입궁하셨다고 소식을 받았습니다."

"인사하러 가야겠군."

"전하. 괜찮으십니까?"

시에나가 베스를 돌아보았다. 의아한 표정을 지었다.

"내게 묻는 거요?"

"요즘 거의 매일 낮잠을 주무십니다. 전에 없던 습관이 생기셨습니다."

"사막 지역은 낮에 기온이 워낙 높아서 움직이기 어렵소. 그래서 낮잠이 관습이었지. 아마 그곳에서 매일 낮잠 자던 버릇이 아직 남은 듯하오."

시에나가 돌아온 지 열흘이 넘었다. 다른 사람도 아닌 은왕께서 잠깐 다녀온 지역의 관습을 떨쳐 내지 못한다는 점을 베스는 이해할 수 없었다.

베스는 자신이 어제 뭘 먹었는지는 가물가물해도 시에나에 관한 일만큼은 기억력이 비상했다.

그래서 사막에 다녀온 후 어딘가 이상한 시에나의 상태를 금방 알아차렸다. 그 후 계속 관찰했다. 눈에 띄는 변화는 낮잠뿐만이 아니었다.

"식사량도 부쩍 줄었습니다. 입맛이 없다며 거르신 적도 있고요."

"건강에 문제가 될 만큼 먹지 않은 적은 없소."

"입에 거슬린다며 생선 요리는 올리지 말라고 하셨지요."

"나도 먹기 싫은 음식이 있지."

그러나 베스는 시에나가 편식을 하는 모습을 처음 봤다.

"지금도 속이 불편하십니까?"

"괜찮소."

"하지만 괜찮다가도 갑자기 속이 울렁거리시지요. 설마 아직까지 뱃멀미하실 리는 없을 겁니다."

"……."

시에나는 여전히 영문을 모르겠다는 표정이었다. 베스가 뭔가를 말하고자 하는 뜻은 알겠는데 그뿐이었다.

"전하."

베스가 차마 말을 잇지 못하고 한숨을 내쉬었다.

"마지막 달거리는 언제 하셨습니까?"

시에나가 기억을 더듬어 날짜를 말했다. 베스가 날짜를 계산했다.

"날짜가 안 맞습니다. 일주일이 더 늦으셨군요."

"달거리 날짜는 좀 빠를 수도, 늦춰질 수도 있다고 들었소."

"그렇긴 합니다만, 전하께서는 주기가 정확합니다. 그리고 지난 달에 조금 늦어졌다 쳐도 이번 달 달거리를 시작하실 날짜가 지났습니다."

시에나의 표정이 조금씩 변했다. 그녀는 눈을 깜빡이며 베스를 보다가 천천히 시선을 아래로 내렸다. 자기도 모르게 한 손으로 배를 감쌌다.

"하지만 지난달에 달거리를……."

베스가 마른침을 삼켰다. 입안이 바싹 말랐다.

"아이가 자리를 잡을 때 마치 달거리처럼 하혈하기도 합니다. 제 며느리가 그랬습니다."

베스는 침묵하는 시에나의 표정을 살피며 숨을 죽였다. 지금 되짚어 보면 임신의 전형적인 증상인데도 그동안 연결 지을 생각 자체를 못 했다.

그런데 며칠 전, 엠마가 백작 저에 찾아와 임신 소식을 전했다. 축하 덕담을 건네다가 불현듯 스치는 생각이 있었다.

얼마나 기가 막히던지. 부디 자신의 억측이기를 바랐다.

"아마……."

베스는 바짝 긴장해서 이어질 말을 기다렸다.

"최소한 두 달은 넘었군."

베스는 시에나의 입가에 떠오른 미소를 보자 명치가 콱 막히는 것 같았다.

"전하!"

버럭 소리쳤다가 스스로 화들짝 놀라 두 손으로 입을 막았다.

"송구합니다, 전하. 제 목소리에 놀라지는 않으셨지요? 초기가 가장 불안정한 시기입니다. 조심하셔야 합니다. 정말 이게 무슨 일입니까. 아기라니요. 언젠가 전하께서 낳으시는 아기님을 안아 보는 꿈을 꾸었지만, 이런 식은 아니었단 말입니다."

시에나는 손으로 입을 가리며 쿡쿡 웃었다.

"백작부인. 걱정하든지, 화를 내든지, 둘 중 하나만 해요."

"지금 웃음이 나오십니까?"

베스는 속상해 죽겠다는 표정에 눈에는 눈물이 그렁그렁했다.

"이 방법밖에 없소."

"예?"

동굴에서 그와 단둘이 지낼 때는 '아이가 생겨도 어쩔 수 없지.' 라고 생각하는 정도였다. 그런데 지난달 달거리를 시작한 줄 알고 허탈한 기분이 들었을 때 자신의 실망감에 스스로 놀랐다.

그 후 천천히 생각해 봤다. 그리고 배를 타고 돌아오는 길에 결론을 내렸다.

결정적인 계기는 스테판이었다. 스테판은 '두 사람 문제로 당신이 힘들어하면 쿤은 물러날 것이다.'라고 말했다.

시에나도 동감했다. 그 남자는 그럴 거다. 쿤과 사막에서 재회했을 때 그가 했던 말을 기억했다.


「당신을 원하는 내 욕심이 과하다면 다 놓을 수 있어.」


그 남자가 절대 도망치지 못하도록 꽁꽁 묶어야겠다고 생각했다.

그는 자식을 절대 포기 못 할 것이다. 꿈속에서 공왕이 끈질기게 황제 곁을 맴돈 이유는 두 사람 사이에 태어난 아들 때문이었다.

"그 남자와 결혼하려면 이 방법뿐이야."

"전하……."

쿤이 제국으로 돌아오면 그를 만나서 얘기하려 했다. 당신 아이를 갖고 싶다고 하면, 쿤은 어떤 표정을 지을까.

멍하게 넋 나간 그 남자 표정이 얼마나 귀여운지 다른 사람은 모를 거다. 오직 자신에게만 보여 주는 빈틈이었다.

그 모습을 볼 수 있겠구나, 기대하며 그와 재회할 날을 손꼽아 기다렸다. 그런데 이미 아이가 배 속에서 자라고 있었을 줄이야.

태아가 막 자리 잡을 시기에 안정을 취하지 못했다. 환경은 낯설었고 사막을 횡단하느라 사흘 동안 말을 탔으며 뱃길이 열흘이었다.

시에나가 배를 감싼 손으로 조심스럽게 쓸었다. 잘 견디어 준 아이가 대견했다. 튼튼한 아이가 태어날 것 같다.

"전하. 그렇게…… 그분이 좋으십니까? 전하께서 이러실 만큼이요?"

"백작부인. 나를 마치 대책 없는 사고를 친 아이 보듯 하는군."

베스가 맺힌 눈물을 닦으며 시선을 돌렸다. 부루퉁하게 중얼거렸다.

"제가 어찌 감히."

"백작부인. 알지 않소? 난 항상 최선의 해결책을 생각하지. 이 아이는 사고가 아니라오."

베스는 시에나를 물끄러미 바라보다가 체념처럼 한숨을 내쉬었다. 시에나가 당황하여 안절부절못했다면 베스는 억장이 무너졌을 것이다.

하지만 여유롭고 당당한 평소의 은왕 모습에 베스도 휩쓸렸다.

'그래. 은왕 전하께 누가 뭐라 할 수 있겠나. 신족의 탄생은 마땅히 축복……'

"아."

베스가 짤막한 비명을 질렀다. 안색이 파리하게 질렸다.

"전하. 감히 여쭈옵니다. 아기님의 아버지가 라드 후작님이 맞습니까?"

시에나가 웃으며 대답했다.

"설마 아닐까 봐 묻는 거요?"

"전하. 그분은 공작가 혈통이 아닙니다."

그러니까 태어날 아이는 신족이 아닐 것이다. 시에나는 생략된 말을 알아들었다.

시에나는 고개를 끄덕였다.

"백작부인도 소문을 들었겠지. 철왕의 외가."

베스가 입술을 꼭 깨물었다. 아직 공인되지 않았으나 소문은 파다했다. 궁인들끼리도 둘만 모이면 수군거렸다.

그런데 베스는 지금껏 모른 척했다. 차마 시에나에게 물을 수 없었다.

"소문은 사실이오. 철왕께서 폐하의 뒤를 잇게 될 거요."

"전하."

시에나가 아이를 가진 것보다 후계 자리가 철왕에게 넘어간다는 사실에 베스는 더 속이 상했다.

베스는 시에나가 얼마나 철저하게 자기 자신을 관리하며 노력했는지 곁에서 봤다. 오히려 혈통이 은왕의 노력을 깎아내린다고 생각했다. 스스로 자신의 자리를 만든 분이었다.

베스는 눈을 깜빡여 눈물을 참았다. 은왕께서 대범하게 미소짓는데 자신이 주책맞게 억울하다며 울 수는 없었다.

"아케론 가문이 복권했으나 이름뿐이오. 철왕의 힘이 되어 주기에는 부족하지. 내가 라드 후와 결혼하면 철왕의 부담이 한결 줄 거요."

베스가 눈을 흘기며 말했다.

"철왕 전하 핑계는 대지 마셔요. 후작님이 공작가 혈통이라도 결혼하실 거면서."

시에나가 웃음을 터뜨렸다.

"장차 계획은 어찌 되십니까?"

"당분간 비밀이오. 지금은 철왕비 출산이 우선이니까."

"그 후에는요?"

"폐하를 뵙고 허락을 청할 거요. 아이를 가졌다고 하면 폐하께서 안 된다고 말씀 못 하시겠지."

제국의 혼인법에 따르면 혼인 신고서를 제출 후 황제가 허가하는 방식으로 혼인이 성립된다.

형식적 절차이지만 황제가 허가권을 행사하는 경우가 가끔 있었다. 사회 통념상 도무지 인정할 수 없는 혼인이나 신분 격차가 있는 혼인은 혼인 당사자의 친지 요청으로 심판이 열린다.

최종심까지 올라가면 황제가 혼인 무효를 선언했다.

그러나 반대를 무릅쓰고 야반도주한 연인이 잡혀 와도 아이가 있으면 예외였다. 그들은 오히려 법으로 보호받았다.

시에나는 그와의 결혼이 불가능하다고 생각하지 않았다. 꿈속에서도 결혼했으니까.

쿤은 황제한테 직접 작위를 받았다. 누구도 그가 제국 귀족이 아니라고는 말하지 못할 것이다.

신족이 공작가 혈통이 아닌 귀족과 결혼하면 안 된다는 법은 없었다. 법적인 문제는 없으나 방해자는 많을 것이다. 하지만 아이가 곧 태어난다고 하면 말릴 명분이 없다.

"설마 혼자서 폐하를 뵐 생각은 아니시지요?"

"안 되는 거요?"

"안 되고 말고요. 라드 후작님과 함께 가셔야지요. 후작님이 폐하 앞에 엎드려 죄를 청해야지요."

말하다가 점점 흥분해 씩씩대는 베스를 보며 시에나는 고개를 갸웃했다.

"죄를 청해? 왜?"

"전하께서는 미혼이시니까요."

"내가 미혼인 것이 왜?"

"전하의 명예가."

"내 명예는 그렇게 하찮지 않소."

"뒷말이 무성할 겁니다."

"백작부인. 나는 신족이라오."

"예, 압니다."

"신족은 색사에 거부감을 느끼지 않도록 교육받소. 철왕도 황제 폐하께서 혼인하시기 전에 탄생했지."

"……."

"라드 후 역시 미혼이오. 그럼 나도 그의 부모님께 사죄해야 하나? 그리고 아이는 둘이 함께 만든 거요."

"전하."

베스가 얼굴을 붉혔다가 고개를 설레설레 내저었다. 은왕이 보통 사람과 생각하는 방식이 다르다는 것을 새삼 깨달았다.

"제가 오늘 처음으로 전하의 친어머니가 아니라서 억울합니다."

"무슨 말이오?"

"전하께서 제 딸이었으면 라드 후작님을 마구 때려 줬을 겁니다."

시에나가 싱긋 웃었다.

"라드 후를 미워하지 마시오. 안 그래도 라드 후가 백작부인한테 밉보였다고 걱정이 많소."

베스가 샐쭉한 표정으로 물었다.

"후작님은 언제 오십니까?"

"글쎄. 올해 안으로 오겠다고 약속은 했는데……."

올해가 끝나기까지 이제 보름 남짓 남았다.

*　　*　　*

매년 송년 연회는 한 해의 마지막 달 중순께에 열린다. 그런데 철 왕비의 출산 예정일이 그즈음이었다. 어쩔 수 없이 송년회는 해가 바뀌기 직전의 아슬아슬한 날짜까지 뒤로 미루어졌다.

연회 준비에 언제나 흥이 넘쳤던 패트리샤가 이번에는 즐겁지 않았다. 연회 따위는 아무래도 좋을 만큼 신경 쓰이는 일들이 너무 많았다.

"그 정도로 됐다. 알아서 해라."

패트리샤가 심드렁하게 손을 내저었다.

시녀가 적왕의 진의를 살피듯 눈치를 보다가 대답하며 물러갔다.

패트리샤가 소파에서 일어나 발코니로 갔다. 닫힌 창 너머로 작은 눈송이가 바람에 날리는 광경을 응시했다.

'얼마 만에 보는 눈인지 모르겠구나.'

아까 철왕궁에서 보낸 시녀가 다녀갔다. 입궁 소식과 더불어 몸이 무거워 뵈러 오지 못해 송구하다는 철왕비의 인사말을 전했다.

'왜 효과가 없었을까.'

철왕비는 조산의 기미를 보이지 않았다. 건강한 모습으로 출산을 위해 환궁했다.

그 독초가 효과를 나타낼 수 있는 최종 시기가 이미 지났다. 꽉찬 여덟 달이 한계선이었다. 워낙 튼튼한 신족은 팔삭둥이로 태어나도 무사히 자랄 테니까.

'철왕비가 약이 안 듣는 체질이었나?'

독초의 효능을 알아내기 위해 다양한 실험을 해 보니까 독초가 꼭모든 사람에게 같은 효과를 나타내지 않았다. 극단적인 예로 누군가는 생사를 헤매는데 누군가는 가벼운 배앓이로 넘어가기도 했다.

'운이 좋군.'

패트리샤가 짜증스레 한숨을 내쉬었다. 아이가 태어난 후에는손을 쓰기가 어렵다. 철왕비 문제 외에도 최근 황제의 행보에 걸리는 부분이 있었다.

엊그제 송년회 준비 문제로 황제를 알현하러 갔다. 하지만 만나지 못하고 되돌아왔다. 황제가 며칠 전부터 모든 알현 일정을 미루었단다.

'뭘 꾸미고 계시는 걸까.'

패트리샤는 아버지가 남겨 주신 시종장 카드를 너무 일찍 써 버린 것이 후회됐다. 더구나 그때 계획한 일이 잘 풀렸으면 모를까, 하지 않으니만 못했으니.

시녀가 조용히 다가와 고했다.

"적왕. 리먼 공작님께서 오셨습니다."

"뭐?"

패트리샤가 깜짝 놀라 돌아봤다.

"언제? 지금?"

"예, 바깥에서 기다리십니다."

"어서 안으로 모셔라."

잠시 후 더그가 들어왔다. 패트리샤는 몇 개월 만에 더그를 보자 만감이 교차했다. 오라버니가 크게 의지 되지 않는 사람이라고 생각했는데 뜻밖에도 그 빈자리가 컸다.

더그를 바라보는 패트리샤의 눈시울이 붉어졌지만, 더그는 무뚝뚝하게 패트리샤를 지나쳐 소파로 갔다.

당황한 패트리샤는 시녀들을 전부 내보내고 더그 앞에 마주 앉았다.

"오라버니. 언제 오신 거예요?"

"너는 제대로 수습할 자신이 없으면 애초에 시작하지를 말았어야지."

패트리샤가 멍하게 더그를 쳐다봤다. 오랜만의 만남에 인사는커녕 다짜고짜 타박이라니. 패트리샤가 붉은 입술을 앙다물었다. 그녀도 나름대로 더그에게 불만이 많았다.

"밑도 끝도 없이 무슨 말씀이세요? 오라버니야말로 저와 한마디 상의도 없이 지원금을 끊어 버리셨지요. 그건 아버지가 살아 계실 때부터 해 주신 일이라고요. 오라버니가 무슨 권리로요?"

"무슨 권리? 아버지가 아니라 내가 지금은 리먼가의 주인이다. 네가 멋대로 리먼 가문의 재물에 손댈 권리는 없어."

"제가 황궁에 들어오지 않았으면 리먼 가문이 지금 영광을 이룰 수 있었을 것 같아요?"

"네 덕분에 가문이 덕을 봤으니 가문이 몰락하는 꼴을 봐야 속이 시원하겠다는 거냐?"

패트리샤가 미간을 찌푸렸다.

"네 짓이라며. 네가 사주해서 사절단을 암습했다지?"

패트리샤의 안색이 창백해졌다.

"무, 무슨……."

"그놈이 언젠가 사고 칠 줄 알았다. 아버지가 그 천하고 음습한 놈을 가까이하시는 게 항상 마음에 걸리더라니, 기어이!"

더그가 부드득 이를 갈았다.

패트리샤는 더그가 혐오를 드러내는 대상이 누군지 눈치챘다. 얼마 전에 은왕이 적왕궁에 왔을 때 슬쩍 속을 떠봤다. 은왕이 여정 중에 별일은 없었다고 하기에, 흐지부지 잘 넘어갔구나, 마음을 놓았건만.

"오라버니……"

"대체 왜! 왜 그런 짓을 한 거냐!"

더그의 표정이 사납게 일그러졌다. 원망과 적의가 가득했다. 패트리샤가 처음 보는 오라버니의 낯선 얼굴이었다.

"처, 철왕. 철왕이 가는 줄 알았어요."

패트리샤는 기세에 눌려 시치미 뗄 생각도 못 했다. 더듬더듬 자신을 변명했다.

"나와 상의도 없이 이런 일을 벌여?!"

더그는 울분을 쏟아 내듯 버럭 소리 질렀다.

이제 겨우 공작령의 난리를 수습하는가 싶었다. 공작가의 자산을 천것들에게 넘기고 자존심도 구겼다. 피눈물을 쏟는 심정이었다.

은왕은 리먼 가문이 아케론 공작령을 통해 얻은 이득에 이자를 붙여 구체적인 금액을 결정해 통보했다.

어마어마한 금액에 입이 벌어졌다. 감당할 수 없다고 했더니 '재물을 끌어안다 가문을 버릴 것이냐'라는 싸늘한 대답만 돌아왔다. 은왕은 집행이 제대로 이루어지는지 블레스 공작가를 통해 감독관까지 붙였다.

더그는 이 위기만 넘기면 된다는 마음으로 자신을 다독였다. 재물은 또 모으면 된다고, 돈으로 가문을 구할 수 있으면 오히려 돌아가신 아버지도 칭찬하실 거라고 생각했다.

그런데 간신히 빠져나오던 구렁텅이에 다시 굴러떨어졌다.

이건 재물로 해결될 문제가 아니었다. 사절단과 황족 시해 음모에 공작가 사람이 연루되었다.

은왕이 철저하게 증거를 확보한 상태로 통보해서 발 뺄 여지도 없었다. 가문의 명운이 걸린 약점이 잡혔다. 자신이 가주로 있는 내 내 이 일이 발목을 잡을 것이다.

"오라버니는 뭘 잘했다는 거예요? 제가 철왕을 처리해야 한다고 그토록 말했잖아요. 오라버니가 늦장을 부려서, 봐요. 이 지경까지 오게 되었다고요!"

지지 않고 말대꾸하는 누이를 보며 더그가 헛웃음을 흘렸다. 그는 싸늘하게 빈정거렸다.

"그래. 넌 절대 제 잘못을 모르지. 어미가 되어서 제 자식을 죽이려 했으면서."

"아니에요!"

패트리샤가 비명처럼 소리쳤다.

"아니라고요. 은왕을 해치려던 게 아니었어요. 난 철왕을, 철왕을!"

"글쎄. 은왕도 그렇게 생각할까?"

"오라버니."

패트리샤가 소파에서 내려와 무릎걸음으로 더그에게 다가갔다. 두 손으로 더그의 다리를 잡았다.

"은왕은 몰라야 해요. 은왕이 알면 절대 안 돼요."

더그는 가련한 표정의 누이동생을 차갑게 내려다봤다. 가증스러 웠다.

"네 죄를 내가 뒤집어쓰라고?"

"그건…… . 몰라요. 어쨌든 오라버니가 알아서 수습해 주세요. 제가 했다고 하면 안 돼요. 은왕이 알면 절대 저를 두 번 다시 보지 않을 거예요."

패트리샤는 필사적이었다. 그녀는 온몸으로 엄습하는 한기를 느꼈다. 그건 공포였다.

리먼 가문의 오누이가 비극적인 재회를 하는 그 시각, 또 다른 오누이도 만나는 중이었다.

시에나가 환궁한 비올렛에게 인사하러 철왕궁을 방문했다. 비올렛이 낮잠이 들어 디안이 시에나를 맞이했다.

"이제 더는 오트밀을 먹지 않아도 되니까 살겠어요."

시에나가 미소지었다. 철왕의 우스갯소리가 자신의 마음을 가볍게 해 주려는 위로임을 알아차렸다.

다행히 비올렛에게 아무 탈이 없었지만, 어마어마한 사건이었다. 신족을 회임한 왕비를 중독시키려 했다. 공론화하면 제국이 발칵 뒤집힐 일이다.

하지만 디안은 모든 처분을 시에나에게 맡겼다. '어떤 식으로든 어머니가 대가를 치르게 하겠다'라는 그녀의 말을 믿었다.

시녀가 다급히 철왕의 곁으로 다가왔다.

"전하. 왕비님께서 진통을 시작하신 것 같습니다."

"뭐?"

디안이 놀라 벌떡 일어났다. 시에나도 덩달아 놀라 일어났다.

"아직 예정일이…… . 의사는 불렀느냐? 왕비 상태는? 아니지, 내가 가서 봐야겠다."

디안은 시에나를 챙길 정신이 없었다. 서둘러 응접실을 뛰어나 갔다.

시에나는 응접실에 남아 꽤 한참을 기다렸지만, 디안은 오지 않 았다. 시녀를 불러 이것저것 묻고 싶은 마음을 꾹 참고 은왕궁으로 돌아왔다.

"아직 예정일이 아닌데 이게 무슨 일인지 모르겠소."

시에나가 몹시 걱정하자 베스가 말했다.

"예정일보다 며칠 이르게 태어나는 일은 종종 있습니다. 너무 염 려 마셔요."

"그렇소?"

시에나는 한 시간에 한 번씩 시녀를 불러 철왕궁에서 소식이 오 지 않았느냐고 물었다. 시에나가 세 번째로 시녀를 부르자 베스가 웃으며 말했다.

"전하. 느긋한 마음으로 기다리셔야 합니다. 아무리 빨라도 내일 아침은 되어야 할 겁니다."

"그렇게 오래 걸린단 말이오?"

"왕비님께서 초산이시지요. 그럼 하루를 꼬박 진통하기도 합니 다."

베스는 시녀를 내보내 주변에 아무도 없음을 확인한 후 말했다.

"저는 전하가 더 걱정입니다. 아기님을 생각하셔야지요. 전하께 서 불안해하시면 아기님에게 좋지 않습니다."

시에나가 흠칫, 한 손으로 자신의 배를 감쌌다. 철왕비 진통 소 식에 놀라 잠시 아이의 존재를 잊었다.

'미안, 아가.'

아직 실감이 나지 않았다. 판판한 배 속에 또 하나의 심장이 뛰고 있다는 사실이 신기했다.

속이 메슥거리는 증상도, 자꾸 낮잠을 자는 것도 배 속의 아이가 자신의 존재를 주장하는 현상이라고, 베스가 말했다. 그 말을 들으니 시에나는 아이가 귀엽고 사랑스러웠다.

'어서 너를 만났으면 좋겠다.'

지금 철왕비가 겪는 진통이 언젠가 자신에게도 찾아올 것이다. 시에나는 그날이 기다려졌다.

\*　　\*　　\*

시에나는 아침에 눈을 뜨자마자 시녀를 불러 물었다.

"철왕궁에서 소식은?"

"아직입니다. 전하."

시에나가 무거운 한숨을 내쉬었다. 철왕비가 진통을 시작한 지 꼬박 마흔 시간이 지났다. 지독한 난산이었다. 초산이라 진통이 길어진다고 말했던 베스도 어제 낮부터는 심란해했다.

시에나는 아침 식사 후 철왕궁으로 갔다. 기상하자마자 곧바로 가려다가 베스에게 붙잡혔다.

배 속 아이를 생각해서 끼니를 거르면 안 된다는 말을 한 귀로 흘리지 못했다. 가뜩이나 입덧 때문에 입맛이 없는 데다가 철왕비 걱정이 더해져서 먹는 둥 마는 둥 했다.

시에나가 철왕궁에 도착하자 시녀가 마중 나와 있었다. 하지만 시에나는 시녀를 그냥 지나쳐 거침없이 안으로 들어갔다. 왕비의 침실까지 곧장 가는 은왕을 누구도 제지하지 않았다.

침실 문 앞에 디안이 초조하게 서성이고 있었다.

"철왕."

돌아보는 디안의 눈은 실핏줄이 터져 흰자위가 벌겋게 물들었다. 밤새 한숨도 자지 못한 듯했다.

"은왕. 어떡하지요? 조금 전부터 아무 소리도 안 들려요."

디안은 오한이 드는 것처럼 입술을 덜덜 떨었다. 시에나는 가슴이 덜컥 내려앉았다. 울음을 터뜨릴 것 같은 디안의 손을 잡았다.

"진정해요. 비올렛은 잘 견딜 거예요. 겉모습만 여리지 강한 사람이잖아요."

의연한 목소리를 내기 위해 시에나는 목에 힘을 주었다.

"난…… 비올렛 없이는 안 돼요. 저 사람을 잃고는 살 수 없어요."

"모두가 철왕비의 무사함을 빌며 기도하고 있어요. 신께서 분명히 기도를 외면하지 않으실 거예요."

철왕을 위로하는 동시에 시에나가 자신을 위로하는 말이기도 했다. 시에나는 더욱 힘을 주어 디안의 손을 꽉 잡았다. 눈을 감고 간절히 빌었다.

'제발, 신이시여. 결정된 미래라고 하지 말아 주세요.'

비올렛의 진통이 길어질수록 시에나를 괴롭히는 생각이 있었다.

꿈속에서 철왕의 아이는 태어나지 못했다. 어머니의 계략에 휘말려 아이가 세상의 빛을 보지 못했다. 하지만 어머니 때문이 아니었어도 태어날 수 없는 운명의 아이라면?

혹여 아이의 죽음이 미래의 흐름일까 봐 시에나는 겁이 났다.

희미한 소리를 듣고 시에나는 놀라 눈을 떴다. 디안도, 시에나도 숨을 죽이며 닫힌 침실 문을 응시했다.

"거의 다 되었습니다."

"왕비님. 조금만 더요."

격려하는 목소리와 그 틈 사이로 비집고 나오는 힘 빠진 비명이 들렸다.

"제발, 제발…… 비올렛. 포기하면 안 돼."

디안이 이를 악물고 중얼거렸다.

그때, 작은 짐승이 힘겹게 빽액 소리치는 것 같은 소리가 들렸다. 시에나는 처음 들었지만 알 수 있었다. 갓난아이의 울음이다.

잠시의 기다림이 억겁처럼 느껴졌다. 침실 문이 열렸다. 나이 지긋한 산파가 나왔다.

"감축드립니다, 전하. 탄생하셨습니다."

"비올렛…… 왕비는?"

"지치셨지만 무탈하십니다."

"하……."

디안이 스르르 주저앉았다. 다리에 힘이 빠져 서 있을 수가 없었다. 시에나가 디안과 눈높이를 맞추어 앉으며 말했다.

"축하해요, 철왕. 아버지가 되었네요."

눈을 끔벅이던 디안이 우는지 웃는지 알 수 없는 표정을 지었다. 시에나는 영망으로 일그러진 디안의 표정이 멀끔할 때보다 더 보기 좋다고 생각했다.

"왕비님!"

"어서 가져와!"

침실 안에서 흘러나오는 목소리가 다급했다. 심상치 않은 느낌을 받았는지 산파가 곧장 안으로 다시 들어갔다. 주저앉았던 디안이 벌떡 일어나 안쪽을 향해 외쳤다.

"무슨 일이냐!"

대답이 없었다. 그는 잠시의 기다림도 견디지 못했다. 즉시 침실 문을 밀치고 들어가려 했으나 강하게 붙드는 손에 저지당했다.

디안은 거칠게 뿌리치려고 고개를 돌렸다. 자신을 붙든 사람이 은왕이라는 것을 확인하고 표정이 누그러졌다.

"철왕은 여기 있어요. 내가 들어가 볼게요."

시에나가 보기에 지금 철왕은 감정이 격한 상태였다. 안에서 좋지 않은 일이 있다면 철왕이 상황을 냉철하게 파악하기 어려울 거라고 판단했다.

디안이 충혈된 눈으로 시에나를 바라보며 잠시 망설였다. 그는 이를 악물고 고개를 돌리며 물러섰다. 시에나는 디안을 지나쳐 침실 안으로 들어갔다.

그녀는 들어서자마자 멈칫했다. 부산스러운 사람들의 표정이 딱딱했다. 아무래도 불길했다. 좀 전에 봤던 산파가 지시를 내리고 시녀들이 종종걸음으로 움직였다. 의관들이 침대 곁을 에워싸고 있었다. 다들 정신이 없어서 시에나의 등장에 관심을 보이지 못했다.

시에나는 의관의 조수로 보이는 자를 붙들고 물었다.

"출산은 끝난 게 아니었나? 무슨 일인가?"

시에나를 보고 놀란 조수가 다급히 고개를 숙이려 하자 시에나가 재촉했다.

"지금 급한 것은 예법이 아니다. 철왕비의 상태가 어떠하냐?"

"왕비님께서 출혈이 멈추지 않습니다."

"출혈? 왜?"

"난산이셨던 터라 자궁에 상처가 난 것은 아닐까 짐작합니다."

"심각한가?"

"진통이 길어 이미 많이 기력이 쇠하셨습니다. 서둘러 지혈하지 않으면……."

조수는 차마 뒷말을 덧붙이지 못했다.

"조치 방법은?"

"지혈제를 드시게 하였으니 곧 효과가 나타날 겁니다."

"준비한 지혈제가 몇 종류나 되는가?"

"두 가지입니다."

시에나는 최악의 결과를 가정했다. 지혈제가 듣지 않는다면? 이대로 피가 멈추지 않는다면? 무작정 결과를 기다릴 게 아니라 미리 대비책을 마련해야 한다.

어느 나라든 최고의 실력을 갖춘 의사가 왕실에 상주하고 최고급 약재를 왕실에서 보유한다. 그러나 제국 황실은 예외였다. 황족에게 의사가 필요하지 않으니 자연스레 황궁 의학에 소홀했다.

"자네는 그 두 가지 지혈제가 무엇인지 내게 알려 주게."

시에나는 라드 상회에 연락하려 했다. 그동안 레반에게 여러 가지 조사를 맡겨 본 결과 라드 상회가 보유한 약재 관련 지식이 상당했다.

하지만 철왕궁에서 나오자마자 생각이 바뀌었다.

'어머니한테 도움받을 수 있지 않을까?'

라드 상회에 심부름꾼을 보내서 왔다 갔다 하는 시간보다 적왕궁으로 가서 약재를 받는 편이 훨씬 시간을 절약할 수 있을 것이다. 촌각을 다투는 문제였다.

시에나는 심부름꾼을 라드 상회로 보낸 후 적왕궁으로 갔다.

"은왕. 갑자기 어쩐 일이십니까?"

패트리샤는 갑작스러운 은왕의 방문을 의아해하면서 진심으로 기뻐하는 기색을 드러냈다. 마음이 급한 시에나는 소파에 앉자마자 본론부터 꺼냈다.

"어머니. 지혈제가 필요합니다."

"다짜고짜 지혈제라니요. 그리고 약재를 왜 여기서 찾으세요? 의관을 부르셔야지요."

"지금 철왕비가 출산 중입니다."

"아아……. 알고 있어요. 난산이라지요. 좋은 소식만 기다리고 있는데 참 걱정입니다."

패트리샤가 안 되었다는 듯 혀를 찼다. 살포시 미간을 찌푸리며 고개를 저었다.

"아이는 태어났습니다."

아직 출산 소식은 듣지 못한 패트리샤가 순간 당황했다. 낙담한 마음을 드러내지 않으려고 표정을 관리했다.

"그, 그래요?"

"그런데 철왕비가 출혈이 멎지 않아요. 이대로는 위험하다고 합니다. 그러니 지혈제가 필요해요. 어머니께서 약재 지식이 풍부하시지요."

시에나는 조수가 알려 준 두 가지 지혈제 성분을 적은 종이를 테이블에 내려놓았다.

"이 약재가 듣지 않으면 써 볼 수 있는 다른 약재를 알려 주세요."

패트리샤가 눈을 크게 떴다가 피식 웃었다.

"은왕. 어디서 무슨 말씀을 들었는지 모르시겠지만……."

"어머니. 어머니와 무의미한 실랑이할 생각 없습니다. 시간이 없어요. 어머니는 반드시 도와주셔야 합니다. 철왕비가 잘못되면 절대 어머니도 무사하지 못하실 테니까요."

"……네?"

"어머니는 철왕비와 배 속 아이를 해치려 했어요. 공작 저에 들어간 귀리에 어머니가 독을 넣은 사실을 압니다. 저는 증거물과 증인도 모두 확보했습니다. 황족을 시해하려 한 죄가 얼마나 무거운지 잘 아실 겁니다."

패트리샤의 안색이 창백하게 질렸다. 아무 말도 못 하고 멍하게 시에나를 바라보았다. 떠오르는 의문이 너무 많아서 오히려 머릿속이 텅 비어 버리는 기분이었다.

"철왕비가 잘못되면 저는 이 모두 증거물을 폐하께 드리고 어머니를 고발하겠습니다. 철왕비의 난산도 어머니 때문이고 철왕비가 잘못되어도 어머니 탓이에요."

패트리샤가 마구 고개를 저었다.

"아니에요. 아니, 아니에요. 은왕. 철왕비 난산은 나와 무관해요."

"조산을 유도하여 유산, 사산된다. 귀리와 유사한 형태의 그 씨앗의 효능이지요."

"……."

시에나가 비소를 머금었다.

"그런데 그 독이 철왕비의 난산에 전혀 아무런 영향이 없었다고 누가 보증합니까? 누가 어머니 말을 믿어 줄까요?"

패트리샤가 들고 있던 찻잔을 테이블에 내려놓았다. 손이 덜덜 떨려서 찻잔이 테이블에 부딪혀 달그락달그락 소리를 냈다.

패트리샤는 붉어진 눈시울로 입술을 앙다물었다. 눈동자에 처연함과 독살스러움이 공존했다.

"철왕비 때문에…… 어미를 버리시겠다는 겁니까?"

시에나는 한숨을 내쉬었다. 패트리샤의 반응은 전혀 예상에서 벗어나지 않았다. 이제는 화도 나지 않았다.

"시간이 없다고 했습니다. 저와 거래하시지요."

측은지심에 기대어 인정에 호소해봤자 통할 사람이 아니다. 협박보다 이득을 제시하는 거래가 어머니에게서 원하는 것을 얻을 방법으로 효과적일 것이다.

"어머니가 적절한 약재를 주셔서 덕분에 철왕비가 무사하면 어머니가 철왕비에게 한 짓은 덮겠습니다."

패트리샤의 눈동자가 크게 흔들렸다.

"어머니 목적은 철왕비가 아니라 배 속의 아이였겠지요. 어쨌든 아이는 무사히 태어났습니다. 어머니 계획은 실패했어요. 그러니 철왕비가 죽도록 내버려 둬서 어머니에게 득 될 일은 전혀 없습니다."

"……."

"저는 약속은 반드시 지킵니다."

패트리샤가 뻣뻣하게 굳은 목을 끄덕였다.

매사에 의심이 많은 패트리샤도 은왕이 한 약속만큼은 신뢰했다.

"……은왕궁으로 보낼게요."

"저는 궁에서 기다리겠습니다. 서둘러 주세요."

시에나가 일어났다. 그녀는 어머니를 내려다보며 말했다.

"어머니도 철왕비의 무사함을 기도하셔야 할 겁니다. 어머니가 보내신 약재가 듣건 듣지 않건, 철왕비에게 무슨 일이 생기면 저는 어머니를 용서하지 않을 거예요."

패트리샤의 표정이 일그러졌다. 냉정하게 몸을 돌려 나가는 은왕을 다급히 불렀다.

"은왕!"

시에나는 응접실에서 나가기 직전에 멈칫했다. 그냥 나가 버릴 수도 있었지만, 고개를 돌렸다. 지금 어머니의 표정이 궁금했다.

패트리샤는 몹시 혼란스러운 표정이었다. 혹은 지금 이 상황 자체가 믿기지 않는 사람처럼 보였다.

"대체 왜……. 은왕은 왜 철왕비 일에 나서는 거예요? 지금 무슨 소문이 떠도는지 모르나요? 철왕의 자식이 태어난 의미를 정말 몰라요? 은왕이 가진 전부를 빼앗길 거예요."

패트리샤의 눈빛이 강렬하게 호소했다. 이게 다 은왕을 위해서
한 일이라고.

시에나는 흐릿하게 웃었다.

"어머니. 어머니와 저는 서로를 이해할 수 없어요. 절대로."

적왕궁에서 나오며 시에나는 씁쓸하게 중얼거렸다.

'어머니야말로 제 말에 담긴 의미를 절대 모르시겠지요.'

패트리샤가 철왕비를 해치려고 한 짓을 없었던 일로 한다고 해
서 패트리샤의 죄는 사라지지 않는다. 더 큰 죄가 남았다. 사절단을
해치려고 사주한 혐의만으로도 패트리샤가 지금 누리는 모든 것들
을 잃을 죄목으로 충분했다.

'쿤. 당신이 보고 싶어.'

마음이 헛헛할 때 떠올리며 위로받을 수 있는 존재가 있어서 다
행이었다.

자기 자신을 이해하는 만큼 그를 온전히 이해하기는 어려울 것
이다. 반대로 그가 자신의 의견을 굽히며 무조건 동조해 주기를 바
라지도 않았다.

의견의 차이가 있을 때 그를 설득할 수 있고 혹은 그의 설득을 받
아들일 수 있다는 믿음. 그와 자신 사이의 간격이 손을 뻗으면 닿을
거리라는 믿음이 있었다.

어머니와의 막막한 거리를 생각하니 그게 얼마나 소중한지 깨달
았다. 그래서 외롭지 않았다.

　　　　　*　　　*　　　*


　디안은 온종일 꼼짝 않고 눈감고 누워 있는 아내의 얼굴만 바라
보았다. 그는 식사도 거르고 잠도 자지 않았다. 왕비의 침대 곁에서
움직이지 않는 철왕을 누구도 말리지 못했다.

　비올렛의 얼굴에 혈색이 없었다. 그는 그녀가 무사히 숨을 쉬는
지 중간중간 코 밑에 손을 가져다 대어 확인했다.

　비올렛의 출혈은 은왕이 가져온 약재를 쓴 이후에 멎었다. 이미
많은 피를 흘렸으나 다행히 위험한 순간에 이르기 직전에 멈추었다
고 의관이 말했다.

　'우습구나. 적왕의 도움을 받는 날이 올 줄이야. 병 주고 약 준 격
이기는 해도.'

　은왕은 약재를 주면서 말했다.


　　「약재는 어머니가 보내 줬어요. 약재를 얻으려고 어머니와 거
　래했거든요. 비올렛이 무사하면 어머니가 비올렛에게 한 짓을 덮
　겠다고 했어요. 용서할 당사자는 내가 아니라 철왕과 비올렛인데
　내 멋대로 해서 미안해요.」


　디안은 아무래도 좋았다. 결과적으로 비올렛은 중독되지 않았고
적왕이 보내 준 약이 아니었다면 끔찍한 일이 벌어졌을지도 모른
다. 비올렛만 무사하면 적왕이 비올렛에게 한 짓은 물론 자신을 죽
이려 했던 과거의 무수한 시도를 전부 용서할 수 있었다.

비올렛은 꼬박 하루 가까이 의식을 차리지 못했다.

「진통 때문에 너무 지치신 데다가 출혈량이 많으셔서 깊이 주
무시는 겁니다. 염려하지 않으셔도 됩니다. 전하.」

의관의 말에도 안심이 되지 않았다. 디안은 비올렛이 눈을 뜨는
모습을 봐야 비로소 자신도 잠을 자든 밥을 먹든 뭔가 할 수 있을
것 같았다.

하염없이 비올렛을 바라보던 디안은 비올렛의 속눈썹이 떨리자
숨을 죽였다. 비올렛이 천천히 눈을 떴다.

비올렛은 자신을 바라보는 디안과 눈이 마주치자 배시시 웃었
다. 그리고 디안의 얼굴을 살피더니 '어머나' 하고 중얼거렸다.

"비올렛. 정신이 들어? 내가 누군지 알지?"

"전하. 무슨 일이에요?"

"뭐?"

"말끔하게 잘생긴 제 남편에게 무슨 일이 일어난 거죠? 얼굴이
엉망이잖아요. 수염도 잔뜩 났어요."

디안이 헛웃음을 터뜨렸다. 정말 아내가 이제는 괜찮구나, 안도
감이 밀려왔다. 마음이 놓이니까 눈시울이 뜨거워졌다. 눈물이 날
것 같아서 그녀의 머리맡에 고개를 묻었다.

"당신이 죽는 줄 알았어……."

"그럴 리가요. 제가 전하를 두고, 우리 아이를 두고 어딜 가겠어
요. 우리 아이. 건강한 거죠?"

디안이 고개를 들었다.

"어? 으응. 그럼. 건강하지."

비올렛에게만 매달려 있느라 아이 얼굴조차 들여다볼 정신적인 여유가 없었다. 시녀들이 아이에 대해서 별다른 말이 없으니 잘 보살피겠거니 생각했다.

"아이 울음소리를 들었던 기억이 나요. 사내아이라고 산파가 말했던 것 같았는데……."

"맞아. 사내아이야."

"전하를 닮았겠지요?"

"당신을 닮았을 수도 있지."

"우리 아이, 보고 싶어요."

"데려오라고 할게."

디안이 시녀를 불렀다. 아이를 데려오라고 말한 후 잠시 기다리는 사이에 다시 비올렛의 눈이 감겼다. 비올렛이 눈에 힘을 주며 몇 번 눈을 깜빡였으나 결국은 견디지 못하고 잠들었다.

시녀가 곁으로 다가왔다.

"전하. 아기님께서 보채시다가 겨우 잠드신 터라 모시고 오지 못했습니다."

"그래, 잘했다. 아이는 차차 보면 되겠지."

디안은 비올렛한테 눈을 떼지 않고 대답했다. 비올렛 혈색이 아까보다 훨씬 나았다. 한숨 자고 일어나면 더 나아질 것 같았다. 여유를 찾은 디안의 표정이 부드러웠다.

그는 조심스럽게 비올렛의 이마를 쓸어 넘기며 이불을 정돈해 잘 덮어 주었다.

'나도 목욕하고 눈 좀 붙여야겠군.'

자고 일어난 비올렛한테 다시 말끔하게 잘생긴 남편 얼굴을 보여 줘야겠다.

"왕비가 추위를 느끼지 않도록 실내 온도 관리에 신경 쓰도록 해라."

"예, 전하."

시녀가 디안의 눈치를 살피며 말했다.

"전하. 아기님 일로…… 드릴 말씀이 있습니다."

디안이 미간을 찌푸리며 고개를 돌렸다. 비올렛의 잠든 얼굴을 살피고는 목소리를 낮추어 말했다.

"나가서 듣겠다."

디안은 침실 문을 닫자마자 물었다.

"아이는 건강하냐? 어디 아픈 것이냐?"

"아기님은 건강하십니다. 유모 젖도 잘 드십니다."

"그래. 그럼 내게 할 말이 무엇이냐?"

시녀는 선뜻 대답하지 못하고 망설였다.

"전하. 직접 아기님을 보시옵소서."

디안의 마음이 다시 불안해졌다. 답답하게 구는 시녀에게 캐묻는 대신 서둘러 아이 방으로 갔다. 아이 방은 비올렛의 침실 근처였다. 디안이 들어가자 아이의 침대 곁에 서 있던 시녀와 유모가 고개를 숙였다. 디안이 침대로 다가가니 자리를 비켰다.

디안은 새근새근 잠든 갓난아이를 한참 동안 내려다보았다. 아이

가 세상에 태어난 지 하루가 훌쩍 지났건만 이제 처음 봤다. 비올렛이
죽느냐 사느냐 하는 마당이라 아들의 탄생을 기뻐할 틈이 없었다.

비올렛이 진통으로 고생할 때 제 어머니를 힘들게 하는 아이가
조금 원망스럽기도 했다. 슬그머니 미안한 마음이 들었다.

'작구나.'

막 태어난 갓난아이는 처음 봤다. 이렇게 작을 줄이야. 언제 이
작은 아기가 커서 한 사람 몫을 하게 될까.

'비올렛을 닮았어.'

비올렛의 머리카락을 그대로 닮았다. 색이 옅은 금발이 작은 머
리통에서 보송보송했다.

흐뭇하게 바라보던 디안의 입가에서 점점 웃음이 사라졌다. 미
묘한 위화감의 이유를 알아차렸다. 아이의 머리카락이 금발이다.
신족의 특성이 없었다.

\*　　　\*　　　\*

시에나는 성서의 백지에 고어를 한 글자 적었다. 글자 가장자리
부터 은은하게 빛이 뿜어져 나왔다. 빛에 잠식되듯 글자가 사라지
자마자 짤막한 문장이 나타났다.

　―영원하라.

스르르 사라지는 문장을 보면서 그녀는 한숨을 내쉬었다.

'도대체 이게 무슨 의미일까.'

비올렛이 의식을 찾았다는 소식을 받은 후 시에나는 비로소 걱정을 덜었다. 그제야 철왕한테 되돌려 받은 성서를 살펴볼 마음의 여유가 생겼다.

처음에는 성서를 펼쳐 놓고 한참 보기만 했다. 깨끗한 백지에 뭔가를 쓴다는 것이 죄스럽게 느껴졌다.

그녀는 정갈한 마음으로 기도를 올린 후 깃펜을 들었다. 철왕이 시도한 실험을 똑같이 따라 했다. 제국 건국 황제의 이름부터 선황의 이름까지 고어를 적었다.

한 글자씩 적은 후 나타나는 반응이 모두 같았다. 순서를 거꾸로 해도, 무작위로 써도 똑같았다.

그래서 새로운 시도를 해 봤다. 글자를 조합해 문장을 만들었다. 그런데 문장을 적으려고 글자 하나를 완성하자마자 글자에서 빛이 뿜어져 나왔다. '염원하라'라는 문장이 나타났다가 사라질 때까지 는 펜으로 무엇을 써도 적히지 않았다.

성서는 고어를 '한 글자'만 적었을 때 반응했다.

'새로운 글자를 적어 보면 어떨까.'

시에나는 아직 황족의 이름으로 주어진 적 없는 고어 한 글자를 적었다. 철왕은 오직 선황제의 이름까지만 써 봤다고 했으니까 성서에 처음 적히는 글자일 것이다.

글자를 완성할 때까지 심장이 두근거렸다. 그런데 기대와는 다르게 반응은 같았다.

'염원하라'라는 문장이 사라진 후 조마조마한 마음으로 기다렸지만, 아무 현상도 나타나지 않았다.

그녀는 나머지 글자를 하나씩 적었다. 이제 한 번도 적지 않은 글자는 세 개만 남았다. 황제, 자신, 철왕의 이름.

그녀는 몇 번이고 펜을 가져다 댔다가 멈칫했다. 그리고 끝내 쓰지 못했다.

그녀를 한 손으로 기울인 머리를 지탱하며 생각에 잠겼다. 신의 수수께끼는 정말 불친절하고 어려웠다.

'내가 꿈을 꾼 의미도 아직 알아내지 못했지.'

복잡해진 머릿속을 정리할 겸 그녀는 차분하게 처음부터 되짚어 보기로 했다.

백지를 가져와서 93개 고어를 한 글자씩 적었다. 그리고 글자 옆에 제국어로 풀이한 뜻을 적었다. 그녀는 무념무상으로 제국어 풀이를 적어 내려갔다. 완성 후 쭉 훑어보았다.

'음? 이 글자는…….'

고어는 뜻글자다. 글자 하나하나가 함축적인 의미를 담았다. 때로는 중의적으로 해석되기도 했다. 그리고 드물지만, 어떤 상황, 어떤 문장에 들어가느냐에 따라 전혀 다른 의미로 쓰이는 글자가 몇 개 있었다.

시에나는 성서 표지를 열었다. 맨 앞 장에 적힌 구절을 확인했다.


　　─성스러운 염원을 위대한 아르가 축복할지니. 염원하
　라. 이루어지리라.

여기서 '염원하라'라는 문장 속 글자는 앞에 목적어가 있을 때 간혹 다른 뜻으로 해석할 수 있다. 하지만 거의 쓰이지 않는 해석이었다.

"완성하라……."

시에나는 문법에 어긋나지만, 이 글자를 '염원'이 아닌 '완성'으로 넣어서 다시 풀이해 봤다.

　**ー성스러운 완성을 위대한 아르가 축복할지니. 완성하라. 이루어지리라.**

그럴듯했다. 오히려 이게 더 자연스러운 것 같았다. 그렇다면 성서의 의미도 '위대한 소원'이 아니라 '위대한 완성'으로 뜻이 바뀐다.

'완성. 뭘 완성하라는 걸까.'

철왕의 말대로 이 성서는 '소원 수리함' 따위가 아닐지도 모른다는 생각이 들었다.

그녀는 결연한 표정으로 다시 깃펜을 들었다. 남아 있는 세 글자 중 하나, 황제 폐하의 성함을 적었다. 손이 떨려서 글자가 조금 비뚤어졌다.

잔뜩 긴장했지만, 특별한 일은 벌어지지 않았다. 그녀는 일을 저지르는 심정으로 철왕의 이름도 적었다.

　**ー완성하라.**

역시 똑같은 현상이 나타났다. 마지막으로 자신의 이름을 적었다. 다를 게 없었다.

'아흔세 개 문자를 모두 적는 것이 완성이 아닌가? 무엇을 추가해야 완성이지?'

고심하는 그녀의 머릿속에 언뜻 스쳐 지나가는 생각이 있었다.

"혹시 잃어버린 신의 언어……?"

황실 서고에 고어로 쓰인 고서가 수백 권이 있다. 제국의 건국 초기에는 모든 공식 문서를 고어로 썼기 때문이다.

십여 년도 지나지 않아 문제가 생겼다. 고어는 형태가 복잡하여 쉬이 배우기 어려웠다. 더구나 뜻글자라서 정해진 글자만으로는 표현에 한계가 있었다.

제국은 통치의 편의를 위해 정복지 근방에서 널리 쓰이는 문자를 국가 공식 문자로 채택했다. 그리고 고어는 성스러운 문자로써 봉인했다. 이후 종교적 제례 의식에만 사용했다. 언젠가부터는 황족과 성직자만 익히도록 허락했다.

고어로 적힌 최초의 책은 신의 말씀이 담긴 성서 원본이다. 건국 황제께서 신께 직접 하사받았다는 전설이 전해진다. 제국의 최고 국보이며 성서에 총 93개의 글자가 등장한다.

그런데 성서 내용 중 알아볼 수 없게 지워진 부분이 군데군데 있었다. '잃어버린 신의 언어'라고 불리는 이 부분에 관해서 옛날부터 의견이 분분했다.

원래부터 없는 글자라는 주장이 다수 의견이었다. 문맥상 지워진 부분은 어둠, 죽음, 고통 등을 의미했다. 상서롭지 못하므로 아예 표기 자체를 하지 않았다는 주장이었다.

존재했으나 지워진 것이라는 주장이 팽팽하게 맞서는 소수 의견이었다. 위대한 신께서 고작 어둠, 죽음 따위를 뚜렷하게 표기하지 못할 이유가 없다는 주장이었다.

지금까지 결론은 나지 않았다.

'존재했으나 지워진 것이라면…… 어떻게 되찾아야 하지?'

수백 년이 넘도록 성직자들이 매달렸으나 답을 찾지 못했다.

'정말 잃어버린 고어가 있고 그것까지 모두 적어야 완성이라고 치자, 그래서 완성했을 때 무슨 일이 벌어지는 걸까?'

상상에 빠져들던 시에나는 정신을 차리려는 듯 고개를 저었다.

'내가 엉뚱한 해석을 하는 것일 수도 있지. 총 아흔세 명의 황제가 직접 자신의 이름을 적어야 완성일지도 몰라.'

바깥에서 문을 두드렸다. 잠시 후 시녀가 들어왔다.

"전하. 철왕 전하께서 오셨습니다."

"알았다. 바로 가겠다."

오전 중에 철왕궁에서 심부름꾼이 다녀갔다. 철왕이 오후에 방문하겠다고 해서 기다리던 참이었다. 시녀가 문을 닫고 나간 후 시에나는 성서를 책상 아래 서랍에 잘 감추어 두고 집무실을 나왔다.

\*　　　\*　　　\*

시에나는 디안을 보자마자 비올렛의 안위부터 물었다.

"아직은 환자예요. 거의 꼼짝을 못 하고 침대에 누워 있지요. 그래도 아침보다는 오후가 더 생기 있어 보여요. 조금씩 나아지는 것 같아요."

"다행이군요. 내일은 비올렛을 보러 가도 될까요?"

"아⋯⋯. 당분간은 비올렛이 누구도 만나고 싶지 않아 해요. 제대로 씻지 못하고 얼굴은 붓고. 모습이 너무 흉하다고 우울해하거든요."

"흉하다니요. 어머니가 되기 위해 목숨을 걸었잖아요. 지금 비올렛은 누구보다도 아름다워요."

"은왕의 말을 들으면 비올렛이 크게 위로받을 것 같네요. 은왕 덕분에 살았다는 걸 비올렛도 알아요. 은왕한테 헤아릴 수 없는 은혜를 입었다고 생각하고 있어요."

시에나는 흐릿하게 미소지었다. 감사 인사를 받아도 기분만 가라앉았다. 애초에 모든 악의의 시작이 어머니와 외숙이었다.

"비올렛 기분이 좀 나아지면 언제든 연락 줘요."

"그럴게요."

디안은 퉁퉁 부어오른 아내 얼굴을 떠올렸다. 아직 몸이 회복되지 않은 데다가 밤새도록 울어서 얼굴이 말이 아니었다.

"어서 이틀이 더 지나갔으면 좋겠어요. 그럼 내 조카 얼굴을 볼 수 있겠지요."

아이는 태어난 후 다섯 밤을 넘길 때까지는 바깥바람을 쐬지 않고, 바깥바람을 쐰 사람을 만나지도 않는 것이 관습이었다.

영아 사망률이 높으므로 대개 태어난 후 한 달은 지나야 이름을 지어 주었다. 하지만 황실에서는 닷새만 지나면 이름을 지었다. 신족은 영아 사망률이 워낙 낮았다. 닷새를 넘긴 후에는 어린 나이에 죽은 예가 없었다.

유쾌하게 받아칠 줄 알았던 철왕이 아무 대답이 없자 시에나는 당황했다.

"철왕?"

"은왕. 오늘 그 얘기를 하러 왔어요."

"무슨 얘기요?"

"내가 예전에 했던 이야기, 기억해요? 선황 폐하의 차남으로 태어났으나 며칠 만에 세상을 떠난, 신족으로 태어나지 못한 비운의 황자."

갑자기 나온 생뚱맞은 이야기가 의아했다. 시에나가 고개만 끄덕이며 굳은 표정으로 디안을 바라보았다.

"내가 선황 폐하의 손자가 맞기는 하나 봐요."

시에나의 눈이 점점 커졌다. 슬며시 피어오르는 의혹이 믿기지 않았다. 설마.

디안은 지나간 옛이야기를 늘어놓는 사람처럼 담담한 어조로 말했다.

"내 아들이 신족이 아니에요."

시에나는 탄식을 삼키며 눈을 감았다. 틀림없는 사실이냐는 말이 목에서 걸려 나오지 않았다. 철왕이 자기 아들의 운명이 걸릴 일을 확실한 근거 없이 말할 리가 없었다.

"어젯밤에 폐하를 뵙고 신목의 이파리를 받아 왔어요."

디안은 추가 설명을 덧붙이지 않았지만, 확인을 마쳤다는 의미를 충분히 전해졌다.

시에나는 시선을 아래로 내린 채 차마 디안과 눈을 마주치지 못했다. 무슨 위로를 해야 할지 알 수 없었다. 이게 위로해서 될 일인지도 의문이었다.

"신족이건 아니건 내 아들이에요."

시에나는 고개를 들었다. 디안의 표정에서 어떤 원망이나 고통의 흔적을 찾아볼 수 없었다.

"놀라지 않았다고 말한다면 거짓이겠지요. 그런데 은왕. 놀랐을 뿐이지 충격받지는 않았어요. 난 정말로 아무렇지 않아요. 내 아들이 신족이 아닌 게 그 아이 죄는 아니잖아요. 그 아이가 태어나고 싶다고 말한 적도 없는걸요. 나와 비올렛이 원해서 태어난 아이니까요."

디안의 진심이 느껴졌다. 시에나는 경직된 표정이 풀어졌다. 그녀는 미소 지으며 고개를 끄덕였다. 디안이 느끼는 감정에 공감했다. 배 속에 있는 자신의 아이도 신족이 아니겠지만, 그런 건 상관없었다. 자신과 쿤의 피를 이어받은 두 사람의 아이니까.

"단 한 가지. 신족은 튼튼하니까요. 그것만 좀 아쉬워요. 물론 내 피를 이어받았으니 허약하지는 않겠지만요. 그런데……."

디안이 한숨을 내쉬었다.

"비올렛이 힘들어해요."

"네?"

"비올렛이 자신을 믿어 달라고 하더군요. 처음엔 무슨 말인지 몰랐어요. 그런데 자신이 부정을 저질렀다고 의심받을까 봐……."

"그럴 리가 없어요."

시에나가 정색했다. 디안이 웃으며 어깨를 으쓱했다.

"그러니까요. 절대 그런 의심은 해 본 적도 없다고, 틀림없는 우리 아들이라고 말했더니 이제는 자기 탓이라면서 울어요."

"비올렛 탓이라니요?"

"신족을 낳지 못했으니 자신이 죄를 지었대요. 무슨 그런 말도 안 되는 소리예요."

"그럼요. 그게 왜 비올렛 잘못이에요?"

"그리고 비올렛은 두려워해요. 잔뜩 겁을 먹었어요."

디안은 쓴웃음을 지었다.

"아이를 품에서 떼어 놓으려 하지 않아요."

선황 폐하의 차남은 신족이 아니었고 의문스러운 죽음이었다는 비사는 비올렛에게 얘기한 적이 없었다.

그런데 모성 본능일까. 비올렛은 누군가 아이를 해칠지도 모른다고 생각하는 것 같았다. 무엇을, 왜 두려워하는지 알지도 못하면서 주변을 경계하고 덜덜 떨었다.

비올렛은 다친 새끼를 보듬는 어미 새처럼 필사적이었다. 아내의 절실한 몸짓이 디안을 가슴 아프게 했다.

디안은 아들과 아내를 보호할 방법을 찾기 위해 고민했다. 그들을 상처 입히고 싶지 않았다. 든든한 보호막이 필요했다. 생각나는 사람은 은왕뿐이었다.

손위 오라버니가 되어서 번번이 누이동생의 도움만 받고 의지만 하려는 자신이 한심했다. 비록 도움을 청할 사람이 은왕뿐이지만,

자신이 내민 손을 반드시 잡아 줄 거라고 믿음을 주는 대상이 누이 동생이라서 얼마나 행복했는지 모른다.

"은왕. 난 계승권을 포기할 거예요."

"……네?"

디안의 원래 계획은 달랐다. 연말 송년회에서 외숙이 꾸민 거창한 계획에 어깃장을 놓으려 했다. 당연히 외숙은 짐작조차 못 할 것이다. 은왕에게 미리 말할 생각도 없었다.

송년회의 첫날, 제프리는 귀족들이 모두 모인 연회장에서 철왕의 모게 혈통을 공인하고 디안을 양육한 공작가 가신들을 증인으로 대동할 계획을 세웠다.

얼마 전에 제프리는 들뜬 표정으로 디안의 어깨를 두드리며 말했다. 조카에게 다른 꿍꿍이가 있다는 것은 꿈에도 모른 채.

「극적인 연출이 될 거다. 네가 내 조카라는 사실이 이번에야말
로 공인되겠지. 뒷일은 순리에 따르면 된다. 내년부터는 네가 황제
폐하의 후계다.」

디안은 순응하듯 웃음으로 대답했다. 하지만 그날 연회장에서 외숙의 주장을 부정할 생각이었다.

후폭풍이 대단하리라. 외숙은 대대적인 망신을 당할 것이다. 유언비어를 터뜨린 책임을 져야 할 수도 있다. 자신은 반쪽 황족의 오명을 영영 벗을 수 없을 것이다.

그래도 그것이 옳고 쉬운 방법이었다. 계승 서열이 회복된 후에

는 제위를 은왕에게 넘기는 현실적인 방법이 없다. 서열에 따라 신목의 관을 쓰는 계승 원칙은 절대적이었다.

가장 높은 서열로써 황제의 후계가 되면 계승권 포기조차 불가능했다. 권리이자 의무이기 때문이다.

미리 계승권을 포기하지 않은 이유는 곧 태어날 아이를 위해서였다. 차순위 계승권을 가진 반쪽 황족과 아예 계승권이 없는 황족은 격차가 컸다. 자손이 받는 대우도 달랐다.

하지만 태어난 아들이 신족이 아니라서 모든 게 무의미해졌다. 오히려 자신의 계승권이 아들에게 멍에가 된다. 계승권 있는 황족의 아들로 태어났으나 신족이 아닌 황족은 어딜 가든 뒷말을 들을 것이다.

"내가 황제가 되면 내 아들은 평생 숨소리도 내지 못하고 살아야 해요. 황제가 되지 않더라도 내게 계승권이 있으면 내 아들은 사람들의 관심에서 벗어나지 못하겠지요. 나는 내 아들을 조롱거리로 만들 수 없어요."

갓 태어난 아들을 위해 철왕은 모든 것을 포기하겠다고 한다.

대부분 사람은 어리석은 짓이라고 말할 것이다. 자식은 또 낳으면 그만인데 천하의 지배자가 될 자리와 맞바꾸다니.

하지만 시에나는 아무 말도 하지 않았다. 지금 철왕의 절절한 심정을 자신보다 더 이해할 수 있는 사람이 있을까.

꿈속의 황제는 지금 철왕과 같은 마음이었을 것이다. 그래서 고통을 감추고 끝내 자기 아들을 냉정한 척 외면했다. 신족이 아닌 황제의 아들보다는 공왕의 후계 자리가 훨씬 나으니까.

"내 아들을 위해서만 내린 결정은 아니에요. 나는 신목의 관을 쓸 그릇이 못 된다고 전부터 생각했어요."

"철왕. 그렇지 않아요."

디안이 단호하게 고개를 저었다.

"은왕. 내가 얼마 전에 엉뚱한 생각을 해 봤거든요. 나와 은왕의 위치가 바뀐 상황을 가정했어요. 지금 적왕의 자리에 내 외숙을, 리먼 가문에 아케론 가문을 대입했지요. 놀랍게도 전혀 위화감이 없더라고요. 내 외숙은 나를 위한다는 명목으로 무슨 짓이든 할 수 있는 사람이에요. 외숙에게 적왕처럼 힘이 있었다면 틀림없이 더 지독한 일을 벌였을 거예요."

디안이 허탈한 웃음을 흘렸다.

"그런데요. 난 은왕처럼 못해요. 내 외숙이 무슨 짓을 해도 아마 흐지부지 덮을 거예요. 모르는 척하겠죠. 내 주변 사람도 제대로 다스리지 못하면서 제국을 다스린다고요?"

디안이 유쾌하게 씨익 웃었다. 속에 담긴 말을 모두 털어 낸 사람처럼 홀가분해 보였다.

"내 자리가 아니에요. 내가 능력은 부족해도 주제 파악은 잘하거든요."

시에나는 뭐라 말하려다가 입술만 달싹이며 다시 입을 다물었다. 속이 울렁거렸다. 입덧이 아니다. 가슴이 벅차오르는 전율을 느꼈다.

이복 오라버니는 자신과 결이 같았다. 나를 이해해 주는 사람이자 내가 이해할 수 있는 사람이다. 기적 같은 인연이 곁에 있었다.

지척에 보물을 두고 여태 몰랐다.

꿈을 꾼 이후, 시에나는 유일한 내 편인 줄 알았던 가족을 잃었다. 적왕도, 리먼 가문도 전부 각자의 이득에만 골몰하여 은왕을 이용할 욕심만 가득했다.

황제한테는 애초에 부성애를 느껴 본 적이 없었다. 그나마 황제를 향한 존경심마저도 얼마 전에 허상이었다는 걸 알았다.

자신의 길이라고 믿었던 제위가 멀어지는 것을 보면서 망망대해에서 혼자 표류하는 심정으로 암담했다.

하지만 잃은 만큼 얻은 것도 많았다. 몰랐던 세상을 배웠고 보지 못했던 것들을 볼 수 있게 되었다. 자신을 온전히 안아 주는 사랑하는 사람을 만난 것만으로도 손해 보지 않았다고 생각했다.

그런데 이제 보니까 얻은 것이 또 하나 있었다.

한 사람은 사랑하는 남자, 한 사람은 피를 나눈 혈육. 진심으로 교감을 나눌 수 있는 사람이 이 세상에 둘만 존재해도 인생은 풍요로울 것이다. 꿈속의 황제 곁에 한 명이라도 있었다면 미래의 자신은 그토록 외로워하지 않았을 테니까.

시에나가 부드럽게 미소지었다.

"오라버니."

디안이 눈을 부릅떴다.

"자리가 사람을 만든다는 말이 있지요. 자신의 부족함을 아는 것만으로도 충분히 자격이 있어요."

"……방금 뭐라고 했어요?"

"자신의 부족함을 아는……."

"아니, 그 전에."

"자리가 사람을 만든다는……."

"아니요. 날 뭐라고 불렀잖아요."

시에나는 잔뜩 긴장한 디안과 눈이 마주쳤다. 눈빛으로 재촉하는 표정이 선물 상자를 풀어 보기 직전의 아이 같았다.

시에나는 슬쩍 시선을 돌렸다. 멋쩍어 괜한 헛기침을 했다. 충동적으로 뱉은 말이었다. 지금껏 누구에게도 써 본 적 없는 호칭이라 공연히 민망했다. 그냥 모르는 척 넘어가 주면 좋으련만 굳이 되짚어 확인하려는 철왕이 얄미웠다.

"철왕."

"그거 말고요."

"철왕을 철왕이라고 부르지 않으면요?"

디안은 잔뜩 기대에 부풀었다가 모르는 척 시치미를 떼는 은왕이 결코 원하는 말을 들려주지 않을 거라는 걸 알고 어깨가 축 늘어졌다.

그는 낙담하여 꿍얼거렸다.

"……틀림없이 들었는데. 잘못 들은 거 아닌데……. 야박하긴. 닮는 것도 아니면서."

"철왕. 딴소리는 그만해요. 지금 중요한 이야기 중이잖아요."

디안이 부루퉁하게 대답했다.

"난 얘기 다 끝났어요. 난 계승 서열 포기할 거고 내 아내랑 아들이랑 세상 복잡한 일 다 집어치우고 재미나게 살 거예요."

시에나가 미간을 찌푸렸다.

"철왕."

"난 농담 아니에요."

"철왕에게 버거운 자리가 아니라니까요. 철왕은 충분히 자격이
있고 능력도 있어요. 아이는……. 그 문제는 차차 방법을 찾아봐
요."

"내가 계승권만 포기하면 간단한데 돌아갈 이유가 없어요."

"왜 시작도 하기 전에 물러나려고 해요?"

"은왕. 내가 하기 싫어서 그래요. 오래전에 내 아버지가 폐하라
는 사실을 알자마자 무슨 생각한 줄 알아요? 우와! 난 그럼 평생 놀
고먹어도 되겠구나!"

호들갑스럽게 외친 디안이 시에나를 보며 고개를 까딱 기울였
다. 마치 '이래도 내가 적역이라고 생각해?'라고 묻는 표정이었다.

시에나가 미간을 굳히며 눈에 힘을 주었다. '반드시 너를 설득하
겠다'라고 의지를 다지는 모습이었다.

황좌를 사이에 두고 빼앗기 위한 싸움이 아닌, 서로에게 미루는
촌극이 벌어졌다. 어이없는 상황이지만 두 사람은 진지했다.

대화가 길어질수록 디안은 점점 수세에 몰렸다. 논리로는 절대
은왕을 이길 수 없었다. 그는 위기감을 느꼈다.

'말려들면 안 돼!'

"은왕. 은왕은 얼마 전까지 당연히 황제가 될 사람이었어요. 어
릴 때부터 제왕학을 배웠잖아요. 왜 자꾸 내게 떠넘기려는 거예요?
난 내 아들을 지켜야 한다니까요."

시에나는 한참 아무 말이 없다가 나직이 중얼거렸다.

"나도 지킬 사람이 있어요."

"누구요?"

"……."

"설마 쿤?"

"……."

"라드 후와 결혼하지 못할까 봐 제위를 마다한다는 말은 아니겠지요. 그런 거면 난 진짜 은왕한테 실망이에요."

"쿤이 아니에요."

"그럼요?"

시에나는 머뭇거렸다. 그녀의 태도가 디안의 눈에 퍽 이상해 보였다. 은왕이 말을 꺼내기 어려워하는 모습을 처음 봤다.

"아이가 생겼어요."

디안은 시에나의 말을 이해하지 못했다. 멀뚱히 그녀를 바라보며 말뜻을 해석했다. 관용적 표현을 직역해서 풀이했다.

"시동을 거뒀다는 말이에요?"

시에나는 엉뚱한 소리 하는 디안을 흘겨보았다.

"임신했다고요."

"누가요?"

시에나는 대답 대신 두 손으로 자신의 아랫배를 소중한 보물처럼 감쌌다.

디안은 시에나가 손으로 가린 신체 부위를 멍하게 응시했다. 그리고 시에나의 얼굴과 그녀의 복부를 반복해서 번갈아 봤다.

"그런 시선은 무례해요, 철왕."

디안의 입이 점점 벌어졌다. 충격, 불신, 경악. 다양한 감정이 동시에 디안의 얼굴에 떠올랐다. 그는 벌떡 일어났다. 두 손으로 제 머리를 움켜쥐고 소리 없는 비명을 질렀다. 다행히 고함을 내지르지 않을 이성은 유지했다.

"맙소사……."

디안이 모든 기운을 소진한 표정으로 털썩 주저앉았다. 할 말이 생각나지 않았다. 격렬한 분노만 치밀었다.

"그 새."

디안은 자신도 모르게 튀어나올 뻔한 욕설을 삼켰다. 이를 악물고 심호흡하여 마음을 가라앉혔다.

"라드 후는 알아요?"

항상 순한 표정이었던 디안의 눈동자에서 사나운 불꽃이 튀었다.

## 2장

흐르는 강물은 막을 수 없다

라드 상회의 쾌속선이 부두에 정박했다. 배에서 세 명의 사내가 내렸다. 후드를 뒤집어쓴 여행자 차림이라 생김새를 확인할 수 없지만, 부두의 일꾼들이 지나가는 그들을 흘끔흘끔 쳐다봤다. 남다른 체격의 사내 셋이 나란히 가니 눈에 띄지 않을 리 없었다.

라드 상회의 부두 창고 앞에 마차가 기다리고 있었다. 쿤은 마차에 올라타기 직전, 저 멀리 보이는 수도 황궁의 가장 높은 첨탑을 응시했다.

저곳에 신목이 있다고 알려져 있다. 제국의 상징이며 황제의 권위를 나타냈다. 첨탑이 보이는 근거리에 사는 제국 백성들은 아침에 눈을 뜨자마자 신목을 향해 절을 올린 후 하루를 시작했다.

'올해가 가기 전에 왔군.'

신년까지 일주일밖에 남지 않았지만, 올해 안으로 돌아오겠다는 그녀와의 약속을 지켜서 다행이다.

'잘 지내고 있겠지?'

그녀와 땅의 끝 부두에서 작별 인사를 나누고 꼭 한 달만이었다. 수십 년보다 길게 느껴진 한 달이었다.

마부가 물었다.

"상회로 모실까요?"

쿤은 고개를 끄덕였다가 곧바로 고개를 저었다.

"저택으로 가자."

상회에 들르면 메이슨마저도 부재중이니 처리할 일이 잔뜩 쌓여 있을 테고 예기치 못한 일에 붙들릴 가능성이 있었다. 저택으로 가서 옷만 갈아입고 그녀를 보러 가야겠다.

마차가 출발했다. 쿤은 달리는 마차 안에서 사막에 남겨 두고 온 자들을 생각했다.

연합국의 혼란은 그녀가 떠난 후 곧 수습되었다. 제국이 신목의 가지를 재차 수여했으니 국왕의 왕권 승계를 더는 트집 잡을 수 없게 되었다.

더구나 다른 두 부족은 부족 내 사정으로 아주 바빴다. 둘 다 후계 자리를 놓고 진흙탕 싸움 중이다.

호투 부족이 히실로 호투의 죽음을 라마 부족 짓으로 의심하면서 둘 사이가 극도로 험악해졌다. 덕분에 연합국은 모처럼 평화로웠다.

쿤은 자잘한 뒷일은 맡겨 두고 얼른 제국으로 오고 싶었다. 그런데 열흘 전, 열두 원로가 드디어 모두 모였다.

원로들이 전부 모이는 원로 회의는 아주 드물게 열렸다. 그만큼 중대한 안건이라는 뜻이며 결론을 내리기까지 오래 걸렸다. 짧아야 한두 달, 길면 서너 달이 훌쩍 넘었다. 꼼짝없이 붙들렸구나, 생각하는 와중에 스테판이 찾아와 말했다.

「쿤. 여긴 제게 맡기고 가십시오. 제가 책임지고 저 노인네들이 일족이냐, 사랑이냐 양자택일하라는 둥 헛소리는 못 하게 입 다물려 놓을 테니까요.」

스테판의 도움은 의외였다. 무슨 일이 있어도 자신의 편이 되어줄 사람으로 꼽을 인물이 몇 있지만, 그중 스테판은 없었다. 스테판을 믿지 못해서가 아니라 그의 사람됨 때문이었다.

스테판은 냉소적이고 일에 감정을 섞는 것을 혐오하며 돈이 안 되는 일에는 관심이 없었다.

「……나한테 뭐 바라는 거라도 있어?」

쿤은 스테판이 절대 아무 목적 없이 나섰다고 믿지 않았다.

스테판이 픽 웃으며 대답했다.

「있지요.」

「뭔데?」

「나중에요. 이 빚은 톡톡히 받을 겁니다. 쾌속선 불러 놨습니다. 여자분을 오래 기다리게 하면 안 됩니다. 어서 가세요.」

그리고 스테판은 묘한 말을 덧붙였다.

「쿤. 쿤 라드가 자신의 인생을 찾는 게 일족을 버린다는 의미는 아닙니다.」

쿤은 스테판의 마지막 말을 곱씹었다. 무슨 생각으로 한 말인지 모르겠다. 도무지 스테판이 할만한 대사가 아니기 때문이다.

마차가 후작 저에 도착했다. 저택 안으로 들어서는 쿤을 발터가 기다리고 서 있다가 맞이했다.

"다녀오셨습니까."

"음. 별일 없었지? 바로 입궁할 거니까 준비해 줘."

발터가 2층 계단으로 향하는 쿤의 앞을 가로막았다.

"쿤. 그쪽이 아닙니다. 응접실부터 들르시지요. 손님이 와 계십니다."

쿤이 인상을 썼다. 돌아올 시간에 맞추어 손님을 들이다니. 뭐라한소리 하려는데 발터가 선수를 쳤다.

"진짜 다급한 손님입니다. 철왕 전하께서 아침부터 기다리고 계십니다. 은왕 전하 일이라고 하셔서요."

쿤이 발터를 휙 지나쳤다. 빠르게 성큼성큼 걸어서 응접실 문을 열었다. 문소리를 듣자마자 고개를 휙 돌린 디안이 벌떡 일어났다.

디안은 은왕의 임신 사실을 안, 그날 저녁에 후작 저로 달려가 발터를 닦달했다. 마침 발터는 쿤이 귀환 중이라는 소식을 받은 참이었다. 정확한 시각은 모르지만, 오늘 도착 예정이라고 했다.

디안은 아침 일찍부터 찾아와 이를 부득부득 갈면서 기다리고 있었다. 쿤이 상회로 먼저 갈 수도 있으므로 그쪽에도 심부름꾼을 앉혀 놨다. 반반의 확률이다. 그런데 디안은 예전부터 뽑기 운이 좋았다.

쿤은 자신을 노려보는 디안의 기세가 자못 사납다는 사실을 눈치채지 못했다. 그녀 걱정으로 다른 건 보이지 않았다. 그는 곧바로 디안에게 다가갔다.

"디안. 무슨 일……."

쿤이 흠칫 놀라며 상체를 뒤로 젖혔다. 휘잉, 바람 가르는 소리와 함께 디안의 주먹이 쿤의 코앞을 스쳐 지나갔다. 예상 못 한 공격이지만, 아무리 무방비 상태여도 어설픈 주먹에 맞을 정도는 아니었다.

"디안."

디안이 이를 악물고 또다시 주먹을 휘둘렀다. 장난이 아니라 진심으로 주먹에 온 힘을 실었다. 어릴 때 빈민가에서 자라면서 남다른 체격과 힘 덕분에 골목대장 노릇을 적잖이 해 봤다. 자신을 양육한 사람들한테 기본적인 체술도 배웠다.

하지만 아무리 주먹을 휘둘러도 허공만 때렸다. 쿤은 허둥지둥 방어하지도 않았다. 그저 슬쩍 고개를 돌리고 방향을 바꾸는 것만으로도 디안의 공격을 무위로 만들었다.

디안은 가뜩이나 유감이 많은 상태에서 약이 바짝 올랐다.

"야!"

"왜 이래? 뭐가 문제야?"

"너 나한테 한 대만 맞자."

"내가 왜?"

디안이 주먹을 쥔 자세로 씩씩거렸다.

"야 이 XX하고 XX한, 너 같은 새끼를 내가……."

디안은 오랫동안 봉인했던 걸쭉한 욕설을 가감 없이 쏟아 냈다. 빈민가에서 사는 동안 주워들은 것이라 심약한 사람은 정신적 충격을 받을 만큼 원색적이고 거칠었다.

쿤이 눈살을 찌푸리며 길길이 날뛰는 디안을 말없이 쳐다봤다. 디안이 이렇게 광분한 모습은 처음 봐서 당혹스러웠다.

"너 내가 분명히 말했지. 결혼 전에는 선을 넘지 말라고 했잖아!"

쿤의 표정이 변했다. 디안의 과도한 간섭이 불쾌했다.

"그건 네가 참견할 일이……."

"은왕이 임신했다고. 이 개자식아."

"……."

쿤은 그대로 굳었다. 디안의 말이 쿤의 귓가에서 반복해 메아리쳤다. 짧은 한 문장을 완전히 해석하기 위해 그는 모든 집중력을 쏟아야 했다. 완전히 빈틈투성이가 된 쿤에게 디안은 주먹을 내질렀다.

쿤은 날아오는 주먹을 멍하게 바라보기만 했다. 그의 이성은 전혀 방어할 생각을 하지 못했지만, 몸이 본능적으로 반응해 살짝 고개를 틀었다.

안면을 겨냥한 디안의 주먹이 쿤의 턱을 후려쳤다. 쿤은 어려서 싸움박질할 때 말고는―시에나한테 뺨을 맞은 것을 제외하면― 얼굴을 맞아 본 적이 없었다. 약간 빗나갔어도 제대로 힘이 실린 주먹에 얻어맞고 비틀거렸다.

디안이 인상을 찡그리며 욱신거리는 주먹을 털었다. 주먹 한 방에 저 녀석이 나동그라지는 꼴을 보고 싶었는데 그건 무리였나 보다. 눈두덩이에 시퍼런 멍을 만드는 것도 실패했지만, 그래도 한 대 때리고 나니 속이 눈곱만큼 풀렸다.

"넌 일 저질러 놓고 어디서 처놀다가 이제 기어들어 와?"

디안은 돌아서는 쿤의 등 뒤에 소리쳤다.

"어디 가!"

"……황궁에."

응접실을 나가자마자 쿤은 목소리가 갈라지도록 고함을 질렀다.

"발터! 발터!"

발터가 놀라서 헐레벌떡 달려왔다.

"예, 예. 쿤. 무슨 일이십니까?"

"마차는?"

발터가 머뭇거리자 쿤이 표정이 살벌해졌다.

"입궁할 거니까 준비하라고 했잖아."

마차는 1차 통행증이므로 아무 마차나 타고 가면 바깥 근위병들이 들여보내 주지 않을 것이다. 후작가 가문이 그려진 마차뿐 아니라 마부와 하인도 격식 있는 옷을 입혀 준비해야 한다.

"마차는 준비되었습니다. 하지만 쿤, 그 차림으로 가실 겁니까?

옷은 갈아입으셔야지요."

쿤은 제 모습을 살핀 후 한숨을 푹푹 내쉬었다. 마음이 급했다. 옷 갈아입느라 낭비할 시간이 조금도 없었다.

더구나 라드 후작으로서 입궁하면 황제 먼저 뵙고 인사 올려야 한다. 격식이고 뭐고 황궁 담을 타 넘어야 하나 고민하는데 뒤에서 디안이 따라 나오며 말했다.

"같이 가. 그 꼴로 가면 안 들여보내 줄걸. 내가 특별히 마차에 태워 주마."

*     *     *

시에나는 요즘 부쩍 늘어난 낮잠 때문에 소파를 새로 마련했다. 평소 쓰던 소파는 수면용으로 불편했고 침대에 아예 누워 자는 건 내키지 않았다.

새 소파는 다리를 올려서 뻗을 수 있도록 길었다. 등을 기대는 부분이 완만하게 기울어져서 편했다. 거동이 불편한 환자용 소파라면서 베스가 구해 왔는데 시에나는 아주 만족스러웠다.

단잠에서 깨어난 시에나는 자신을 바라보는 부드러운 시선과 눈이 마주쳤다. 어둡게 가라앉은 흑색 눈동자는 순식간에 온기로 가득 찼다. 그녀는 눈을 몇 번 깜빡거렸다. 임신하면 환영을 보기도 하나?

"이상해……."

"뭐가?"

소리까지 들렸다.

"당신이 보여, 쿤."

쿤이 그녀의 손을 잡아 올리며 그녀의 손가락 마디에 입을 맞추었다.

"수도에 도착하자마자 달려왔어. 늦게 와서 미안."

시에나의 눈이 살짝 커졌다가 환하게 미소 지었다. 환영도, 환청도 아니었다. 자고 일어났더니 사랑하는 남자가 눈앞에 나타났다. 행복한 마법이었다. 그녀는 쿤의 옷차림을 보며 웃었다.

"정말 도착하자마자 달려왔나 보네."

디안은 쿤을 은왕궁 근처에 내려 주었다. 마침 은왕궁 주변 경비를 감독하러 길버트가 나와 있었다. 길버트는 쿤을 두말없이 안으로 들여보내 주었다.

시녀들은 황궁에서는 볼 수 없는 거친 차림새의 남자가 들어오자 화들짝 놀랐다. 하지만 곧 누구인지 알아봐서 큰 소란은 없었다.

베스는 쿤을 보고 별다른 말은 하지 않았다. 그저 복잡한 감정이 담긴 눈으로 말했다.

「전하께서는 오수에 드셨습니다. 요즘 들어 매일 낮잠을 주무십니다. 곧 일어나실 때가 되었으니 들어가 보시지요.」

쿤은 백작부인의 눈빛에서 그녀가 이미 알고 있다는 걸 짐작할 수 있었다. '미운털은 평생 안 빠지겠네.'라고 생각했다.

그는 침실로 들어와 침대부터 살피다가 소파에 기대 잠든 그녀를 발견했다.

그녀를 보는 순간 할 말이 많았다. 한편으로는 무슨 말을 해야 할지 알 수 없었다. 머릿속이 텅 빈 것 같다가도 부글부글 속에서 뜨거운 것들이 끓어올랐다.

그는 의자를 끌어와 곁에 앉았다. 그녀가 자고 있어서 차라리 잘 되었다. 자신의 감정을 정리할 시간을 얻었다. 평온하게 잠든 그녀의 얼굴을 보고 있으니 온갖 감정이 휘몰아치다가 점점 차분하게 가라앉았다.

"철왕한테 들었어."

"응?"

시에나는 이어서 '아…….' 하고 중얼거리더니 인상을 찌푸렸다. 그녀의 반응을 보고 쿤의 표정이 딱딱해졌다.

"내게 말하지 않으려 했어?"

왜 그녀는 연합국에 있을 때 임신이 아니라고 거짓말을 한 걸까. 임신 사실을 숨기려 했나. 대체 왜. 그는 풀지 못할 의문으로 괴로웠다.

"당신이 무슨 생각이든 난 절대 내 자식의 아버지가 될 기회를 포기하지 않을 거야."

시에나는 심각한 표정의 쿤을 의아하게 보다가 탄식했다.

"세상에. 쿤. 아니야. 난 당신을 배제하려고 생각한 적 없어. 왜 그런 오해를 해?"

"그럼 왜……. 내가 철왕한테 들었다니까 언짢아했지?"

"그야 내가 말하고 싶었으니까."

시에나는 새침하게 투덜거렸다.

"당신 놀라는 얼굴을 보고 싶었거든."

쿤이 허탈하게 웃었다. 긴장이 풀리는 웃음이었다.

"이 이상 놀랐다가는 내가 제 명에 못 산다고."

그는 한숨을 내쉬며 두 손으로 그녀의 손을 쥐었다.

"임신 사실을 언제 알았어?"

"알게 된 지 일주일쯤? 백작부인이 눈치채지 않았으면 한동안 짐작도 못 했겠지."

거짓말로 숨긴 건 아니었구나. 쿤의 마음에 약간 남아 있던 의구심도 사라졌다.

"일주일씩이나? 왜 내게 연락하지 않았어?"

"사막까지? 당신은 올해 안에 돌아온다고 했고 소식이 닿기 전에 이미 당신은 제국에 도착했을걸."

"아니야. 비상사태만 신호로 주고받는 연락 수단이 있어. 그러면 내가 받기까지 하루도 안 걸려. 내가 분명히 당신에게 얘기했을 텐데."

"아……. 기억나. 그런데 비상사태일 것까지는……. 당신은 할 일이 있는데 굳이 방해하고 싶지 않았고."

"시에나."

쿤이 그녀의 손을 더욱 힘주어 꽉 잡았다.

"방해 아니야. 당신이 생각하기에 사소한 일이라도 말해 줘. 난 알고 싶으니까. 그리고 당신도 의문이 생기는 건 꼭 내게 물어봐. 내가 당신에게 말 못 할 일은 없어."

시에나는 그를 잠시 바라보다가 고개를 끄덕였다. 그는 언제나 말이나 행동으로 '이 남자가 나를 사랑하는구나.'라는 확신을 주었다. 그를 사랑하게 된 이유 중 하나였다.

쿤은 갑자기 '아!' 하고 탄성을 질렀다.

"그럼 당신은 임신한 몸으로 말을 타고 사막을 횡단한 거야? 큰일 날 뻔했잖아. 역시 당신 말을 듣는 게 아니었어. 그때 당신이 아무리 고집을 부려도 치료사한테 진료받았어야 했는데."

"괜찮아. 아이는 건강해."

"아이가 아니라 난 당신을 걱정하는 거야."

시에나는 그의 표정을 유심히 살폈다. 아이보다도 자신을 우선순위에 두고 걱정해 주어서 솔직히 기쁘지만, 그의 반응이 예상과 달랐다. 그가 훨씬 더 기뻐하고 흥분하며 어쩔 줄 몰라 할 줄 알았다.

시에나는 잡힌 손을 빼내어 반대로 그의 손을 잡아 자신의 배에 댔다. 쿤이 흠칫 놀랐다. 잔뜩 긴장한 그의 상태가 그의 손을 잡은 상태에서 느껴졌다.

"우리 아이야."

"……응."

"원하지 않았던 거야?"

쿤이 화들짝 놀랐다.

"그럴 리가! 절대 그렇게 생각하지 마. 기쁘지. 기쁘고말고. 누구나 그렇잖아. 상상도 못 했던 귀한 선물을 받으면 망설이게 돼. 정말 내가 받아도 되는 건가, 솔직히 기뻐해도 되는 건가."

쿤은 주절주절 떠들다가 갑자기 말을 멈추고 제 머리를 쓸어 넘겼다. 말이 정리되지 않았다. 지금 자신이 무슨 말을 하는지도 모르겠다.

지독한 혼란 상태에 빠졌다. 부모님이 돌아가시고 '당신이 오늘부터 쿤 라드입니다'라는 말을 들었을 때도 지금보다는 침착했다.

사막에서 '임신 아니야'라는 말을 들었을 때는 그냥 실망스러웠다. 그런데 막상 바랐다고 생각했던 소식을 들으니 그저 좋기만 하지 않았다.

"그런데 시에나. 당신 입장을 생각하면……."

시에나가 상체를 일으켰다. 쿤이 얼른 그녀의 어깨를 잡아 도와주었다.

시에나는 그를 향해 가까이 오라는 듯 손을 흔들었다. 쿤이 다가오자 시에나는 두 팔로 그의 목을 감아 끌어당겼다.

"시에나, 조심!"

쿤은 그녀의 몸을 덮쳐 넘어지지 않으려 간신히 두 손으로 소파를 디뎌 버텼다. 그녀에게 끌어안긴 상태로 그의 상체가 넘어질 듯 말 듯 아슬아슬하게 기울어졌다.

"쿤. 난 절대 당신을 놓지 않을 거라고 했지."

시에나는 철왕이 황제가 되면 자신은 쿤의 아내로서 살자고 마음먹었다. 쿤은 왕이나 다름없는 일족의 주인이다. 그와 함께 라드 일족의 나라를 세우고 기틀을 잡아 나가는 것도 근사한 미래라고 생각했다.

그날 철왕과 대화는 흐지부지 끝났다. 그런데 더 이야기를 나누어 봐도 철왕의 생각이 바뀔 것 같지 않았다. 철왕 결심은 아주 확고했다.

신족이 아닌 자식을 보호하고 싶은 입장은 두 사람이 같았다. 그런데 시에나는 철왕만큼 절박하지 않았다. 자신의 아이는 절대 천덕꾸러기가 되지 않을 것이다. 대국의 왕 못지않은 쿤 라드의 후계자로 자랄 테니까.

아이는 괜찮다. 꿈속에서도 황제는 안심하고 공왕에게 아들을 맡겼다. 그는 정말 좋은 아버지가 되어 줄 것이다. 쿤과 자신, 두 사람이 문제였다.

자신이 황제가 되면 쿤은? 그를 정말 사랑하지만, 시에나는 조국도 사랑했다.

현재 제위를 물려받을 신족은 철왕과 은왕, 둘뿐이다. 하지만 대가 끊길 가능성은 적다. 선대 아케론 공작의 예처럼 찾아보면 분명 방계 쪽에 신족으로 태어난 아이가 있을 것이다.

그런데 적통이 둘이나 있는 상황에서 방계가 왕위에 오르면 제국은 정쟁의 소용돌이에 휘말리게 될 것이다. 방계 출신 황제는 황권 강화를 위해 적통 둘을 없애려 시도할 것이 틀림없다.

지금까지 제국에서 한 번도 벌어지지 않은 일이라 얼마만큼 제국이 혼란스러울지 감이 잡히지 않았다. 최악으로 가정한 기준보다 훨씬 더 나쁜 일이 벌어져도 이상하지 않다.

시에나는 풀 수 없는 매듭을 쥐고 괴로워하다가 문득 깨달았다. 왜 둘 중 하나를 택해야 하지? 둘 다 가지면 안 될 이유가 있나?

시에나가 그를 살짝 밀어냈다. 그의 어깨에 손을 얹고 그와 눈을 마주 보았다. 이기적이고 독하게 이 남자를 붙잡을 것이다.

"그러니까 쿤. 당신이 나를 위해 희생해. 내 곁에 있어. 내 아이의 아버지가 될 수 있는 사람은 당신뿐이야."

쿤은 그녀의 선명한 금색 눈동자에 꼼짝없이 사로잡히는 기분이 들었다. 네가 희생하라는 그녀의 요구가 당연하게 느껴졌다.

그리고 어째서일까. 스테판이 한 말이 떠올랐다.

「쿤 라드가 자신의 인생을 찾는 게 일족을 버린다는 의미는 아닙니다.」

사랑하는 사람, 사랑하는 사람과의 아이. 이 두 가지를 잃으면 쿤 라드의 인생에 남는 것이 뭐가 있을까. 어떤 희생으로도 맞바꿀 수 없다. 그녀에게 자신의 심장을 줬다. 그녀한테 영혼까지 사로잡힌 노예는 무력했다. 그녀가 하라면 하는 거다.

쿤은 고개를 디밀어 그녀의 입술에 짧게 키스했다.

"결혼하자, 시에나."

그는 한 번 더 입을 맞췄다.

"당신은 내가 보낸 홍화씨로 술을 담그고 내 아이까지 가졌어. 도망 못 가."

시에나가 웃으며 두 손으로 그의 얼굴을 감쌌다. 그녀의 손에 힘이 들어가자 쿤이 자신도 모르게 짧은 신음을 흘렸다.

"왜? 어디 아파?"

"턱이 좀⋯⋯."

시에나가 그의 얼굴을 잡아 돌렸다. 그녀는 옅게 멍이 올라오는 턱 아랫부분을 보고 눈이 휘둥그레졌다.

"다쳤어?"

"철왕한테 맞았어."

쿤은 기회를 놓치지 않고 고자질했다.

"철왕이? 언제?"

"아까 날 보자마자 다짜고짜 때리더라고."

"왜?"

쿤은 대충 이유를 짐작했다. 하지만 화가 난 오라버니의 심정을 시에나는 짐작 못 할 것이다. 그녀는 그렇게 섬세하지 않았다.

'내가 네 변명을 해 줄 이유가 없지. 안 그러냐, 디안.'

한 대 맞기까지 했는데. 쿤은 정말 억울하다는 듯 대답했다.

"모르지. 이유도 말 안 해 줬으니까."

"폭력을 쓰다니! 사람 얼굴에 이게 뭐야. 다시는 이러지 말라고 철왕에게 말해야겠어. 당신은 왜 맞아 주고 그래?"

쿤은 속상해하는 시에나를 바라보다가 그녀를 품 안에 가두듯 크게 팔을 벌려 끌어안았다. 그녀가 자신을 위해 화내 주는 게 좋았다. 심장이 말랑말랑하게 풀어져 머릿속도 흐물흐물해지는 기분이었다.

"뭐해?"

시에나는 그의 손이 슬금슬금 자신의 배를 더듬자 물었다. 뭔가를 찾는 것 같은 어색한 손길이었다.

"신기해서. ……만지면 기분 나빠?"

"상관없어. 그런데 지금은 눈으로 봐도 모르는걸."

"태동은 언제쯤이야? 막 움직인다던데. 손대면 느껴진다고."

"나도 잘 모르겠어. 그런데 최소한 앞으로 넉 달? 다섯 달?"

"오래 기다려야 하네."

시에나는 그의 중얼거림에서 실망의 기색을 읽었다.

"태동에 관심이 많은가 봐?"

"철왕이 어찌나 자랑하던지. 자기가 아버지 된다고 얼마나 잘난 척한 줄 알아?"

시에나는 쿡쿡 웃었다. 두 남자가 만나서 그런 유치한 신경전이나 하고 있었다니. 그녀의 상상 속에서 두 남자가 심각하고 진지한 대화를 나누는 장면이 와장창 깨졌다.

"아픈 데는 없어? 백작부인 말로는 당신이 매일 낮잠을 잔다던데 몸이 힘들어서 그런 거지?"

"낮잠은 늘었지만, 이상 증상은 없어."

"식사는?"

시에나는 선뜻 대답하지 못했다. 입덧 증상은 심하지 않았다. 간간이 속이 울렁거리는 정도에 그쳤다. 식사에 지장을 줄 만큼은 아니었다.

그런데 근래 새로운 증상이 나타나 고민이 생겼다. 특정한 음식이 수시로 눈앞에서 아른거렸다.

그녀는 원래 단맛 나는 간식을 좋아하는 것 외에 딱히 음식에 관한 호불호가 없었다. 처음 느끼는 강렬한 식욕이 당혹스러웠다.

"먹고 싶은 음식이 있는데 찾을 방법을 몰라서……."

"뭔데?"

"당신과 동굴에 있을 때 먹은 것들."

"……."

"어렵겠지?"

"아니, 아니야. 어렵지 않아."

붉은 전갈과 노란 용신목, 둘 다 제국까지 공수하기가 만만치 않았다.

용신목은 수분 함량이 높은 식물이라서 시들면 껍질만 남기고 쪼그라든다. 전갈은 사냥 후 하루만 지나도 살이 부패하기 시작한다.

둘 다 유통하면 미식가들의 돈을 쓸어 담을 맛인데도 시도하지 못한 이유가 있었다. 그래서 쿤은 동굴에서 지낼 때 한꺼번에 저장하지 않고 매일 꼬박꼬박 사냥하고 채집했다.

그러나 불가능은 없다. 그녀가 먹고 싶다지 않은가. 쿤은 무슨 수를 써서든 방법을 찾겠다고 의지를 불태웠다.

\*      \*      \*

─공작 각하. 상황의 추이를 더 지켜보셔야 할 것 같습니다. 지금 공작령은 리먼 공작가에서 푸는 재물 덕분에 모처럼 활기를 띠고 있습니다. 부디 안정을 찾은 백성들을 염려하시어……

인상을 찌푸리며 서신을 읽던 제프리가 쯧, 혀를 차더니 신경질적으로 구겨 버렸다. 책상 위에는 구겨진 종이 뭉치가 여럿이었다.

제프리는 리먼 가문이 아케론 가문의 멸문을 주도한 죄를 철저히 파헤치고자 했다.

하지만 돈도 권력도 없는 신생 아케론 가문에게 선택지는 거의 없었다. 제국은 영지전을 허용하지 않는다. 그나마 유일한 방법이 소송이었다.

그런데 두 가문이 완전히 척질 의도가 아니고서는 재판까지 가는 일은 거의 없었다. 분쟁이 일어나면 권위 있는 3자를 중재인으로 세워 협상으로 해결했다. 특히 제후 가문끼리의 재판 횟수는 제국 역사상 손에 꼽혔다.

제후 가문 간 소송은 절차가 더 까다로웠다. 공작 가문이 최소한 둘 이상 참여한 공동 고발이어야 한다.

제프리는 자신을 도와줄 공작 가문이 필요했다. 란델의 회유에 실패하고 그로시 공작을 찾아갔다. 지금 리먼 가문을 눌러놔야 곧 태어날 철왕과 당신 손녀의 아이 미래가 순탄하다고 설득했다.

그로시 공작은 선뜻 답을 주지 않았다. 리먼 가문이 제국 곳곳에 뻗친 영향력은 대단했다. 적으로 돌리기 부담스러웠을 것이다.

제프리가 소송 목적을 '적당한 금전적 배상을 받는 정도에서 그치겠다'라고 말하고 나서야 공동 고발자로서 참여하기로 약속했다.

하지만 제프리에게 재물은 부차적인 목적이었다. 아케론 가문이 처참하게 무너진 것처럼 리먼 가문도 짓뭉개 버리고 싶었다.

재판이 열리면 리먼 공작은 수도로 와야 한다. 공작이 공작령을 비우면 리먼 가문을 거냥하여 황제가 추진하는 일이 한결 수월해질 거라는 계산속이었다.

한 손 더 보태기 위해 제프리는 아케론 공작령에 뿔뿔이 흩어져 사는 옛 가신들에게 연락했다. 그들은 그동안 주인 잃은 아케론 땅을 지키며 리먼 가문에 착취당하는 영지민들을 보듬었다. 이십 년이 훌쩍 넘자 주변의 신망을 얻고 백성들의 구심점이 되었다.

제프리는 그들에게 영지민들을 선동하여 소요를 일으키라고 지시했다. 그런데 돌아온 대답은 실망스러웠다.

'괘씸한.'

영지민들의 삶을 보살펴 달라는 간절한 읍소가 제프리는 몹시 고까웠다.

'제깟 놈들이 무엇인데. 네놈들이 같잖은 대장 노릇에 빠져 단단히 착각하고 있구나. 그 땅의 주인은 너희들이 아니라 나다. 내가 아케론 공작이야!'

제프리는 분을 못 이겨 주먹으로 쾅, 책상을 내리쳤다. 여럿한테 받은 답변은 다들 입을 맞춘 것처럼 똑같았다.

'이놈들이 작당하지 않고서야. 리먼이 뿌리는 돈맛에 회유된 것인가?'

백성 핑계를 대며 거절을 돌려 말하는 의도가 의심스러웠다. 그뿐만 아니라 돌아가는 정황이 심상치 않았다. 황제가 진행하는 일도 잘 안 되는 것 같았다.

얼마 전에는 리먼 공이 수도로 귀환했다. 공작령의 난리가 대충 수습되었다는 뜻이다.

'폐하께서는 무슨 생각이신지······.'

알현을 청했으나 뵙지 못했다. 황제는 얼마 전부터 누구도 만나지 않고 거의 칩거 상태였다. 관리들도 황제를 못 본 지 꽤 되었다고 들었다. 대면 보고 없이 서류를 올리고 물러가면 나중에 황제가 검토를 마친 서류만 되돌려 받는다고 했다.

'새로운 계획을 짜고 계신 건가.'

추진하던 일이 실패했다고 침울해하는 건 황제와 어울리지 않았다. 분명히 냉정하게 원인을 분석하고 개선안을 마련하고 있을 것이다.

'음. 그러고 보니 태어난 황손이 이름을 받았겠구나.'

제프리는 날짜를 가늠하면서 일어났다. 디안은 사내아이가 태어났다는 소식만 짤막하게 보냈다.

출산이 순조롭지 않아서 철왕비가 고생했다는 말을 들은 터라 제프리는 정신없을 디안을 배려하여 이것저것 물어보고 싶은 마음을 꾹 참고 기다렸다.

'디안은 요즘도 중정에 폐하를 뵈러 가나? 태어난 황손 때문이라도 최근에 폐하를 뵈었겠지.'

제프리는 황궁으로 향했다. 머릿속이 복잡했으나 막상 마차가 황궁 입구를 통과하자 곧 보게 될 종손자 생각으로 가득 찼다.

'제 아비와 어미 중 누굴 더 닮았을까.'

제프리는 설레는 마음으로 철왕궁에 들어섰다. 그런데 마침 안에서 나오던 사람과 맞닥뜨렸다.

"그로시 공."

"아⋯⋯. 아케론 공."

"저보다 한발 빠르십니다. 증손자를 보러 오셨습니까?"

그로시 공작이 시선을 피하며 헛기침했다. 약간 흥분한 상태의 제프리는 그로시 공작의 석연찮은 태도를 눈여겨보지 못했다.

"저와 함께 들어가서서 한 번 더 보시지요."

"아닙니다. 일이 있어서 먼저 가 보겠습니다."

제프리는 마치 도망치는 것처럼 서둘러 가는 그로시 공작의 뒷모습을 의아하게 쳐다봤다. 기분 탓인가. 공작의 표정도 경직된 것 같았다.

잠시 후 제프리는 왜 그로시 공작의 태도가 이상했는지 알게 되었다. 디안이 안아서 보여 주는 종손자를 보며 제프리는 말문이 막혔다.

디안은 잠든 아들을 안고 싱글벙글 웃으며 말했다.

"커티스. 외조부님의 존함을 땄어요. 제가 이 이름을 제 아들에게 주고 싶다고 폐하께 말씀드렸더니 그러라고 하셨어요. 성격이 비올렛을 닮았는지 순해요. 잘 먹고 잘 자요."

제프리는 아이의 머리카락을 뚫어지게 쳐다봤다. 눈으로 보면서도 믿기지 않았다.

"⋯⋯정말 네 아들이냐?"

"제 아들이 아니면요?"

"네 아들이 신족이 아니라니!"

디안이 인상을 찌푸리며 혹시 커티스가 놀라 깨지 않았는지 살폈다. 아이가 약간 입을 삐죽이다가 다시 색색 고른 숨을 쉬었다.

디안은 멀찍이 서 있는 유모에게 손짓했다. 다가온 유모에게 아이를 안겨 내보냈다.

"아이가 뒤바뀐 것인지도 모른다. 적왕이 무슨 수작을……."

"숙부님. 커티스는 틀림없는 제 아들입니다."

"어떻게 네 아들이 신족이 아니란 말이냐."

디안이 어깨를 으쓱하며 대답했다.

"집안 내력인가 보지요. 제 작은아버지가 신족이 아니었다고, 숙부님께서 말씀해 주셨습니다. 설마 잊으셨어요?"

"아니야. 뭔가 잘못됐다."

계승 서열 회복을 앞두고 이게 무슨 날벼락인가. 이대로는 후계 자리가 바뀌어도 은왕과 리먼 가문의 기세가 꺾이지 않을 것이다.

"어디 가세요?"

디안은 다급히 돌아서는 제프리를 불러세웠다. 불안한 예감이 들었다.

"행여나 그로시 공을 뵙고 이상한 말씀 하지 마세요."

디안은 돌아보는 외숙의 표정을 보고 한숨을 내쉬었다. 자신의 예감이 아무래도 맞았던 모양이다.

"철왕비가 어려서 부모를 잃고 그로시 공의 손에서 컸다지. 부모 내력을 확인해 봐야겠다."

"숙부님!"

디안이 버럭 짜증을 냈다.

"그래서 그로시 공께 뭐라고 하시게요? 당신 손녀가 틀림없냐, 물으시게요? 비올렛에게 출생의 비밀 따위는 있을 리 없고 있다 해도 상관없어요."

"상관없다니. 그게 어떻게 상관이 없어! 넌 왜 진즉 내게 연락하지 않은 거냐. 애가 태어나자마자 신족이 아닌 걸 알았으면 내게 말했어야지!"

디안의 표정이 급격하게 싸늘히 식었다.

핏대를 올리던 제프리가 움찔했다.

"숙부님께 연락하면요?"

디안의 목소리가 잔뜩 가라앉았다.

"무슨 뾰족한 수라도 있으신가 봅니다? 제 아들이 신족이 될 수 있나요?"

'차라리 저 아이는 태어나지 않는 편이 나았다'라는 말을 제프리는 입안으로 삼켰다. 말로 꺼내면 돌이킬 수 없을 거라는 예감이 들었다.

"내 말은…… 입 단속해야 한다는 뜻이다. 최소한 송년회가 지날 때까지는 소문이 나서는 안 돼. 누가 알고 있냐."

"그로시 공. 그리고 숙부님이 두 번째 손님입니다."

은왕도 안다고 하면 숙부가 난리 칠 것이 뻔해서 말하지 않았다.

"오늘부터 손님 받지 마라. 아이는 누구에게도 보여 주지 말고 궁인들이 함부로 떠들지 못하게 철저히 단속하고."

"예, 알겠습니다."

디안은 순순히 대답했다. 공연히 외숙과 언쟁하여 기운 빼고 싶지 않았다. 그리고 소문내고 싶지 않다는 마음은 외숙과 같았다.

다만, 동기는 다를 것이다. 외숙은 커티스를 걸림돌로 여겨 그러는 것이다. 자신은 가능한 한 아들이 사람들 입에 오르내리게 하고 싶지 않을 뿐이었다.

제프리가 황제를 뵈어야겠다며 나간 후 디안은 씁쓸하게 중얼거렸다.

"신족이 아닌 제 아들은 숙부님께 아무런 의미도 없군요."

외숙은 전혀 아이에 관해 묻지 않았다. 돌아가신 외조부님 성함을 붙였다고 했는데도 이름 한 번 제대로 불러 주지 않았다.

디안은 커티스를 자신에 대입해서 생각하게 되었다.

'제가 신족이 아니었으면 절 조카로 인정하지 않으셨겠네요. 숙부님께 필요한 사람은 혈육인가요, 한을 풀어 줄 도구인가요.'

텅 빈 가슴에 쓸쓸한 바람만 불었다.


*       *       *


시에나는 드디어 조카를 만난다는 생각에 기뻐하며 철왕궁을 방문했다.

"이런 상태로 뵈어서 송구해요. 전하."

비올렛은 침대에 앉은 채 손님을 맞이하며 면구스러워했다.

"신경 쓰지 마요. 잘 쉬고 빨리 회복하는 것이 우선이지요."

시에나는 침대 옆에 놓인 의자에 앉았다.

"좀 어때요? 아직 걷지 못하나요?"

"아니에요. 시녀 손을 붙들고 침실 안은 조금씩 걸어 다녀요. 그래도 많이 나아졌어요. 처음 바닥에 발을 디뎠을 때는 저도 모르게 비명을 질렀거든요."

시에나의 표정이 살짝 굳었다가 물었다.

"그렇게…… 아픈가요?"

시에나가 자신을 걱정해서 묻는다고 생각한 비올렛이 진저리치며 고개를 내저었다.

"아, 정말 죽는 줄 알았어요. 말로 표현하기가 힘들어요. 다들 이런 고통을 겪고 아이를 낳는구나, 생각하니까 세상의 모든 어머니가 위대해 보여요."

"……."

시에나는 비올렛이 말하는 고통의 정도를 감 잡을 수 없었다. 실제로 비올렛은 죽다 살아났다. 출산 중 사망은 드문 일이 아니었다. 어느 가문의 누가 아이를 낳다가 죽었다는 소문이 종종 들렸다.

유모가 아이를 안고 들어왔다. 두툼한 요에 감싼 아이를 비올렛 옆에 내려놓고 멀찍이 물러섰다.

비올렛이 보송보송한 아이의 머리카락만 손끝으로 살짝 건드리며 애달픈 눈으로 바라보았다.

"커티스. 철왕 전하가 폐하께 허락을 받아 직접 지으신 이름이에요."

"커티스……. 좋은 이름이에요. 점잖은 신사로 자라겠군요."

시에나는 중얼거리며 갓난아이한테서 눈을 떼지 못했다. 신기하게도 작은 얼굴 안에 눈코입이 다 들어 있었다.

커티스는 눈을 깜빡거리며 앙증맞은 입으로 하품했다. 인형이 사람 흉내를 내는 것 같았다. 커티스의 눈동자는 금색이었다.

"철왕을 닮았어요."

"네. 눈동자 색이요."

"아니요. 코도 입 모양도. 한눈에 봐도 아버지가 누군지 알겠는데요."

비올렛의 숨소리가 거칠게 들려서 시에나는 고개를 들었다. 얼굴이 벌겋게 물든 비올렛의 눈에 눈물이 그렁그렁했다.

"죄송해요."

비올렛이 후드득 떨어지는 눈물을 닦았다.

"아이를 낳고 났더니 좀 이상해졌어요. 자꾸 시도 때도 없이 눈물이 나네요."

비올렛의 마음고생이 느껴졌다. 시에나는 말없이 비올렛의 손을 잡았다. 동그랗게 커진 비올렛 눈에서 더 많은 눈물이 쏟아졌다.

시에나는 아무 위로도 건네지 않았다. 비올렛의 흐느낌이 잦아들자 말했다.

"커티스를 안아 봐도 돼요?"

"네, 그럼요."

시에나가 손만 뻗은 채 어찌할 바를 모르자 비올렛이 유모를 불렀다.

시에나는 유모가 커티스를 안아 올리는 모습을 유심히 보고 대충 안는 자세를 흉내 냈다. 유모가 자세를 잡은 시에나에게 아기를 안겨 주었다.

"생각보다…… 무거운데요."

"네. 조그마한데 들어 보면 묵직하죠. 저도 놀랐어요. 제 아버지를 닮아서 뼈대가 크대요."

처음 안아 본 아기는 작고 약해서 바스러질 것 같았다. 힘을 주었다가는 아이가 다칠까 봐, 힘을 뺐다가는 아이를 놓칠까 봐 시에나는 적정한 균형점을 찾으려 애썼다. 그녀가 지금껏 만난 어떤 난제보다도 어려웠다.

커티스가 입을 오물오물하다가 배시시 웃었다. 시에나가 흠칫 놀라 자기도 모르게 목소리를 높였다.

"날 보고 웃었어요."

"배냇짓이에요. 아직 사람은 못 알아봐요."

"분명히 날 쳐다봤어요. 지금도요."

비올렛이 쿡쿡 웃었다. 늘 차분하기만 했던 은왕의 흥분한 반응이 재미있었다.

시에나는 아기 얼굴을 한참 내려다보았다. 커티스는 가만있지 않았다. 계속 눈을 깜빡이고 코끝을 찡긋거렸다. 그녀의 가슴 안쪽에서 뭉클한 감정이 치솟았다. 쿤을 생각할 때 느끼는 감정과 달랐다. 훨씬 안타깝고 세상의 모진 풍파에서 지켜 주고 싶었다.

"비올렛. 내가 커티스의 대모가 되어도 괜찮을까요?"

"……네?"

"커티스가 훌륭한 청년으로 자라는 동안 가까이에서 지켜보는 기쁨을 내게도 나눠 줘요."

시에나는 고개를 들어 미소 지었다. 비올렛의 눈시울이 다시 붉어졌다.

대모 혹은 대부로서 아이의 후견인이 된다는 건 부모 역할을 함께하겠다는 의미였다. 후견인은 아이의 양육은 물론 사교계 데뷔,

성년식, 혼인까지 모두 친부모와 공동으로 책임진다. 채권자는 채무자의 빚을 채무자의 대부에게 청구할 수 있다는 판결이 나온 적도 있었다.

그러나 후견인이 피후견인한테 부양받을 권리는 없었다. 즉, 권리는 거의 없고 의무만 있었다.

큰 희생을 감수해야 하므로 부와 권력이 있다고 해도 선뜻 누군가의 후견인을 자청하는 일은 흔치 않았다. 누가 누구의 후견인이 되었다더라, 하는 소문이 사교계의 이야깃거리가 될 정도였다.

비올렛은 엊그제 디안의 결심을 들었다. 마치 지나가는 이야기처럼 그는 가볍게 말했다.

「계승권을 포기하려고 해. 아무래도 내가 감당할 자리가 아닌 것 같아.」

남편이 아들을 위해 포기한 것은 엄청났다. 그렇지만 '그러지 마세요'라고 말할 수 없었다. 남편의 영광된 미래보다 갓 태어난 아들이 더 눈에 밟혔다.

비올렛은 자신에게 이토록 강렬한 모성애가 있는 줄 몰랐다. 커티스만 생각하면 심장이 아프고 아들을 위해서 모든 것을 내던질 수 있었다.

다만 자신과 아이가 그의 앞길을 막는 것 같아서 우울했다. 커티스의 미래도 걱정됐다.

은왕이 대모가 되면 커티스는 제국 최고의 권력자를 뒷배로 두는 셈이다. 은왕은 언젠가 황제가 될 테니까.

"감사합니다. 전하."

비올렛의 목소리가 가늘게 떨렸다. 울먹이는 비올렛에게 시에나가 웃으며 말했다.

"철왕이 들어오면 내가 비올렛을 괴롭혔다고 오해하겠어요. 그만 울어요."

두 사람이 화기애애한 대화를 나누는 동안 침실 바깥의 응접실 분위기는 썰렁했다. 소파에 마주 앉은 두 남자의 표정이 뚱했다.

디안이 몹시 유감스러운 표정으로 말했다.

"치사한 놈아. 그거 한 대 맞았다고 은왕한테 쪼르르 달려가 이르냐? 넌 맞았다는 소리 하는 게 창피하지도 않디?"

디안은 은왕한테 황족의 체면이 있지 어떻게 시정잡배처럼 주먹질하느냐고 한 소리 들었다. 쿤의 얼굴을 보자 꼬인 속이 몇 번 더 비틀렸다.

"묻길래 대답했을 뿐이야. 난 그녀한테 아무것도 숨기는 게 없어. 은왕이 뭐랬는데?"

"차라리 검으로 결투를 하란다."

"틀린 말 하지도 않았네."

디안이 기가 막혀 코웃음 쳤다.

"너한테 검 들고 덤비라고?"

주먹이니까 저 녀석이 그래도 한 대 맞아 줬지, 무기를 들었으면 어림도 없었다.

"은왕이 네 실체를 알아야 하는데. 너 머리 되게 굴리고 계산적인 거 은왕은 모르지?"

"난 은왕한테 그런 적 없다. 내 무덤 파는 짓은 안 해. 그녀가 절대 둔한 사람은 아니거든."

디안은 쿤을 노려봤다. 그것도 머리 굴리는 짓이라고!

"넌 여기 왜 왔어!"

짜증이 나서 버럭 내질렀다.

"은왕이 같이 가자길래."

"너한테는 내 아들 안 보여 줘. 넌 내 아들과 아무 관계도 아니니까."

"어차피 곧 처조카가 될 텐데……."

"누가 처조카야!"

두 남자는 시답지 않은 말다툼을 벌이며 으르렁대다가 문이 열리는 소리를 듣고 입을 다물었다.

고개를 돌려 침실 문을 바라본 디안이 일어났다.

시에나가 아이를 안은 채 침실에서 나왔다. 디안이 얼른 가까이 다가갔다. 아들 얼굴을 보는 디안의 표정이 자기도 모르게 헤벌쭉 풀어졌다.

"커티스가 철왕을 많이 닮았어요."

"그렇죠?"

반색하는 디안을 보며 시에나가 웃었다.

"그 말, 비올렛에게도 꼭 해 줘요. 내가 아무리 말해도 한 귀로 흘리는 눈치더라고요."

갓 태어났을 때는 잘 몰랐다. 며칠 지나고 아이 얼굴이 뽀얗게 피어나니까 신기할 정도로 자신을 쏙 빼닮은 이목구비가 드러났다. 그런데 비올렛은 위로할 목적으로 하는 말이라고 생각해서 참 답답했다.

"비올렛에게도 말했어요. 안으로 들어가 봐요. 비올렛 혼자 있으니까."

"그래요. 들어갑시다."

"아니요. 철왕 혼자요. 난 커티스를 라드 후에게 보여 주려고 데리고 나왔어요."

디안의 표정이 일그러졌다. 쿤이 고개를 돌리며 소리 죽여 웃음을 삼켰다.

시에나가 디안 표정을 살피며 의아해했다.

"왜요? 라드 후가 침실 안으로 들어갈 수 없으니까 데리고 나온 건데. 비올렛도 괜찮다고 했어요."

"……커티스가 울까 봐……."

디안이 우물거리며 대답했다.

"울면 바로 데리고 들어갈게요."

디안은 힘 빠진 표정으로 고개를 끄덕였다. 쿤에게 아들을 보여 주기 싫다는 자신의 심술을 말해 봤자 은왕은 이상한 사람 보듯 할 것이다. 속 좁게 굴지 말라고 야단만 듣겠지.

디안은 침실 문을 열기 직전 뒤를 돌아보았다. 두 남녀가 다정하게 머리를 맞대고 커티스를 보고 있었다.

둘이 소곤거리는 말소리가 잘 들리지 않았다. 무슨 재미난 말을 들었는지 은왕이 즐겁게 웃었다. 보기 좋은 광경인데 명치에 뭐가 걸린 기분이었다. 복통 같기도 하다.

'아들이라 다행이야.'

커티스가 딸이었으면 다 커서 어느 날 이상한 놈 데려와 시시덕거리겠지. 속이 뒤집혀 그 꼴을 어찌 보나.

'쿤. 네 녀석은 딸을 낳아서 내 심정을 알아야 해.'

디안은 구시렁거리면서 침실 안으로 들어갔다.

*     *     *

수도의 블레스 공작 저에 낡은 로브를 입은 손님이 방문했다.

"공작 각하를 뵈러 왔습니다. 사전에 약속은 되어 있지 않으나 길리안이 왔다고 말씀 올려 주십시오."

도무지 공작의 손님으로 보이지 않는 허름한 차림새의 중년인이었다. 집사는 미심쩍은 눈으로 살폈지만, 정중하게 응접실로 안내했다. 응접실에 앉아 기다리는 동안 길리안은 '과연' 하고 고개를 끄덕였다.

아무리 겉모습이 형편없어도 주인의 손님이면 예의를 갖추는 모습에서 공작가의 내부 질서가 얼마나 잘 잡혀 있는지 알 수 있었다.

'우리도 그랬었지.'

그는 아련한 눈빛으로 그리운 옛 기억을 떠올렸다. 아케론 공작가문이 당당히 제국 최고의 명문가로 이름을 떨쳤던 그 시절, 그분을 주인으로 모시는 동안 자랑스러웠고 세상에 두려울 게 없었다.

잠시 후 집사가 돌아왔다.

"주인님께서 기다리고 계십니다. 모셔다드리겠습니다."

길리안은 집사를 따라 블레스 공작의 집무실로 갔다. 집사는 집무실 문 앞까지만 안내하고 물러갔다. 그는 문을 열고 안으로 들어갔다. 란델이 이동의자를 굴리며 책상에서 나왔다.

"어서 오게."

길리안이 깊이 고개를 숙여 인사했다.

"자네, 많이 늙었군."

"뵌 지 십 년이 넘었습니다."

"벌써 그렇게 되었던가. 와서 앉게."

길리안이 소파에 앉고 란델이 맞은편으로 이동의자를 이동했다.

"수도에 어쩐 일인가."

"아케론 공작님의 부름을 받았습니다. 여기까지 온 김에 은인을 뵙고 인사드리지 않을 수가 없었지요."

"제프리가 자네를 불렀다고?"

"저만 부르신 게 아닙니다."

잠시 생각하던 란델의 눈빛이 가라앉았다.

"철왕 전하 일인가?"

길리안은 머뭇거렸다.

"철왕 전하에 관해 말씀드리지 못해 죄송합니다. 제가 각하께 갚지 못할 은혜를 입었는데……."

"아닐세. 이해하네. 누구도 믿을 수 없었겠지."

길리안은 디안이 빈민가를 떠난 이후부터 디안을 양육한 아케론 공작가의 옛 가신 중 한 명이었다.

혹시 모를 추적을 조심하느라 몇 개월마다 거처를 옮겨 다녔다. 한 사람이 디안을 맡는 기간은 최대 1년이 넘지 않도록 했다. 하루하루가 살얼음판이었다.

길리안은 디안이 열다섯 살 무렵에 약 반년 동안 보호자로 있었다. 다른 보호자에게 디안을 보낸 후 그는 아케론 공작령으로 갔다. 비록 고통스러운 기억만 남은 땅이지만, 고향에서 살다가 죽고 싶었다.

길리안은 흑암성에서 멀지 않은 곳에 거처를 정했다. 대충 자리를 잡을 무렵 근방에서 암약하는 건달패 무리와 좋지 않은 일로 엮였다. 죽음의 위기에서 주변을 돌아보니 도움을 청할 곳이 없었다. 에라 모르겠다는 심정으로 백암성을 찾아갔다.

딱히 블레스 공작과 아는 사이가 아니었다. 옛날에 어린 청년이었던 공작을 멀찌감치에서 몇 번 봤을 뿐이었다. 그저 돌아가신 옛 주인님과의 인연에 기댔다.

무작정 찾아가긴 했으나, 기대는 하지 않았다. 행색이 엉망이었기에 비렁뱅이가 감히 공작님을 찾는다고 얻어맞고 쫓겨날 줄 알았다. 그런데 무사히 블레스 공작을 만났고 도움도 받았다.

인연은 한 번으로 끝나지 않았다. 란델은 얼굴 없는 후원자가 되어 길리안을 통해 아케론 공작령의 영지민들을 돕겠다고 제안했다.

길리안은 란델의 지원을 받아 헐벗고 굶주린 아케론 백성들을 구호했다. 일 년, 이 년, 세월이 흐르는 동안 길리안은 주변의 신망을 얻어 존경받는 어르신이 되었다.

길리안이 최초의 도움을 받았던 그 날 이후로 두 사람은 만남 대신 가끔 서신을 주고받았다. 서신으로 꽤 많은 이야기를 나누었지만, 철왕의 존재만큼은 란델에게 말할 수 없었다.

큰 은혜를 입은 분께 솔직하지 못했다는 죄스러움이 내내 그를 괴롭혔다.

"난 백부님을 존경했고 지금도 존경한다네. 내가 죽은 후 내 사람들이 자네들처럼 충성스러울까, 난 확신이 서지 않거든. 내게 미안해할 것 없네. 난 백부님께 끝까지 의리를 지킨 자네를 좋아하니까."

길리안의 눈시울이 살짝 붉어졌다.

"여길 나가서 제프리를 만나거든 날 봤다는 얘기는 말게."

"예?"

"나와 자네 인연도, 자네가 얼마 전에 내 조언을 구한 일도 함구하게."

제프리는 영지민을 동원해 공작령에서 소요를 일으키라는 내용의 서신을 여럿에게 보냈고 길리안도 받았다.

아케론 가문은 복권되었다. 아케론의 가신이 공작인 제프리의 명령에 따르지 않으면 불충이다. 하지만 지시대로 하면 공작령은 다시 소란스러워진다. 이제 겨우 희망을 얻어 웃음을 찾은 영지민들 삶이 도로 엉망이 될 것이다.

길리안은 란델에게 조언을 구했다. 란델은 백성을 위하는 길이 무엇인지 생각해서 판단하라고 답변을 보냈다.

길리안은 고민 끝에 완곡한 거절과 간절한 청원을 담은 답변을 제프리에게 보냈다.

"요즘 제프리와 내 의견이 맞지 않네. 날 오해하는 건 어쩔 수 없지만, 자네가 괜한 곤욕을 치를 수 있어."

길리안이 무거운 표정으로 고개를 끄덕였다. 자세한 사정은 캐묻지 않았다. 납득하기 어려운 지시를 받았을 때부터 뭔가 잘못되었다고 생각했다. 돌아가신 공작님이시라면 절대 백성들을 수단으로 이용하지 않으셨을 것이다.

길리안이 돌아간 후 란델은 복잡한 기분에 잠겼다. 길리안은 모르는 일이지만, 란델은 길리안 외에 여럿을 후원했다. 다들 길리안처럼 란델의 지원을 받아 영지민들을 구호하다가 신망을 얻어 작은 구심점이 되었다.

란델이 그들을 도운 데에 특별한 의도는 없었다. 직접 나설 수 없어서 대신해 줄 사람이 필요했다. 어떤 방식으로든 과거에 아케론 공작을 적극적으로 돕지 못했던 죄책감을 덜고 싶었다. 아케론 영지민들을 남몰래 돕는 것만이 그가 할 수 있는 최선이었다.

'자네가 알면 시커먼 속내가 있을 거라고 의심하려나.'

란델은 제프리를 떠올리며 쓴웃음을 지었다.

공교롭게도 란델이 후원한 자들 대부분이 제프리의 서신을 받았고 또 그들 대부분이 란델에게 의견을 구했다. 란델은 딱히 그들에게 구체적인 지시를 내리지 않았다. 원론적인 충고를 했을 뿐이다.

그런데 보기에 따라서는 아케론 공작령의 일에 블레스 공작이 간섭했다고 비칠 여지가 있었다.

'제프리. 어리석은 짓은 말게. 나중에 후회할 걸세.'

복수에 눈이 가려진 친구가 안타까웠다.

그를 답답하게 하는 문제가 또 있었다.

'제프리는 아마 송년회 때 계승 서열 회복을 결론지을 계획 같은데…… 철왕께서 아들을 얻으셨다니 은왕 전하 입지가 더 좁아지겠군.'

은왕을 생각하면 안타까웠다. 얼마나 심란하시겠는가. 마음 같아서는 매일 뵙고 싶었다. 황제 눈치를 살피느라 은왕을 알현하는 것도 조심스러웠다.

그는 막내아들을 떠올리며 끌끌 혀를 찼다.

'에잉. 패기 없는 녀석.'

어찌 되어 가느냐고 슬쩍 찔러 봤더니 아들 답변이 실망스러웠다.

「아버지. 객관적으로 판단하세요. 제가 라드 후작을 이길 수 있을 것 같습니까?」

「이놈아. 도전도 하기 전에 포기냐? 어디 가서 내 아들이라고 하지 마!」

「제가 위로 형님만 여섯입니다. 형님들이 이건 내 것, 하면 전 포기해야 했어요. 욕심내 봤자 가질 수 없다고 배우며 자랐지요. 제 탓은 하지 마세요. 저도 속 쓰립니다. 몇 년 전에 제가 수도 구경이 하고 싶다고 했을 때 보내 주시지 그러셨어요.」

아들 녀석 말에 대꾸할 말이 없어서 쩝, 입맛만 다셨다.

'얼마 전에 라드 후작이 돌아왔다지. 조만간 한번 만나 봐야 할 텐데…….'

은왕께서 그자에게 마음이 있는 건 확실했다. 라드 후작의 속내는 어떤지 알아볼 필요가 있었다.

'전하께서 아무리 영명하시다 해도 남녀 관계에서 판단력은 다른 문제지. 의사가 제 병은 못 고친다 하지 않던가.'

그자가 다른 속셈을 품고 은왕께 접근했다는 약간이라는 의심만 들어도 사생결단으로 그자를 은왕 곁에서 떼어 놓으리라. 란델은 결연히 다짐했다.

*   *   *

쿤은 전신 거울 앞에 서서 못마땅한 표정으로 미간을 찌푸렸다.

"이건 아니야. 다른 거."

"예?"

발터가 되물었다. 그의 짧은 한 마디에는 '대체 왜 이러세요?'라는 의미가 함축적으로 포함되어 있었다.

"너무 화려해. 단정한 거로 가져와."

"쿤."

지금 네 벌째 갈아입었거든요, 라는 말은 그냥 삼켰다. 쿤의 눈빛이 평소와 달랐다. 말대꾸했다가는 크게 탈이 날 것 같은 느낌이었다.

발터는 한숨을 내쉬었다.

"예, 예. 다른 거로 가져옵지요."

첫 입궁 때도 이러지 않았으면서 오늘따라 유난히 옷 트집을 잡는 쿤이 이상했다. 평소에는 입히는 대로 군말이 없던 분이었다.

오늘 쿤이 무슨 목적으로 입궁하는지 알았으면 발터가 더 호들 갑스럽게 난리 쳤을 것이다.

결국, 일곱 번째 옷으로 낙점했다. 만족해서가 아니라 시간이 없었다. 황궁으로 출발한 마차 안에서 쿤은 안절부절못했다. 다리에 얹은 손가락이 초조하게 계속 툭툭 두드렸다.

오늘 그녀와 함께 황제를 뵙기로 했다. 결혼 허락을 받기 위해서다.

쿤은 어젯밤에 한숨도 못 잤다. 이 정도로 긴장한 적이 과연 있었나 싶었다. 장인어른 될 분 앞에서 '따님과 결혼하고 싶습니다.'라고 말해야 하는 상황 자체가 목이 졸리는 기분이었다.

그분이 황제 폐하라는 점은 관계없었다. 아마 힘없는 촌부였어도 쿤의 긴장감은 조금도 줄지 않았을 것이다.

황궁 출입문을 통과해 속도를 줄여 달리던 마차가 멈췄다. 쿤은 마차에서 내려 크게 심호흡한 후 은왕궁을 향해 걸음을 뗐다.

베스가 그를 맞이했다. 오늘 쿤이 은왕궁을 방문한 목적을 아는 사람은 그녀뿐이었다. 기분이 싱숭생숭했다.

"어서 오세요. 후작님. 잠시 기다리셔야 할 것 같습니다."

베스가 쿤을 응접실로 안내했다.

"백작부인."

쿤은 차를 준비하겠다며 나가는 베스를 불렀다.

"차는 괜찮습니다. 물 한 잔만 주시겠습니까? 아주 차가운 물이요."

"예. 알겠습니다."

대답하고 이동의자를 돌리는 베스가 터지는 웃음을 꾹 참았다. 한겨울에 냉수를 찾는 후작의 심정을 알 것 같았다.

쿤은 시에나를 기다리는 잠깐 사이에 냉수를 연거푸 두 잔 들이 켰다. 그래도 목 안의 깔깔한 느낌이 사라지지 않았다.

응접실 문이 열리고 시에나가 들어왔다. 쿤이 벌떡 일어났다. 시에나가 그에게 다가가 말했다.

"아까 태양궁 시종이 와서 태양궁이 아니라 별궁으로 오라는 폐하 말씀을 전하고 갔어."

시에나는 장소가 바뀐 것이 신경 쓰였다. 이름뿐인 황제의 별궁이었다. 비어 있을 때가 훨씬 많았다.

"별궁이 알현 장소로 쓰인 적이 없는데……."

"오히려 잘 됐지. 당신과 내가 함께 폐하를 뵈면 말이 나돌 텐데 별궁이면 시선 피하기 좋으니까."

"흠……."

"뵙지 못하는 것보다는 나아."

"하긴, 당신 말이 맞아."

황제는 칩거 중이었다. 아무도 만나지 않은 지 꽤 되었다. 그래서 시에나는 알현을 청하며 걱정했다. 뜻밖에 순순히 허락의 답이 돌아왔다.

철왕 역시 아이의 이름을 짓는 문제로 황제를 뵙는 데 문제가 없었으니 지금 황제는 오직 철왕과 은왕, 두 자식만 만나 주는 셈이었다.

*    *    *

마차가 별궁 앞에 도착했다. 쿤이 먼저 내린 후 시에나가 그의
손을 잡고 간이 계단을 내려왔다.

쿤이 '조심해.'라고 말하자 시에나가 가볍게 웃었다. 그는 마차에
올라탈 때도 같은 말을 했다.

평소에는 한산한 별궁 주변을 근위 기사들이 삼엄하게 둘러싸고
있었다. 시종장이 나와서 기다리고 있다가 두 사람이 다가오자 고
개를 숙였다.

그들은 안으로 들어갔다. 별궁 입구에서 정면, 좌, 우, 세 군데로
복도가 갈라졌다. 쿤은 예전에 적왕의 흥계에 빠져 오른쪽으로 꺾
어지면 나오는 방만 들어가 봤다. 이번에는 시종장을 따라 쭉 정면
으로 계속 걸었다.

시종장이 복도 끝에 있는 유일한 문을 열었다. 상대적으로 여유
롭던 시에나도 살짝 긴장했다.

황제는 출입문 방향을 등지고 뒷짐 진 채 서 있었다. 황제는 제
국의 상징인 신목을 수놓은 공예품을 바라보고 있었다. 벽을 장식
한 작품의 높이가 천장까지 닿았다. 수십 명의 장인이 몇 년에 걸쳐
제작한 명작으로 수가 워낙 섬세해서 얼핏 보면 그림 같았다.

시종장이 고했다.

"폐하. 은왕 전하, 라드 후작 들었사옵니다."

"인사 올립니다, 폐하."

"인사 올립니다, 폐하."

두 사람이 무릎을 굽히고 깊이 상체를 숙였다. 황제가 천천히 돌아섰다. 나란히 함께 있는 두 사람을 묘한 시선으로 보다가 말했다.

"일어나도 좋다."

황제가 그들을 지나쳐 소파로 걸어가 앉았다.

"와서 앉으라."

두 사람은 소파로 다가갔다가 멈칫하고는 시선을 교환했다.

소파테이블을 가운데 두고 마주 보는 두 개의 긴 소파를 한 자리의 상석이 내려다보는 구조였다. 그런데 황제는 상석이 아닌, 긴 소파에 앉았다. 그러면 두 사람은 황제와 마주 보며 앉게 된다.

두 사람은 조심스러운 태도로 소파에 앉았다. 잠시 후 시종장이 차를 테이블에 내려놓고 몇 걸음 뒤로 물러섰다.

"둘이 함께 온 것을 보니 공무는 아닌 것 같군."

황제는 시에나를 보며 말했으나 대답은 쿤이 했다.

"폐하. 오늘 폐하께 알현을 청한 목적을 소신이 말씀 올려도 될는지요."

"말하라."

쿤은 호흡을 가다듬은 후 입을 열었다.

"소신이 은왕 전하께 청혼하였습니다."

황제의 눈썹이 꿈틀했다.

"은왕 전하는 두 사람의 마음만으로 성사될 일이 아니며 황제 폐하의 허락을 구하는 일이 우선이라고 답변하셨습니다. 은왕 전하와 견주어 제가 부족하지만 부족함을 채우기 위해 평생 노력하겠습니다. 부디 허락해 주시옵소서."

황제가 가늘게 뜬 눈으로 쿤을 응시했다. 황제의 침묵이 길어질수록 살짝 주먹 쥔 쿤의 손에 힘이 들어갔다.

"은왕."

"예, 폐하."

"정말 내게 허락을 구하러 온 것이냐, 통보하는 것이냐."

"통보는 당치 않습니다."

"내가 허락하지 않겠다고 하면 어찌하겠느냐?"

시에나가 지그시 입술을 물었다.

"간곡히 청을 올리겠습니다."

"절대 불허한다고 하면?"

"물러가겠습니다."

"물러가서?"

"기다리겠습니다."

"포기는 안 하겠다는 말이구나."

"……."

시에나는 '곧 아이가 태어나니까요.'라고 속으로만 중얼거렸다. 처음 계획은 아이의 존재부터 드러내는 것이었다. 하지만 쿤이 반대했다. 그건 최후의 수단이어야 한다고 말했다.

「시에나. 우리는 허락을 받으러 가는 거야. 아이가 생겼으니 허락해 달라는 말은 답안을 미리 주고 질문하는 것과 같아. 오늘은 절대 아이 얘기는 하지 마.」

시에나는 그와 자신 사이에 견해 차이가 있음을 알게 되었다.

자신은 오늘 결론을 내려 했으나 쿤은 오늘 하루만으로는 허락받지 못할 테니까 인내심을 갖자고 말했다. 길게 논쟁할 시간이 없어서 그에게는 알았다고 했지만, 시에나 의견은 달랐다.

디안의 계승권 포기 계획은 아직 쿤에게 말하지 않았다. 확정 사실은 아니니까. 하지만 내심 철왕이 마음을 바꿀 가능성은 적다고 생각했다.

철왕이 계승권을 포기하고 시에나의 후계 자리가 확고해지면 황제는 이 결혼을 더더욱 허락하지 않을 것이다. 그러니까 반드시 오늘 황제의 반허락이라도 받아야 한다.

'폐하께서 지금껏 일단 하신 말씀을 번복한 적이 없으시니까.'

황제의 시선이 쿤에게 향했다.

"라드 후."

"예, 폐하."

"경은 작위를 받았으나 엄연히 제국인은 아니다. 결혼 허락의 조건으로 경이 제국인이 되어야 한다면 어쩌겠는가?"

"그리하겠습니다."

망설임 없는 즉답이 나오자 황제가 흥미롭게 쳐다봤다.

"그러면 라드 일족도 제국인으로 편입하는 것인가?"

쿤의 눈동자가 흔들렸다. 예상했던 질문 중 하나였다. 그는 곤란한 질문에 적절한 답을 찾느라 밤새워 끙끙거렸다. 모두를 만족시키는 답은 없다는 결론이 나왔고 자신이 할 수 있는 대답을 하자고 결심했다.

"폐하. 제가 현재 라드 일족의 수장이기는 하지만, 일국의 왕과 다릅니다. 일족은 제 소유물이 아니며 그들의 자유 의지를 제가 멋대로 구속할 수 없습니다."

"못 하겠다는 건가? 자신이 바라는 것만 얻고 아무것도 내놓지 않겠다는 말 아니냐."

"제가 이 상황을 모면하기 위해 할 수 없는 일은 하겠다고 말씀드리는 것이야말로 폐하를 기만하는 것이라고 생각합니다."

"양측에 모두 발을 걸치겠다?"

"폐하. 제국인이 되는 길을 택하면서 어찌 제가 계속 라드 일족의 수장 자리에 있을 수 있겠습니까."

황제는 쿤의 진의를 가늠하려는 듯 유심히 표정을 살폈다.

"일국의 왕과 다르긴 해. 오히려 더 낫지."

질문인지 혼잣말인지 알 수 없었다. 쿤은 뭐라고 대답을 해야 하나 망설였다. 다행히 곧바로 황제는 다음 질문을 던졌다.

"제국인은 제국의 국익을 먼저 생각해야 한다. 제국의 국익과 라드 일족의 이익이 부딪쳤을 때 제국의 편에 설 수 있겠나?"

"양측 모두에게 해롭지 않은 답을 찾겠습니다. 제가 할 수 있는 모든 노력을 다했는데도 양자택일을 해야 한다면……. 예. 제국인은 제국의 국익을 생각해야겠지요."

시에나는 두 사람 대화에 끼어들지 않기 위해 이를 사리물었다.

황제가 어떤 부당한 말을 해도 반박하지 않기로 사전에 그와 약속했다. 하지만 자꾸 그를 궁지에 몰아넣는 황제가 원망스러웠다.

쿤에게 '당신이 날 위해 희생해'라고 말했지만, 막상 그의 입에서 제국인이 되겠다는 말이 나오니까 마음이 아팠다.

"진정으로 라드 수장 자리를 놓을 수 있겠나?"

"그렇습니다."

이 대답을 하기 위해서 쿤은 고뇌의 나날을 보냈다.

다행히 라드 일족에는 인재가 많았다. 오랜 세월 걸쳐 축적한 체계는 빈틈없이 단단했다. 자신의 자리를 열두 원로 중 아무나 대신해도 흔들리지 않을 것이다.

일족을 떠난 자신은 배신자로 낙인찍혀 증오의 대상이 되겠지만, 그건 감당해야 할 몫이었다.

"여자 하나를 얻으려고 모든 것을 버리겠다?"

시에나가 미간을 찌푸렸다. 황제의 건조한 말투가 더 속을 뒤집었다. 정말 궁금하지도 않으면서 곤란한 질문으로 사람을 괴롭힌다는 생각만 들었다.

'라드 일족에 관심 없으시면서.'

황제가 라드 일족을 탐냈다면 진즉 손을 뻗쳤을 것이다. 제국 영토가 신목의 영향 범위까지라는 한계가 있기 때문인지 제국은 영토 욕심이 없었고 타국의 일에 관심도 없었다.

그건 쿤도 인정한 사실이었다. 라드 상회가 제국에 본점을 둔 것은 지금껏 제국이 라드 일족에 별다른 욕심을 보이지 않아서라고 했다.

"여자 하나가 아닙니다."

쿤이 시에나에게 시선을 돌렸다.

잔뜩 짜증이 났던 시에나는 그의 미소를 보니까 부글거리던 속이 점차 가라앉았다.

"제 모든 것을 다 바쳐서라도 얻을 수 있다면 후회하지 않습니다."

황제는 서로에게서 눈을 떼지 못하는 둘을 보며 픽 웃었다.

"라드 후. 경은 물러가라."

"……예?"

"경의 생각은 잘 알았다. 이제는 은왕의 말을 들어 봐야지."

쿤과 눈이 마주친 시에나가 살짝 고개를 끄덕였다. 쿤은 어쩔 수 없이 일어났다.

"물러가겠습니다. 폐하."

그는 내키지 않는 발걸음으로 방을 나왔다. 시종장은 문 앞까지만 따라 나오고 다시 안으로 들어갔다.

쿤은 복도를 따라 걷다가 뒤를 돌아보았다. 뒷덜미가 잡힌 것처럼 걸음이 떨어지지 않았다. 그녀가 나올 때까지 기다릴 마음으로 벽 가까이 기대섰다. 저만치 보이는 굳게 닫힌 문이 넘을 수 없는 벽처럼 느껴졌다.

마주 앉은 부녀의 침묵이 어색했다.

'내게는 무슨 말씀을 하실까.'

긴장한 그녀의 시선 끝에 황제의 손이 들어왔다. 황제는 가죽 장갑을 끼고 있었다. 계절이 서늘하니 보온을 위해 끼었다고 하면 딱히 이상할 건 없지만, 신족은 더위나 추위를 잘 타지 않았다.

"은왕."

"예, 폐하."

시에나가 턱을 살짝 들었다.

"이 결혼은 네게 이득이 없다."

"폐하. 이득을 따져 라드 후와 결혼하려는 게 아닙니다."

"꼭 저 사내가 갖고 싶으면 약혼만 해라."

"저는 결혼 허락을 받으러 왔습니다."

"서두를 이유가 무엇이냐?"

"……."

"너는 먼 미래도 생각해야 한다. 장차 네가 내 뒤를 이어 제위에 오르면 라드 후가 청왕이 될 자격이 있는지 논란이 벌어질 것이다. 철왕 얘기는 하지 마라. 아직은 네가 내 후계다."

"제후 공작 가문 출신만 황제의 배우자가 된 것은 관행입니다. 법적 의무는 아닙니다."

"그러나 황제가 자손을 남겨야 하는 것은 의무다. 신족은 신목을 지켜야 한다."

그 부분은 시에나도 고민이 많았다. '양자를 들이자'라고 결론을 내렸다. 뒤지면 어딘가에 신족으로 태어난 방계 혈족이 있을 것이다.

불확실한 기대에 모든 것을 거는 무책임한 행동이었다. 쿤을 만나기 전의 자신이 지금의 자신을 보면 어리석다고 비난했을 것이다.

하지만 주어진 길을 걷기만 했을 때 펼쳐질 미래를 안다. 그 미래는 불행했고 비극적이었다.

시에나는 자신이 봤던 꿈을 같은 과오를 반복하지 말라는 신의 뜻으로 해석했다. 지금의 선택이 행복으로 이어진다는 보장은 없지만, 한 가지만은 확실했다.

오롯이 내 의지이므로 어떤 결과라도 후회는 없을 것이다.

"폐하. 언젠가 제게 하신 말씀을 기억하십니까? 제가 라드 후와 소문이 났을 때 도움이 필요하면 찾아오라고 하셨습니다."

"……기억한다."

황제는 뚜렷이 기억했다. 그 말을 해 놓고 멋쩍은 기분이 들었기 때문이다. 왜 그런 말을 했는지 지금도 모르겠다.

그는 인간사에 관심이 없었다. 사교계를 휩쓰는 세기의 염문설도, 심지어 적왕이 정부들을 끼고 놀아도 그러거나 말거나였다. 그런데 은왕이 연애한다는 소문은 그의 흥미를 끌었다. 가끔 시종장에게 새로운 소문이 있느냐, 묻기도 했다.

자신과 가장 닮은 자식이라고 생각했기 때문일까. 어쩌면 황제는 은왕을 통해 젊은 시절 뜨거웠던 자신의 사랑을 떠올렸는지도 모른다.

"도와주세요."

황제는 물끄러미 시에나를 바라보다가 한숨을 내쉬었다. 모든 일을 알아서 척척하던 은왕이 처음으로 개인적인 부탁을 했다. 딱 잘라 낼 수가 없었다.

"결혼한다 치자. 말했듯이 네가 황제가 되면 청왕 자리를 놓고 시끄러워질 것이다. 즉위 초반에 기선을 제압하지 못하면 권위를 세우기 어렵다. 그때는 어쩔 테냐?"

시에나는 자신이 제위를 이어받는 미래를 황제가 자꾸 가정하는 것이 의아했지만, 만일의 경우도 생각하는 황제의 꼼꼼한 성품 탓이려니 했다. 그녀는 이미 생각해 둔 바가 있었기에 바로 대답했다.

"진명을 쓰겠습니다."

황제가 헛웃음을 흘렸다.

"황제의 유일하고 절대적인 힘을 고작 그런 일에 쓰겠다는 거냐?"

"폐하. 라드 후는 폐하께 일족의 수장 자리를 포기한다고까지 말씀드렸습니다. 제가 포기하려는 것은 아주 사소합니다."

황제는 시에나가 디안과 겹쳐 보였다. 디안이 어젯밤 황제를 만난 사실을 시에나는 몰랐다. 이미 디안은 황제에게 계승권을 포기하겠다고 말했다.

『네 계승 서열 회복은 시간문제다. 그럼 신목의 관은 네가 쓰게 되겠지. 그런데 핏덩이 아들 때문에 제위를 포기하겠다는 거냐?』

『폐하. 제가 제위에 올라서 제 아들이 불행하면 그게 무슨 의미가 있습니까?』

'이놈이나, 저놈이나. 황좌를 우습게 보는군. 괘씸한지고.'

하지만 황제는 노엽지 않았다. 그저 기분이 이상했다. 자신이 에디스를 위해 얼마만큼 희생을 감수했는지 생각해 봤다.

너무 오래된 옛일이기 때문일까, 후회만 남았기 때문일까. 아무것도 떠오르지 않았다. 그때 모든 것을 걸었다면 뭔가가 달라졌을까.

'쓸데없는 생각이다. 되돌릴 수도 없지 않은가.'

황제는 쓴 한숨만 내쉬었다.

"혼인 신고서를 가져와라. 직인을 찍어 주마."

시에나의 눈이 커졌다.

"반년 기다렸다가 내년 여름쯤 결혼식을 올리면 되겠구나."

혼인 신고서에 황제의 허가 직인이 찍힌 날짜로부터 반년이 지난 후에는 결혼 당사자가 아니고서는 이의를 제기할 수 없다.

시에나는 얼떨떨했다. 지루한 줄다리기를 각오했는데. 조금 더 욕심이 생겼다.

"폐하. 결혼식은 늦어도 내년 봄 안으로는 하고 싶습니다."

"보나 마나 적왕이 혼인무효심판을 제기할 텐데? 적왕은 심판을 오래 끌고 가려 할 거다."

"내년 봄이면 반년이 넘어가도록 직인 날짜를 소급해 주실 수는 없습니까?"

황제가 어이없다는 표정을 지었다.

"문서를 위조해 달라고?"

"……."

은왕의 입에서 나온 말이라고는 도무지 믿기지 않았다. 황당하면서도 동시에 궁금했다.

"대체 왜? 몇 개월을 기다리지 못할 이유가 무엇이냐?"

시에나는 잠시 망설이다가 입을 열었다.

"배 속에 아이가 있습니다."

황제의 눈이 휘둥그레졌다. 있는 듯 없는 듯 조용히 서 있던 시종장의 어깨가 크게 들썩였다. 황제의 침묵 앞에서 시에나의 시선이 점점 아래로 내려갔다.

황제가 웃음을 터뜨렸다.

시에나가 화들짝 놀라 고개를 들었다. 반어적인 표현이 아니었다. 황제는 정말 웃고 있었다. 불호령을 각오했던 시에나는 어리둥절했다. 황제의 반응은 예상을 완전히 비껴다.

# 3장

## 각각의 시작이 하나의 끝으로

드디어 문이 열렸다. 문에서 눈을 떼지 않고 있던 쿤이 순간 흠칫했다. 열린 문으로 시에나가 나왔다. 그는 서둘러 그녀에게 다가갔다.

그녀의 표정이 이상해서 불안했다. 그녀는 정신이 다른 데 팔린 사람처럼 멍하게 걸었다. 가까이 가도 알아차리지 못했다.

"시에나."

시에나가 눈을 깜빡이더니 시선을 들었다. 쿤은 그녀가 똑바로 자신과 눈을 맞추자 비로소 안도의 숨을 내쉬었다.

"기다렸어?"

"그럼 내가 당신만 남겨 두고 혼자 갔을까 봐. 괜찮아?"

쿤은 그녀가 황제한테 모진 소리를 들어 충격받았다고 짐작했다.

"미안해. 폐하께서 뭐라 하시든 나만 나오지 말았어야 했는데."

황제의 태도가 험악하지 않길래 너무 안이하게 대처했다. 그녀 곁을 지켰어야 했다. 자기 자신에게 화가 나고 황제가 원망스러워 부아가 치밀었다.

"오늘 일은 마음 쓰지 마. 이제부터 당신은 물러서 있어. 폐하는 내가 뵙고……."

"허락받았어."

시에나는 주변을 둘러보았다. 복도 끝에 서 있는 근위 기사들 외에 아무도 없는 것을 확인한 후 목소리를 잔뜩 낮추었다.

"결혼을 허락하셨어."

"……정말?"

"혼인 신고서에 직인을 찍어 준다고 하셨으니 허락이지."

"……."

이렇게 쉽게? 일이 지나치게 순탄하니까 오히려 불안했다. 그녀에게 묻고 싶은 게 많은데 무엇부터 확인해야 할지 머릿속이 정리되지 않았다. 일단 이곳은 긴 대화를 나누기에 적절하지 않았다.

"장소를 옮기자."

"응."

두 사람은 마차를 타고 은왕궁으로 향했다. 돌아가는 마차 안은 조용했다. 두 사람은 입을 다물고 각자 자기 생각에 빠졌다.

베스는 안달복달하며 기다리고 있었다. 두 분이 오셨다는 말을 듣고 반색하여 마중 나갔다. 하지만 두 분 표정이 딱딱해서 아무것도 물어볼 수 없었다.

'일이 잘 풀리지 않으신 모양이구나.'

시에나의 임신 사실을 안 이후 베스는 계속 심란했다. 순탄하지 못할 두 분의 결합을 가벼운 마음으로 축복할 수가 없었다. 그래도 오늘 진심으로 두 분을 응원했기에 마음이 좋지 않았다.

베스는 두 사람만 응접실에 남겨 두고 조용히 물러갔다. 필요하면 부르시겠거니, 생각했다.

쿤은 시에나의 표정을 살피며 물었다.

"폐하께서 허락하는 대신 곤란한 조건이라도 제시하신 건가?"

시에나는 고개를 저었다.

"아니야. 그냥 허락하셨어."

"하지만 당신은 마음에 걸리는 일이 있는 거군."

"응…… 그런데 뭔지 모르겠어."

시에나는 황제와 나눈 대화를 쿤에게 말했다. '약혼만 해라'라는 부분에서 그는 움찔했고 그녀가 끝내 임신 사실을 밝혔다는 부분에서는 얼굴이 화끈거려 손으로 이마를 짚었다.

그 자리에 자신도 있었어야 했다. 비겁하게 혼자만 도망친 것 같았다.

"폐하께서 웃으셨어."

"웃으셨다고?"

"응."

황제는 한바탕 웃고 나더니 말했다.

「은왕. 너는 종종 생각지 못한 방식으로 날 놀라게 하는구나.」

그 후 황제는 한참 말이 없었다. 시에나는 계속 기다리다가 찻잔으로 손을 뻗었다. 찻잔이 받침 접시에 부딪히는 작은 소리에 황제가 시선을 들었다.

시에나와 눈이 마주치자 황제는 순간 놀란 듯 보였다. 시에나가 앞에 있다는 것조차 잊을 만큼 황제는 다른 생각에 빠졌던 것 같았다.

황제는 '네 뜻은 잘 알았느니. 그만 물러가라.'라고 말했다. 단호한 축객령이었다. 시에나는 알쏭달쏭한 기분으로 방에서 나왔다.

처음으로 황제와 긴 대화를 나누었기 때문일까. 지금껏 시에나가 알던 그분 이미지와 어딘가 어긋났다. 황제의 건조한 말투, 냉랭한 표정, 빈틈이 없는 분위기는 여전했다. 그런데 온몸을 두른 날카로운 기세가 무뎌진 느낌이었다.

구체적으로 무엇이 다르냐고 물으면 딱 꼬집어 말할 수는 없었다. 좋은 변화인지, 나쁜 변화인지도 모르겠다.

시에나는 '당신 생각은 어때?'라고 묻는 눈으로 쿤을 바라보았다. 쿤은 갸우뚱 고개를 기울이며 말했다.

"나는 항상 그분이 무슨 생각을 하시는지 모르겠어."

쿤이 황제를 대면한 순간은 공식적인 자리에서 기껏해야 몇 번뿐이었다. 살가운 부녀지간은 아니어도 시에나는 어릴 때부터 황제를 봤다. 아무래도 두 사람은 황제를 파악하는 깜냥에 차이가 있었다.

"당신은 뭘 걱정하는 거지? 폐하께서 나중에 말을 바꾸실까 봐?"

"……그건 아니야. 차라리 허락하지 않으실지언정 허락 후 다른 말씀은 하지 않으실 테니까."

"신뢰인가?"

"신뢰라기보다는 아는 거지. 나중에 말을 바꾼다는 건 망설일 여지가 조금이라도 있는데 일단 허락한다는 거잖아. 폐하께서 그럴 이유가 없어"

쿤은 그녀의 말뜻을 생각하다가 피식 웃었다. 오직 그녀만이 황제와 같은 시선으로 세상을 볼 수 있을 것이다.

그녀는 황제의 후계자로서 자랐다. 그녀는 항상 누군가의 위에 있었기에 그녀에게 인간관계는 주고받는 상호 작용이 아니었다. 내키지 않는데도 상대의 기분을 배려해서 양보한 적이 없었을 것이다.

그녀를 처음 봤을 때가 생각났다. 바로 어제인 것도 같고 아득히 오래된 듯도 싶었다. 확실히 그녀는 달라졌다. 그런데 그녀가 달라져서 사랑하게 된 것이 아니다. 과거의 그녀도 아주 사랑스러웠다. 그녀의 거만한 명령이 한 번도 거슬린 적이 없었다.

"시에나."

"응?"

"난 아마 당신한테 첫눈에 반한 것 같아."

시에나가 미간을 찡그렸다.

"뜬금없이 무슨 소리야."

시에나의 맞은편 소파에 앉아 있던 쿤이 일어났다. 그녀 옆으로 붙어 앉으면서 그녀 허리를 팔로 감아 품으로 바짝 끌어안았다. 순순히 그녀가 몸을 기댔다. 예고 없이 그녀를 만져도 거부당하지 않았다. 불편해하는 기색도 없었다.

자신은 그녀가 그어 놓은 선 안으로 들어간 사람이었다. 새삼 감격스러웠다. 그녀의 목소리만이라도 듣고 싶어 애가 달아 주변을 맴돌았던 기억이 아직 생생했다.

그녀가 무시하지 않고 상대해 주는 것만으로도 기뻐하던 옛날과 비교하면 엄청난 발전이었다. 여기까지 온 것만도 기적이다. 가다 보면 반드시 길이 보일 것이다.

"우리 조급해하지 말자. 난 언제나 당신 곁에 있을 거니까."

"허락을 받았으니 서둘러야지. 송년회 전까지 혼인 신고서를 폐하께 올릴 거야."

쿤은 잠시 말문이 막혔다.

"……송년회가 이틀 후인데?"

"이틀이면 충분하지. 고작 서류 작성이잖아."

"증인도 필요해."

한 사람에 두 명씩, 총 네 명의 증인이 서명해야 신고서는 증서로서 효력을 갖는다. 당분간 숨겨야 하므로 믿을 만하고 입이 무거운 증인이어야 할 것이다.

시에나는 이미 생각해 두었다는 듯 막힘 없이 대답했다.

"백작부인, 철왕 부부. 한 명 더 필요한데 블레스 공에게 부탁하려고."

"시에나, 잠깐만."

쿤이 헛웃음을 흘렸다. 그녀의 추진력에 멱살이 잡혀 끌려가는 것 같았다. 생소해도 나쁜 기분은 아니지만, 곤란한 점이 있었다.

"내게도 시간이 필요해. 일족들에게 최소한 사전 고지는 해 줘야지. 내가 제국인이 되려면……."

"쿤. 난 당신이 나와 결혼하기 위해 무엇도 포기하기를 바라지 않아. 당신은 제국인이 될 필요도 없고 일족의 수장 자리를 내놓을 이유도 없어."

"하지만 폐하께서."

"폐하께서는 당신에게 할 수 있느냐고 물으셨을 뿐 하라고 말씀하지는 않으셨어."

"……."

쿤이 한참 아무 말이 없다가 '와…….' 하고 중얼거렸다. 고지식하고 원칙적인 그녀의 변화를 목격할 때마다 항상 자신 때문인 것 같아서 죄책감이 들었다.

"시에나. 난 그런 식으로 요령을 부릴 생각은 없어."

"쿤."

시에나가 그의 손을 꽉 잡았다.

"난 당신의 손발을 잘라 내 곁에 묶어 두고 싶은 게 아니야. 당신이 가진 것들을 그렇게 쉽게 포기하지 마. 그러면 난 아마 계속 당신을 볼 때마다 마음이 아플 테고 당신을 망친 나 자신을 원망하게 될 거야."

쿤이 작은 한숨을 내쉬었다. 그녀는 모를 것이다. 모든 것을 걸고 그녀를 얻어야 안심할 수 있는 자신의 불안함을. 쉽게 얻은 것은 쉽게 잃는 법이다.

"쿤."

시에나가 그의 손을 끌어내려 자신의 배를 덮었다.

"난 라드 일족의 수장 자리를 우리 아이에게 주고 싶어. 이 아이를 누구도 무시할 수 없는 자리에 세우고 싶어."

쿤의 눈이 커졌다.

"이기적인 소리라는 건 알아. 당신에게 미안해. 나는……."

쿤의 입술이 그녀의 입을 막고 이어지는 말을 삼켰다. 그는 입술을 떼며 그녀를 품으로 당겨 안았다.

"당신 뜻대로 할게."

그녀와 아이를 위해서라면 세상 전부를 적으로 돌려도 괜찮다. 얼마든지 치사해질 수 있다.

"앞으로 어떻게 되든 내가 손발이 잘려서 당신 곁에 있다고 생각하지는 마. 당신을 사랑하니까 내가 있을 곳이 여기야."

"……응."

시에나는 두 팔로 그의 등을 감싸 안았다. 그의 어깨에 얼굴을 비비며 눈을 감았다.

행복한데 눈물이 난다는 모순된 감정을 이해하게 되었다. 그를 사랑하는 마음이 깊어질수록 심장이 아팠다.

\*　　　\*　　　\*

은왕이 돌아가고 한참 후, 아무 말 없이 소파에 앉아 있던 황제가 말했다.

"시종장."

"예, 폐하."

"오래전, 내가 저 은왕의 자리에 앉았던 적이 있었다. 나는 선황께 에디스가 내 아이를 가졌으니 곧 결혼하겠다고 말씀드렸지. 그때 선황께서 뭐라고 하신 줄 아느냐?"

답을 묻는 말이 아님을 알기에 시종장은 잠자코 듣기만 했다.

"알았다."

황제의 기억이 세월을 거슬러 올라갔다. 선황은 딱 한 마디만 했다. '알았다'라고. 그것을 허락으로 착각한 대가는 혹독했다.

이제는 자신이 선황의 자리에 앉았다. 묘하게도 그때와 비슷한 상황이었다. 그래서 웃음이 터졌다.

그런데 비슷한 입장이 되니까 더더욱 선황이 이해 가지 않았다.

은왕이 아이를 가졌다는 말을 듣고 황제가 떠올린 감정은 놀라움, 신기함이었다.

어떤 어두운 감정도 끼어들지 않았다. 배 속 아이의 아비가 누구건 은왕의 아이이고 은왕은 자신의 핏줄이며 신족 아닌가.

선황은 왜 에디스가 품은 작은 생명을 증오했을까.

'이유 따위는 없다. 없는 이유를 찾으려 한 내 잘못이다.'

그자는 잔인한 광인일 뿐이었다. 그자의 광기에 많은 자가 휘말렸다.

'나 역시도.'

선황을 향한 분노를 항상 가슴 속에 품고 살았다. 선황을 증오하는 것이 이기는 거라고 착각했다.

늦었지만 겨우 깨달았다. 자신은 평생 선황의 그림자에서 벗어나지 못했다.

'어리석음의 대가인가?'

황제는 가죽 장갑을 벗었다. 까맣게 물든 손톱의 독기가 손가락한 마디만큼 위로 올라왔다. 손등에도 반점이 나타났다.

곧 온몸으로 퍼져 나갈 것이다.

황제의 외조부, 2대 위의 슐츠 공작이 흑점병으로 죽었다.

쉬쉬하는 사실이지만, 제후 공작 가문 모두 대대로 물려받는 유전병이 있었다. 혹자는 인간이 신의 피와 섞인 부작용이라고 말했다.

유전병 형질이 나타나는 형태는 가문마다 제각각이었다. 여자 혹은 남자만 유전되거나 격세 유전하거나 직계 혈통에만 나타나거나 등등.

슐츠 가문의 흑점병은 눈에 띄는 증상 때문에 꽤 알려졌다. 심하면 얼굴까지 검은 점이 번지기 때문이다.

흑점병은 유전병 발현자 선택에 규칙성이 없었다. 다만, 중년 이후의 나이에 발병했다. 온몸에 검은 점이 퍼지면서 서서히 호흡 기관이 마비되어 죽는다.

황제는 자신의 손에 나타난 뚜렷한 증상을 보면서도 믿기지 않았다.

신족이 유전병에 걸리다니. 이것이야말로 신벌이 아니겠는가.

"폐하."

시종장이 소파 곁으로 다가와 무릎을 꿇었다.

"아직 늦지 않았습니다. 슐츠 공작 가문에 다녀오도록 허락해 주시옵소서."

시종장이 잔뜩 잠긴 목소리로 간절히 호소했다.

황제에 대한 시종장의 감정을 충성심이라는 단어만으로 표현하기는 부족했다.

시종장은 평생 황제를 곁에서 모셨다.

황제의 기쁨도 슬픔도 영광도 감히 제 것인 것처럼 공유하며 천하의 지배자를 보좌한다는 자부심으로 살았다.

황제가 곧 세상을 떠난다는 사실을 받아들일 수 없었다. 고작 흑점병 따위 때문에.

흑점병은 병의 진행이 빨라 치명적인 유전병이었다. 흑점이 번지는 증상이 워낙 인상적이다 보니 저주라는 말까지 나돌았다.

슐츠 가문은 가문의 고질병을 고치기 위해 오랜 세월 연구했고 끝내 치료법을 찾아냈다.

완전한 치유는 아니지만, 병의 진행을 더디게 할 수 있었다.

2대 위 슐츠 공작의 공식 사인은 흑점병이지만, 발병 후 15년을 더 살고 일흔의 나이에 죽었다. 죽었을 때 공작의 얼굴은 깨끗했다.

그만하면 장수했다. 흑점병 때문인지 노환으로 죽은 것인지 불분명했다.

"슐츠 가문의 치료법이 내게 듣는다는 보장이 없다."

황제는 신족이다. 중독도 안 되는데 어지간한 약이 소용 있을까.

"하오나, 폐하. 시도는 해 보셔야 하지 않겠습니까."

"세상에는 비밀이 없지."

치료되든, 되지 않든 아무리 입단속 해도 황제가 유전병에 걸렸다는 소문은 소리 없이 퍼져 나갈 것이다.

신족이 보통 사람처럼 병에 걸린 최초의 사례가 될 것이다. 황제의 자존심이 용납할 수 없었다.

"나는 신족으로 태어났으니 신족으로 죽겠다."

"폐하……."

시종장의 주름진 눈가에 눈물이 맺혔다.

황제는 처음 발병 증상을 발견한 후 대부분 일정을 취소하고 흑점병에 관해 더 자세히 알아봤다.

병의 진행 속도는 하루가 달랐다. 손톱이 꺼멓게 물들었다가 사라지기를 몇 번 반복하더니 이제 손톱은 완전히 검게 물들었고 흑점이 위로 번져 나갔다.

치료법을 발견하기 전까지 흑점병은 걸리면 다 죽는 병이었다. 발병 후 오래 견뎌야 1년이다.

황제 역시 사람인지라 죽음 앞에 초연할 수 없었다. 죽음과 생존의 갈림길에서 갈등했다.

그리고 비로소 한 걸음 물러나 자신을 되돌아보았다. 무가치한 집착과 세속적 복수심에 평생 끌려다닌 자신이 벌을 받았다는 생각이 들었다.

목숨 연장이라는 새로운 욕망에 다시 휘둘리고 싶지 않았다.

'내게 남은 시간이 얼마나 될까.'

황제는 리면 가문을 도모하려던 모든 작전을 취소했다. 더는 의미가 없었다.

리면 가문을 겨냥한 복수심이 지금껏 그를 지탱한 힘이었다. 그것을 놓으니 모든 게 허무해졌다. 내일 죽어도 미련이 없었다.

하지만 그의 마음속에서 미약한 생존 욕망이 고개를 들었다.

'최소한 내년 여름까지는 버텨야겠구나.'

은왕이 낳은 아이는 한번 안아 보고 싶었다.

자신의 살아생전 마지막으로 볼 수 있는 황족의 탄생일지니.

*     *     *

분명히 노인은 아니었다. 그런데 백발이 워낙 인상적이라 정확한 나이를 가늠하기 어려웠다. 라드 일족 지도부의 열두 조직 중 의학 지부의 지부장, 탈리아는 오늘도 어김없이 아침 일찍 담쟁이 저택을 방문했다.

그녀는 누구의 제지도 받지 않고 저택에 들어갔다. 때마침 발터가 안쪽 복도에서 걸어 나왔다. 탈리아가 유쾌한 인사를 건넸다.

"좋은 아침이에요, 발터."

발터는 미심쩍은 눈으로 탈리아의 차림새를 위아래로 훑었다. 탈리아는 남들이 보기에는 기괴한, 그러나 본인은 앞서가는 감각이라고 주장하는 난해한 패션을 고집했다.

그런데 요 며칠 탈리아는 고상한 귀부인처럼 얌전하게 차려입었다. 패션은 절대 타협의 대상이 아니라고 주장하던 탈리아답지 않았다.

"쿤은요?"

"곧 내려오실 거다. 오늘도 쿤과 함께 입궁이냐? 그 일은 꽤 오래 걸리는군."

"대필은 섬세한 작업이라고요."

"굳이 황궁으로 출퇴근하면서? 필요한 서류만 받아 오면 될 텐데."

"황궁 밖으로 나가면 안 되는 기밀이라서 어쩔 수 없다니까요."

"그런 기밀을 왜 외부인인 네게 맡겨?"

"날 믿는 게 아니라 날 소개한 쿤을 믿는 거죠."

"흐음……."

발터는 꺼림칙한 표정으로 턱을 문질렀다. 탈리아의 핑계는 수상하면서도 딱히 트집 잡을 곳이 없었다. 쿤이 대필업자가 필요한 일이 생겼고 탈리아가 거들기로 했다는 것이다.

'내가 놓치는 게 있는 거 같은데……. 그러고 보니 그날부터 뭔가 이상했지.'

발터는 쿤이 사막에서 돌아온 날을 생각했다. 철왕이 급한 일이라며 방문한 그 날, 두 분의 만남 후 쿤은 옷도 갈아입지 않고 황급히 입궁했다.

그날 발터는 온종일 걱정이 되어 일이 손에 잡히지 않았다. 늦은 시각 귀환한 쿤에게 무슨 일이냐고 넌지시 물었더니 쿤은 별일 아니라는 대답으로 두루뭉술 넘어갔다.

그다음 날부터 쿤은 매일 아침 일찍 입궁한다며 나가서 밤이 이슥해서야 돌아왔다.

쿤이 바쁘게 다니는 건 그러려니 해도 탈리아와 동행하는 것은 이상했다. 쿤은 지금껏 일족의 인재들을 가급적 노출하지 않는 전략을 고수했다.

탈리아는 의학 지부의 지부장이며 지도부의 핵심 인물이었다. 대필은 탈리아의 취미 생활일 뿐이다. 취미치고는 실력이 좋지만.

하루 이틀로 끝날 간단한 작업은 아닌 것 같은데 굳이 쿤이 대필업자로 탈리아를 고집하는 이유를 모르겠다.

근래 충성스러운 집사로 거듭나는 중이지만, 발터는 한때 정보

지부 소속이었다. 예민한 의심병은 정보부에 몸담은 자들의 기본
소양이었다. 그의 직감은 무슨 일이 벌어지고 있다고 말했다.

그런데 쿤이 탈리아를 황궁으로 데려가는 것을 숨기지 않으니까
'정말 대필 때문인가'라는 생각이 들어 헷갈렸다.

"탈리아. 그 대필……."

"앗, 쿤!"

탈리아가 재빨리 흐름을 끊었다. 발터가 고개를 뒤로 돌렸다가
계단에서 내려오는 쿤을 보고 입을 다물었다.

쿤은 한시가 아까운 사람처럼 빠르게 걸었다. 그는 발터를 지나
치면서 말했다.

"다녀올게. 탈리아, 갑시다."

"예, 쿤."

탈리아는 발터의 눈치를 살피며 재빠르게 쿤의 뒤에 따라붙었다.

발터는 현관까지 따라 나가 깍듯이 허리를 굽혀 배웅했다.

"다녀오십시오, 쿤."


탈리아는 마차가 출발하자마자 말했다.

"쿤. 아무래도 발터가 눈치채기 시작한 것 같은데요."

쿤이 고개만 끄덕였다.

"발터에게 말씀하시는 건……."

"아직은. 당분간 비밀 엄수입니다. 탈리아. 비밀을 지키는 가장
좋은 방법은 아는 사람이 없는 겁니다."

"예……."

"소문이 나면 탈리아에게 무척 실망할 것 같군요."

"앗. 염려 놓으십시오! 제 입은 아주 무겁습니다."

탈리아는 이 엄청난 비밀은 오직 혼자만 안다는 사실에 우쭐한 기분이 들면서도 입이 근질거려 미칠 것 같았다.

'여러분! 쿤이 곧 아버지가 된대요. 쿤의 후계자가 태어난다고 요!' 하고 사방팔방 소리치고 싶었다.

이 사실을 알면 뒤로 넘어갈 사람이 한둘이 아닐 것이다.

며칠 전, 쿤이 탈리아의 작업실을 찾아왔다. 꽤 늦은 시각이었고 탈리아는 쿤이 돌아왔다는 소식도 듣기 전이었다.

「쿤. 언제 오셨어요? 그보다 어쩐 일이세요?」

「탈리아. 지금 나와 같이 갈 데가 있습니다. 왕진 가방만 챙겨요.」

쿤은 무척 다급해 보였다. 탈리아는 위급한 환자가 있구나, 짐작하고 두말없이 쿤을 따라나섰다.

탈리아는 마차가 멈춘 곳이 황궁 안이라서 놀랐다. 그리고 자신이 진찰해야 하는 환자가 은왕이라는 사실에 더 놀랐다.

지부장들끼리 만나면 항상 쿤의 요란한 연애 이야기가 화제로 등장했다. 레반을 괴롭혀 '쿤이 정신을 못 차릴 정도로 빠져 있다'라는 사실만 겨우 알아냈다. 다들 은왕이 어떤 사람인지 궁금해했다.

지부장들에게 자랑거리가 생겨 즐거웠던 기분도 잠시, 뒤이어 알게 된 사실에 경악했다. 임신이라니! 쿤의 아이라니!

탈리아는 그날부터 매일 쿤과 함께 입궁했다. 대외적으로는 대필 업무를 맡게 된 척 실제로는 의사로서 은왕을 진찰했다.

황궁 의사들이 아니라 왜 자신이 은왕의 주치의가 되었는지 모르겠지만, 탈리아는 자세한 사정은 묻지 않았다. 자신에게 맡겨진 임무에 소홀함이 없도록 최선을 다했다. 매일 새벽까지 임산부 증상 및 치료 사례집을 독파했다.

탈리아는 쿤이 아는 최고의 의사였다. 넓고 깊은 의학 지식은 물론 임상 경험도 풍부하며 탐구심도 많았다. 머리가 하얗게 센 것도 약재 효능을 알아보려고 본인 몸에 실험했다가 생긴 부작용이었다.

그래서 눈치 빠른 주변인들이 의아해할 것을 알면서도 쿤은 탈리아를 주치의로 택했다.

탈리아는 이동의자에 앉은 귀부인을 따라 침실 안으로 들어갔다. 첫날처럼 항상 긴장됐다.

'와아……'

소파에 앉아 있는 은왕을 보며 탈리아는 또 감탄했다. 볼 때마다 눈이 정화되는 기분이었다.

'은왕과 쿤의 아이라니. 궁금해. 어떤 아이가 태어날까.'

탈리아는 인사를 올린 후 가방을 테이블에 내려놓고 진료 도구를 꺼냈다.

"전하. 오늘 기분은 어떠십니까?"

"어제와 다르지 않네."

탈리아는 어제와 똑같은 몇 가지 질문을 했다. 시에나는 대답하다가 말했다.

"내가 환자도 아닌데 매일 의사를 봐야 하는 이유를 모르겠군. 보통 임부는 매일 진찰을 받나?"

탈리아가 뭐라고 대답해야 하나 망설이는데 베스가 단호하게 말했다.

"전하. 당연한 일입니다. 아이를 가진 여인 몸은 깨지기 쉬운 유리와 같습니다. 매사에 조심, 또 조심하셔야 합니다."

비밀 유지를 위해 시에나는 황궁 의관들을 부르지 않았다. 베스가 사가의 의사를 불러온다는 것도 거부했다.

그동안 베스는 무척 속을 끓였다. 은왕께서 임신 초기에 의사 진료도 제대로 못 받는 상황이 속상해 홀로 눈시울을 붉혔다.

"예, 전하. 언제 갑자기 무슨 일이 일어날지 알 수 없습니다. 아기님이 건강하셔야 은왕 전하께서도 무탈하십니다."

눈치를 살피던 탈리아가 말을 거들었다. 은왕의 유모로 짐작되는 귀부인 표정을 보고 탈리아는 자신이 정답을 말했음을 알았다.

둘이 입을 모아 같은 말을 하니 시에나는 군말하지 않았다.

"눈에 띄는 신체 변화는 언제부터인가? 아직은 전혀 모르겠더군."

"지금 거의 석 달이시지요. 이삼 주 후부터 조금씩 배가 나오기 시작하실 겁니다."

"내일 연회에 참석해도 괜찮을까?"

내일은 올해의 마지막 날이자 철왕비 출산 때문에 미루어진 송년회 날이었다.

"위험한 초기는 이미 지나셨습니다. 안정기에 들었으니 일상생

활은 문제없습니다. 그래도 무리는 하지 마십시오."

진료를 마친 탈리아가 침실에서 나왔다. 응접실에서 서성거리던 쿤이 다가갔다.

"은왕 전하는 괜찮습니까?"

탈리아는 묘한 표정을 지었다. 은왕을 진료한 첫날은 그러려니 했다. 그런데 쿤은 위중한 환자의 보호자인 양 매일 근심이 가득한 표정으로 경과를 물었다.

참 유난스럽다는 생각이 들었다. 한편으로는 예비 아버지 역할에 절절매는 쿤의 모습이 귀엽기도 했다. 처음으로 든든한 일족의 수장 쿤 라드가 아니라 자신보다 한참 어린 이십 대 청년으로 보였다.

"은왕 전하도 아기님도 건강하십니다. 식사도 잘 드시고 잠도 잘 주무시고요."

쿤이 안도한 표정으로 고개를 끄덕였다.

"오늘도 수고 많았습니다."

"내일은 어찌할까요? 연회에 참석하신다고 들었습니다. 오전에 다녀갈까요?"

"음……. 내일은 연회가 끝난 후 내가 탈리아를 데리러 가겠습니다."

"예, 쿤."

그날 저녁, 탈리아는 책을 뒤지며 임부 영양과 태아 발육에 좋은 식재료를 찾아 목록을 작성했다. 산지가 멀어 제국에서 쉽게 구할 수 없어도 상관없었다.

대륙 곳곳에 라드 상회가 진출해 있다. 라드 상회가 구하지 못하는 물건은 이 세상 누구도 구하지 못한다고 자부했다.

'중독되지 않고 약재도 듣지 않는다니. 신기한 체질이야.'

보약이 소용없으니 균형 잡힌 식단으로 몸을 보하는 방법이 최선일 것이다.

바깥에서 두드리는 소리를 듣고 탈리아는 일어났다. 잠긴 문을 열고 나가니 체격 있는 중년 남자가 서 있었다. 그는 유통 지부의 지부장, 헥스였다.

"지난번에 말한 물건 들어왔길래 가져왔수."

탈리아가 문을 열어 주자 헥스가 어깨에 이고 있던 약초 상자를 안쪽에 내려놓았다.

"고마워. 수고했어. 차 한 잔 줄까?"

"술이 아니라?"

"술도 있지. 근데 너 혼자 마셔야 해. 난 할 일이 있거든."

"에이, 그럼 됐수. 어차피 나도 곧 배가 들어올 거라 부두에 가 봐야 하니까. 쿤이 뭔가 새로운 사업을 시작할 모양이오."

"무슨 사업?"

"붉은 전갈하고 용신목. 그걸 수도까지 유통할 방법을 서둘러 찾으라는 특명이 떨어졌소. 비용 상관없으니 수단 방법 가리지 말라고 해서 지금 죄다 그쪽에 동원됐소. 전갈을 생포해서 곧 도착할 배에 실었다는데 몇 마리나 살아남았을는지."

헥스가 돌아간 후 탈리아는 고개를 갸웃했다. 요즘 쿤은 은왕에게 집중하느라 다른 데 눈 돌릴 틈이 없어 보였다. 새로운 사업을 벌일 정신이 있나?

＊　　　＊　　　＊

송년 연회의 전날 느지막한 오후, 블레스 공작 저에 생각지 못한 손님이 방문했다.

집사가 라드 후작을 응접실로 안내했다. 집사가 차를 내오기도 전에 블레스 공작이 응접실로 들어왔다. 쿤이 일어나 인사했다.

"오랜만에 인사드립니다. 각하."

"오랜만이오, 라드 후. 돌아왔다는 소식은 들었지."

란델은 조만간 라드 후작을 만나려 했다. 마침 내일이 연회이니 자연스레 접촉해서 약속을 잡을까, 내일 연회는 가지 말고 후작 저에 따로 사람을 보낼까, 방법을 생각 중이었다.

란델은 황제에게 의심의 빌미를 주지 않기 위해 외부 활동을 삼가고 몸을 사렸다. 훼방 놓은 사람이 자신이라는 것을 황제가 알면 가문에 어떤 횡액이 닥칠지 모른다. 아케론 가문이 무너지는 광경을 목격한 트라우마가 란델의 마음 깊은 곳에 남아 있었다.

란델이 온종일 저택에만 틀어박혀 있어도 원래 귀족들과 교류가 없던 터라 이상하게 보는 사람은 없었다.

"은왕 전하께서는 강녕하시오?"

"예. 은왕 전하의 서신을 가져왔습니다. 제가 따로 드릴 말씀도 있습니다. 관계된 내용이 서신에 있을 테니 지금 읽어 주십시오."

란델은 쿤이 건네는 서신을 덥석 받았다. 마음 같아서는 조용히 혼자서 누구의 방해도 받지 않고 찬찬히 읽고 싶었다. 아쉬운 마음으로 봉투를 열어 서신을 꺼냈다. 꽤 두툼했다.

란델은 순식간에 편지 내용에 빠졌다. 앞에 쿤이 앉아 있다는 사실도 잊었다.

시에나는 수도를 떠난 동안 란델이 리먼 가문을 도와준 일에 감사를 표하고 사막으로 출발해서 제국 수도로 귀환할 때까지 겪은 일을 시간 순서에 따라 정리해 편지에 담았다.

편지 내용에 따라 란델 표정이 다채롭게 변했다. 흐뭇하게 미소 짓다가 잔뜩 미간을 찌푸리며 이를 악물었다가 진지한 표정으로 고개를 끄덕였다.

쿤은 란델 표정을 지켜보며 기분이 이상했다. 란델이 부럽고 질투도 났다. 그녀가 블레스 공작을 깊이 신뢰하는 마음은 남녀의 애정과 다른 별개의 감정이라는 것을 안다.

하지만 그것도 그녀의 마음 일부분이었다. 누구와도 나누고 싶지 않았다. 그녀가 오직 자신만 봐 주기를 바라는 터무니 없는 욕심이 하루가 다르게 커져서 큰일이었다.

란델이 다 읽은 서신을 접어 다시 봉투에 넣었다.

"전하께서 많은 일을 겪으셨소. 그대가 아니었으면 큰 변고가 일어날 뻔했구먼."

란델의 목소리가 한결 부드러웠다.

"적절한 시기를 놓치지 않아 다행으로 생각합니다."

"전하께서 라드 후가 가져간 서류에 내가 증인 서명을 해 주기를 바란다고 하시는군."

란델은 쿤의 옆자리에 놓인 얇고 큼직한 봉투를 보며 말했다.

"그것이오?"

"예, 각하."

쿤이 봉투를 란델이 받기 쉽도록 직접 건넸다.

란델이 봉투를 열어 안에 든 한 장의 서류를 꺼냈다. 스윽 내용을 훑던 그가 눈을 부릅떴다.

"이건……!"

란델은 말문이 막힌 표정으로 쿤의 얼굴을 쳐다봤다가 서류를 다시 확인했다.

혼인 신고서 상단의 좌측에 은왕의 서명이, 우측에 라드 후작의 서명이, 아래에는 세 명이 증인이 서명했고 한 명의 서명 자리만 비어 있었다.

"라드 후."

"예."

란델이 쿤을 노려봤다. 이 서류를 라드 후작이 다짜고짜 내밀었으면 아마 면상에 던져 버렸을 것이다.

하지만 이미 협조를 바라는 은왕의 서신을 읽었다. 서류를 쥔 란델의 손만 부들부들 떨렸다.

"은왕 전하와 혼인하겠다? 그대가?"

"예."

"뻔뻔한 인사 같으니. 철왕을 제위로 올리기 위해 은왕 전하를 탐색할 속셈으로 접근했으면서 가당키나 한가?"

쿤이 고개를 번쩍 들었다.

"철왕을 도왔던 것은 사실이지만 의도가 있어서 은왕께 접근한 적은 없습니다."

"그 말을 어떻게 믿나? 나는 첫 단추가 어긋나면 끝까지 어긋난다고 믿는 사람이네. 그대는 시작이 잘못됐다."

쿤의 눈빛이 흔들리다가 시선을 떨어뜨렸다.

"철왕께서 계승 서열이 회복되면 은왕 전하의 입지는 가뜩이나 좁아질 터. 제후 가문 출신은커녕 외국인인 그대가 은왕 전하께 무슨 도움이 된단 말인가. 조금이라도 전하를 생각하는 마음이 진심이면 오히려 알아서 물러나야지!"

블레스 공작의 비난이 쿤의 속을 아프게 헤집었다.

"그리고 이게 뭔가."

란델이 서류를 거칠게 흔들었다.

"약혼도, 결혼식도 치르기 전에 서류부터 작성이라니. 왜 은왕 전하께서 이런 도둑 결혼을 하신다는 건가."

귀족의 결혼은 전형적인 절차가 있었다. 양가의 합의 후 약혼—약혼식은 간략하게 하는 경우가 많다— 그리고 결혼식이다. 혼인 신고서는 대개 결혼식 마지막 절차에서 서약의 맹세 후 작성한다.

"대답해 보게!"

"……혼인 무효 심판 제기에 대비하기 위함입니다."

씩씩거리던 란델이 멈칫했다. 하긴, 적왕이 이 결혼을 찬성할 리가 없었다.

'혼인 증서부터 작성해 놓고 반년이 지난 후에 공표할 셈인가. 빈

틈이 없군. 은왕 전하 생각이시겠지.'

결혼 성립을 방해할 요소를 원천 봉쇄하겠다는 은왕의 의지가 느껴졌다. 그만큼 이 결혼을 관철하겠다는 뜻이 확고한 것이다.

'이미 폐하와도 이야기가 끝난 건가.'

그럼 누가 말릴 수 있겠나.

순간적으로 감정이 격해져서 마구 내지르긴 했지만, 란델은 자신에게 이 결혼을 막을 자격이 없다는 건 알고 있었다.

시선을 내리고 앉아 있는 라드 후작을 보는 란델의 눈초리에 다소 힘이 풀렸다. 그는 제국의 유일한 후작이다. 황제께 직접 작위를 받았다. 공작의 위상에는 미치지 못해도 고위 귀족 명단을 작성하면 라드 후작은 빠지지 않을 것이다.

란델이 은왕의 집안 어른으로서 자격이 되어 얘기한다면 모를까, 공작의 일방적인 비난을 감수해야 할 만큼 후작은 낮잡아 보일 신분이 아니었다. 당장 라드 후작이 불쾌함을 표하며 벌떡 일어나 나가도 뭐라고 할 수 없다.

"내가 주제넘게 참견한다고 생각하겠지."

"아닙니다. 마땅한 질책이라고 생각합니다. 제가 잘못한 일이 많습니다. 변명할 여지가 없습니다."

란델이 커흠, 헛기침했다. 상대방이 숙이고 나오니 왠지 겸연쩍었다.

"은왕 전하 곁에 블레스 공이 계셔서 다행입니다. 전하께서는 블레스 공을 존경할만한 어른으로서 믿고 있습니다."

듣기 좋으라고 하는 말인지, 진심인지 정도는 분간할 수 있었다.

란델의 뾰족한 마음이 누그러졌다.

라드 후작이 철왕한테 등 돌렸다는 소문은 이미 들었다. 소문이 어디까지가 사실인지는 모르겠지만, 제프리가 자금 문제로 허덕이는 것을 보면 라드 후작의 도움을 받지 못하는 건 확실했다.

'라드 후가 확실히 은왕 전하 편이 되면 그것도 나쁘지는 않지. 공작 가문보다는 오히려 낫다. 라드 후는 제국 내에 이권이 없으니까.'

란델은 작은 한숨을 내쉬었다.

"저 책장 두 번째 칸에 펜이 있네. 갖다 주겠나."

"예."

쿤이 벌떡 일어나 펜을 가져와 대령했다.

란델은 철왕의 아들이 신족이 아니라는 것, 철왕이 계승권을 포기한 것, 황제가 살날이 얼마 남지 않은 것, 모두를 알지 못했다. 아마 란델이 그중 한 가지만 알았어도 끝내 고집을 부려 이 혼인 신고서에 서명하지 않았을 것이다.

란델은 증인 서명을 마친 후 물끄러미 바라보다가 서류를 봉투에 넣어 툭, 테이블에 내려놓았다. 품에 끼고 곱게 키운 손녀딸을 결혼시키는 허전한 마음이 이런 것일까.

"은왕 전하 곁에서 언제나 전하께 힘이 되어 주시게. 지켜보겠네. 행여나 좋지 않은 말이 들려오면 절대로 가만있지 않을 것이니."

"명심하겠습니다."

공작 저를 나오는 길에 쿤은 걸음을 멈추고 저택을 뒤돌아보았다.

블레스 공작의 과격한 반응은 예상하지 못한 터라 당황했지만, 야단치는 호령이 전혀 불쾌하지 않았다. 공작이 진심으로 은왕을 염려하는 마음이 느껴졌다.

블레스 공작처럼 그녀의 마음 한 조각을 얻으려는 자들이 갈수록 많아지겠지. 그녀가 뿜어내는 빛을 보고 아주 멀리에서도 좇아올 것이다.

기분이 복잡했다. 아무도 모르는 곳에서 서로만 바라보며 그녀와 둘만 살았으면 좋겠다.

지금까지는 그녀가 지닌 위치에 비해 주변에 사람이 없었다. 쿤은 처음에 이해할 수 없었다. 그녀가 차가워 보여서? 제국 사내들은 보는 눈이 그렇게 없나?

꼭 정치적인 목적일 필요는 없다. 그녀의 지위와 미모를 생각하면 어지간한 신분의 사내들이 눈이 뒤집혀서 몰려드는 게 당연했다.

하지만 그녀는 조세프와 약혼하기 전까지 어쭙잖은 수작질 한 번 경험해 본 적이 없었다. 알고 보니 다 적왕 때문이었다.

적왕의 관리와 차단이 워낙 철저했다. 시에나가 받을 연서도 적왕이 전부 가로챘다. 그뿐만 아니라 연서의 발송자들은 알게 모르게 다 불이익을 당했다. 어쩌다 말 한마디만 나눠도 적왕의 보복이 따라왔다고 한다. 소문이 퍼져 다들 움츠러들었다.

그녀가 연회장에 등장했을 때 사내들이 멀리서 침만 삼키며 구경하는 꼴을 상상하니 우스웠다.

'적왕 덕을 본 건가. 적왕이 아니었으면 난 기회조차 없었을지도 모르지.'

적왕 입장에서는 속이 터져 가슴을 내려칠 노릇이겠다. 고이 지킨 딸을 웬 불한당 같은 놈이 홀랑 낚아채 갔다.

적왕에게 결혼 허락을 받으러 가지 않아도 되는 건 다행이었다.
어떤 봉변을 당할지 상상할 수 없었다.

쿤은 마차에 올랐다. 마차는 황궁으로 출발했다. 블레스 공작의
서명으로 완성된 혼인 신고서는 은왕이 직접 황제에게 올릴 것이다.

내일이 송년회다. 송년회 전까지 끝낼 거라는 그녀 말대로 되었다.

*　　　*　　　*

저물녘, 제프리가 허겁지겁 철왕궁으로 달려왔다. 평소 깍듯하
게 고개를 숙이던 기사들이 앞을 막아섰다.

"철왕 전하를 뵈러 왔네."

"전하께서 오늘 누구도 만나지 않겠다고 하셨습니다."

"내가 누군지 모르나? 철왕 전하께서 내가 뵙자고 하면 거절하실
리가 없네."

기사들이 시선을 교환했다. 아케론 공작이 철왕의 숙부라는 소
문은 모르는 사람이 없었다. 더구나 제프리는 전에도 여러 번 철왕
궁을 드나들었다.

"잠시 기다려 주십시오. 전하께 말씀 올리겠습니다."

철왕이 오늘 찾아오는 손님은 모두 돌려보내라고 말했던 터라
기사는 멋대로 판단할 수 없었다. 안으로 들어간 기사가 돌아오기
를 기다리는 동안 제프리는 초조한 표정으로 뒷짐 진 손을 주먹 쥐
었다가 폈다.

잠시 후 기사가 나왔다. 기사가 제프리에게 꾸벅 고개 숙인 후

말했다.

"송구합니다. 아무도 만나지 않겠다고 하십니다."

제프리의 표정이 확 일그러졌다.

"내가 왔다고 말씀드렸나?"

"예, 각하."

"그런데 철왕께서 나를 만나지 않겠다고 하셨다고?"

"예."

"그럴 리가!"

제프리가 안으로 들어가려 걸음을 내딛자 기사들이 막았다.

"비키게!"

제프리는 두 손으로 기사를 밀쳤다. 그러나 제프리의 힘으로는 버티고 선 기사를 조금도 물러나게 할 수 없었다.

기사들은 공작이자 철왕의 숙부인 제프리를 함부로 대할 수 없으니 직접 손을 대지는 않고 앞을 막아서기만 했다.

제프리는 한참 실랑이하다가 포기하고 돌아섰다. 더 볼썽사나운 꼴을 보였다가는 이상한 소문이 날 우려가 있었다.

'그럴 리가 없어. 그 편지 내용은 사실이 아니겠지.'

제프리는 오늘 아침부터 분주했다. 내일이 송년회이니 계획을 점검할 겸 만나 볼 사람이 많았다. 그로시 공작도 만났다. 그로시 공작의 협조를 얻어야 리먼 가문을 고발할 수 있다. 철왕비의 출생을 따져 묻고 싶었지만, 그건 나중으로 미루고 그로시 공작을 다독였다.

「아직 두 사람 다 젊으니 아이는 또 낳으면 되겠지요. 내게 첫 종손자이고 그로시 공께도 딸처럼 키운 손녀의 첫 아이라서 의미가 남다르실 겁니다.」

「예, 그렇습니다. 손녀가 죽다 살아날 정도로 고생해서 낳은 아이가 신족이 아니라 안타깝지만, 어쩌겠습니까. 신의 뜻인 것을요.」

공동 고발에 참여하겠다는 그로시 공작의 뜻을 다시 한번 확인한 후 귀가하니 디안이 보낸 서신이 와 있었다. 그리고 제프리는 서신을 읽자마자 황망한 마음을 가누지 못해 달려왔다.

'계승권 포기라니. 무슨 말도 안 되는 소리인가!'

디안의 필체가 분명한 편지는 이해할 수 없는 내용뿐이었다.

―계승권을 포기했습니다. 숙부님과 제 관계를 밝히셔도 상관없지만, 그러면 반드시 제 아이가 신족이 아니라는 것도 함께 말씀하셔야 합니다. 만약 그 사실을 숨기면 저는 숙부님의 의도를 의심하겠습니다.

제프리는 철왕궁에서 태양궁으로 방향을 틀었다.

'오늘은 반드시 폐하를 뵈어야겠다. 폐하께서는 뭔가를 아시겠지.'

종손자를 보러 입궁했을 때 황제를 알현하려 했으나 뵙지 못했다. 그 후 한 번 더 입궁했는데 그때도 뵙지 못하고 돌아갔다.

'디안이 제 아들 때문에 지금 제대로 판단을 못 하고 있군. 아무리 그래도 계승권 포기라는 말을 입에 담아.'

제프리는 설마 계승권 포기 절차가 이미 끝났다는 사실을 전혀 짐작하지 못했다. 그저 괜한 엄포이려니 했다. 제위가 바로 눈앞에 있었다. 그걸 포기한다는 선택은 제프리의 머릿속에 아예 없었다.

'내가 저를 위해 얼마나 애를 썼는데. 나와 힘겨루기를 하려 들다니.'

조카가 괘씸했다.

'철왕비에게 그토록 정이 깊었나? 제 어미를 닮아 정이 많아서, 쯧쯧.'

제프리는 태양궁으로 들어갔다. 황제를 만나기 위해 요청했으나 거절의 답이 돌아왔다. 돌아서지 못하고 한참을 서성거렸다.

날이 저문 지 꽤 되었다. 제프리는 굳게 닫힌 황제의 서재 문을 보며 한숨을 내쉬었다. 슬슬 다리가 아팠다.

그는 어두운 복도 끝에서 번쩍이는 빛을 보고 고개를 돌렸다. 빛이 점점 가까이 다가왔다. 빛돌이 반응하는 것이다. 누군가 오고 있다.

'귀부인 같은데.'

어스름히 치맛자락 형태가 보였다. 마침내 누군지 알아볼 수 있게 되었을 때 제프리의 눈이 커졌다.

'은왕…….'

제프리는 수도 귀족 모두를 만났다고 해도 과언이 아닐 정도로 한동안 온갖 모임에 참석했다.

귀족들의 고고한 위선이 참으로 역겨웠다. 그들은 속내를 숨긴 겉치레에 능숙했고 호의든 악의든 쉽게 드러내지 않았다. 고상한 척 천박한 가십에 열광했다.

그런데 공통점이 하나 있었다. 은왕 험담을 늘어놓는 자를 보지 못했다. 기껏해야 은왕 성정이 얼음 같다는 말 정도.

적왕 뒷말은 꽤 주워들었으니 그들이 은왕을 두려워해서 입조심하는 것은 아니었다.

제프리는 리먼과 관련 있는 모든 자에게 반감이 있었지만, 은왕의 철저한 자기 관리는 참 대단하다고 인정했다.

시에나가 제프리를 발견하고 멈칫했다. 제프리가 고개를 숙이자 시에나도 묵례하고 지나쳤다. 그녀가 서재 문 앞에 서서 함께 온 시녀가 문을 두드렸다. 잠시 후 시종장이 나와서 시에나와 함께 안으로 들어갔다.

제프리가 황당한 눈으로 바라보았다. 자신에게는 굳게 닫힌 문이 저렇게 쉽게 열리다니. 오래 지나지 않아 시에나가 나왔다.

제프리는 멀어지는 은왕과 시종장의 뒷모습을 기가 찬 표정으로 응시했다. 그는 은왕을 배웅 후 돌아온 시종장을 붙들었다.

"시종장. 폐하를 뵙게 해 주시오."

"각하. 말씀드리지 않았습니까. 폐하께서는 누구도 만나지 않겠다고 하셨습니다."

"방금 은왕께서 다녀가신 것은?"

시종장이 말없이 제프리를 쳐다봤다. 너와 은왕을 동등한 위치로 비교할 수 있겠나, 말하는 것 같은 표정이었다.

"다시 한번 간곡히 말씀 올려 주시오. 부탁하오. 폐하를 뵙게 되면 도와준 공은 잊지 않겠소."

"예, 알겠습니다."

시종장이 다시 안에 들어간 후 꽤 오래 기다렸다. 시종장은 나오지 않았다. 제프리는 끝내 황제를 만나지 못하고 돌아서야 했다.

* * *

한 해를 마무리하는 송년회, 더구나 무척 오랜만에 열리는 황궁 연회였다. 철왕비의 출산이라는 경사까지 겹쳤으니 사람들은 이번 송년회가 어느 때보다 성황일 거라고 믿었다.

그러나 뚜껑을 열어 보니 기대에 한참 미치지 못했다.

이번 연회 준비는 적왕이 거의 손을 놓다시피 했다. 그럭저럭 구색은 갖추었으나 새로울 것이 없는 무난한 수준이었다. 참석자 수준도 빈약했다. 황제 부부와 철왕 부부는 불참했다.

은왕과 라드 후작은 참석했으나 겨우 한 시간 남짓 자리만 지키고 퇴장했다. 그 한 시간 내내 라드 후작은 은왕 곁에서 잠시도 떨어지지 않았다.

누군가 우스갯소리로 라드 후작이 잔뜩 털을 세운 파수견 같았다고 말했다. 반쯤은 라드 후작을 비꼬는 말이었지만, 오래 끌고 갈 화젯거리는 아니라서 다른 이야기 속에 묻혔다.

송년회에서 아케론 공작과 철왕의 관계가 속 시원하게 밝혀질 거라는 말이 파다했다. 그걸 구경하려고 온 사람도 많았는데 아무 일도 없었다.

아케론 공작은 무거운 표정으로 내내 말이 없었다. 누구의 질문에도 답하지 않다가 일찌감치 퇴장했다.

블레스 공작과 리먼 공작은 아예 오지 않았고 그로시 공작도 잠깐만 있다가 돌아갔다.

실망만 남긴 송년회였다. 사람들은 역대 최악으로 지루한 연회였다고 혹평했다.

적왕은 연회가 거의 끝나갈 늦은 시각, 연회장의 분위기를 전하는 시녀의 말을 듣고 흥미로워했다.

"그래? 아케론 공작은 이미 돌아갔다고?"

"예, 적왕."

오늘 참석해 봤자 속 터지는 꼴만 볼 것 같아서 패트리샤는 불참했다. 그런데 예상했던 어떤 일도 벌어지지 않았다.

'무슨 일일까. 철왕이 정말 아케론 가문 핏줄이면 그걸 밝히는 일이 왜 이렇게 지지부진하지?'

시간을 끌 일이 아니었다. 철왕의 계승 서열이 회복되면 황제의 후계자 자리가 바뀐다.

은왕이 이십 년 넘도록 황제의 후계자였다. 더구나 은왕은 자신의 딸이라서가 아니라 누구도 반론을 제기할 수 없이 완벽한 능력을 갖춘 후계자였다.

철왕은 사사건건 비교당할 것이다. 하루라도 빨리 후계가 되어 은왕의 존재감을 지워야 정치적으로 유리했다.

'철왕이 자식도 봤겠다. 후사가 있으니 폐하의 후계가 되면 그 자리가 더욱 굳건할 텐데?'

돌파구를 찾지 못해 몸져누울 정도로 끙끙대던 패트리샤가 모처럼 만에 생기를 찾았다.

'뭔가 있어.'

반등을 노리는 자의 눈빛이 번뜩였다. 패트리샤는 시녀를 불렀다. 철왕의 주변을 탐색하라고 지시했다.

"은밀히 움직여야 한다. 어떤 사소한 소문이라도 좋다."

"예, 적왕."

적왕으로서 궁인들을 장악한 그녀의 영향력은 아직 굳건했다.

새해가 밝았다. 약 보름간 뒤진 끝에 드디어 패트리샤는 알아냈다.

'철왕의 아들이 신족이 아니라고?'

웃음이 터졌다. 패트리샤는 시녀를 앞에 세워 두고 깔깔 웃었다. 속이 뻥 뚫린 것처럼 시원했다.

'역시 하늘은 나를 돕는구나.'

철왕에게 후사가 있느냐 없느냐의 차이는 컸다. 철왕의 계승 서열이 회복되어도 다음 서열은 철왕의 아들이 아니라 여전히 은왕이다.

'시간을 벌었어.'

이 틈에 허를 찔러 공격하거나 방어해야 한다. 지금은 공격할 때가 아니었다. 당분간은 지켜보는 편이 낫겠다. 그렇다면 방어에 힘쓰자.

'은왕의 자리를 더욱 든든히 해야 해. 약혼을 서둘러야겠어.'

패트리샤는 점찍어 봐 둔 공작 가문 출신의 후보들을 떠올렸다.

'은왕을 설득해야 할 텐데…… 당장 라드 후를 떼어 내기는 힘들 것 같고. 형식적으로 삼 년만 약혼을 유지하면 파기하고 라드 후와 약혼해도 좋다고 하면 어떨까.'

물론 삼 년 후에 라드 후작과 약혼을 허락할 생각은 전혀 없었다. 일단 공작가 자제와 약혼만 시키면 된다. 은왕은 책임감이 강해서 터무니없는 이유로는 약혼을 파기하지 못할 것이다.

그리고 삼 년 후의 일 따위는 어찌 될지 누가 아는가. 남녀의 애정이란 지극히 덧없는 것이다.

오후에 시녀가 새로운 소식을 가져왔다. 황제가 귀족들을 소집했다. 날짜는 대략 일주일 후였다.

'무슨 일일까. 철왕의 생일이 그 날짜 근처일 텐데.'

패트리샤의 표정이 다시 불안해졌다.

*     *     *

황제가 소집령을 내리며 공고한 시각인 정오에 늦지 않기 위해 아침부터 마차들이 줄지어 황궁으로 들어왔다.

황제는 귀족들을 불러 모을 때마다 항상 정계를 뒤흔드는 대형 발표를 했다. 오늘은 무슨 일일까, 다들 기대 반 두려움 반의 심정으로 입궁했다.

지난 소집령에도 그랬듯 이번에도 회의실이 비좁아 연회홀을 열었다. 아직 정오가 되려면 꽤 시간이 남았지만, 벌써 연회홀에 많은 사람이 모였다.

디안은 정오가 되기 전, 느긋한 시간 여유를 두고 은왕궁으로 갔다. 은왕과 차 한잔 마시고 이야기 나누다가 함께 연회홀로 갈 심산이었다.

그는 들어가는 길에 은왕궁 안쪽에서 나오는 여인과 마주쳤다. 옷차림을 봐서 궁인은 아니었다. 고개를 숙이고 걸어가는 여인을 무심코 지나치려다 멈칫했다.

"잠깐."

디안은 여자를 불러 세우며 돌아섰다. 그는 유심히 여자 얼굴을 살폈다.

"우리, 초면은 아닌 듯한데."

"예, 철왕 전하. 전에 뵌 적이 있습니다. 탈리아입니다."

"음, 기억나는군."

디안은 쿤의 곁에서 항상 볼 수 있는 수하들 외에는 소개받은 라드 일족이 많지 않았다. 그래서 잠깐이라도 인사를 나눴던 사람은 거의 기억했다.

"은왕궁에는 어쩐 일이오? 쿤과 함께 왔소?"

"예. 대필 업무를 맡아 하고 있습니다."

탈리아는 은왕의 임신 사실을 철왕도 아는지, 말해도 되는지 알지 못하므로 위장한 이유를 내세웠다.

그런데 디안은 탈리아를 의사로 기억하고 있었다.

"대필? 무슨 소리요? 그대는……. 아, 그렇군."

철왕은 눈치 빠르게 대충 상황을 파악했다.

"쿤과 함께 왔다면서 혼자인 것을 보니, 쿤은 안에 있겠군."

"예, 전하."

"은왕궁에는 자주 오는가?"

"매일 은왕 전하를 뵙고 진행 경과를 보고 드립니다."

"알겠소. 가던 길 가시게."

돌아서는 디안의 표정이 일그러졌다.

'매일? 이 자식이 매일 은왕궁을 들락거렸단 말이야?'

그럼 쿤이 코빼기도 비치지 않기를 바라는가? 그건 또 아니었다. 쿤이 은왕궁을 찾는 발걸음이 뜸하다고 했으면 쫓아가 멱살을 쥐었을 것이다. 그냥 뭘 하든 못마땅했다.

돌이키기엔 너무 멀리 간 것을 안다. 은왕은 그 녀석 아이를 가졌고 자신은 혼인 신고서에 증인으로서 서명도 했다.

그래도 뭔가 억울했다. 두 눈 뜨고 도둑질당한 것 같았다. 쿤을 생각하면 손톱에 일어난 거스러미처럼 까슬까슬하게 거슬렸다.

'역시 한 대 때린 것으로는 부족했어. 더 두들겨 줬어야 했는데.'

잔뜩 심술이 난 디안이 곧 들이닥칠 것을 알지 못하고 쿤과 시에나는 언제나처럼 알콩달콩한 시간을 보내고 있었다.

시에나는 다리를 얹어 올릴 수 있는 긴 소파에 비스듬히 기대 누웠다. 그 옆에 의자를 끌어 앉은 쿤이 시에나의 배에 손을 올려 조심조심 쓸었다.

"어제보다 더 나온 것 같아."

"글쎄⋯⋯."

하루 만에 무슨 변화가 있겠나. 시에나는 심드렁하게 생각했지만, 상기된 표정으로 어쩔 줄 몰라 하는 쿤을 보며 피식 웃었다.

그녀의 배가 불러 오기 시작했다. 아직 확연히 눈에 띌 정도는 아니었다. 아랫배가 아주 조금 볼록 솟았다. 몸이 전혀 달라지지 않아서 정말 배 속에 아이가 있는 건가, 생각한 적도 있었다. 어느 순간 변화는 시작되었다.

"살이 찐 것일지도 몰라."

시에나는 요즘 하루에 세 마리의 전갈을 먹어 치웠다. 쿤이 황궁으로 붉은 전갈과 용신목을 공수하기 시작한 지 열흘쯤 되었다.

전갈을 실은 쾌속선이 하루에 한 척씩 수도 부두에 도착했다. 아직 전갈을 무사히 장기간에 걸쳐 다량으로 유통할 방법은 알아내지 못했다.

일단 지금은 무식하게 사냥해서 무조건 배에 실어 보냈다. 배가 수도 부두에 도착하면 독하게 살아남은 놈만 골라냈다. 매일 건질 수 있는 전갈 숫자는 기껏해야 네댓 마리였다. 그나마 용신목은 상황이 좀 나았다. 얼음 속에 파묻어 운송하면 그럭저럭 신선했다.

시에나는 자신의 한 끼 식사가 얼마나 값비싼지 몰랐다. 쾌속선 한 척을 운용하는 수송비와 인건비, 얼음 가격을 따지면 매일 거금을 강물에 흘려보내는 격이었다.

하지만 쿤은 비용 같은 건 상관없었다. 그는 지금껏 자신이 지닌 부에 별다른 감흥이 없었는데 처음으로 돈이 많아서 다행이라고 생각했다.

"그것도 좋지. 당신은 너무 말랐어. 아이는 모체의 영양분을 빼앗아 자란다고 하잖아."

그의 표정이 진지해서 시에나는 웃음이 나왔다.

"내가 말랐다는 소리는 처음 듣네."

"더 먹고 싶은 건 없어? 식사는 잘 챙기고 있지? 입맛 없다고 거르면 안 돼."

시에나는 또다시 웃었다. 온종일 곁에서 식사를 챙기는 장본인이 앞뒤가 맞지 않는 말을 한다. 그는 가끔 미룰 수 없는 급한 일이 생길 때만 오후에 출궁했다. 그 외에는 아침부터 밤까지 은왕궁에 상주했다.

"잘 먹고 있어. 과식한다는 생각이 들 정도로……."

시에나는 눈꺼풀이 무거운지 천천히 깜빡거렸다.

"졸리면 한숨 자."

"하지만 곧 홀에 나가 봐야 하는데……."

"늦지 않도록 깨워 줄게. 어차피 나도 당신과 함께 갈 거니까."

"응……."

시에나는 눈을 몇 번 더 깜빡이며 그를 보고 미소짓다가 곧 새근새근 잠들었다.

쿤은 잠든 그녀의 얼굴을 바라보며 혹시 그녀의 단잠을 방해할까 봐 숨소리도 죽였다. 아무것도 하지 않고 그녀를 보고만 있어도 지루하지 않았다.

그는 기척을 느끼고 고개를 돌렸다. 문이 조용히 열리며 베스가 들어왔다. 쿤이 일어나 베스에게 다가갔다.

"무슨 일입니까?"

쿤이 속삭이듯 말하자 베스는 시에나가 낮잠이 들었음을 알아채고 역시 목소리를 낮추었다.

"철왕 전하께서 오셨습니다."

"제가 나가 보겠습니다."

응접실 소파에 앉아 기다리던 디안은 쿤이 침실에서 나오자 '얼씨구' 하고 중얼거렸다. 맞은 편에 앉은 쿤에게 삐딱한 어조로 말했다.

"침실도 드나들어?"

"남편이 아내 침실에 못 들어갈 이유가 없지."

"무슨……!"

반박할 수 없어서 디안은 입을 꽉 다물고 씨근덕거렸다. 혼인 증서를 작성했으니 두 사람은 이미 법적으로는 부부가 맞았다.

황제의 직인이 있어야 유효이지만, 디안은 그것까지 트집 잡지는 않았다. 배가 좀 아플 뿐이지 정말 두 사람이 어그러지기를 바라는 건 아니었다.

뾰족하게 말해도 쿤이 언짢아하지 않고 무던하게 대응하니 시간이 지날수록 디안의 꼬인 속이 조금씩 풀어지는 중이었다.

"그나저나, 넌 네 쪽 사람들에게 뭐라고 얘기했냐? 네 사정도 은근히 복잡하지 않아?"

"알아서 했어."

제국인이 되는 건 보류, 라드 일족 수장 자리에서 물러나는 것도 보류. 그래서 쿤은 아직 사막에 있을 원로들에게 간단히 소식만 보냈다. 결혼했다고.

지금 그는 모든 정신을 오롯이 그녀에게 쏟는 것만으로도 약간의 여유조차 없었다. 뒷일은 모르겠다. 일단 지금은 그녀가 우선이었다.

*    *    *

정오가 거의 다 되었다. 연회홀이 모여든 사람들로 꽉 찼다. 지난 송년회보다 훨씬 많은 귀족이 모습을 드러냈다.

평소 사교 모임에서는 보기 힘든 은둔형 귀족은 물론, 아케론 공작이 머릿수를 더해 총 일곱 명이 된 공작들도 모두 왔다.

황제가 마지막으로 소집령을 내린 때가 작년 초여름. 그때 황제는 아케론 공작을 모두에게 소개했다. 그 후 1년도 지나지 않았으니 오늘 이 자리에 '저 사람이 아직 살아 있었나?' 하고 놀랄 만한 새로운 얼굴은 없었다.

그래서 블레스 공작이 이동의자를 타고 나타나자 사람들 관심이 집중됐다. 블레스 공작 얼굴은 처음 보는 자들이 많았다.

한동안 외부 활동을 하지 않던 적왕도 등장했다. 그리고 철왕과 은왕, 라드 후작이 함께 어울려 입장하자 그나마 차분하던 분위기가 단번에 바뀌었다.

황족의 소식은 언제나 귀족들의 최대 관심사다. 은왕의 스캔들과 철왕의 출생 비밀은 근래 사교계를 달구는 뜨거운 설탕이었다.

사교 모임 어디를 가든 은왕과 철왕 이야기가 빠지지 않았다. 하지만 가십도 뼈대가 있어야 살을 붙인다. 도통 명확하게 풀린 정보가 없으니 근거 없는 소문만 난무했다. 사람들은 새로운 정보에 목말라했다.

아케론 공작이 자신과 철왕이 숙질 관계라고 떠들고 다녔으나 그건 워낙 민감한 문제라서 사람들은 오히려 한 걸음 물러난 자세를 취했다.

"저분들 관계는 참 묘하네요."

"그러게 말입니다."

대화를 나누는 철왕과 은왕을 보면서 관중들이 수군거렸다. 차갑게 날을 세워야 할 관계일진데 그들은 친근해 보였다.

"그런데 생각해 보면 언제부턴가 두 분 왕께서 대화하는 모습이 어색하지 않더라고요."

"흠. 맞아요. 그런데 예전에도 두 분 관계가 험악하지는 않았지요. 함께 계신 모습을 보지 못했을 뿐."

"하긴, 철왕을 눈엣가시로 여겼던 사람은 적왕이었으니까요."

라드 후작이 두 사람과 함께 있는 모습 역시 모두를 혼란스럽게 했다. 라드 후작이 은왕 때문에 철왕을 배신했다는 소문은 거의 기정사실이 되었다.

도대체 저 세 사람 관계는 뭔가. 명료하게 설명할 수 있는 사람이 아무도 없었다.

한편으로는 모두 각자 떨어져 입을 꾹 다물고 서 있는 적왕과 공작들을 흘끔거리는 시선도 많았다. 적왕과 리먼 공작은 서로에게 시선도 주지 않았고 아케론 공작도 조카라고 주장한 철왕과 모르는 척 거리를 두고 있었다.

의아하게 생각하면서도 사람들은 말을 삼갔다. 비록 장소는 연회홀이지만, 오늘 모인 목적이 사교 활동은 아니기 때문이다.

정확히 정오가 되자 태양궁 방향으로 연결된 안쪽 문이 열렸다. 두런거리던 말소리가 사라지고 연회홀은 순식간에 적막이 감돌았다.

기사들이 일정한 간격을 유지하며 발을 맞추어 나왔다. 그들이 움직일 때마다 갑옷의 연결 부분이 부딪쳐 척, 척 소리가 났다. 기사들이 홀 전체로 흩어져 자리를 잡았다. 누구도 기사 앞을 지나치지 않고 홀을 빠져나갈 수 없었다.

시종이 나와서 숨 막히는 침묵을 깨뜨렸다.

"황제 폐하, 납시옵니다."

황제가 걸어 나왔다. 규모 있는 국가 행사에서 볼 법한 격식 있는 차림새였다. 어깨에 매달려 늘어진 화려한 망토가 바닥에 끌렸다.

황제는 근 두 달 만에 공식 석상에 모습을 드러냈다. 황제의 칩거가 길어지자 슬슬 말이 나오고 있었다. 그나마 황제가 아예 국정에 손을 뗀 것은 아니라서 잡소리가 커지지 않았다.

황제가 단상에 올라 황좌에 앉았다. 그는 군중들을 스윽 훑어본 후 말했다.

"모두 고개를 들라."

"황공하옵니다, 폐하."

사람들이 의뭉스럽게 표정을 감추고 눈동자를 굴렸다. 황제가 오랫동안 칩거한 이유를 찾아내려 했다. 노골적으로 관찰한다는 인상을 주지 않으려 애썼지만, 황제의 눈에는 빤히 보였다.

황제는 싸늘한 표정으로 내심 조소했다. 빈틈만 보이면 언제든지 물어뜯을 준비가 된 들개 같은 놈들이다. 황제가 귀족들을 바라보는 시선은 그러했다. 그래서 그는 귀족들과 항상 거리를 유지했다.

그는 메마른 심장으로 세상을 봤다. 죽음을 앞둔 지금도 딱히 달라지지 않았다.

황제는 자신이 잘못되었다고 생각하지 않았다. 하지만 뒤를 이를 후계에게 자신의 방식을 강요할 생각은 없었다. 자신이 죽은 후의 일은 뒷세대가 알아서 할 일이었다.

그렇다고 흐지부지 마무리하지는 않을 것이다. 그는 자신이 마땅히 해야 할 일 만큼은 내팽개친 적이 없었다. 훗날의 역사가 자신을 어떤 군주로 평가할지는 알 수 없으나 게으르지는 않았노라고 자부했다.

"아케론 공."

"예, 폐하."

제프리가 대답했다. 모든 시선이 그에게 꽂혔다. 사람들이 갈라져 그의 앞에 길이 생겼다. 그는 사람 벽을 지나 단상 아래로 걸어가 고개를 숙였다.

"짐이 아케론 가문의 복권을 명하고 명예 회복을 허락했던바, 아케론 가문이 고통스러운 세월을 보낸 데에는 황실의 과오가 있음을 인정한다."

선황이 선대 아케론 공작에게 보낸 서신은 모두 번역 후 기록물 보관소에 공개되었다. 한동안 선황의 서신은 큰 화제가 되어 귀족들 사이에 그 서신 내용을 모르면 대화가 되지 않았다.

기록물 열람이 유행처럼 번졌다. 아케론 가문의 억울함은 이제 모르는 사람이 없었다. 금기는 사라졌다. 과거의 혈사가 사람들 입에 오르내렸다.

귀족이 황실을 선망하듯 평민도 귀족을 선망한다. 사교계를 들썩이게 만든 화젯거리는 한 발 느린 정보로 평민들에게 흘러 들어갔다.

요즘 평민들 사이에 인기리에 출간 중인 통속 문학은 억울한 누명을 쓰고 멸문한 공작 가문의 공녀와 태자의 비극적인 사랑 이야기였다.

"아케론 가문이 오욕의 세월을 보낸 이십오 년이라는 긴 세월은 되돌릴 수 없다. 짐은 아케론 공작령에 이십오 년 동안 세금을 면하는 것으로 보상하고자 하노라."

제프리의 어깨가 흠칫 떨렸다.

"……황은이 망극하옵니다. 폐하."

무려 이십오 년의 면세.

지금은 아케론 가문이 가진 것은 황폐해진 대지뿐이지만, 면세가 주는 달콤함은 크다. 많은 상단이 아케론 영지로 몰려들 것이다. 이십오 년이면 아케론 가문은 과거의 부유함을 되찾고도 남는다.

재빠르게 머릿속으로 계산을 마친 자들이 탐욕스러운 시선으로 제프리를 보며 입맛을 다셨다. 오늘 이후로 제프리 앞에 투자자들이 길게 줄을 설 것이다.

새치기할 방법을 골몰하는 자들은 누구에게 접촉해야 유리한지 고민했다.

"리먼 공."

"……예, 폐하."

더그가 딱딱한 표정으로 사람들 사이에서 나왔다.

"리먼 가문은 그동안 관리자가 없는 아케론 공작령을 관리하고 세금을 대납해 왔다. 인정하는가?"

"그러하옵니다. 폐하."

"리먼 가문이 대납한 아케론 공작령의 세금은 리먼 공작령 세금의 십 분의 일에 불과했다. 즉, 아케론 공작령의 소출량은 리먼 공작령 소출량의 십 분의 일이라는 것이지. 짐이 과거의 기록을 찾아보았다. 오래전 아케론 공작령이 납부한 세금은 오히려 리먼 공작령보다 높았다. 리먼 가문이 성실한 관리 의무를 다하였다면 아케론 공작령이 그토록 황폐해졌겠는가. 리먼 가문의 책임을 인정하는가?"

더그가 주먹을 꽉 쥐었다. 황제에게 맞서기에는 더그는 이미 한바탕 혼쭐이 나서 기세가 꺾였다.

황제가 리먼 가문을 아케론 가문 꼴로 만들 작정으로 악의를 품고 움직였다는 사실만으로도 더그는 목덜미가 스산했다.

비록 은왕과 블레스 공작의 도움으로 위기에서 벗어났으나 그들은 아군이 아니었다. 함께 황제와 맞서 싸워 주지 않을 것이다.

더구나 특사를 시해하려 했다는 혐의로 은왕에게 약점이 잡혀 옴짝달싹할 수 없었다. 그 일이 황제의 귀에 들어갈까 봐 더그는 요즘 불면증이 생겼다.

"리먼 가문은 막중한 소임을 제대로 이행하지 못하였나이다. 마땅히 책임지겠습니다."

황제는 더그를 근엄하게 내려다보며 말했다.

"아케론 공작령에 면하는 이십오 년간의 세수는 리먼 가문에서 충당하라."

더그가 고개를 번쩍 들었다.

"폐하."

"충당할 세수는 지금껏 리먼 가문이 아케론 공작령의 세금을 대납한 만큼. 이십오 년 동결이다."

즉, 앞으로 리먼 공작령은 이십오 년 동안 세금의 1할을 가산해서 납부해야 한다.

황제의 요구는 교묘했다. 부담은 되지만 도무지 감당하지 못할 만큼은 아니었다. 더 과도한 요구였다면 더그는 완강히 거부했을 것이다.

거부해서 황제의 노여움을 사는 것과 1할의 세금을 더 부담하는 것. 더그는 두 가지 선택을 저울의 양측에 올려 계산을 마쳤다.

"……분부 받잡습니다, 폐하. 관대하신 처분에 망극할 따름입니다."

사람들이 의외라는 듯 눈빛을 교환했다.

'이미 사전에 다 이야기가 됐고 오늘은 공표인가.'

더그의 순순한 태도는 사람들의 오해를 불러일으켰다.

선대 리먼 공작은 '위기에는 흔들리겠지만 평화로울 때 무난히 가문을 건사할 것'이라고 더그를 평가했다. 이미 리먼 가문을 반석에 올려놓았다고 생각했기에 큰 고민 없이 더그를 후계로 삼았다.

선대 리먼 공작의 판단이 잘못되었다고는 아직 속단할 수 없었다. 오히려 더그의 유약함이 리먼 가문을 위기에서 구했는지도 모른다.

패트리샤는 눈을 부릅떴다. 나설 수 없는 자리라 이만 악물었다.

'미쳤군요. 오라버니.'

돌아가신 아버지가 이루어 놓은 것을 하루아침에 무너뜨리는 더그가 한심하고 기가 막혔다.

그녀는 리먼 공작령에 무슨 일이 일어났는지 알지 못했다. 더그가 아무것도 말해 주지 않았다. 패트리샤는 더그의 의논 상대에서 완전히 배제됐다.

오누이를 연결하는 매개는 각자의 이득과 욕망이었다. 그것이 어긋나자 오누이의 연대도 부질없이 끊어졌다.

"철왕."

철왕이 세 번째 순서로 황제의 부름을 받았다.

"예, 폐하."

디안이 앞으로 걸어 나왔다.

사람들은 흥미진진한 표정으로 철왕과 아케론 공작을 번갈아 봤다. 드디어 말만 무성하던 철왕의 출생이 밝혀지는 것인가.

사람들의 표정이 제각각이었다. 그저 흥미로워하는 사람, 안색이 흐려지는 사람, 잔뜩 기대하는 사람. 그런데 가장 흥분된 반응을 보여야 할 아케론 공작은 담담하다 못해 어두운 표정이었다.

"철왕은 스스로 계승권을 포기하여 자격을 상실하였다. 따라서 왕의 칭호 또한 거둠이 올바른 절차이다."

잠시의 정적, 그리고 군중이 크게 술렁거렸다.

황제는 마치 사람들에게 충분히 놀랄 시간을 준다는 듯 아무 말이 없었고 어리둥절한 뭇시선이 철왕 혹은 아케론 공작을 스쳐 지나갔다.

철왕은 시선을 약간 아래로 내린 채 안색의 변화가 없었다. 아케론 공작 역시 잔뜩 표정이 굳었으나 눈에 띌만한 반응은 없었다.

제프리는 느릿하게 눈을 꾹 감았다가 떴다. 이미 알고 있었지만, 황제의 입을 통해 다시 한번 확인하자 고통에 가까운 절망을 느꼈다.

그는 새해가 시작되고 며칠 후 디안을 만났다. 디안의 계승권 포기가 이미 황제의 승인을 받아 확정된 사실을 알았다. 머릿속이 새

하얗게 텅 비어 디안에게 뭐라고 하지도 못했다. 너무 충격을 받아 멍한 기분으로 귀가했다.

며칠 두문불출하며 겨우 마음을 추슬렀다. 어떻게 해서든 이 사태를 해결하려고 다시 디안을 찾아갔으나 디안이 만남을 거부했다.

몇 번 철왕궁을 찾아갔다가 문전박대를 당한 후 제프리는 오늘 입궁하기 전까지 거의 집에만 틀어박혀 있었다.

"하지만."

반전을 예고하는 단어가 모두의 이목을 끌었다.

"철왕이 계승권을 포기한 동기가 제국의 질서를 어지럽히지 않으려 함이니 일신의 영광을 사리사욕의 대상으로 여기지 않은 뜻이 참으로 갸륵하다 할 것이다."

사람들은 황제의 말 한마디도 놓치지 않기 위해 잔뜩 신경을 곤두세웠다.

"따라서 철왕은 비록 계승권은 없으나 황족이자 신족으로서 왕의 지위를 유지하고 철왕에게 일임한 봉토 또한 거두지 않는다. 왕의 지위는 세습할 수 없다. 그러나 봉토의 영주권은 아래 삼대에 이르기까지 권리를 영유한다."

"황은이 망극하옵니다. 폐하."

제프리는 전혀 감흥 없는 표정으로 부자가 연출하는 연극을 관람했다. 저건 비극일까, 희극일까.

제프리가 한쪽 입술 끝을 약간 올렸다. 듣기 좋은 미사여구로 잔뜩 치장했으나 빈껍데기다. 결국, 디안은 황좌에 오를 기회를 완전히 놓쳤다.

'그깟 왕의 지위……. 그깟 봉토?'

황제가 되면 천하를 가질 수 있는데 그런 부스러기로 만족하다니. 디안이 어릴 때 빈민가에서 자랐다더니 그것 때문일까. 황궁 밖에서 살아온 시간이 너무 길었나?

제프리는 계승권을 포기한 조카의 선택을 이해할 수 없고 배신감으로 괴로웠다. 디안을 제위에 올리겠다는 일생의 목표가 한순간에 와르르 무너졌다. 확실히 쥐었다고 생각했는데 손을 펴 보니 아무것도 없었다. 이제부터 자신이 뭘 해야 할지, 무엇을 위해 살아야 할지 알 수 없었다.

"은왕. 라드 후작."

황제가 네 번째로 그들을 호명했다.

오늘 황제는 하는 말마다 역대급이었다. 오전에 홀에 모여들 때만 해도 긴장한 빛이 역력했던 사람들은 이제 박진감 넘치는 격투 시합 관람객의 심정이 되어 잔뜩 흥분했다.

"예, 폐하."

"예, 폐하."

여기저기에서 사람들의 목울대가 넘어갔다. 이번에는 뭘까. 터지기 직전의 기대감으로 연회홀의 분위기는 잔뜩 달아올랐다.

\*      \*      \*

발터는 예상하지 못한 손님들이 갑자기 들이닥쳐 어안이 벙벙했다. 개성적인 외모와 다양한 체구의 나이 지긋한 노인들이 발터를 보면서 모두 한마디씩 했다.

"오랜만이다."

"너 발터냐?"

"아, 맞다. 네가 여기 있었지."

"너도 이제 늙었구나."

"세월이 무상하지. 나도 이젠 예전 같지 않으니까. 배 며칠 탔다
고 몸이 영 찌뿌둥하네."

"하긴, 나도 생전 안 하던 멀미를 다 하고."

발터는 떡 벌어진 입을 다물지 못했다. 일족의 열두 원로가 한자
리에 모인 모습을 얼마 만에 보는지 모르겠다.

원로들은 일족들이 딛고 설 수 있도록 아래에서 받치는 단단한
땅이었다. 앞에서 일족을 이끌고 나가는 사람이 쿤이라면 맨 뒤에
서 한 사람의 낙오자도 없도록 챙기는 사람이 원로들이었다.

원로들은 일족의 역사이며 최후의 보루이기도 했다. 지도부가
궤멸하는 최악의 경우에도 원로가 한 사람만 남아 있으면 일족의
전통은 끊기지 않고 다시 일어날 수 있었다.

그래서 열두 원로는 될 수 있으면 한자리에 모이지 않았다. 그들
의 몰살이 일족의 멸망이나 마찬가지이기 때문이다. 그들이 모두
모이는 원로 회의는 손꼽힐 정도로 드물게 열렸다.

긴장한 발터는 뻣뻣하게 굳었다. 그나마 친숙한 메이슨에게 겨
우 말을 붙였다.

"어찌 된 일입니까?"

메이슨이 쓴웃음을 지었다.

"쿤은?"

메이슨의 짧은 물음이 끝나자마자 나머지 열한 명의 시선이 일제히 발터에게 꽂혔다.

발터가 마른 침을 꿀꺽 삼켰다. 무슨 일인지 모르겠지만, 원로들의 갑작스러운 방문이 누구 때문인지는 알겠다.

"이, 일단 안으로 모시겠습니다."

발터가 서둘러 응접실에 열두 명이 둘러앉을 자리를 마련했다. 열두 개의 찻잔을 모두 내려놓은 후 발터는 비로소 진땀을 닦았다.

"쿤은 지금 안 계십니다. 정확히 언제 오실지는 모르겠습니다. 요즘 귀가가 늦으셔서요."

턱이 뾰족한 노인이 눈을 게슴츠레 뜨고 발터를 쳐다봤다.

"넌 알지?"

"예?"

"쿤이 결혼했다며."

"……예?"

다른 노인이 말을 가로채며 끼어들었다.

"뭘 모르는 척하고 있어. 네가 모르면 누가 알아!"

"앞뒤 사정 다 자르고 말이지. 대뜸 결혼했다고 한 줄만 써서 보내면 되겠느냐, 이 말이야."

"최소한 누구와 결혼했는지 정도는 말해 줘야지."

"암, 그렇고말고."

"나 같이 성질 급한 늙은이는 기다리다가 숨넘어가."

"아니 뭐, 난 차분히 기다려 보자 했는데……."

"헹! 그럼 자네는 사막에 처박혀 있지 왜 따라 왔나?"

중구난방으로 터지는 노인들의 아우성을 들으며 발터는 정신이 혼미해졌다. 그는 간절히 도움을 바라는 눈으로 메이슨을 쳐다봤다. 메이슨이 낮은 헛기침을 몇 번 하자 곧 조용해졌다.

"쿤은 어디 가셨나?"

"아마…… 황궁에 계실 겁니다."

"황궁?"

"그 제국의 황녀?"

"그럼 쿤이 결혼한 상대가 그 황녀인가?"

다시 노인들이 한마디씩 했다.

발터는 도무지 잠자코 듣고 있을 수 없어서 나섰다. 원로들이 어디서 잘못된 정보를 접한 것이 틀림없었다.

"저……. 어르신들. 결혼이라니요. 쿤이 은왕님이 아닌 다른 분과 결혼할 리는 없고요. 은왕님의 결혼 소식은 제국 수도를 들썩이게 할 텐데 저는 어디서도 들은 적이 없습니다. '결혼하겠다'라는 뜻을 잘못 이해하신 게 아닌지요."

"예끼. 내가 아무리 요즘 기억이 가물가물해도 '하겠다'와 '했다'도 구별을 못 하겠냐."

"그럼. 해석하고 말고 할 것도 없었어. 쿤이 보낸 급전은 그냥 한 줄이었거든."

"이놈아. 너 정말 아는 거 없냐?"

"쿤이 헛말을 보낼 사람은 아니잖아."

원로들의 무차별 공격을 받고 발터는 다시 쪼그라들었다. 그는 정말 아는 것이 없었다. 말문이 막혀 의미 없는 소리만 어물거렸다. 그런데 문득 떠오르는 것이 있었다.

"아!"

발터가 탄성을 지르자 모두 기대 어린 눈으로 발터를 쳐다봤다.

"탈리아가 알 겁니다. 요즘 매일 쿤과 황궁을 드나들거든요."

지금껏 아무 말 없이 앉아 있던 노부인이 콧잔등에 걸린 안경을 밀어 올렸다. 그녀의 주름진 눈매가 날카로웠다. 노부인이 명령했다.

"잡아 와."

오래 지나지 않아 탈리아가 끌려왔다. 발터는 탈리아를 희생양으로 삼아 원로들의 시선에서 비켜날 수 있었다. 약간은 미안했고 탈리아가 대체 왜 쿤과 매일 황궁에 가는 것인지 드디어 알게 되는 건가, 기대했다.

이제 탈리아가 원로들의 눈빛 공격에 붙들렸다. 뱀 앞에 놓인 개구리가 된 것처럼 탈리아의 얼굴에 핏기가 없었다.

어딜 가든 어른 대접을 받는 탈리아도 원로들 앞에서는 새카만 후배였다. 더구나 원로 중 한 명은 탈리아의 스승이었다.

원로들은 아까 발터를 윽박지른 것처럼 탈리아를 압박했다.

"결혼이요? 저는 모르는 일입니다."

탈리아는 당당히 말했다. 거짓말이 아니므로 아무런 거리낌이 없었다.

"모른다고?"

"예, 모릅니다."

"그럼 황궁은 무슨 일로 드나드는 거냐?"

"발터 말로는 근 한 달 동안 매일 간다며."

"그건 대필……."

"어허! 어디 말도 안 되는 핑계를."

"아는 대로 말하지 못하겠니?"

탈리아는 사방에서 들어오는 공격에 차분히 대응했다.

"어르신들. 저는 쿤의 지시에 따르고 있습니다. 아무리 원로 어르신들이라고 해도 참견하실 수 없습니다. 제게 쿤과 어르신들 사이를 오가는 간자가 되라고 말씀하시는 겁니까?"

탈리아가 강경하게 나오자 원로들이 오히려 움찔했다.

"아니 뭐……."

"커흠, 그런 건 아니고."

"간섭은 안 되지, 암."

탈리아를 잡아 오라고 지시한 노부인은 탈리아가 왔을 때 고개를 끄덕여 인사만 받아 주었을 뿐, 지금껏 아무 말이 없었다.

"탈리아."

노부인이 입을 열자 군소리 많던 원로들이 물러났다. 잠시 빠지겠다는 듯 다 식은 찻잔을 들었다.

"……예, 스승님."

"우리가 아무런 근거 없이 억측만으로 이러는 것은 아니다. 쿤이 우리에게 결혼 소식을 알렸다. 다른 거추장스러운 형식은 다 떠나서 우리는 조부모의 마음으로 자세히 알고 싶을 뿐이란다."

다른 원로들이 점잖은 표정으로 고개를 끄덕였다.

"네가 쿤과 무슨 일을 하는지 묻지 않겠다. 다만, 그 일이 쿤의 결혼과 무관하다고 말할 수 있겠니?"

"……."

탈리아의 눈동자가 흔들렸다. 어차피 언제까지 비밀로 감출 수는 없었다. 한 달 넘게 쿤과 황궁을 드나드는 자신을 주변에서는 모두 수상한 눈으로 봤다.

대체 무슨 일이냐고 묻는 지부장들에게 대필 핑계를 대지 않은 지도 꽤 되었다. 더구나 쿤이 원로들에게 '결혼했다'라는 서신을 보내면서 오늘의 사태를 예상 못 했을 리가 없었다.

탈리아가 한숨을 내쉬었다.

"은왕님이 회임하셨습니다. 쿤의 아이요."

푸악.

느긋하게 차를 마시던 뾰족 턱의 노인이 입안에 머금은 차를 뿜어냈다.

그 시각 황궁 연회홀, 담쟁이 저택의 응접실 분위기와 크게 다르지 않았다. 아마 사람들이 손에 찻잔을 쥐었다면 여기저기서 찻물을 뿜었을 것이다.

황제가 두 사람을 내려다보며 말했다.

"다음 달이 지나기 전에 혼인 예식을 거행하라."

군중 반응은 즉각적이지 않았다. 예측 범위를 뛰어넘는 소리를 들으면 누구나 먼저 자신의 귀를 의심한다.

"짐은 본래 두 사람의 결합을 찬성하지 않았으나 두 사람의 의지가 확고하니 어찌하겠는가."

오해를 불러일으키는 말이었다. 사람들은 결혼 허락을 받으러

갔다가 황제의 완강한 태도에 물러서야 했던 애처로운 연인의 모습을 상상했다.

사실이 아니되 황제의 본심이기도 했다. 자신이 죽을 날을 받아놓지 않았다면 절대 저들의 혼인을 허락하지 않았을 것이다. 철왕의 계승 서열이 회복되든 되지 않든, 은왕이 라드 후작과 결혼하면 제국이 혼란스러워질 수 있기 때문이다.

라드 후작은 일국의 왕이나 다름없는 세력을 거느린 외인이다. 후작이 국서가 된 후 세를 모으고 제국의 질서를 뒤흔들 가능성이 있다. 은왕의 성정을 고려하면 비교적 낮은 확률이지만, 티끌 같은 의심도 간과해서는 안 된다. 황제는 그런 자리다.

황제는 자신의 치세 동안 제국을 온전히 장악하는 데 방해가 되는 어떤 요소도 용납할 수 없었다.

그러나 황제의 시대는 종막을 향하고 있다. 죽음 후 벌어질 일은 죽은 자는 알 수 없고 간섭할 수도 없다.

그리고 황제는 지금 은왕의 상황이 젊은 날 자신의 상황과 유사하다고 생각했다. 선황이 에디스와의 결혼을 반대한 가장 큰 명분은 아케론 가문이 에디스를 통해 국정을 농단한다는 것이었다.

하지만 황제는 확신했다. 에디스와 결혼했어도 아케론 가문에게 제국이 좌지우지되는 일은 없었을 것이다. 자신은 여자를 사랑하는 사내의 역할과 제국을 다스리는 군주의 역할을 분별하지 못할 머저리가 아니다.

그러니 라드 후작을 우려하여 은왕의 결혼을 반대한다면 선황과 같은 짓을 하는 셈이었다. 죽음을 앞두었어도 황제가 선황에게 품은 반감은 여전했다. 선황의 어리석은 판단을 답습할 생각이 없었다.

그리고 은왕은 억지로 꺾여서 순응할 성품이 아니었다. 타의로 좌절한 상황에 분노하고 집착할 것이다. 황제 자신이 평생 그런 것처럼.

자신의 죽음 이후를 바라보는 냉소적 시선, 완전히 털어 내지 못한 선황에 대한 유감, 객관적인 판단 등이 어우러져 황제는 은왕과 라드 후작을 떼어 낼 필요는 없다고 결론을 내렸다.

다만, 후사 문제가 걸렸다. 그런데 철왕과 공작의 손녀인 철왕비 사이에서 신족이 아닌 아이가 태어났다. 신족의 탄생은 인력으로 어쩔 수 없는 문제라는 생각이 들었다.

"은왕은 짐의 후계이자 신족이다. 황가의 얼굴이니 타의 모범이 되어야 한다. 아무리 법적인 혼인 관계가 성립했다고 해도 신 앞에서 맹세하는 예식 절차를 치르지 않았다면 야합이나 다름없다. 비록 절차의 올바른 순서는 바뀌었으나 바로잡기에 늦지는 않았다."

사람들 표정이 시시각각으로 변했다. 어리둥절한 표정으로 눈만 끔벅이는 사람, 관련자들의 표정에서 뭔가를 읽어 내려는 사람, 황제가 공표한 내용을 해석하는 사람 등 다양했다.

그중 황당하다는 표정으로 적왕을 흘끗거리는 자들이 있었다. 그들은 며칠 전에 패트리샤를 만났다. 그리고 며칠 동안 제 아들, 혹은 제 동생이 은왕의 약혼자가 될지도 모른다는 기대감으로 들떠 있었다.

황제의 발표는 그들의 기대를 와르르 무너뜨렸고 적왕한테 농락당했다는 불쾌함으로 안색을 굳게 만들었다.

하지만 패트리샤의 황망함에 비교할 수 있을까.

'이게 무슨 소리야. 결혼이라니. 누가?'

패트리샤는 지난 며칠 동안 무척 기분이 좋았다. 의욕적으로 새로운 계획을 설계했고 은왕의 남편감으로 찍은 후보들 집안에 연락을 넣었다.

약간의 시차를 두고 여럿을 불렀다. 한 사람과 만남이 끝난 후 그 사람이 나가는 길에 우연인 것처럼 다음 사람과 마주치게 했다.

패트리샤가 즐겨 쓰는 방식이었다. 경쟁을 붙여야 서로 견제하고 더 좋은 선물을 내놓으려 하기 때문이다.

다들 패트리샤의 발등이라도 핥을 것처럼 굽실거렸다. 패트리샤는 모처럼 한창 기세가 등등했던 시절로 돌아가 즐거움을 누렸다.

조금 전, 철왕이 계승권을 포기한 사실을 알았을 때 패트리샤의 희열은 최고조에 달했다. 모든 일이 순리대로 돌아가는구나! 벅찬 기쁨을 점잖게 억누른 것도 잠시, 패트리샤는 난데없는 날벼락에 혼이 나갔다.

표정 관리할 생각조차 못 했다. 경악한 심정이 고스란히 드러났고 수많은 귀족 눈에 그대로 읽혔다.

'설마 적왕이 몰랐나?'

'은왕 결혼에 적왕은 배제된 건가?'

"라드 후."

"예, 폐하."

넓은 홀, 많은 사람이 모여든 자리에 두 사람의 목소리만 울렸다. 사람들은 한 마디도 놓치지 않기 위해 집중했다. 적막 속에 한 노신사가 기침했다. 그는 힐난하는 주변의 시선에 머쓱해서 고개를 숙였다.

"왕의 책봉을 받은 황족의 배우자로서 그대에게 대공의 지위를 허하노라."

"황은이 망극하옵니다, 폐하."

왕의 아내는 왕비, 남편은 대공.

다른 특권은 주어지지 않는 명예 신분이었다. 매년 받는 얼마간의 품위 유지비와 황궁에서 거주할 수 있는 권한이 전부였다.

그런데 귀족들은 그 특권을 얻고 싶어서 치열한 다툼을 벌였다. 자신 혹은 제 핏줄이 황가의 족보에 올라가는 것은 최고의 영광이었다.

"은왕."

"예, 폐하."

"국혼 준비 기간을 고려하여 이르노니 다음 달은 넘기지 말라. 올바른 형식이 갖추어져야 실질이 더욱 단단해지는 법이다."

"황명을 받잡습니다."

시에나는 잠깐 황제를 올려보았다가 깊이 허리를 숙였다.

"황은이…… 망극하옵니다, 폐하."

의례적인 인사말에 진심이 담겼다. 이 자리에 모인 다른 사람만큼은 아니어도 시에나 역시 적잖이 놀랐다.

시에나는 증인 서명까지 완료한 혼인 신고서를 황제께 올린 후 따로 답은 받지 못했다. 믿고 기다리면서도 약간의 불안감은 있었다.

허락만 해 주시면 충분하다고, 형식적인 결혼식은 없어도 괜찮다고 생각했다. 그런데 기대 이상의 도움이었다.

황제는 자연스럽게 은왕과 라드 후작의 결혼을 기정사실로 만들었다. 두 사람은 결혼식 없이 혼인 증서부터 작성했으나 이미 황제는 알고 있었으며 그럼에도 불구하고 예식을 치르라고 황명을 내린 상황이 되었다.

나중에라도 황제가 두 사람 결혼을 인정했느냐 여부로 뒷말할 자는 없을 것이다.

시에나는 속이 울렁거려서 숨을 꿀꺽 삼켰다. 그녀는 이제 입덧과 감동을 구별할 수 있었다. 황제에게 이런 울렁임을 느낀 것은 처음이었다.

\*          \*          \*

적왕이 태양궁으로 달려갔다. 황제를 만나기 위해서라면 미친 사람처럼 고래고래 소리를 지르든 바닥에서 구르든 볼썽사나운 꼴을 보일 각오까지도 했다.

"폐하를 뵈러 왔네. 고해 주시게."

패트리샤는 독기가 잔뜩 올라 시종장에게 말했다. 지금 눈에 보이는 게 없는 적왕의 상태를 읽은 것인가. 시종장은 순순한 태도로 말했다.

"안으로 드십시오. 적왕께서 오시면 모시라고 하셨습니다."

패트리샤는 찜찜한 기분으로 서재에 들어갔다. 기세 좋게 달려왔으나 막상 황제 앞에서 적왕은 기가 죽었다.

황제는 그녀가 지닌 신분과 매력에 흥미를 보이지 않는 유일한 사람이었다. 패트리샤는 황제를 대할 때 항상 곤란함을 느꼈다.

시종장이 차를 내려놓고 물러섰다.

"폐하. 이러실 수는 없습니다. 은왕의 결혼을 왜 제가 오늘 처음 들어야 합니까?"

"이유는 은왕에게 물어보시오."

패트리샤는 수치심으로 얼굴이 화끈거렸다. 너는 어머니가 되어 그것도 몰랐냐, 비웃는 것처럼 들렸다.

"제가 알았건 알지 못했건 무슨 대수겠습니까. 폐하께서 결혼을 허락하셨다는 점이 문제입니다. 폐하. 라드 후작은 제국인이 아닙니다. 공작가의 혈통도 아니고요."

"그래서?"

"은왕은 폐하의 후계입니다. 장차 폐하의 뒤를 이어 신목을 지킬 것이며 은왕의 후사가 중임을 이어받을 겁니다. 한데 이 결혼으로는 신족이 태어날 수가 없습니다."

"공작가 혈통과 결합한다고 신족이 태어난다는 보장은 없지."

"……무슨 말씀이신지."

황제가 적왕을 보며 피식 웃었다. 머리를 굴리는 게 빤히 보였다.

"딴소리할 것 없소. 철왕 아들이 신족이 아니라는 것, 그대가 알고 있음을 짐도 아니까."

"……."

"요 며칠 잔뜩 흥이 올랐더군. 적왕궁을 찾는 손님도 갑자기 늘었고."

적왕이 표정을 일그러뜨리는 대신 주먹만 꽉 쥐었다. 제 행보가 전부 읽혔다는 불쾌함으로 쓴 물이 올라왔다.

황궁 안에서 황제의 눈을 피하기는 어렵다는 건 알고 있었다. 하지만 황제가 '난 네가 뭘 했는지 알지'라고 대놓고 말한 것은 처음이라 당혹스러웠다.

"제가 경솔한 행동으로 폐하의 심기를 어지럽혔나 봅니다."

황제는 자신의 비위를 맞추려고 애쓰는 패트리샤를 보며 생각했다.

'그대가 몰랐기 때문에 이 결혼을 허락했지.'

이 말을 들었을 때 적왕 표정이 궁금했다. 패트리샤의 속을 뒤집으려는 심술이 아니었다. 분명히 얼마간 영향을 미쳤다.

은왕은 문서의 위조를 바라면서까지 방해자가 될 적왕을 방어하려 했다. 근래 모녀 사이가 예전 같지 않다고 생각하던 중에 황제는 이번 일로 확신하게 되었다. 은왕은 제 어머니에게 정서적으로 얽매여 있지 않았다.

적왕의 집착이 상당한 비율을 차지한 모녀 관계는 정상적이지 않았다. 그래서 은왕이 제 어머니를 잘라 낸 단호함에 신뢰가 갔다. 라드 후작이 청왕이 되어 훗날 문제를 일으켜도 우유부단하게 대처하지 않을 것 같았다.

"적왕. 욕심이 참 많소."

"……예?"

"철왕이 내 후계가 될 뻔했지. 계승권 포기는 내가 받아 주지 않으면 그만이오. 한데 그대는 은왕이 내 후계 자리를 지키는 것으로 만족하지 못하고 입맛에 맞는 사위를 들이지 못하는 점에 노여워 이렇게 달려온 것 아닌가."

패트리샤는 말문이 막혔다.

"짐은 결정을 번복할 뜻이 없소. 어차피……"

황제는 곧 은왕이 아이를 낳을 거라는 말은 생략했다. 눈치를 보니 적왕은 모르는 듯했다. 조만간 알게 되면 사색이 될 적왕 표정이 기대되었다. 이건 다분히 심술이 맞았다.

"그대에게 은왕 결혼을 인정하라고 강요할 생각도 없소. 다만, 국혼 준비를 맡을 의사가 없다면 내일까지는 답을 주시오."

패트리샤의 눈 밑이 파들파들 떨리다가 가련하게 울상을 지었다.

"너무 하십니다. 폐하. 아무리 제가 마음에 차지 않으셔도 은왕에게 너무 가혹하십니다."

"가혹하다?"

"라드 후작과의 결혼은 훗날 은왕의 과오로 남을 겁니다. 철왕이 이런 결혼을 한다고 해도 폐하께서 허락하셨을까요?"

황제는 적왕의 도발이 아주 가소로웠다. 흔들림 없는 표정으로 답했다.

"은왕은 신족이오. 리먼 가문의 핏줄이 아니라."

해석하기에 따라 묘한 말이었다. 은왕 몸에 흐르는 리먼 가문의 혈통이 못마땅하다는 뜻으로 들릴 수도 있었다. 패트리샤는 과거사를 대충 알기에 황제의 말을 좋은 뜻으로 해석할 수가 없었다.

"은왕은 틀림없이 제가 열 달을 품고 낳은 제 딸입니다."

"모녀 관계를 부정할 뜻은 없소. 그대가 우려하는 은왕의 후사는 황가의 일이니 그대가 걱정할 필요 없다는 거요."

패트리샤가 곧바로 반박했다.

"저도 황가의 일원입니다. 폐하."

"홀로서기를 못 한 자식은 부모의 아이일 뿐이지."

황제는 평생 리먼 가문에게서 벗어나지 못한, 벗어날 생각도 하지 않았던 패트리샤를 비꼬았다. 낯빛이 굳은 패트리샤에게 한마디를 덧붙였다.

"호칭을 바로 하시오. 짐이 국서에게 대공의 지위를 내렸거늘."

패트리샤는 핀잔만 잔뜩 듣고 별다른 소득 없이 물러 나왔다. 적왕궁에 돌아와 뒤늦게 황제가 홀에서 했던 말을 곱씹었다.

'법적인 혼인 관계가 성립했다고?'

등 뒤가 서늘했다. 은왕 결혼 얘기에 정신이 팔려서 그때는 귀담아듣지 못했다. 황제가 그런 중대한 사실을 잘못 말했을 리가 없었다.

패트리샤는 궁내부로 갔다. 궁내부는 태양궁에 위치한 행정 기관이며 황궁 살림과 황족의 생활을 총괄 관리, 보조했다. 궁내부에서는 황족의 족보와 관련 출생, 혼인, 사망 등의 공문서도 관리했다.

패트리샤는 맞이하러 나온 궁내부 사무관에게 말했다.

"은왕의 혼인 증서 열람이 가능한가?"

"예, 적왕."

설마 했다가 대답이 돌아오자 패트리샤는 현기증이 났다.

"가져오게."

"곧 준비해 올리겠습니다."

공개된 문서는 황궁에 출입 가능한 자는 누구나 열람 가능했다. 다만, 볼 수 있는 문서는 관리들의 공증하에 작성한 사본이었다.

"원본을 가져오게."

사무관이 난처해하며 말했다.

"적왕. 원본은 황제 폐하의 허락이 있어야 문서 보관실 바깥으로 반출할 수 있습니다."

패트리샤가 사무관을 노려보았다. 예전이었으면 눈치만 줘도 알아서 요령껏 대령했을 것이다. 적왕의 이름값이 예전만 못하다는 현실을 피부로 느낄 때마다 속이 뒤집혔다. 날이 갈수록 울분이 쌓였다.

"뭐든 좋으니 빨리 가져오게!"

잠시 후 사무관이 혼인 증서 사본을 가져왔다. 서명한 네 명 증인의 인적 사항이 적혔고 황제 직인이 찍힐 자리에는 '직인 확인'이라고 관리가 쓰고 제 도장을 찍었다. 눈으로 보면서도 패트리샤는 믿기지 않았다.

'아니야. 이 결혼은 무효야!'

무효 심판. 그녀의 머릿속에 방안이 떠올랐다.

'반년만 넘지 않았으면 심판을 제기해서······.'

직인 밑에 있는 날짜를 확인했다. 잠깐 화색이 감돌던 그녀의 얼굴빛이 다시 어둡게 굳었다.

'작년 여름?'

어째서 자신이 그동안 이 서류의 존재를 몰랐단 말인가. 일 처리를 제대로 하지 않은 아랫것들을 가만두지 않겠다고 이를 갈았다.

"혼인 증서 공개가 언제부터였나?"

"오늘 아침입니다."

"무슨! 폐하의 직인이 찍힌 날짜가 언제인데 오늘이라고?!"

패트리샤 목소리에 날이 서자 사무관이 움찔했다.

"오늘 아침에 궁내부로 서류가 들어왔습니다. 적왕."

"하……."

패트리샤가 헛웃음을 흘렸다. 사무관 말대로라면 황제는 무려 반년 동안 서류를 보관하다가 이제 공개했다. 황제 직인이 찍힌 날짜로부터 정확히 어제, 반년이 지났다.

패트리샤는 망연자실한 표정으로 서류를 쥔 채 한참을 꼼짝하지 못했다. 사방이 막혔다. 어디도 출구가 없었다.

\* \* \*

폭풍의 핵은 원래 고요한 법, 현재 은왕궁이 그랬다.

시에나와 쿤, 디안이 응접실 소파에 모여 앉았다. 기대 이상의 결과지만, 시에나는 마음 놓고 기뻐해도 되는지 알 수 없었다.

그녀는 디안에게 말했다.

"철왕. 중요한 일을 혼자 처리하고 내게는 말도 안 해 줬더군요. 엊그제라도 귀띔해 줄 수 있었잖아요."

며칠 전이 디안의 생일이었다. 철왕궁에서 조촐한 축하 파티를 열었고 시에나와 쿤도 참석했다. 시에나는 오늘 황제가 말하기 전까지 디안의 계승권 포기 절차가 이미 마무리되었음을 까맣게 몰랐다.

"이미 얘기 끝났다고 생각했어요."

"그 화제로 우리가 얘기를 나눈 건 한 번뿐이었어요."

"그게 언제 일인데요. 아마 한 달은 넘었죠. 은왕이 나와 더 얘기할 게 있었으면 그 후 기회는 많았다고요."

"난…… 더 시간을 두고 얘기하려 했어요."

"왜요?"

선뜻 대답하지 못하는 시에나를 보다가 디안의 고개가 점점 삐딱하게 기울어졌다.

"내 계승권 포기가 은왕 결혼에 방해가 될까 봐?"

"……."

시에나가 슬쩍 시선을 돌렸다. 디안이 눈을 가늘게 뜨고 혀를 찼다.

"너무하네요. 은왕. 혈육보다 남자라 이거예요? 은왕과 제일 가까운 사람은 저놈이 아니라."

디안이 팔을 쭉 뻗어 손끝으로 쿤을 가리켰다. 왠지 감정이 실렸다. 그리고 제 가슴을 탁탁 두드렸다.

"나거든요. 은왕과 피가 섞인 친형제. 은왕이 이러면 정말 나 서운해요."

쿤이 시에나의 곁에서 한쪽 팔로 그녀의 어깨를 감싸 끌어안았다. 시에나가 살짝 그의 어깨에 고개를 묻어 민망함을 감추었다.

"철왕 전하. 은왕께서는 매사 신중하실 뿐입니다. 본인을 기준으로 철왕 전하의 판단력을 기대하셨던 겁니다."

점잖게 예의를 차려 말하고 있으나 디안은 마주친 쿤의 눈빛이 은근히 살벌하다는 걸 눈치챘다. 기가 막혀 헛웃음이 나왔다. 은왕에게 뭐라고 한마디 한 게 고깝다 이거로군. 털 세운 파수견, 누군지 아주 딱 맞는 별명을 붙여 줬다.

"그래서 라드 후. 아, 이젠 대공인가. 지금 내가 경솔하다고 비난하는 거요?"

"그런 뜻이 아니라……."

"경은 빠져요. 이건 가족끼리 나누는 진솔한 대화니까."

"은왕 전하의 가족은 접니다."

"정정하지. 서류로 맺어진 가족 말고 천륜으로 맺어진 가족."

"두 사람 다 그만 해요."

시에나는 듣다못해 끼어들었다. 이런 장면을 한두 번 본 게 아니었다. 각자 나무랄 데 없는 두 남자는 붙어 있으면 유치하게 투덕거렸다. 그렇다고 정말 사이가 나쁜 것 같지도 않았다.

"내 잘못이에요, 철왕. 내 생각만 했어요. 미안해요."

쿤이 살짝 인상을 쓰며 흘끔 디안을 쳐다봤다. 기어이 사과받으니까 속 시원하냐, 힐난하는 눈빛이었다.

이번에는 디안이 마주친 눈을 부라리지 못했다. 멋쩍어 턱을 문질렀다. 투정을 부린 것뿐이지 은왕을 원망하는 마음은 없었다.

"난…… 철왕이 계승권을 포기하면 폐하께서 이 결혼을 허락하지 않으실 줄 알았어요. 후손을 남겨 신목을 지키는 일이 신족의 의무라고 하셨거든요. 그래서 폐하께서 이 정도까지 도와주신 의도를 모르겠어요."

"흠……,"

디안이 팔짱을 끼고 생각에 잠겼다. 확실히 후계 문제는 저 두 사람 결혼에 가장 큰 걸림돌이었다.

"커티스, 내 아들이요."

갑자기 화제가 바뀌자 시에나가 의아한 눈으로 디안을 쳐다봤다.

"우리끼리만 하는 얘기지만, 선황 폐하 때 그런 일이 있었잖아요."

대외적으로 선황의 둘째 아들은 태어나 곧 죽었다고만 알려졌다. 신족이 아닌 황족이 태어났기 때문에 황궁에서 벌어진 영아 살해는 야사였다.

"그래서 폐하께 신목의 이파리를 받으러 갈 때 걱정했어요. 폐하께서 어떤 반응을 보이실지 모르니까."

손자니까 아들이 신족이 아닌 것과는 다르겠지, 선황처럼 극도의 혐오감을 품지 않기만 바랐다.

반드시 아들을 지키겠다고 각오했다. 비올렛과 그로시 가문에 애먼 불똥이 튀면 어쩌나 우려하며 그날 디안은 황제를 알현했다.

"폐하께서는 별다른 말씀이 없으셨어요. 마치 남의 일처럼요."

그날처럼 황제의 냉정함이 오히려 고마웠던 적이 없었다.

"내가 커티스를 데리고 태양궁에 갔었다는 말은 했던가요?"

시에나가 고개를 저었다.

"처음 들어요."

"커티스가 태어나고 열흘쯤 후였을 거예요."

황제는 첫 손자에게 무심했다. 따로 사람을 보내 커티스의 안부를 묻는 등의 관심조차도 전혀 없었다.

비올렛은 커티스가 신족이 아니라서 황제의 손자로 인정받지 못한다고 슬퍼했다.

디안의 생각은 좀 달랐다. 커티스가 신족으로 태어났어도 마찬가지였을 것 같았다. 황제가 손자 얼굴을 보려고 철왕궁을 방문하는 모습은 상상이 안 되었다.

그런데 비올렛이 속상해하니까 디안은 커티스를 안고 태양궁으로 갔다. 안 보겠다고 하시면 그냥 돌아서 나오면 된다고 생각했다.

황제는 갑자기 방문한 디안을 만나 줬다. 다른 사람의 알현 신청은 모두 거절당했다는 사실을, 디안은 나중에 알았다.

「손자 얼굴은 한번 보셔야지요.」

황제 표정에 언짢은 기색이 보이면 포기하려 했다. 뜻밖에 황제는 거부감을 드러내지 않았다.

디안은 아들을 황제 품에 냅다 안겼다.

"그래서요?"

시에나는 디안의 이야기에 완전히 집중했다.

"그냥 말없이 커티스 얼굴을 보시다가 도로 내게 넘겨주셨어요. 그런데 그냥 나오기 서운해서 폐하께 말씀 올렸어요."

「폐하. 커티스에게 덕담 한마디만 해 주시지요.」

시에나가 웃었다. 새삼 디안의 넉살 좋은 성격이 부러웠다. 폐하께서 철왕을 편애하신다고 생각한 적이 있었다. 부자 사이가 끈끈하다고 해도 이제는 섭섭하지 않았다. 전부 철왕의 노력으로 만들어진 관계일 테니까. 철왕처럼 딴마음 없이 불쑥 다가오면 싫어할 사람은 없을 것이다.

"이름을 물려준 사람의 반만 닮아도 훌륭히 자랄 거라고 하시더 군요. 그 말을 듣고 나오는데……. 뭐랄까."

디안인 인상을 찡그렸다가 희미하게 웃었다.

"기분이 이상했어요. 한 번도 뵌 적 없는 외조부님이 왠지 보고 싶더라고요. 그리고 난 폐하가 어떤 분인지 전혀 모르고 있었구나, 생각이 들었지요."

디안은 맞은편의 두 사람을 번갈아 보면서 말했다.

"우리는 폐하를 잘 몰라요. 벌어지지 않은 일로 미리 걱정하지 말자고요. 어쨌든 두 사람 결혼은 폐하께서 허락하셨고, 축배를 듭 시다. 내가 아직 두 사람에게 제대로 축하 인사를 한 적 없는 것 같 네요. 축하해요, 결혼."

활짝 웃는 시에나를 보며 디안도 미소 지었다.

"은왕. 쿤이 속 썩이면 언제든 와요. 나랑 비올렛이랑 커티스랑 함께 살자고요. 평생 같이 살아도 난 좋아요."

"절대 그런 일은 없습니다. 철왕 전하."

쿤이 볼멘소리로 끼어들었다.

디안이 코웃음 치며 쿤에게 경고했다.

"당연히 그런 일은 없어야지. 매제."

쿤이 흠칫했다가 슬그머니 고개를 돌려 헛기침했다. 쿤의 반응 을 유심히 보던 디안이 어이가 없어 혀를 찼다.

"나한테 매제 소리 들으니 좋냐?"

디안은 쿤의 입꼬리가 약간 올라간 것을 분명히 봤다. 은왕이 이런 반푼이 녀석을 데리고 살아도 괜찮은 건가, 디안은 심각하게 고민했다.

바깥에서 문을 두드렸다. 잠시 후 들어온 베스 표정이 심상치 않았다.

"무슨 일이요? 백작부인."

"전하. 적왕께서 오셨습니다."

전원이 순간 움찔했다. 디안이 픽 웃었다.

"득달같이 달려오셨군. 내가 끼어들 자리는 아닌 것 같으니 그만 가 볼게요."

디안이 일어났다. 디안은 은왕궁을 나가는 길에 은왕을 만나려고 기다리는 패트리샤와 마주쳤다. 디안의 걸음이 멈칫했다. 두 사람의 시선이 교차했다.

같은 연회에 참석해도 디안은 적왕이 있는 방향으로는 고개도 돌리지 않았다. 이렇게 가까이에서 보는 것은 무척 오랜만이었다.

디안은 기억 속의 적왕 모습과 매우 달라서 놀랐다. 오만하게 웃으며 사람을 깔아뭉개는 사교계의 여왕은 온데간데없었다.

살아온 인생이 나이가 들면 얼굴에 나타난다더니. 적왕은 초조해 보였고 여유를 잃은 적왕의 전체적인 인상은 초라했다. 새삼 '적왕이 이렇게 키가 작았나?'라는 생각이 들었다.

'내가 당신을 어머니라고 생각한 적이 없는 것처럼 당신도 날 아들이라고 생각한 적 없겠지.'

한때는 저 여자를 두려워했고 증오했다. 그런데 이제는 어떤 감정도 들지 않았다.

'그래…….. 난 지금 만족스럽구나.'

현재가 행복하니까 불행한 과거에 붙들리지 않았다. 만감이 교차했다. 이런 좋은 날이 올 줄은 몰랐다.

'좋은 인연도, 나쁜 인연도. 당신과 나 사이에 더는 아무것도 없었으면 좋겠군.'

디안은 패트리샤에게 꾸벅 고개를 숙였다. 멀어지는 디안의 뒷모습을 패트리샤가 복잡한 눈으로 응시했다.

패트리샤가 보기에 철왕은 패배자였다. 계승권을 포기한 철왕 따위는 발에 채는 돌조차 되지 못했다. 철왕의 담담한 눈빛이 거슬렸다. 모든 걸 다 잃은 주제에 허세인가? 아니면 다른 꿍꿍이가 있나?

패트리샤는 누군가 다가오자 고개를 휙 돌렸다. 시녀가 와서 허리를 숙였다.

"안으로 모시겠습니다. 적왕."

페트리샤는 은왕이 만남을 기절할까 봐 걱정했다. 긴장이 풀리자 안도의 한숨이 나왔다. 그녀는 은왕에게 무슨 이야기를 할지 다시 한번 머릿속으로 정리했다.

\*   \*   \*

패트리샤가 들어오자 미리 기다리고 있던 시에나가 일어났다. 패트리샤는 선뜻 다가가지 못했다.

시에나는 연초에 새해 인사를 드리러 적왕궁에 들렀다. 그때로부터 한 달도 채 지나지 않았다. 그런데 패트리샤는 연초에 시에나를 봤을 때와 비슷한 감정을 느꼈다.

낯설다. 달라졌다. 구체적으로 꼬집어 말할 수는 없었다. 어머니이기에 자식에게만 발동하는 예민한 감각이었다.

시에나는 연초와 다르게 몸의 변화를 눈으로 보면서 자신의 몸에 깃든 생명을 실감했다. 그녀는 어머니가 된 자신을 하루하루 자각했고 분위기가 훨씬 성숙해졌다. 다만, 원인을 모르는 패트리샤는 불안했다.

"앉으세요, 어머니."

패트리샤가 걸음을 뗐다. 가까워진 딸의 얼굴을 물끄러미 보다가 소파에 앉았다.

이미 테이블에는 두 잔의 차가 있었다. 중간에 방해받고 싶지 않아서 시에나가 미리 준비시켰다.

"우연이었습니다. 검술 연습 상대가 되었던 기사가 제 실력을 돋보이게 하려고 진짜 실력을 숨긴 사실을 알게 되었어요."

시에나는 어쩌면 모든 일의 시작이 된 그 날을 떠올리며 말했다.

"어머니가 시키신 일이었더군요."

패트리샤가 미간을 찌푸렸다. 워낙 벌인 일이 많아서 그 기사가 누군지 기억도 나지 않았다.

"저는 점점 알게 되었어요. 어머니가 제 주변에 쌓은 벽을. 저는 그 벽을 벽인지 모르고 세상의 끝이라 생각했지요."

시에나는 마치 자신의 이야기가 아닌 것처럼, 책을 읽어 내려가듯 어머니와 리먼 가문에 실망하고 마음을 접게 된 과정을 이야기했다.

귀 기울여 듣던 패트리샤의 표정이 점점 창백하게 질렸다. 차라리 은왕이 화내고 따지는 게 나았다.

"은왕. 그건 전부……."

"저를 위해서였다고 말씀하지 마세요. 제 눈과 귀를 막으셨어요. 그래서 절 입맛대로 길들이려 하셨지요."

패트리샤는 자신의 엄청난 실수를 이제 알아차렸다. 지금껏 착각하고 있었다. 포프 백작부인이 다리를 못 쓰게 되어 은왕의 화가 풀리지 않았다고만 생각했다. 그래서 시간이 지나면 괜찮아지려니, 안일하게 생각했다.

가슴이 쿵 내려앉았다. 은왕의 자존심과 자부심이 얼마나 강한지 누구보다 잘 알고 있다. 그 점을 이용해서 은왕을 고립시켰고 어릴 때부터 은왕을 제어할 수 있었으니까.

강한 힘은 반작용도 큰 법이다. 은왕에게 자존심과 자부심은 자기 자신 그 자체였다. 그걸 망가뜨린 자를 절대 용서하지 않을 것이다.

"그리고 어머니는 도리에 어긋나는 일을 서슴지 않고 하셨습니다. 포프 백작부인 집안을 풍비박산 낸 일, 라드 후작에게 약을 쓴 일, 철왕비와 아이를 독살하려 한 일."

"은왕."

다급히 입을 열었으나 할 말이 떠오르지 않았다. 가까스로 리먼 가문을 방패로 내세웠다.

"리, 리먼 가문은 은왕의 힘이에요."

"글쎄요. 정말 그럴까요?"

"은왕. 리먼 가문만이……"

"리먼 가문이 절 해치려 했다는 사실은 아세요?"

"……네?"

"얼마 전에 특사 임무를 받아 사막을 갔을 때 급습을 당했습니다. 배후에 리먼 가문이 있더군요."

시에나는 아무것도 모르는 척 천연덕스럽게 말했다.

"리먼 공은 극구 부인하였지만, 리먼 가문 사람이 연루된 점은 확실했지요. 황제 폐하께 말씀 올리지 않은 것만으로도 저는 최대한 눈감아 준 겁니다."

찻잔을 든 패트리샤의 손이 덜덜 떨렸다.

'안 돼. 그 일마저 내가 했다는 걸 은왕이 알면…….'

"어머니."

패트리샤가 놀라 고개를 들었다. 시에나는 잔뜩 겁에 질린 패트리샤에게 전혀 동정이 가지 않았다. 그녀는 작은 한숨을 내쉬었다. 어머니를 어찌해야 할지 고민이 많았다.

어머니는 꿈속 미래에서 저질렀을 수많은 악행을 현실에서는 제대로 실행하지 못했다. 철왕의 외숙은 살아서 아케론 가문이 복권되었고 철왕비와 커티스는 무사하고 쿤의 수하, 레반이 죽을 미래도 바뀌었다.

알고 막았건 우연이 작용했건 어쨌든 다 미리 차단했다. 일어나지 않은 일로 죄를 묻자니 가혹한데 그대로 넘어갈 수도 없었다.

처벌은 쉽고 교화는 어렵다. 사람이 근본적으로 달라질 수 있을까.

'어머니는 평생 이 모습 그대로일지도 모르지요.'

기약 없이 경계를 늦추지 말고 지켜봐야겠지만, 시에나는 패트리샤를 자신이 감당해야 할 몫으로 받아들였다.

"있는 듯 없는 듯 조용히 사세요."

"은왕!"

"최소한의 예우는 해 드리겠습니다. 하지만 원칙을 넘는 어떤 특권도 바라지 마세요."

오늘 철왕의 계승권 포기 사실을 알게 된 패트리샤는 틀림없이 장밋빛 미래를 꿈꾸었을 것이다. 시에나는 어머니의 턱없는 욕심을 확실히 눌러야겠다고 생각했다.

"충분히 생각할 시간은 드리지요. 선택하시면 됩니다. 제가 오늘 이후로 어머니를 계속 어머니라고 불러드릴지는 어머니가 이후 어떻게 처신하시느냐에 달렸어요."

패트리샤는 은왕의 결혼을 어떻게 해서든 뜯어말릴 목적으로 은왕궁을 방문했다.

하지만 머릿속으로 몇 번을 정리한 이유 같은 건 아무 소용 없었다. 결혼 이야기를 꺼내기는커녕 최후통첩이나 다름없는 딸의 차가운 경고만 들었다.

패트리샤는 넋 빠진 표정으로 일어났다. 느릿하게 걷는 패트리샤의 몸이 휘청거렸다.

시에나는 패트리샤가 나간 후 닫힌 문을 쳐다보다가 착잡한 기분에 한숨을 내쉬었다. 옆자리에 조용히 누군가 앉았다. 누군지 보지 않아도 알 수 있었다.

시에나는 옆에서 자신의 몸을 감아 당기는 쿤의 팔에 힘없이 끌려가 그의 품에 기댔다.

쿤은 시에나가 혼자서 패트리샤를 만나겠다고 하자 걱정스러워
했다. 하지만 시에나는 고집을 꺾지 않았다.

「이건 나와 어머니가 풀어야 할 문제야. 당신이 동석해 봤자 도
움이 안 돼.」

「……알았어. 대신 무리하지 마. 흥분하지도 말고. 내가 옆방에
있을 테니까 조금이라도 몸 상태가 이상하면 날 불러.」

"괜찮아?"

"……응. 좀 이상해. 후련하지는 않네."

쿤은 시에나를 안은 팔에 더 힘을 준 것 외에는 아무 말이 없었
다. 시에나는 그의 침묵에서 위로를 받았다.

쿤을 만나기 전 시에나는 항상 혼자 우뚝 서 있었다. 그래야 한
다고 스스로 다그쳤다. 이제는 힘들 때 그에게 잠시 기대어도 된다
고 생각한다. 고독이 강함은 아니다. 늦게 깨닫지 않아 다행이었다.

*　　*　　*


황제가 공표한 내용은 수도를 들썩이게 했다. 소집령을 받지 못
한 귀족들 사이에도 빠르게 퍼졌다. 제국 소식에 언제나 귀를 바짝
대고 있는 자들은 급전을 작성했다. 정보는 여러 경로를 통해 먼 곳
으로 이동했다.

라드 일족 역시 정보 수집의 신속함에 있어서 어디에도 뒤지지 않았다. 더구나 쿤과 밀접한 소식 아닌가.

일족의 열두 원로가 수도로 올 때 스테판도 동행했다. 원로들은 저택으로 갔고 스테판은 상회로 가서 레반을 만났다.

레반은 스테판이 점찍은 후배였다. 말귀 잘 알아듣고, 일머리 있고, 기죽지 않는 성격도 마음에 들었다. 제 밑에 데려다 가르쳐 키우고 싶은데 레반은 스승인 메이슨 밑에 있겠다는 뜻을 꺾지 않았다.

그래도 스테판은 틈만 나면 레반을 꾀었다.

"돈이 곧 권력이다. 레반. 일족의 모든 자금 흐름을 네 손으로 주무르는 거지."

"스테판. 전 현재 하는 일에 만족한다니까요."

"상단 관리나 자금 관리나. 어차피 그게 그거잖아."

도돌이표처럼 끝나지 않을 얘기였다. 레반은 화제를 돌렸다.

"원로분들도 함께 오셨다면서요. 발터 혼자서 어르신들 상대하기 힘들 텐데 가서 도와주시죠."

"그럼 네가 가든지."

레반이 입을 다물었다. 지부장들과 모이는 자리도 피곤했다. 원로들이라니. 상상만으로도 몸서리가 쳐졌다.

스테판이 진이 빠진다는 표정으로 고개를 설레설레 내저었다.

"그 옹고집 노인네들. 쿤이 어린애냐? 다 큰 성인이 제가 좋은 여자 만나겠다는데 뭘 그렇게 말이 많은지."

"……하지만 쿤은."

"쿤은 뭐."

"쿤의 결혼은 일족과 떼어서 생각할 수 없는……."

"넌 젊은 녀석이 노인들과 똑같은 소릴 해. 쿤이 없으면 일족이 망해?"

레반이 스테판의 눈치를 살피다가 대답했다.

"예."

스테판이 혀를 찼다.

"여기 또 광신도 하나 있네. 쿤은 무슨 죄를 그렇게 지었는지. 왜 이렇게 들러붙는 인간들이 많아."

왜 본인은 '들러붙는 인간들' 중 하나가 아닌 척하는 걸까, 레반은 속으로만 생각했다.

"쿤이 보낸 편지만 아니었으면 사막에서 더 지지고 볶고 했겠지. 노인네들이 체력도 좋아. 당장 달려간다는 걸 내가 끝내 못 막았다."

"무슨 편지요?"

"쿤이 결혼했다던데."

"……예?"

"네 표정 보니 너도 모르는구나."

"무슨 말씀입니까?"

"앞뒤 사정 알 때까지 좀 기다려 보자고 했는데……."

문이 벌컥 열렸다. '레반!' 하고 외치며 들어오는 사람은 정보 지부의 지부장, 린디였다. 린디는 스테판을 발견하고 움찔했다. 두 사람은 잠시나마 한 스승을 모신 동기였다. 스테판은 자신이 회계 쪽에 더 흥미와 재능이 있음을 알고 정보부를 나갔다.

"어……. 스테판. 오랜만이네요."

"음. 린디. 아무리 정보부가 돈을 빨아들이는 개미지옥이라지만, 좀 아껴 써. 너희가 연 재정의 얼만큼을 차지하는 줄 알아?"

스테판은 린디를 보자마자 잔소리했다. 린디는 눈동자를 굴리며 뒷걸음질 쳐 나가는 대신 안으로 들어왔다.

"그게 문제가 아니에요, 지금."

"나한테는 그게 제일 큰 문제야."

"쿤이 결혼한대요!"

스테판과 레반이 마주 봤다.

린디가 방금 들어온 소식을 전했다. 황제가 귀족들을 전부 불러 모아 놓고 은왕과 라드 후작에게 결혼 예식을 진행하라고 황명을 내렸단다.

놀라운 소식을 들고 스테판이 담쟁이 저택으로 갔다. 그런데 더 충격적인 소식이 그를 기다리고 있었다.

"……아이요?"

스테판은 잠시 아무 말이 없다가 폭소를 터뜨렸다. 원로들이 낄 낄대는 스테판을 심란한 표정으로 노려봤다.

"웃음이 나오냐?"

원로 한 명이 역정을 냈다. 스테판은 아직 잦아들지 못한 웃음을 흘리며 말했다.

"그럼 울까요?"

"이런 싸가지 없는 놈. 넌 말본새가 왜 그 모양이야?! 자네는 왜 저놈을 저 꼴로 가르쳐 놨어?"

비난의 화살이 스테판의 스승인, 원로 보리스에게 향했다. 보리스는 쩝, 입맛만 다셨다. 스승이 곤경에 처했는데도 스테판은 눈 하나 깜짝하지 않았다.

"진정들 하시고. 제가 어르신들의 이해를 도울 추가 정보를 가져왔습니다."

스테판은 린디가 입수한 정보를 정돈해서 전달했다. 입을 꾹 다물고 듣는 원로들의 표정이 가지각색이었다.

"그 두 분은 서류 정리를 일찍이 끝낸 모양입니다. 쿤이 결혼했다고 한 건 틀린 말은 아니었군요. 황제도 알고 있었고 늦었지만 결혼식을 올려라, 이거네요. 황제가 결혼을 허락했습니다. 어르신들은 이제 어쩌실 겁니까?"

"황제가 허락했으면 뭐."

"황제가 그러거나 말거나 무슨 상관이야."

"아무렴."

"쿤의 결혼을 왜 황제가 허락하고 말고 해?"

"황제가 쿤을 제 신하라고 착각하는 거 아냐?"

잔뜩 뿔이 난 원로들이 툭툭 내뱉는 목소리가 퉁명스러웠다.

"어르신들은 이 결혼이 마땅치 않으십니까?"

"우리 의견은 묻기라도 했나!"

"제국의 황녀라니. 황제의 후계자라며. 일족의 안주인 노릇은 어찌한단 말이냐."

"내 말이!"

"쿤이 지금 제정신이 아닌 게야!"

스테판이 빙긋 웃으며 말했다.

"곧 아이가 태어난다는데요?"

격앙된 원로들이 약속한 것처럼 입을 다물었다. 끄응, 고뇌 어린 신음을 흘렸다.

"쿤이 제 자식도 버리는 빌어먹을 놈이 되기를 바라는 건 아니시지요?"

"으음⋯⋯."

"그러면 안 되지."

"넌 말을 해도 꼭. 쯧."

"아니면 태어난 아이를 어머니에게서 떼어 놓는, 그런 잔인한 생이별을 설마 강요하실 겁니까?"

스테판은 은발의 황녀님을 떠올렸다. 은왕이 절대 아이를 빼앗길 리가 없었다. 삶은 호박에 이도 안 들어갈 소리다. 그런데 지금은 원로들 머릿속에 가련한 황녀님의 이미지를 심어 주는 편이 나았다.

원로들은 침통한 표정으로 침묵했다.

스테판은 미소지었다. 가끔 속 터지게 답답하지만, 기본 품성은 선하고 소탈한 분들이었다. 다수를 위한 소수의 희생을 절대 대의로 추앙하지 않았다. 그래서 스테판은 원로들을 존경했다.

하지만 존경과 공감은 별개다. 스테판은 사막에서 원로들과 설전을 벌이며 확실히 깨달았다.

'어차피 저분들은 설득이 안 돼. 사막이 바다로 바뀌는 걸 기대하는 게 낫지.'

그렇다면 저분들이 수긍할 수 있는 달콤한 미끼를 흔들어야겠다.

"태어날 아이는 쿤의 후계가 될 겁니다. 신족이 아니라 제위를 물려받지 못할 테니까요."

원로들이 안색이 활짝 피었다. 눈을 반짝이며 서로를 마주 보았다.

쿤의 아이! 쿤의 후계자!

고물고물한 갓난아이를 안아 볼 생각에 원로들의 경직된 입매가 흐물흐물 풀어졌다.

스테판이 피식 웃었다. 대체 저 고집불통 노인들을 어떻게 구워삶을지 골치 아팠는데 이보다 완벽한 방책은 없을 것이다.

'잘했습니다. 쿤.'

물론 미봉책이었다. 그래도 시간은 벌었다.

최소한 아이가 태어나서 살뜰한 보살핌이 필요한 영유아기를 지날 때까지, 원로들은 쿤이 남편이자 아버지 역할에만 충실해도 참고 기다릴 것이다.

*　　*　　*

결혼 예식의 날짜는 한 달 후로 잡혔다. 국혼 준비에 한 달의 시간은 빠듯했다. 궁내부와 예식부가 분주하게 움직이기 시작했다.

며칠 지나지 않아 수도 귀족 중에 은왕의 국혼 소식을 모르는 자가 없었다. 그런데 이미 은왕과 라드 대공이 법적인 혼인 관계라는 사실이 국혼보다 더 주목받았다.

감상적인 사람들은 세기의 로맨스라며 열광했고 의심 많은 자들은 어떤 정치적인 계산을 깔고 서류 정리부터 하는 초강수를 둔 걸까, 궁금해했다.

철왕의 계승권 포기 사실을 알게 된 사람들은 모두 똑같은 의문을 품었다. 그렇다면 은왕이 황제의 후계자이고 장차 라드 대공이 청왕이 되는 건가. 그럼 후계는?

지금껏 황족의 배우자는 모두 제후 공작 가문 출신이었다. 일부러 고르지 않아도 황족과 어울릴 만한 격조 있는 집안은 직계든, 방계든, 반드시 공작 가문에 한 발 걸쳤다.

라드 대공은 공작 가문 출신이 아닐뿐더러 제국 태생도 아니다. 황족의 배우자로서 전례가 없었다. 이 문제는 사교계를 뜨겁게 달구는 화젯거리로 부상했다.

「은왕께서 제위에 오르시면 이혼을?」

「설마.」

「후계를 얻기 위해 정부를 들이실지도 모르죠. 호호.」

「철왕께서 아들을 얻으셨다면서요. 조카를 양자로 삼으실 수도 있지요.」

「몰랐어요? 얼마 전 태어나신 황손께서 신족이 아니래요.」

「정말요?」


바깥이 시끄럽거나 말거나 은왕궁은 잔잔한 호수처럼 고요했다.

국혼이 며칠 남지 않았다. 시에나는 제작이 끝난 예복을 입고 최종 점검했다. 원래 시에나는 드레스를 연회에 참석하기 전에 미리 입어 본 적이 없었다.

그런데 점점 불러 오는 배 때문에 가봉할 때와 몸매가 달라졌다. 입었을 때 어떤 태가 나는지 확인할 필요가 있었다.

임신 5개월에 접어든 시에나는 배가 꽤 나왔다. 허리에 붙는 옷을 입으면 단번에 드러났다. 혼인 예복은 가슴 바로 아래에서 넓게 퍼지는 디자인으로 제작했다. 얼핏 보면 나온 배가 눈에 띄지 않았다.

시에나는 거울 속 자신의 모습을 보며 기분이 묘했다. 곧 결혼식이구나. 이제 실감이 났다.

"어떻소?"

베스가 시에나의 주변을 돌면서 요리조리 살펴보다가 대답했다.

"수선하지 않아도 되겠습니다."

점검을 마치고 벗은 예복을 시녀들이 챙겼다. 시에나가 막 옷 갈아입기를 마쳤을 때 바깥에서 문을 두드렸다. 베스의 손짓하자 시녀가 문을 열었다.

쿤이 안으로 들어오다가 멈칫했다. 그는 부산하게 움직이는 시녀들을 보며 말했다.

"방해했습니까? 이따 올까요?"

베스가 대답했다.

"아닙니다. 다 되었습니다. 다녀오셨습니까."

쿤은 국혼 날짜를 잡은 날부터 은왕궁을 거처로 삼아 지냈다. 라드 대공의 침실이 아예 따로 생겼다. 결혼식을 앞두고 있지만, 이미 부부이기에 함께 지내도 흠은 아니었다.

쿤은 바깥에서 처리해야 하는 급한 일이 생기면 가끔 출궁했다. 베스가 기억하기로 횟수가 손에 꼽을 정도였다. 그리고 나가도 금방 돌아왔다.

"백작부인. 나간 김에 신선한 사과가 들어왔길래 가져왔습니다. 양이 많으니 적당히 나누어 주십시오."

베스의 눈이 커졌다가 미소지었다. 대공은 빈손으로 돌아오는 법이 없었다. 매일 라드 상회의 일꾼들이 임부 건강에 좋다는 온갖 식재료를 들여오는 데도 나가면 또 추가로 챙겨왔다.

"예. 제가 살펴보겠습니다. 사과 파이를 만들어야겠네요. 전하께서 좋아하시니까요."

베스는 나가는 길에 시에나에게 할 말이 떠올라 뒤를 돌아봤다가 놀라서 다시 고개를 돌렸다. 그새 은왕에게 다가간 대공이 은왕의 허리를 끌어안고 농밀하게 입을 맞추는 순간을 목격했다.

베스는 서둘러 방을 나왔다. 잘못을 저지른 사람처럼 심장이 두근거렸다.

'나도 참. 주책이지.'

베스는 피식 웃었다. 두 분의 다정한 애정 표현을 볼 때마다 수줍은 소녀가 된 것처럼 설레었다.

'위화감이 없다는 게 재미있다니까.'

대공은 인상이 그다지 부드러운 남자는 아니었다. 베스가 기억하는 쿤은 첫인상이 강렬했고 절대 순한 사람이 아니라는 생각은 지금도 변함없었다.

그런데 은왕과 함께 있는 대공은 다른 사람 같았다. 그는 몹시 다정다감한 부군이었다. 표정이나 말투도 달라졌다. 눈빛에 언제나 애정이 가득했고 마치 세상에 아내만 존재하는 것처럼 바라보았다. 곁에서 지켜보기가 간질간질했다.

　평소의 대공과 아내 곁에 있는 대공, 두 모습이 전혀 다른데 이중 인격으로는 보이지 않았다.

　베스만의 생각이 아니었다. 은왕궁 시녀들은 대공을 어려워하면서도 두 분 윗전이 함께 계신 모습을 보면 낯빛이 발그레해졌다.

　'내가 참 모질었구나. 저런 두 분 사이를 탐탁지 않아 했으니.'

　미묘하게 불편했던 베스의 마음은 진즉 다 풀렸다.

　이제 저 두 분을 따로 떼어 생각할 수가 없었다.

# 4장

위대한 완성을 향하여

　황실 전통 혼례식인 국혼은 절차가 길고 복잡했다. 철왕의 결혼식이 그러했듯 오전에 시작해서 휴식 시간이 따로 없이 늦은 오후가 되어야 끝난다.

　쿤은 임신 중인 시에나가 그 긴 과정을 견디는 건 무리라고 생각했다. 시에나는 괜찮다고 말했지만, 쿤은 이 문제만큼은 양보하지 않았다.

　그는 예식 절차를 손보기 위해 예식부를 드나들며 관리들과 사제들을 만났다. 형식에 집착하는 꼬장꼬장한 사제들을 설득하는 일이 가장 어려웠다.

　쿤은 고민하다가 블레스 공작을 찾아갔다. 블레스 가문은 사제를 양성하는 신학원에 꾸준히 거금을 기부했다. 그래서 영향력이 상당했다.

란델에게 도움을 요청하는 과정에서 은왕의 임신 사실을 말할수밖에 없었다. 쿤은 졸지에 천하의 막돼먹은 놈이 되어 블레스 공작의 눈총 앞에서 고개를 숙였다.

소소한 충돌 과정이 있었지만, 어쨌든 파격적으로 예식 절차를 간소화하는 데 성공했다.

국혼의 날, 아침 일찍부터 귀족들의 마차가 입궁하기 위해 줄을 섰다.

국혼 날이 잡힌 후 수도 이외의 지역에 거주하는 귀족들은 꾸준히 수도로 몰려왔다. 제국의 귀족뿐만이 아니었다. 정기선이 수도부두에 정박할 때마다 제후국의 왕족이나 귀족들이 우르르 내렸다.

황제의 후계자로 은왕이 확정된 상황에서 오늘 결혼식에 엄청난 관심이 쏠렸다. 이미 철왕의 결혼식을 경험한 귀족들은 속을 든든히 채우고 발이 편한 구두를 신는 등 나름대로 대비했다.

예식을 주관하는 신관이 입장하면서 결혼식이 시작됐다. 시간이 지날수록 하객들은 지난번과 다르다는 것을 깨달았다.

'음? 이상한데.'

'기도문이 이렇게 짧았나?'

하지만 빠르게 진행하는 예식 절차는 환영할 일이지 문제가 아니었다. 다른 게 더 신경 쓰였다. 눈썰미 좋은 자들이 예복을 입은 은왕의 몸이 어딘가 다르다고 눈치챘다.

남자보다는 여자가 보는 눈이 훨씬 예리했다. 은왕의 변한 몸매가 왠지 익숙했다. 자신, 혹은 자신의 딸이나 자매를 통해 본 적이 있었다.

'설마 은왕께서……'

'회임하신 건가?'

'세상에!'

'맙소사. 틀림없어요.'

'어머머머머머.'

엄숙한 예식 절차 중에 큰소리는 내지 못하고 지인들끼리 속삭이거나 눈짓을 주고받았다.

'그래서 이렇게 서둘러서 국혼을?'

'망측해라. 결혼 전에 회임하신 건가요?'

'엄밀히 그건 아니죠. 부부가 되신 지는 예전이고 예식을 늦게 하는 거니까요.'

'아는 사람이 은왕 전하의 혼인 증서를 열람했는데 날짜가 작년 여름이었대요.'

'부부인 두 분을 두고 스캔들이니 뭐니 괜한 난리를 친 거였군요.'

사람들은 퍼즐의 조각을 찾았다고 생각했다. 왜 적왕이 잠자코 이 결혼을 받아들였는지 납득했다.

신관이 황제 부부의 입장을 알렸다. 다들 '벌써?'라고 의아해했다. 황제가 입장하면 절차가 거의 마무리 단계라는 뜻이었다.

황제와 함께 들어온 패트리샤가 앞자리에 착석했다. 예복을 입은 은왕을 보는 눈빛이 흔들렸다.

패트리샤는 시에나의 임신 사실을 불과 얼마 전에 알았다. 그날 밤새 가슴을 치며 울었다. 은왕이 자신의 울타리를 벗어나 멀리 떠나 버렸음을 비로소 알았다.

패트리샤는 눈을 깜빡여 눈물을 참았다. 아직 상실감에서 벗어나지 못했다. 주변에서 벌어지는 모든 일이 악몽 같았다. 마음 같아서는 이 자리에서 목 놓아 울고 싶었다.

신관이 말했다.

"신랑과 신부, 두 분은 신의 앞에서 맹세로서 서약해 주십시오. 증인들은 이 서약의 무결함을 지켜봐 주십시오."

결혼 증서에 서명한 네 명의 증인이 맹세의 증인으로서 앞으로 나갔다.

이동의자에 탄 블레스 공작과 포프 백작부인의 모습이 하객들에게 깊은 인상을 남겼다. 귀족이 장애를 남들 앞에서 당당히 드러내는 경우가 거의 없었다.

시에나와 쿤이 서로 마주 보며 꿇어앉아 성서에 손을 얹었다. 맹세를 읊는 절차가 끝나고 신관이 선언했다.

"신 앞에서 두 분은 부부가 되었음을 엄숙히 선언합니다."

오늘은 예식 절차가 짧아서 사람들은 모두 기운이 넘쳤다. 장내가 떠나갈듯한 우렁찬 박수가 터졌다. 귀가 먹먹할 정도의 소음 속에서 쿤과 시에나는 눈을 마주쳤다. 시에나가 활짝 웃었다.

대중들 앞에서 처음 드러낸 은왕의 행복한 미소는 이후 두고두고 사람들 입에서 회자하였다.

예식이 끝나자마자 은왕 부부는 바로 은왕궁으로 왔다. 철왕의 결혼식과 다르게 피로연은 내일이 아닌, 오늘 저녁 예정이었지만 두 사람은 참석할 생각이 없었다.

쿤은 피로연 따위에 두 사람만의 시간을 빼앗기고 싶지 않았다. 연회장에는 제대로 앉을 곳도 없는데 무리하면 아이도 힘들 거라고 시에나를 설득했다.

그리고 디안에게 파티 호스트 노릇을 대신해 달라고 부탁했다.

「네 결혼식 연회 때는 우리가 호스트 했으니까 빚 갚아.」
「나 참. 기어이 빚은 받아 낸다 이거구나. 알았다.」

침실로 통하는 응접실 문 앞에서 쿤이 시에나 앞을 가로막았다.
"그냥 들어가는 겁니까?"
"그냥 들어가지 않으면?"
"대륙의 어느 나라를 가면 예식을 치르고 그날 밤이 지날 때까지 신부가 땅에 발을 딛지 못하게 하는 풍습이 있습니다."

시에나가 이해하지 못해서 고개를 갸웃했다. 그러자 쿤이 씨익 웃으며 말했다.
"신랑이 밤새 신부를 안고 다닌다는 뜻입니다."

뒤에 서 있던 시녀들이 고개를 숙이거나 돌려서 터지는 웃음을 감췄다.

시에나가 낮은 헛기침을 했다.
"제국에는 그런 풍습이 없어요, 대공."

"어느 나라의 풍습이건 최초로 시작한 사람이 있겠지요."

쿤이 몸을 숙여 시에나의 무릎 아래에 팔을 넣어 그녀를 안아 들었다. 시에나가 화들짝 놀라 그의 가슴을 내리쳤다.

"대공!"

"내 아내는 깃털처럼 가벼워서 사흘 밤낮이라도 안고 다닐 수 있겠습니다."

시에나는 넉살 좋게 너스레를 떠는 그를 흘겨보다가 웃었다. 응접실 안으로 들어가는 은왕 부부의 뒤를 시녀들은 따라 들어가지 못했다.

은왕께서 예복을 벗도록 옷 시중을 들어야 할 테지만, 시녀들은 붉어진 얼굴로 자기들끼리 키득키득 웃으며 닫힌 문 앞에서 돌아섰다. 지금 저 두 분을 방해하면 안 된다는 눈치는 있었다.

쿤이 시에나를 안고 응접실을 지나 침실로 들어갔다. 시에나는 그의 품에서 휙휙 지나가는 풍경을 보다가 '아!' 하고 탄식을 흘렸다. 쿤이 걸음을 멈추었다.

"왜?"

"저것, 결혼식 날 마시는 거라며."

쿤은 시에나가 가리키는 방향으로 고개를 돌렸다. 그리고 웃음을 터트렸다. 시에나가 홍화씨로 담근 술병이 있었다. 쿤은 저것을 처음 본 날, 복잡한 감정이 담긴 표정으로 한참 그 앞에 서 있었다.

쿤이 시에나를 의자에 앉히고 술병을 가져와 테이블에 놓았다. 씨앗은 여전히 가운데에 둥둥 떠 있었다. 술을 머금어 붉은색이 진해지고 겉이 쪼글쪼글해졌다.

시에나는 홍화씨를 볼 때마다 사람의 가슴을 가르면 심장이 이렇게 생겼을 것 같다고 생각했다.

쿤이 봉인된 마개를 열고 두 개의 잔에 술을 자작하게 따랐다. 그는 코끝을 술잔에 가까이 가져가 냄새를 맡더니 말했다.

"많이 독한 것 같은데. 당신은 맛만 봐."

"응."

두 사람이 술잔을 들었다. 서로의 눈을 마주 보며 미소지었다.

쿤은 왜 사람들이 거추장스러운 결혼식을 하는지 알게 되었다. 그녀가 아이를 가졌고 혼인 신고도 했고 황제의 허락도 받았는데 계속 붕 뜬 기분이었다.

오늘 결혼식을 치르고 나니까 정말 그녀가 이제 자신의 아내라는 실감이 났다. 온 세상에 '이 여자는 내 아내'라고 선언한 느낌이 짜릿했다.

"시에나. 사랑해."

시에나가 눈을 크게 뜨며 숨을 들이켰다. 나름대로 노력하는데도 그가 표현하는 만큼의 반도 따라 할 수가 없었다.

그녀는 자신의 감정을 드러내는 일이 아직 익숙하지 않았다. 시선을 살짝 내리고 조금 늦게 대답했다.

"……나도. 사랑해."

쿤은 술잔의 술을 한 번에 남김없이 들이켰고 시에나는 살짝 입술만 댔다가 내려놓았다.

쿤이 시에나의 손을 잡아 끌어당겼다. 그리고 품에서 꺼낸 것을 시에나의 네 번째 손가락에 끼웠다. 시에나는 자신의 손에 끼워진 반지를 보고 그에게 물었다.

"선물이야?"

쿤이 웃었다.

"라드 일족은 결혼의 증표로 반지를 교환해. 네 번째 손가락에 반지를 끼고 있으면 '난 결혼한 사람입니다'라는 뜻이지."

시에나는 독특한 풍습에 흥미를 느꼈다. 제국에서 반지는 장신구 역할만 했다. 치장을 위해 구매하거나 선물로 주고받는 외에 특별한 의미는 없었다.

"그럼 나도 당신에게 반지를 줘야 해?"

"응. 나도 끼워 줘."

쿤이 준비한 자신의 반지를 그녀에게 내밀었다. 시에나는 반지를 쿤의 네 번째 손가락에 끼웠다. 반지가 그의 손가락 마디의 끝까지 들어갔을 때 기분이 묘했다. 작은 반지 하나로 그를 묶는 것 같았다.

쿤은 반지를 낀 손으로 그녀의 반지 낀 손을 꼭 잡았다. 그는 돌아가신 부모님께 기쁜 마음으로 보고했다.

'어머니, 아버지. 이 사람이 제 아내입니다.'

쿤이 가져온 반지는 대대로 물려 내려오는 집안 가보이자 부모님의 유물이었다. 이 반지를 그녀의 손에 끼워 줄 수 있어서 감격스러웠다. 그는 손에 더 힘을 주었다.

한 걸음 앞도 보이지 않는 상황에서 여기까지 왔다. 절대 그녀의 이 손을 놓는 일은 없을 것이다.

　　　　*　　　*　　　*

　시에나는 시간이 날 때마다 성물을 펼쳐 놓고 생각에 잠겼다. 경험상 깊은 사색은 인식의 확장을 이끌고 어려운 문제를 해결할 열쇠를 주기도 한다.

　그녀는 백지를 바라보며 한숨을 내쉬었다. 도무지 모르겠다. 바깥에서 문을 두드렸다. 시에나가 성서를 덮어 서랍에 넣은 후 대답하자 보좌관이 들어왔다. 보좌관이 가져온 봉투를 책상에 올렸다.

　"전하. 조사를 지시하신 내용입니다."

　"수고했소."

　보좌관이 나간 후 시에나는 봉투를 열었다. 그녀는 성서의 비밀을 알아내기 위해 '잃어버린 신의 언어'와 관련한 연구 자료를 탐독했다.

　그러다가 모두에게 배척받은 소수 주장을 발견했다. 백여 년 전의 신학자라 이미 이 세상 사람이 아니고 후학을 남기지 못하여 그의 연구는 잊혔다.

　시에나는 그의 연구가 모든 신학자의 격한 반발을 샀다는 점에 흥미를 느꼈다. 도대체 얼마나 과격한 주장이었길래.

　연구 내용을 찾아보려 해도 정돈된 자료 중에는 없었다. 시에나는 보좌관에게 먼지 구덩이 속에 파묻혀 있을 논문을 발굴해 오라고 지시했다.

　시에나는 세월이 느껴지는 낡은 연구 자료를 펼쳐 정독했다.

—신목이 오직 한 그루라는 사실에 의문을 품은 적이 없
는가. 신께서 진정으로 자비로우시다면 괴물을 물리치고
세상에 평화를 가져올 신목은 왜 하나뿐인가.

신학자의 의문은 거기에서 시작되었다. 도대체 신목은 무엇인
가. 왜 신께서는 신목으로 인간을 통제하려 하는가.

—신목은 신의 뜻이 아니다. 인간의 탐욕과 이기심의 결
과다. 신목이 신의 은총이라면 온 세상에 신목이 뿌리내렸
어야 한다.
세상의 모든 생명은 태어나 성장하고 씨를 뿌린다. 신목
은 세상의 법칙에 어긋난 존재다.

'배척받을 만하네.'
기괴하고 난해했다. 객관적 연구라기보다는 망상의 집약체 같기
도 했다.

—잃어버린 신의 언어는 분명히 존재했다.

관심 있는 부분이 나오자 시에나는 집중했다.

—그것을 잃어버린 것이 우리의 원죄다. 신의 의지를 받
은 자는 우리뿐만이 아니었다. 태초의 신족은 모종의 이유

로 둘로 갈라졌다.

'흐음. 위험하네. 이런 의견이면 이단이라고 공격받았겠는걸.'

　—우리는 남았고 그들은 떠나갔다. 그들은 떠날 때 자신들의 존재를 증명할 신의 언어를 일부 가져갔다. 나는 신족이 둘로 갈라진 원인은 신목이라고 감히 확신한다.

시에나는 논문을 덮었다. 확실한 근거는 아무것도 없이 신의 뜻을 부정하고 신목을 부정하고 나아가서는 황실을 부정하는 말을 늘어놓았다. 후학을 남기지 못한 이유를 알겠다. 누가 이자를 스승으로 모시고자 했겠는가.

그녀는 다시 서랍에서 성서를 꺼냈다. 표지를 열고 페이지를 넘겼다. 백지, 또 백지.

고어는 수십 번은 써 봤다. 새로운 발견은 전혀 없었다. '염원하라'라는 문장을 '완성하라'라고 해석하는 게 맞는지도 이젠 헷갈렸다. 이 수수께끼를 풀고 싶다. 그런데 단서가 전혀 없으니 속이 답답했다.

그녀는 의자에 등을 편하게 기댔다. 눈을 감고 지금껏 알아낸 사실을 처음부터 다시 복기했다. 소르르 잠이 왔다. 임신 초기만큼 잠이 쏟아지지 않지만, 배가 점점 불러 올수록 몸이 무거워 피곤했다.

그녀가 낮잠이 들고 잠시 후, 바깥에서 문을 두드렸다. 문이 조용히 열리고 쿤이 들어왔다. 쿤은 일 욕심이 많고 고집도 센 그녀의 성격을 알기 때문에 시에나가 집무실에 들어가 있으면 방해하지 않았다.

그런데 베스는 시에나가 집무실에 머무는 시간이 조금만 길어져도 안절부절못했다. 그녀는 안 되겠다 싶으면 쿤에게 도움을 요청했다. 집무실에 들어가 보시라고 떠밀었다. 그러면 쿤은 못 이긴 척 들어갔다.

그는 의자에 기대 불편하게 잠든 시에나를 발견하고 미간을 찌푸렸다. 책상으로 다가가 조심히 의자를 옆으로 돌렸다. 그의 시선이 무심코 책상으로 향했다.

'일하는 중이 아니었나?'

서류들로 어지러울 줄 알았던 책상이 깨끗했다. 백지의 책 한 권만 펼쳐져 있었다. 그는 깨끗한 백지가 더럽혀지면 곤란하겠다고 생각하며 책 표지를 덮었다. 그리고는 곤히 잠든 시에나를 안아 들고 집무실을 나왔다.

다음날, 집무실에 들어온 시에나는 책상 앞에 앉았다가 성서를 발견했다.

'내가 치우지 않았구나. 성물인데 조심히 다뤄야지.'

그녀는 자신의 부주의함을 나무라며 성서를 들고 서랍에 넣으려다가 멈칫했다. 마지막 기억은 분명히 성서를 펼친 상태였다.

'왜 책이 덮여 있지?'

신족이 아니면 책 표지를 열 수 없고 열린 책을 닫을 수도 없다. 비올렛에게 성서를 보여 주며 간단한 실험을 통해 알아낸 사실이었다.

비올렛은 책을 열지 못했다. 열린 책을 쥐여 주니 닫지도 못했다. 책을 건네어 펼쳐진 백지에 무엇이든 자유롭게 써 보라고 했다. 비올렛이 펜으로 아무리 그어도 써지지 않았다. 비올렛은 마치 딱딱한 돌에 펜을 긋는 느낌이라고 말했다.

설마 철왕이 집무실에 들어와 성서를 덮었을 리는 없을 것이다. 어제 철왕이 다녀갔다는 말은 듣지 못했다.

'누가 이걸 건드린 거야?'

시에나는 벌떡 일어났다. 우두커니 서서 마음을 가라앉힌 후 차분히 다시 앉아 시녀를 불렀다.

"대공은 어디 계시느냐?"

"손님과 서재에 들어 계십니다."

"손님? 방문한 적 있는 손님이냐?"

"예, 전하."

레반이 왔구나. 시에나는 손님의 정체를 추측하고 고개를 끄덕였다.

"손님이 돌아가는 대로 즉시 내게 와서 알려라."

"예, 전하."

시녀가 나가자 시에나는 서랍에 넣어 둔 성서를 꺼냈다. 책상 위에 펼쳐 두고 페이지를 계속 넘겼다. 페이지를 휙휙 넘기는 무의미한 행동을 반복하다가 다시 책을 덮고 두 손을 깍지 끼어 이마를 기댔다.

'내 기억이 잘못된 건 아닐까? 내가 책을 덮었으면서 착각했을지도 몰라.'

당장 쿤에게 달려가 묻고 싶었다. 그녀는 일어나 책상 바깥으로 나왔다. 잠시의 기다림이 견디기 힘들어 가만히 앉아 있을 수가 없

었다. 그녀는 시녀가 방문을 두드릴 때까지 계속 집무실 안을 서성
거렸다.


쿤은 서재 소파에 레반과 마주 앉아 레반이 가져온 서류를 검토
했다.

결혼 전과 결혼 후 기간을 합하여 쿤이 은왕궁에서 지낸 지 두 달
이 넘었다. 상단은 메이슨에게 전권을 위임한다 쳐도 반드시 쿤의
결재가 필요한 사안들이 있었다. 그래서 쿤이 가끔 출궁하거나 혹
은 비정기적으로 레반이 입궁했다.

번거롭지만 일거리를 모두 은왕궁으로 옮기는 건 간단한 문제가
아니었다. 서류량이 방대하고 사람도 옮겨 와야 하기 때문이다.

황궁의 출입과 거주에 관한 규칙은 아주 엄격했다. 황족과 궁인을
제외한 누구도 황궁에서 나흘 밤을 넘길 수 없었다. 은왕궁의 기사
들은 물론 포프 백작부인도 최대 나흘마다 귀가 후 다시 입궁했다.

쿤은 황족의 배우자로서 은왕궁에 머물 수 있다. 그러나 그의 수
하들은 귀족이 아닌 자가 대부분이라 입궁 허가를 받는 일조차 까
다로웠다.

쿤이 청왕이 되면 제 권한으로 출입증 발급이 가능하다. 그런데
그건 훗날의 얘기고 대공으로서는 할 수 없었다.

시에나에게 부탁해서 출입증을 받아도 되지만, 쿤은 가급적 뒷
말이 나올 일은 피하려 했다.

보수적인 제국 귀족 상당수가 은왕의 결혼을 탐탁지 않게 생각
했다. 제국인이 아닌 자와 황족의 결혼은 기존의 질서를 흔드는 사

건이었다. 쿤의 근본이 장사꾼에 불과하다는 냉소적인 시선도 적지
않았다.

급작스러운 결혼 발표와 한 달 만의 국혼에 휩쓸리는 분위기가
아니었으면 아마 상당한 반발이 있었으리라. 아직은 결혼 초기라
대놓고 불만을 말하지 않아도 빌미가 생기면 가시 돋친 말을 쏟아
낼 것이다.

쿤은 자신을 두고 어떤 유언비어가 떠돌아도 상관없지만, 자신
을 겨냥한 악담이 그녀 평판에 영향을 미칠까 봐 걱정스러웠다. 헛
소문을 퍼트리는 자들을 모조리 잡아 단속하기란 불가능하니 매사
조심하자고 생각했다.

쿤은 서류를 넘기다가 문득 생각나서 물었다.

"백작부인과 무슨 일 있나? 널 보는 눈초리가 곱지 않던데."

레반이 한숨을 내쉬었다.

"제가 쿤 밑에서 일하는 걸 모르셨습니다."

쿤이 고개를 들었다.

"전에 은왕 전하 부름을 받아 몇 번 입궁했었다면서."

"그때는 변장하고 와서……."

얼마 전에 레반이 제 얼굴을 드러내고 처음 은왕궁에 왔을 때 베
스는 반가워했다.

베스는 레반이 보좌관직을 그만둔 후 시에나가 아쉬워했던 것을
기억했다. 은왕께서 내색하실 정도면 무척 마음에 드셨던가 보다
생각했다. 그래서 레반이 은왕의 부름을 받아 다시 보좌하러 온 줄
알았다.

레반이 원래부터 쿤의 사람이라는 사실을 알고 난 후 베스의 안색이 싹 굳었다.

레반은 그때 싸늘하게 식던 백작부인 표정을 떠올리면 아직도 식은땀이 났다. 오해하지 않도록 충분히 설명했으나 차가운 태도는 여전했다.

백작부인이 대놓고 모욕적인 말을 한다거나 행동을 함부로 하지는 않았다. 그런데 미묘하게 쌀쌀맞은 태도가 은근히 서운했다. 보좌관으로 지낼 동안 백작부인이 얼마나 예의 바르고 온화한 사람인지 겪었던 터라 괴리감이 컸다.

레반은 한숨을 내쉬며 하소연했다.

"제가 어떻게 해야 백작부인 마음이 풀리실까요?"

쿤은 레반이 느끼는 당혹감을 이해했다. 과거에 자신도 지금 레반의 입장이었다. 백작부인이 대단한 권력을 쥔 사람도 아닌데도 미움 샀다는 생각이 들면 몹시 의기소침해졌다.

자신 역시 밉보였다고 전전긍긍하던 때가 있었으나 이제는 옛일이었다.

"시간이 해결해 줄 거다. 변하지 않는 태도를 보이면 백작부인도 언젠가는 풀어지겠지."

이제는 내 일이 아니라 남의 일이 되었다고 쿤은 가볍게 조언을 건넸다. 레반의 표정은 전혀 밝아지지 않았다.

"참, 원로들은? 아직 담쟁이 저택에들 계신가?"

"예……."

"어쩌시려는 거지?"

결혼식 후 며칠 뒤에 쿤은 원로들을 만났다. 귀에 거슬리는 소리를 엄청나게 들을 각오를 했으나 뜻밖에 원로들은 개운치 않은 표정만 짓고 별말이 없었다.

이유는 스테판이 슬쩍 귀띔해 줘서 알았다.

「곧 태어날 쿤의 후계자를 기대하며 다들 꿀 먹은 벙어리가 되셨습니다. 그런데, 쿤. 결정적인 순간에 대책 없이 일단 저지르는 건 개인 애정사에도 적용되는군요. 일관성은 있으십니다.」

비꼬는 건지, 아닌지, 쿤은 알쏭달쏭했다. 말할 때의 스테판 표정은 즐거워 보였다.

곧 태어날 아이가 쿤의 자리를 물려받는 것은 그녀도 원하는 미래였다. 그 얘기를 했더니 원로들은 티 내지 않는 척하면서 흡족해했다.

원로들은 딱히 결혼을 환영하지 않았지만, 트집 잡지도 않았다. 그렇게 원로들과 무난하게 이야기를 끝냈다. 그런데 결혼식이 끝나고 한 달이 넘은 지금까지 원로들은 아직도 담쟁이 저택에서 버티고 있었다.

원로들이 한 장소에서 오래 함께 있으면 안 된다는 규칙도 규칙이지만, 한가한 사람들이 아니었다. 각자 터전에서 할 일이 많았다.

레반은 누가, 몇 명이나 수도에 남을 것인지로 싸우는 원로들— 원래 수도가 거점인 메이슨을 제외한 열한 명—을 떠올렸다.

다들 은왕의 출산 후까지 수도에 머물기를 원했다. 누구도 양보

하려 들지 않았다. 제비뽑기로 정하자, 내기하자, 방법을 정하는 일
조차 말만 무성했다.

"아마 조만간 가실 분은 가시고 남으실 분은 남으실 겁니다."

잠자코 지켜보던 스테판이 며칠 전에 진심으로 화를 냈다. 원로
들이 찔끔한 표정으로 진지하게 논의를 시작했다.

'역시 재정이 권력인가?'

스테판의 영향력은 확실히 강력했다. 어디로 튈지 모를 원로들
을 그만큼 감당하는 사람은 스테판이 유일할 것이다. 레반은 자신
의 뒤를 이어받으라는 스테판의 제안이 약간은 솔깃했다.

"떠나실 날이 정해지면 알려 줘. 배웅 인사는 나가야지."

"예, 쿤."

"오늘은 그만 돌아가. 이건 며칠 두고 꼼꼼히 봐야겠다."

"예."

레반이 나가고 잠시 후 문이 열렸다. 쿤은 레반이 다시 되돌아온
줄 알고 고개를 들었다가 시에나를 보고 눈이 커졌다. 그녀는 빠른
걸음으로 안으로 걸어 들어왔다. 쿤이 벌떡 일어나 그녀에게 달려
갔다.

"시에나. 천천히, 천천히. 몸도 무거우면서 조심해야지. 용건이
있으면 날 부르면 될 것을."

"쿤."

시에나는 자신을 붙드는 그의 손을 잡았다.

"어제 내 집무실에 들어왔었지?"

"언제?"

"잠든 나를 침실로 옮겨 줬잖아."

"아, 잠깐 들어갔지. 당신만 데리고 곧바로 나왔는데."

"그때 책상에 있던 책 봤어?"

쿤의 표정이 굳어졌다.

"뭐가 없어졌어?"

"아니야. 책상에 책이 있었는데 봤느냐고."

"봤어."

"그 책이 어떤 상태였는지 기억나?"

"펼쳐져 있길래 덮었는데…… . 혹시 건드리면 안 되는 책이야?"

시에나는 멍하니 쿤을 응시했다. 혼란스럽고 믿을 수가 없었다. 갑자기 어지러워 눈을 감았다. 그녀의 안색이 심상치 않음을 감지한 쿤의 표정이 사색이 되었다.

"시에나! 왜 그래. 몸이 안 좋아? 배가 아파? 일단 눕자. 백작부인, 아니 의사를……"

쿤이 얼른 그녀를 안아 들었다.

"쿤, 쿤!"

소파로 걸어가려던 쿤이 멈칫했다. 시에나가 그의 셔츠 옷깃을 잡아 쥐고 말했다.

"집무실로 가."

"……응?"

"당신에게 보여 줄 것이, 아니, 꼭 당신이 확인할 일이 있어. 집무실로, 지금 당장."

그녀는 몹시 다급해 보였다. 쿤은 시에나가 여유를 잃은 모습을 처음 봤다. 묻고 싶은 게 많았지만, 일단은 집무실로 갔다.

대공의 서재 문을 열고 나가면 곧바로 은왕의 집무실이 아니었다. 그의 품에 안겨 복도를 지나며 시에나는 아차 싶었다. 지나가던 시녀들이 윗전 부부를 보고 휘둥그레진 눈으로 고개를 숙이자 공연히 민망했다.

쿤은 집무실로 들어와 그녀를 소파에 내려놓았다. 그는 무릎을 굽혀 자세를 낮추고 그녀를 올려다보았다.

"좀 진정됐어?"

"응······."

귀 끝이 붉어진 그녀를 보며 쿤이 웃었다.

"내가 뭘 확인하면 돼?"

"책상 왼쪽 가장 아래 서랍을 열면 책이 한 권 있어. 그걸 가져다 줘."

쿤이 일어나 책상으로 가서 서랍을 열었다. 책은 한 권뿐이라 어떤 거냐고 물을 필요가 없었다. 그는 책을 꺼내 들고 다시 소파로 갔다. 그녀의 옆자리에 앉으며 소파테이블에 책을 올렸다.

"당신이······ 그 책을 한 번 봐 줘."

"봐 달라고? 안을?"

"응. 열어서 안을 봐."

쿤이 책을 들었다. 시에나는 잔뜩 긴장하여 그를 주시했다. 그의 손만 마치 확대되어 보이는 것 같았다. 쿤이 책 표지 끝을 붙잡는 순간 숨이 막히고 심장이 두근거렸다.

그가 수월하게 표지를 열었다. 앞쪽을 몇 장 넘기다가 백지만 보이자 페이지 전부를 쥐고 휘리릭 넘겼다.

"원래 내용이 없는 책인가? 아니면 특수 처리로 내용을 감춘 거야?"

"……."

"시에나?"

시에나는 크게 심호흡한 후에 입을 열었다.

"쿤. 그 책은 신의 권능이 담긴 성물이야. 당신은 표지도 열 수 없어야 해. 신족만 가능하니까."

쿤이 그녀의 얼굴과 자신이 들고 있는 책을 번갈아 봤다. 그리고 자신의 손에 든 책을 소심하게 들어 올렸다.

"……이 책이?"

시에나는 고개를 끄덕였다. 다른 사람이 같은 말을 했다면 쿤은 장난치는 거라고 생각했을 것이다. 그러나 그녀가 신의 권능을 걸고 농담을 할 리가 없었다.

시에나는 심각한 표정으로 말했다.

"당신이 어떻게 그 책을 열 수 있지?"

"……."

쿤은 무척 난감했다. 당연히 자신도 이유를 모른다.

"성물이 당신을 거부하지 않는 이유가 분명히 있을 거야. 그 책의 내력을 알려 줄게."

시에나는 어떻게 성서가 자신의 손에 들어왔는지 설명했다.

선황의 시종장 판이 전해 준 선황의 유언과 철왕이 잠시 성서를 맡은 동안 발견한 사실, 그녀 자신이 새로 찾아낸 것도 모두 그에게 말했다. 그녀가 말하지 않은 내용은 꿈을 통해 '위대한 소원'의 존재를 미리 알았다는 사실뿐이었다.

쿤은 진지하게 그녀의 말에 귀를 기울였다. 그는 이야기를 듣는 도중에 슬며시 책을 테이블에 내려놓았다.

"당신이 말한 내용은 극비 중에서도 극비 같은데 내가 알아도 괜찮아?"

"성서는 당신을 받아들였어. 당신이 대대로 황제만 물려받는 비밀을 알게 된 것도 신의 뜻이겠지."

"흠. 묘하게도……."

쿤은 잠시 말을 끊었다.

"우리 집안에도 비슷한 비밀이 있어. 오직 대대로 쿤만 물려받는 비밀이지."

아버지께 배운 일곱 개의 글자.

아버지는 글자를 가르쳐 주면서 단단히 일렀다.

너와 나만 알아야 하는 비밀이다. 먼 훗날 쿤의 자리를 물려줄 자식에게만 전해야 한다. 네 어머니에게도, 네가 세상에서 가장 사랑하는 사람이 생겨도 말해서는 안 된다.

쿤은 어려서 부모님을 여의었다. 부모님과 공유한 기억이 많지 않았다. 그래서 아버지와 나눈 비밀이 무엇과도 바꿀 수 없는 소중한 추억이었다.

그는 아내에게 어떤 비밀도 만들지 않을 테지만, '사랑하는 사람에게도 말하지 마'라는 부친의 유언만큼은 지켰을 것이다. 아마 오늘 이런 일만 없었다면.

황가의 비밀을 알았으니 자신도 비밀을 알려 줘야 공평했다. 무엇보다도 집안의 비밀이 이 성서의 신비로운 능력과 무관하지 않을 거라는 예감이 들었다.

"난 아버지께 글자를 배웠어."

"글자?"

"글자가 좀……. 제국의 고어와 형태가 비슷해."

시에나가 헉 소리를 냈다. 쿤이 미간을 찌푸리며 '괜찮아?'라고 물으며 그녀의 상태를 확인했다.

"고어라고? 당신이 고어를 알아?"

"고어인지 아닌지는 확실하지 않아. 유사한 것뿐이지."

"틀림없어!"

시에나는 언성을 높였다. 머릿속으로 밀려 들어오는 수많은 생각들로 숨이 가빴다. 오한이 드는 것처럼 오싹 소름이 돋았다.

"잃어버린 신의 언어야."

시에나가 그를 붙들었다. 매달리듯 그에게 기댔다.

"당신이 갖고 있다니. 당신이 그걸."

쿤은 잔뜩 흥분하여 상기된 표정의 시에나를 바라보다가 그녀를 끌어안았다. 그녀의 두 손을 잡아 자신의 허리 뒤로 두르게 했다. 부른 배 때문에 예전처럼 완전히 밀착할 수는 없어도 두 사람의 몸은 충분히 맞닿았다.

"진정해. 당신처럼 감정 변화가 별로 없는 사람이 갑자기 이러면 아기도 놀라고 당신 몸에도 안 좋아."

그의 목소리가 울려 몸에 진동으로 전달되었다. 시에나는 팔에 힘을 주어 그를 안았다. 고조되었던 기분이 서서히 가라앉았다.

'아! 어제 본 그 논문!'

"쿤. 당신에게 보여 줄 자료가 있어."

쿤은 일어나려 하는 그녀를 붙들어 다시 앉혔다.

"내가 가져올게. 어디 있어?"

쿤은 그녀의 설명을 듣고 책장 사이에서 무명 신학자의 버려진 연구 자료를 꺼냈다. 그는 소파에 앉아 처음부터 끝까지 정독했다. 완독 후 잠시 생각에 잠겼다가 고개를 들자 그녀가 초롱초롱한 눈으로 보고 있었다.

쿤은 웃음이 나왔다. 그녀에게 이런 반응을 끌어내는 상대는 제국, 혹은 신뿐이다. 아마 자신이 그 자리를 차지할 가능성은 희박할 것이다. 제국이나 신을 질투해야 한다니. 자신의 경쟁 상대는 왜 이렇게 강력한가.

"흥미로운 가설이야."

"가설이 아닐 수도 있어."

"시에나. 이 논문은 허점이 너무 많아. 오래된 의견인 데다가 추가 연구도 없었지. 주장을 뒷받침하는 논거가 없잖아."

"당신이 증거야. 당신이 잃어버린 신의 언어를 갖고 있으니까."

"일단 그건 확인이 필요한 일이고, 만에 하나 당신 의견이 맞다 치면 뭐가 달라지지?"

"당신은 '잃어버린 신의 언어' 등장이 얼마나 큰 충격파를 일으킬지 몰라서 그래."

종교적인 이유인가. 쿤은 공감하기 힘들지만, 가볍게 고개를 끄덕였다.

"라드 일족의 뿌리가 제국에 있다는 주장은 강력한 근거로 삼을 수 있어."

"무슨 근거?"

"내가 황제가 된 후에 라드 일족에게 영토를 줄 수 있는 근거."

시에나는 아직 가닥만 잡은 자신의 계획을 말했다.

"우선 이 논문이 신학자들의 논쟁거리로 부상하도록 분위기를 조성하려고 해. 쉬운 일은 아니겠지. 시간이 오래 걸릴 거고. 그런데 자꾸 여러 사람 입에 오르내리다 보면 찬반이 갈리게 되어 있어. 분명히 이 논문에 동조하는 자가 나올 거야. 논거가 얼마나 뚜렷한지는 관계없이. 그래서……."

시에나는 자기 생각에 몰두하여 말하다가 쿤을 보고 멈칫했다. 그가 미묘한 표정으로 자신을 물끄러미 보고 있었다.

"아, 당신에게 먼저 물어야지. 당신이 알고 있는 고어를 공개하면 일이 더 수월할 텐데. 그건 무리일까?"

"난…… 당신이 그걸 마음에 두고 있는 줄은 몰랐어."

쿤은 기쁘면서도 그저 기뻐할 수도 없는, 복잡한 기분에 휩싸였다.

"내가 언젠가 당신에게 일족의 이야기를 한 것은 당신에게 부담 주려던 의도가 아니었어."

쿤은 정말 놀랐다. 영토라니. 대체 언제부터 그런 생각을 한 걸까. 그녀가 하는 말을 들으니까 즉흥적인 제안이 아니었다.

"철왕과 영토를 두고 거래했던 건 맞아. 하지만 그건 이미 끝난 얘기야. 당신이 보상할 이유는 없어."

쿤의 손이 시에나의 볼을 부드럽게 감싸 쥐었다. 뭉클한 감정이 치솟았다. 그는 진심으로 감격스러웠다. 자신이 그녀의 마음속에 1순위는 아닐지라도 상당히 중요한 부분을 차지하고 있구나, 우쭐한 기분이 들었다.

"난 당신을 얻은 것으로 충분해. 더 욕심내면 벌 받을 것 같아."

시에나가 눈을 크게 뜨고 곧바로 반박했다.

"무슨 소리야. 욕심을 내."

그녀의 표정과 말투는 단호했다.

"난 당신이 나와 결혼했다는 이유로 포기하는 것이 없기를 바라. 내 남편이 되었으면 득을 봐야지. 라드 일족의 오랜 염원은 당신이 이룰 거고 난 당신을 도울 거야."

쿤은 할 말을 잊고 눈만 끔벅였다. 그리고 웃음을 터뜨렸다. 언젠가 디안이 했던 말이 떠올랐다.

열흘 전이었던가, 디안이 은왕궁에 놀러 왔다. 마침 시에나는 보좌관과 중요한 회의 중이라 어쩔 수 없이 쿤이 손님 대접을 했다.

디안은 은왕을 보러 왔는데 왜 너와 단둘이 차를 마셔야 하냐는 둥 내내 투덜거렸다. 시답지 않은 대화를 나누다가 디안이 농담 반 진담 반처럼 말했다.

「긴가민가할 때는 은왕 말만 잘 듣고 살아라. 그럼 손해는 안 볼 테니까. 경험담이다.」

쿤은 그날, 별생각 없이 고개를 끄덕였다. 그런데 디안이 무슨 뜻으로 한 말인지 이제 확실히 알겠다.

'당신은 참 신기한 사람이야.'

살다 보면 남을 믿는 것보다 자신을 믿는 게 더 어렵다. 이 길이 옳은 걸까, 할 수 있을까, 실패하면 어떡하지. 그런데 그녀는 언제나 흔들리지 않고 걸어갔다. 그 모습은 곁에서 지켜보기에 아슬아슬한 적도 없었다.

그녀는 실패해도 좌절하지 않을 것이다. 잠시 멈추어 서서 숨을 고르고 다시 걸어가겠지.

지금껏 누구도 이루지 못했던 라드 일족의 간절한 염원이 그다지 아득한 꿈은 아닐 것만 같다. 쿤은 키득거리며 그녀를 안고 키스했다.

"당신이 황제가 된 후에 황권을 날 위해 쓰는 건 월권 아닌가?"

"아니야. 라드 일족이 영토를 얻는 건 결정된 미래야."

"당신이 어떻게 알아?"

"난 알아."

꿈에서 봤으니까. 라드 일족은 영토를 얻고 당신은 공왕이 되었으니까. 시에나는 속으로만 생각하며 미소지었다.

쿤은 그녀의 밑도 끝도 없는 주장이 터무니없다는 생각이 들지 않았다. 그냥 그녀 말대로 모든 것이 순조롭게 이루어질 것 같았다.

"내가 뭘 하면 될까?"

"당신이 아버지께 들었다는 글자들……. 내게 알려 줄 수 있어?"

"물론이지."

쿤이 일어나 책상으로 가서 빈 종이와 펜을 가져왔다. 소파테이블에 종이를 펼치고 펜을 들었다.

"내가 배운 글자는 총 일곱 개야."

'일곱? 고어가 총 아흔셋이니까 총 백 개인가?'

시에나는 100이라는 의미를 헤아려 봤다. 고어 중에 숫자 100을 뜻하는 글자가 있다. 그런데 그 글자는 '완전함'이라는 다른 뜻으로도 해석한다.

쿤이 펜을 종이에 대고 막 그으려는데 시에나가 '잠깐' 하고 제지했다.

"다섯 개. 다섯 개만 써 줘."

"다섯 개만?"

"응. 두 개는 당신만 알고 있어. 일단 당분간은."

쿤은 피식 웃고는 종이에 다섯 개의 글자를 썼다. 그가 쓰는 과정을 곁에서 보면서 시에나의 눈동자가 흔들렸다. 하나의 글자가 완성될 때마다 자신도 모르게 탄식했다.

쿤이 펜을 내려놓은 후에도 시에나는 한참을 멍하게 내려다보았다. 종이를 집어 쥔 그녀의 손이 떨렸다.

"틀림없어⋯⋯."

처음 보지만, 이 글자들이 고어와 같은 뿌리를 가졌음을 한눈에 알겠다. 이 글자의 존재는 '잃어버린 신의 언어'를 두고 밤낮으로 싸우는 신학자들의 논쟁을 단번에 평정할 것이다.

"뜻도 알아?"

"좋은 의미는 아니야. 이건 소멸, 이건 파괴, 이건 어둠⋯⋯."

시에나는 헛웃음이 나왔다. 현존하는 고어에는 이런 뜻을 직접 표현하는 글자가 없다.

"쿤. 이건 고어가 맞아. 신학자들은 잃어버린 신의 언어라고 불러."

시에나는 성서의 표지를 펼치고 가장 앞장에 쓰인 문장을 그에게 보여 주었다.

"이걸 봐. 당신이 쓴 글자와 유사하지?"

"전부터 비슷하다고 생각은 했어. 공개된 고어 몇 글자가 있으니까 그걸 보고 상당한 관련성은 있다고 짐작했지."

"당신 아버지는, 아니, 당신 집안은 왜 이걸 비밀리에 전한 거야? 더 아는 건 없어?"

쿤은 쓴웃음을 지으며 고개를 저었다.

"내게 가르쳐 주시고 얼마 후에 돌아가셨거든."

"아…… 그랬구나."

그녀는 성서를 괜히 뒤적이다가 펜을 들었다.

"성물이 고어에 어떻게 작용하는지 보여 줄게."

시에나는 제국 사람이라면 누구나 아는 고어, '절대자'를 뜻하며 신을 상징하는 글자를 성서에 적었다.

그녀가 수없이 봤던 광경이 펼쳐졌다. 글자 주변으로 빛이 번져 나가면서 글자를 삼키고 '완성하라'라는 문장이 나타났다가 사라졌다.

쿤이 흥미롭게 구경하더니 다섯 글자를 적은 종이를 그녀에게 내밀었다.

"당신 말대로 이게 고어라면 성서가 반응하겠지?"

"응. 내 생각은 그래."

"써 보자."

두 사람 눈이 마주쳤다. 시에나가 결연한 표정으로 고개를 끄덕였다.

그녀는 크게 호흡한 후 펜을 들었다. 심장 박동 소리가 귓가에 들릴 것처럼 마구 뛰었다. 실수하지 않도록 손에 힘을 꽉 주고 쿤이 적은 다섯 개 글자 중 한 개를 적었다.

그런데 결과가 예상과 달랐다. 글자는 그대로 사라졌다. 빛이 나오지도 않고 문장이 떠오르지도 않았다.

'이럴 리가 없는데.'

다시 한번 썼다. 역시 마찬가지였다. 다른 글자를 써도 똑같았다. 처음엔 당혹스러웠지만, 그녀는 생각에 잠겼다가 고개를 들었다.

"당신이 써 봐."

시에나는 그에게 펜을 내밀었다.

"이 글자의 주인은 당신이니까. 난 자격이 안 되는지도 몰라."

쿤이 펜을 건네받았다. 그는 백지에 펜을 가져다 댄 채 잠시 망설였다. 옮겨 적느라 다소 쓰는 게 어설펐던 시에나와 달리 그는 기억하는 글자를 유려하게 완성했다.

글자가 완성되자마자 빛이 뿜어져 나왔다. 글자가 사라진 후 문장이 나타났다.


**—완성하라.**


문장이 사라질 때까지 숨죽여 지켜본 시에나가 환희에 찬 표정으로 그를 와락 끌어안았다. 감격이 전율이 되어 밀려 왔다.

'나와 당신은 도대체 무슨 인연일까.'

거대한 운명에 항거할 수 없이 붙들린 기분이었다. 그런데 전혀 불쾌하지 않았다. 그를 안 시간보다 그를 모르고 살아온 시간이 훨씬 긴데도 그가 없는 인생은 상상할 수가 없었다.

쿤은 그 후 네 개의 글자를 성서에 더 적어 넣었다.

'남은 건 두 개.'

시에나는 '완성하라'라는 문장이 나타났다가 사라진 백지를 뚫어지게 봤다. 마치 잔상이 남아 있기라도 한 것처럼. 글자 두 개만 더 적으면 완성된다. 완성되면 무슨 일이 일어나는 걸까.

쿤은 그녀의 표정에서 갈등을 읽었다.

"나머지 두 개도 적을까?"

시에나는 곧바로 결정을 내리지 못했다. 꽤 오래 고민했다. 그리고 고개를 저었다.

"지금은 아니야. 선황 폐하께서 남기신 유언에 따르면 이 성서에 소원을 비는 시기는 즉위식 전날이어야 해."

선황의 유산인 '위대한 소원'은 애초의 모습과 많이 달라졌다. 그래도 선황의 유언 전부를 무시할 수는 없었다.

'내가 신목의 관을 받는 그 전날.'

언제가 될지 모르겠지만, 그날 성서를 완성하겠다. 시에나는 당장 모든 수수께끼를 풀고 싶은 마음을 꾹 참았다.

"아."

쿤이 묘한 소리를 내자 시에나는 '뭐가 더 있나?' 하고 기대하는 표정으로 그를 쳐다봤다. 눈이 마주친 쿤이 멋쩍게 웃었다.

"대단한 건 아닌데 개인적인 궁금증이 막 해결됐어."

그의 표정이 짓궂어졌다.

"아까 당신의 책상 서랍에서 성서를 꺼낼 때 특이한 걸 봤거든."

쿤이 무엇을 말하는지 금방 눈치챈 시에나의 눈빛이 흔들렸다. 그녀가 당황한 기색을 알아챈 쿤이 얄궂게 웃었다.

그는 성서를 꺼내기 위해 서랍을 열었을 때 책 옆에 놓인 작은 유리함을 봤다. 서랍에 든 것은 그 두 가지뿐이었다. 성서와 함께 보관하다니 대단한 귀물인가 보다, 하고 생각했다.

그런데 유리함 속에 든 동글동글한 작은 보석들은 값비싸 보이지 않았고 다듬어지지 않은 모양이 투박했다. 그는 의문만 품은 채 성서를 꺼내 그녀에게 가져갔다. 그녀와 고어 이야기를 나누며 잠시 잊었다가 그 유리함 속에 든 물건의 정체가 불현듯 떠올랐다.

"그것들, 나와 장터 구경 갔을 때 내가 사 준 가짜 호박 맞지?"

시에나가 무안한 표정으로 헛기침했다.

"당신은 이 중요한 이야기를 하는 때에 그게 중요해?"

시에나가 면박을 주자 쿤은 오히려 즐거워했다.

"당신은 내가 당신이 두고 간 외출복을 갖고 있었다고 놀렸으면서."

쿤이 그녀의 등허리를 손으로 받치면서 상체를 숙였다. 두 사람의 얼굴이 바짝 가까워졌다.

시에나는 몸이 뒤로 기울어지자 그의 어깨를 잡았다.

"정작 본인도 이런 깜찍한 짓을?"

시에나는 싱글싱글 웃는 그를 흘겨보았다.

"굳이 버릴 이유가 없었으니까."

"그래서 당신 집무실에 성서와 함께 보관했다? 보석조차 되지 못한 저 싸구려 수액 덩어리를? 당신은 그때도 내가 싫지 않았으면서 그렇게 내 속을 태웠단 말이지."

쿤이 대충 넘어갈 것 같지 않아서 시에나는 난감했다. 슬쩍 감추었던 마음이 들킨 것 같아 낯부끄러웠다.

그때 두 사람의 몸이 경직됐다. 굳은 것처럼 움직이지 못했다.

"아."

또다시 배 안에서 툭 움직이자 시에나는 탄성을 질렀다. 그녀의 배에 몸이 닿은 상태라 쿤도 진동을 느꼈다.

시에나가 첫 태동을 느낀 지는 한 달쯤 되었지만, 배 속 아이는 얌전했다. 그저 아주 가끔 '건강히 잘 있어요'라고 말하는 것처럼 안쪽에서 지그시 밀었다. 오늘처럼 강한 태동은 처음이고 쿤이 목격한 것도 처음이었다.

쿤은 얼른 그녀의 몸을 바로 일으켜 세웠다. 조심스럽게 그녀의 배에 손을 올렸다. 그가 워낙 심각하고 진지해서 시에나는 웃음이 나왔다.

두 사람은 숨을 죽이고 기다렸다. 쿤의 표정에 언뜻 실망이 스쳤을 때 아이는 아버지의 기다림을 외면하지 않았다. 아까보다 더욱 힘차게 안에서 걷어찼다.

"와……."

쿤은 나직이 중얼거리고 한참 아무 말도 하지 못했다. 감동과 기쁨이 뒤섞인 표정이 오묘했다. 그는 무슨 말을 해야 할지 모르겠다는 듯 입술만 달싹이다가 벅차오르는 표정으로 시에나를 끌어안았다.

시에나는 그를 마주 안으며 눈을 깜빡였다. 왠지 눈물이 날 것 같았다.

*    *    *

본래적 의미의 제국 의회는 제후국이 모두 참석하는 국가 행사다. 그런데 매달 제후 공작들만 참석하는 소규모 원탁회의도 제국 의회라고 불렀다.

매년 봄 열리는 제국 의회는 은왕과 철왕도 정식 의석을 갖지만, 소규모 제국 의회는 미리 참관을 신청해야 회의장에 들어갈 수 있다.

이달의 제국 의회에 황제는 두 왕의 참관을 명했다.

은왕궁에서 출발한 마차가 태양궁 앞에서 멈추었다. 마중 나온 시종이 마차 문이 열리고 디안이 내리자 은왕궁 마차가 맞는지 다시 확인했다. 그 후에 쿤이 내려 뒤따라 나오는 시에나의 손을 잡아 그녀가 내리도록 도와주었다.

오늘 회의에 쿤은 참석할 수 없었다. 황제가 부른 사람은 은왕과 철왕뿐이고 대공은 아예 참관 신청권이 없었다. 쿤은 디안에게 간곡히 부탁했다.

"전하. 혹시 은왕께서 조금이라도 몸이 불편한 낌새가 보이면 즉시 데리고 나와 주십시오."

디안이 진지하게 고개를 끄덕였다.

"걱정 마요, 대공. 내가 한순간도 은왕한테서 눈을 떼지 않을 테니까."

시에나는 험지라도 가는 것처럼 야단스럽게 구는 그들 태도가 어이없었다.

"두 사람 다 걱정을 사서 하고 있어요. 회의 참석일 뿐이에요."

두 남자가 동시에 고개를 돌렸다.

"같은 자세로 오래 앉아 있으면 지금 당신 몸에 좋지 않아."

"그럼요, 은왕. 조심해서 나쁠 건 없잖아요."

이럴 때만 죽이 잘 맞는 두 남자를 보고 시에나는 한숨을 내쉬었다. 주변의 과도한 호들갑이 가끔은 피곤했다.

시에나는 디안과 태양궁으로 들어갔다. 지나가던 궁인들이 멈추어 서서 고개를 숙였다가 두 사람이 지나가자 저들끼리 수군거렸다. 임신 7개월에 접어든 시에나는 상당히 배가 나왔다. 한눈에 봐도 알 수 있었다.

결혼식 후 곧 임신 사실은 공표했다. 그런데 그 후 그녀는 모든 일을 궁 안에서 처리하고 외부 활동은 아예 하지 않았다.

실제로 결혼식 날 이후에 은왕을 본 사람이 거의 없었다. 갑자기 임부가 되어 등장한 은왕 모습이 궁인들은 그저 신기했다.

두 사람이 회의장으로 들어가니 먼저 도착한 공작들이 의자에서 일어났다. 그들도 은왕의 모습이 낯설기는 마찬가지였다. 차마 내색은 하지 못하고 안 보는 척 시에나를 흘끔거렸다.

곧 일곱 명의 공작이 모두 왔다. 리먼 공작과 아케론 공작은 자신의 조카와 형식적인 인사만 나누었다. 가장 늦게 온 블레스 공작만 시에나와 반갑게 인사하고 근황을 물었다.

"황제 폐하 납시옵니다."

시종이 황제의 등장을 알렸다. 황제가 들어와 착석한 후 모두의 인사를 받고 바로 회의를 시작했다.

회의 내용은 특별한 것이 없었다.

"오늘은 이쯤에서 마무리하겠소."

황제가 폐회를 선언했다. 평소라면 이쯤에서 곧장 나갔을 황제가 시에나를 불렀다.

"은왕."

"예, 폐하."

"재미있는 일을 벌였더구나."

시에나는 마른 침을 삼켰다. 오늘 황제가 참관을 명했을 때 어쩌면 '그 일'이 관련 있을지 모른다고 생각했다.

'역시 폐하께서는 벌써 아셨구나.'

고작 한 달이었다. 아직 찻잔 속 태풍에 불과했다. 태풍이 찻잔을 벗어나는 건 시간문제이겠지만, 예민한 관찰자가 아니고서는 변화를 알아차리기 어려웠을 것이다. 그 증거로 정보 수집력에서는 남부럽지 않을 공작들이 도통 모르겠다는 표정으로 부녀의 대화에 귀를 기울였다.

그녀는 쿤한테 다섯 개의 고어를 받은 후 잃어버린 신의 언어를 찾는 밑 작업에 들어갔다.

학계는 보수적이고 변화도 느리다. 신학자들의 충분한 논의를 거친 후에 논쟁거리가 천천히 사제들에게 전파된다. 사제들 또한 보수적이다. 그들의 생각까지 바뀌려면 시간이 더 필요했다. 그 후 비로소 일반인들이 수용하게 된다.

현재를 살아가는 제국인들이 상식으로 받아들이는 수많은 이론도 처음에는 학자들만의 논쟁에서 시작했다. 현재 일반인들의 보편적 생각은 이미 학계에서 거의 논쟁의 여지조차 사라진 구식 이론들이었다.

시에나는 잃어버린 신의 언어가 존재한다고 주장하는 학파의 거두를 불렀다. 그에게 쿤이 알려 준 다섯 글자 중 세 글자를 던져 주었다.

알쏭달쏭한 표정으로 돌아간 학자는 일주일 정도 지났을까, 혼자가 아닌 다른 사람들도 데리고 몸이 달아 은왕궁에 달려왔다.

시에나는 글자의 출처를 묻는 그들에게 말했다.

「잃어버린 신의 언어는 총 일곱 글자요.」

그리고 그들에게 한 글자를 더 주면서 백 년 전 사학자의 죽어 버린 논문 자료를 함께 넘겼다.

「내가 이 논문에 관심이 많소. 추가 연구를 부탁하오.」

나머지 글자를 더 받고 싶으면 내가 원하는 연구를 해서 결과를 가져와.

사학자들은 시에나가 돌려 말하는 뜻을 알아들었다. 묻고 싶은 것이 너무 많아 안달이 난 표정으로 그들은 발걸음을 돌렸다. 미끼를 단단히 문 그들 얼굴에서 미련이 뚝뚝 떨어졌다.

이제는 기다림이었다. 시에나는 조바심을 내지 않으려 했다. 학자들은 마치 자신들이 영생을 누릴 수 있는 존재인 것처럼 시간을 잊고 지엽적인 문제에 매달려 살지만, 느린 만큼 그들이 구축한 이론은 단단했다.

일단 성립한 후에는 깨뜨리려면 그만큼 어렵고 오래 걸린다. 기초가 단단한 집을 허물기 어려운 것과 마찬가지였다.

그런데 학계를 흔드는 문제는 민감했다. 당장 황제의 통치에 영향을 미치지는 않아도 황족은 원래 신학자들의 연구에 관심이 많았다. 황실의 근본은 신의 위엄이기 때문이다.

그래서 시에나는 황제가 추궁할 때를 대비한 적당한 변명을 생각해 뒀다.

"그들을 이용하는 건 신중해야 한다."

"명심하겠습니다. 폐하."

이어질 질문을 기다렸지만, 황제는 공작들을 둘러보며 말했다.

"짐이 주관하는 제국 의회는 오늘이 마지막이오. 다음 제국 의회부터는 은왕이 의장이 될 것이오."

갑작스러운 발표에 모두 어리둥절한 표정이었다. 슐츠 공작이 물었다.

"폐하. 이유를 여쭙니다. 은왕 전하는 폐하의 후계이지만, 아직 폐하께서 강건하십니다."

"짐이 신의 부름을 받았소."

황제의 음성은 여전히 건조했다. 그래서 황제의 말뜻을 해석하
는 데에 시간이 걸렸다. 곧 모두가 넋 빠진 표정으로 황제를 응시했
다. 경악을 감추지 못했다.

신목의 관을 쓴 신족에게는 특별한 능력이 있다. 곧 다가올 자기
죽음을 미리 알 수 있었다.

황제들은 그걸 신의 부름을 받았다고 표현했다. 구체적으로 어
떤 방식인지는 알려지지 않았다. 역대 황제 모두가 신의 부름이 어
떤 형태인지는 입을 다물었다.

신의 부름을 받은 황제는 죽음을 준비하며 주변을 정리했다. 후
계에게 국정 전반을 물려주고 신목의 관을 넘기는 의식을 거행했다.

"폐, 폐하. 하오면……."

루크 공작이 말을 잇지 못했다. 얼마나 남으셨냐고 차마 물을 수
없었다.

신의 부름을 받았다고 발표한 황제는 대부분 열흘을 넘기지 못
했다. 선황 역시 공표 후 사흘 만에 신목의 관을 넘기고 엿새 만에
죽었다.

"신께서 자비로우시게도 짐에게 넉넉한 시간을 주셨소. 신목의
관을 승계하는 절차는 나중에 자리를 마련해 고지하겠소."

황제는 거짓말을 했다. 그는 아직 신의 부름을 받지 못했다. 흑
점은 하루가 다르게 몸에 번지고 있다. 얼마 전부터는 가끔 숨이 가
빴다. 호흡기가 마비되는 흑점병의 전형적 증상이 뚜렷하게 나타나
기 시작했다.

황제는 다른 환자의 사례와 비교해서 병의 진행 속도를 가늠해 봤다. 짧으면 올여름, 길게 버티면 가을 낙엽을 볼 수 있을 듯했다.

죽음이 코앞에 닥쳤을 때 자신이 신의 부름을 받을 수 있을지, 신벌을 받은 몸이라 신께서 죽음조차 외면하실지는 알 수 없었다.

신의 부름을 받으면 길어 봤자 열흘을 넘기지 못하는 사례를 보며 너무 짧다고 생각했었다. 그런데 역시 신께서는 지혜로웠다. 남은 시간이 길어 봤자 고통만 될 뿐이다.

죽음을 겸허히 받아들이려 해도 황제 역시 사람이었다. 죽음을 앞둔 상황에서 서류가 제대로 읽히지 않았다. 끝까지 국정을 붙들고 있는 게 부질없다는 생각이 들었다. 후계에게 다 넘기고 남은 시간은 지난 삶을 돌아보며 느긋하게 보내고 싶었다.

황제가 퇴장한 후 숙였던 고개를 드는 공작들의 표정에 경외감이 어렸다. 사람인 이상 어느 누구도 자기 죽음을 모른다. 탄생과 죽음은 사람의 의지로 좌우할 수 없는 신의 영역이다.

그래서 원칙을 벗어난 황제가 보통 사람과 다른 존재라는 사실을 새삼 실감했다. 신족이라는 단어는 보통 명사가 되었다. 신의 피를 이어받았다는 의미를 평소에는 진지하게 생각할 일이 없었다.

자기 죽음을 미리 아는 것은 축복일까, 저주일까.

죽음을 담담하게 받아들이는 건 황제의 성품 탓인가, 신족의 특별함인가.

공작들은 상념이 가득한 표정으로 돌아갔다. 곧 황제가 될 은왕에게 평소보다 정중히 인사했지만, 그 이상으로 훗날을 도모하려는 시도는 없었다. 오늘은 다들 자중했다.

공작들이 모두 나간 회의장에 은왕과 철왕만 남았다. 둘 다 쉽게 자리를 뜨지 못했다. 침묵한 채 생각에 잠겼다.

'잊고 있었어.'

시에나는 꿈을 통해 철왕이 즉위한 미래를 봤다. 그래서 황제의 죽음이 거대한 역사의 흐름일까, 의심한 적이 있었다. 그런데 어느새 그걸 까맣게 잊었다.

'건강하신 줄 알았는데……'

황제는 한동안 칩거했지만, 국혼 발표 후에는 뒷말이 나오지 않을 수준으로 관리들을 대면하고 회의도 참석했다.

'병환의 징조가 있으셔서 칩거하셨던 걸까?'

사람들은 신족은 병에 걸리지 않는다고 말한다. 그런데 시에나는 그 표현에 오류가 있다고 생각했다.

전염병이나 유전병에 걸리지 않을 뿐 신족도 병이 났다. 시에나가 마지막 꿈을 꾼 후에 원인 모를 고열로 앓은 것도 일종의 병이다.

신의 피를 이었어도 사람의 몸을 가졌다. 몸을 고되게 쓰거나 심적 소모가 크면 당연히 탈이 난다. 역사를 보면 밤낮없이 일에 매달렸던 황제는 단명했다. 과로사한 셈이다.

꿈속에서 철왕도 단명했다. 온갖 마음고생을 몸이 견디지 못했던 것 같다.

"은왕."

시에나는 고개를 들었다. 디안이 옆에 다가와 있었다.

"일어납시다. 쿤이 한참 기다리겠어요."

두 사람은 말없이 회의장을 나와 복도를 걸었다. 디안이 소리 내어 한숨을 내쉬었다.

"기분이 복잡하네요. 좋은 아버지는 아니셨지만, 그분을 싫어하진 않았거든요."

시에나는 고개를 끄덕였다. 마음이 헛헛했다.

*　　*　　*

쿤은 서류를 훑으며 만족스럽게 추임새를 넣었다.

"경과가 좋군. 이대로 계속해."

맞은 편에 앉은 레반이 대답했다.

"예, 쿤."

황제가 신의 부름을 받았다는 소문이 조용히 퍼졌다. 사람들은 말을 조심하면서도 곧 다가올 새 황제의 시대를 은근히 기대했다. 그런데 은왕이 본격적으로 국정 전반에 참여하기 시작하자 은왕 결혼에 대해서 군말하는 귀족들이 많아졌다.

라드 대공이 청왕이 될 자격이 있느냐가 최근 사교계의 가장 큰 논쟁거리였다.

쿤은 여전히 자신을 못마땅하게 바라보는 제국 귀족들에게 굽실대기보다는 더 밑바닥 계층의 인심 먼저 잡자는 계획을 세웠다.

쿤과 라드 일족이 가진 가장 강력한 힘이자 최대 장점은 돈이 많다는 거다. 그래서 쿤은 돈을 뿌리기 시작했다. 다양한 사업을 벌여 많은 일자리를 만들고 평민들을 후한 보수를 주어 고용했다.

두 사람이 만나면 그중 한 사람은 '라드' 이름이 들어간 곳에서 일한다는 우스갯소리가 근래 평민들 사이에 나돌았다.

저렴한 이자를 받고 돈을 빌려주는 소액 대출의 기본 자금도 몇 배 늘렸고 평민 출신 학생들을 지원하는 장학 재단도 만들었다.

귀족들을 아예 외면하지도 않았다. 우르르 몰려다니며 놀기 좋아하는 그들을 공략하기 위해 상거리에 규모 있는 건물을 사서 고급 사교 클럽으로 꾸몄다.

회원권을 가진 귀족은 연중무휴로 드나들 수 있었다. 클럽에는 온갖 진미와 고급술, 다양한 오락거리가 비치되어 있었다. 클럽이 개장한 지 이제 고작 두 달이지만, 벌써 조짐이 심상치 않았다.

이 클럽의 파격적인 점은 아래층을 여자 전용 클럽으로 꾸민 것이다. 여자만을 위한 최초의 고급 클럽이었다. 귀부인들은 이곳에서 차를 마시며 디저트를 맛보고 우아하게 독서 토론을 했다.

클럽 이용자들은 비용을 내야 하지만, 과하지 않았다. 쿤이 만들려는 고급 이미지는 가격이 아니었다. 값비싼 회원권은 오히려 반감을 살 수 있다. 귀족이라고 모두 부자는 아니기 때문이다.

회원으로 들어가려면 방법이 두 가지뿐이다. 쿤한테 회원권을 받거나 기존 회원의 추천을 받아야 했다.

쿤은 이 클럽의 총 회원권을 제한된 숫자로 발급했다. 머지않아 정원이 꽉 찬다. 누군가 들어오려면 한 사람이 나가야 할 날이 곧 온다. 조만간 회원권을 얻기 위한 쟁탈전이 벌어질 것이다.

쿤의 노림수는 적중했다. 아무리 고급스러워도 본질은 고작 먹고 노는 사교 클럽이었다. 그런데 그 클럽 회원권을 얻기 위해 라드 대공과 친하게 지내려고 노골적으로 행동하는 자가 늘었다.

자연스레 사교 모임에서 라드 대공에게 호의적인 발언하는 자들도 부쩍 많아졌다.

"대공!"

서재 문이 벌컥 열렸다. 디안이 요란하게 등장했다. 쿤은 씩씩대는 디안을 무심히 쳐다보고 레반에게 말했다.

"그만 가 봐. 아, 그리고 이 사람 앞으로 회원권 보내."

쿤이 서류 귀퉁이에 이름을 적고 찢어서 건넸다. 레반이 쪽지를 받아 챙기며 일어났다. 디안에게 꾸벅 고개 숙여 인사한 후 서재를 나갔다.

디안이 레반이 앉았던 자리에 털썩 앉으며 들고 온 서류를 테이블에 던졌다.

"이거 뭐야."

"올해 상반기의……."

"내용을 몰라서 묻는 게 아니라 이걸 왜 나한테 보내? 내가 지금 하는 일이 얼마나 많은 줄 알아?"

"뭘 그 정도를 가지고. 잠자는 시간 한 시간만 줄여."

"남의 일이라고 그렇게 쉽게 말할래!"

쿤이 어깨를 으쓱하며 말했다.

"내가 할 수는 없잖아."

황제는 최종 보고를 받는 일 외에 국정에서 거의 손을 뗐다. 시에나가 하나씩 건네받다가 최근엔 거의 다 물려받았다. 이제 관리들은 결재를 받기 위해 태양궁이 아니라 은왕궁으로 왔다.

시에나는 국정 현황을 높은 수준으로 파악한 상태이고 일에 숙달하는 속도도 빨랐지만, 아직 완전히 손에 익으려면 시간이 더 필요했다.

더구나 아이는 배 속에서 무럭무럭 자라고 날이 갈수록 배는 불러왔다. 그녀가 하루에 책상 앞에 앉아 있을 수 있는 시간은 점점 줄었다.

쿤이 돕고 싶어도 그럴 수 없었다. 그는 대공에 불과했다. 가뜩이나 세모눈을 치켜뜨고 보는 자들이 많은데 건수만 잡으면 뒷말이 무성할 것이다.

꼭 남의 눈을 의식해서라기보다는 시에나가 제 몸의 편의를 위해 원칙을 어기고 꼼수를 쓸 사람이 아니었다.

그래서 디안이 구원군으로 합류했다. 디안은 왕이며 황족인 데다가 계승권은 없으니 딴 속셈이 있다는 의심도 피할 수 있었다.

쿤은 어떻게 해서든 시에나가 일하는 시간을 줄이고 싶었다. 일을 쏙쏙 빼내어 디안에게 떠넘겼다. 오늘 결국 과부하가 걸린 디안이 잔뜩 뿔이 나서 달려왔다.

"네가 안 하면 은왕이 해야 하는데. 출산 예정일이 코앞이야. 낮에 좀 오래 앉아 있으면 밤에 얼마나 힘들어하는 줄 알아? 다리가 퉁퉁 붓는다고."

디안은 '으으……' 하는 소리만 내다가 한숨을 푹 쉬고 내던진 서류를 다시 집었다.

"역시 넌 좋은 오라버니다. 조금만 더 고생해 줘. 이 은혜는 절대 잊지 않으마."

디안은 체념한 표정으로 꿍얼거렸다.

"넌 은왕 시중이나 잘 들어."

"그럼. 당연하지."

바깥에서 서재 문을 다급히 두드렸다. 쿤이 대답하자 시녀가 들어왔다. 시녀의 굳은 표정을 보자마자 두 남자가 모두 벌떡 일어났다.

"대공님. 전하께서 진통이 오신 듯합니다."

"뭐? 아직 예정일이 아니잖아."

디안이 손을 내저어 시녀를 내보냈다. 그리고 당장 뛰어나가려는 쿤을 붙잡았다.

"가 봤자 넌 산실에 못 들어가."

"아직 예정일이 아닌데 왜!"

"예정일은 며칠 당겨지기도 하고 늦추어지기도 해."

먼저 아버지가 된 디안은 여유로웠다. 모두 자신이 겪었던 과정이었다. 자신도 비올렛의 갑작스러운 진통 소식을 듣고 혼비백산했던 것 같다.

하지만 그는 마치 그런 적이 없었던 것처럼 느긋한 표정으로 창백하게 질린 쿤의 어깨를 두드렸다.

\*　　\*　　\*

은왕의 출산이 시작됐다. 황궁의 모든 관심이 은왕궁으로 향했다. 철왕비가 출산할 때와는 사뭇 분위기가 달랐다. 은왕궁 주변을 기사들이 에워싸고 엄중하게 경호하기 시작했다.

늦은 오후부터 시작된 진통은 날이 어두워지도록 계속되었다.

쿤과 디안은 여전히 서재에 있었다. 두 사람은 진통 시작 소식을 듣고 곧바로 갔으나 은왕의 침실로 통하는 응접실조차 들어가지 못했다. 앞을 지키고 선 시녀들이 막아섰다.

「누구도 들이지 말라는 은왕 전하의 뜻입니다.」

「나도 말이냐?」

「예, 대공님.」

시에나는 비올렛이 출산할 때 침실문 앞에서 지켜봤다. 안에서 들려오는 생생한 현장음 때문에 기다림이 몹시 힘들었고 온갖 나쁜 생각이 들었다.

그녀는 자신이 출산하는 동안 바깥에서 쿤이 그런 기분을 느낀다고 생각하면 몹시 신경이 쓰일 것 같았다. 아이를 낳는 동안 어떤 일에도 신경이 분산되고 싶지 않았다. 그래서 아예 근처에도 오지 못하도록 쫓아냈다.

어쩔 수 없이 쿤과 디안은 적막한 서재 안에서 기약 없이 기다려야 했다. 디안은 약간 질린 기분으로 '내 누이동생이지만 정말 독해.'라고 중얼거렸다.

시녀가 수시로 들어와 상황을 보고했다. 하지만 '출산이 순조롭게 진행되고 있습니다.'라는 짧은 설명만으로는 역부족이었다. 애타게 기다리는 사람 마음에 조금의 위로도 되지 못했다.

디안이 소파에 앉아 흘끔 쿤을 보았다. 쿤이 온갖 시름에 잠긴 표정으로 쉴 새 없이 문 가까이에서 서성거렸다. 디안도 아까는 저기에 합류했었다. 쿤과 함께 왔다 갔다 하며 안절부절못했지만, 두어 시간 만에 지쳐 나가떨어졌다.

산모는 목숨을 걸고 아이를 낳는다. 은왕이 신족이라 해도 그 위험에서 완벽히 안전하다고 생각하지는 않았다. 그런데 비올렛이 아이를 낳을 때와 지켜보는 마음이 달랐다.

그때만큼 입안에 침이 마르고 누군가 심장을 쥐어짜는 것처럼 고통스럽지 않았다. 비올렛이 출산할 때는 밤새 서 있어도 힘든 줄 몰랐다. 그런데 고작 몇 시간 서성거렸다고 다리가 아팠다.

'오늘은 네가 그날의 나와 같은 심정이겠지.'

디안은 쿤에게 '와서 앉아라', '중간에 쉬지 않으면 지친다'와 같은 말은 하지 않았다. 뭐라고 말해도 어차피 들리지 않을 테니까.

디안이 시계를 보며 시녀가 은왕의 진통 시작 소식을 알린 지 얼마나 되었나 계산했다.

'여섯 시간 정도인가? 아직 멀었네.'

진통 소식을 듣고 비올렛도 은왕궁을 방문했다. 그런데 조금 전에 디안은 비올렛을 돌려보냈다.

「날이 어두워졌으니 왕비는 그만 가 봐요. 여긴 내가 있을 테니까.」

「예, 전하. 내일 아침에 일찍 올게요.」

비올렛은 순순히 대답하고 돌아갔다. 두 사람은 대공을 배려해서 '아직 멀었다'라고 대놓고 말하진 않았으나 서로 눈빛으로 대충 뜻을 교환했다.

두드리는 소리도 없이 문이 벌컥 열렸다. 급한 걸음으로 들어온 시녀 안색이 붉게 상기되어 있었다.

서성대다가 딱 멈추어 선 쿤이 굳은 표정으로 시녀를 봤다. 그는 잔뜩 긴장하여 시녀가 말하기를 기다렸다. 시녀가 얼굴 가득 웃음을 띠고 흥겹게 허리를 숙였다.

"경하드립니다. 대공님. 황손께서 태어나셨습니다."

디안의 눈이 휘둥그레지며 벌떡 일어났다. 그는 '벌써?'라는 말을 속으로만 외쳤다. 그 말을 내뱉지 않을 눈치는 있었다. 기쁜 소식을 듣고도 쿤의 표정은 밝아지지 않았다.

"은왕께서는 무탈하시냐?"

"예, 무탈하게 순산하셨다고 들었습니다."

그제야 쿤은 안도의 숨을 내쉬었다. 그래도 아직 말끔한 표정은 아니었다. 직접 보고 확인해야 마음을 놓을 수 있을 것 같았다.

"언제 은왕을 뵐 수 있나?"

"산실을 정리 중입니다. 좀 더 기다리셔야 합니다."

"너는 가서 살펴보다가 침실 문이 열리는 대로 내게 와서 알려다오."

"예, 대공님."

시녀가 다시 몸을 돌려 종종걸음으로 갔다.

"축하한다."

쿤이 뒤를 돌아보았다. 디안이 다가와 있었다.

"음."

쿤은 어색하게 고개만 끄덕였다. 아직 얼떨떨하기만 했다. 그녀의 부른 배를 볼 때마다 아이를 만날 날을 손꼽아 기다렸다. 막상 아이가 세상에 나왔다는데 지금 보고 싶은 얼굴은 그녀뿐이었다.

"아들인지, 딸인지 궁금하다만. 오늘은 난 이만 가 보마."

어차피 디안은 오래 있어 봤자 은왕을 만날 수 없고 아기도 볼 수 없었다. 그는 은왕이 아이를 낳았다는 말을 듣자 갑자기 비올렛과 커티스가 보고 싶었다.

여섯 시간 만에 아이를 낳은 은왕과 비교하면 비올렛은 얼마나 힘들게 아이를 낳은 것인가. 고맙고 미안했다.

"닷새 후에 비올렛과 함께 조카 보러 올게."

"오늘 고맙다."

디안이 돌아간 후 쿤은 시녀가 다시 올 때까지 초조하게 기다렸다. 대략 한 시간 정도가 영원처럼 길었다.

\* \* \*

시에나는 기진한 표정으로 눈을 감았다. 이어서 들리는 갓난아이의 우렁찬 울음소리를 들으며 그녀의 입술이 부드럽게 휘었다.

"장하십니다. 잘하셨습니다."

머리맡에서 들리는 목소리를 듣고 시에나는 눈을 떴다. 눈이 마주친 베스의 눈에 눈물이 그렁그렁했다. 베스는 땀에 젖은 시에나의 이마를 쓸어 넘겼다. 자식을 보듬는 것처럼 애처로웠다.

그녀는 출산 과정에 직접 관여하지 않았으나 내내 시에나의 머리맡에서 힘을 북돋아 주었다. 시에나는 진통이 강하게 올 때마다 자신의 손을 꽉 잡아 주는 베스의 손을 붙들고 견뎠다.

"고마워, 유모. 유모 덕분에 조금도 힘들지 않았어."

시에나는 비로소 알았다. 전부 베스 덕분이었다. 패트리샤와 결별을 선언한 후 가끔 쓸쓸함을 느꼈으나 기분이 우울할 정도는 아니었다. 그래서 자신이 참 메마른 사람인가 보다 생각했다.

그런데 늘 곁에서 보살펴 주고 마음의 안정을 도와주는 백작부인이 있었기에 어머니의 빈자리를 느낄 틈이 없었다.

베스의 눈이 커졌다가 다시 고이는 눈물을 닦아 냈다.

"전하. 이런 좋은 날 저를 울리시다니요."

시에나는 작게 웃었다가 통증이 느껴지자 인상을 썼다.

"아이고, 아직 아프시지요. 당분간은 목소리를 크게 내는 것도 힘드실 거예요."

"아이를 보고 싶어."

"예. 아기님 목욕이 끝난 것 같은데요."

베스가 목을 쭉 빼고 상황을 살폈다. 울음소리가 조금 전부터는 들리지 않았다.

그런데 아무래도 분위기가 이상했다. 산파와 시녀들 표정이 애매했다. 자기들끼리 눈을 마주치더니 시녀가 쭈뼛거리며 다가왔다. 베스는 가슴이 덜컥 내려앉아서 물었다.

"무슨 일이냐."

시녀가 말을 고르는 신중한 표정으로 답했다.

"황손께서 태어나셨습니다."

"그래. 태어나셨지."

시녀가 우물쭈물했다. 베스는 마음 같아서는 호통을 치고 싶었다. 막 출산하신 은왕 마음을 불안하게 할까 봐 베스는 점잖게 말했다.

"이리 모셔 오너라. 전하께서 아기님을 보겠다고 하신다."

다른 시녀가 이불보에 감싼 아기를 안고 다가왔다. 아기를 조심스럽게 침대 머리맡에 내려놓았다. 베스가 앉은 자리에서 아기 얼굴이 바로 보였다.

베스는 좀 전에 언짢았던 기분도 잊고 활짝 웃었다.

"어쩜, 세상에, 이렇게나 사랑스러우실까. 어머니 아버지를 반씩 닮으셨네요. 검은색은 대공님이고 푸른색은 은왕 전하……."

그녀는 말하는 도중에 멈칫했다. 눈을 빠르게 깜빡거렸다. 보면서도 믿을 수가 없었다. 표정 관리를 하려 해도 입가가 점점 경직됐다. 시녀가 '황손'이 태어났다고 말한 의미를 이제 알았다.

"백작부인?"

시에나가 움직이자 시녀들이 얼른 곁에서 부축하고 등에 여러 개의 베개를 받쳤다. 시에나는 반쯤 누운 자세로 앉아 두 팔을 내밀며 말했다.

"아이를."

시녀가 아기를 시에나에게 안겨 주었다. 철왕궁으로 커티스를 자주 보러 가면서 아기를 안는 자세는 익숙했다. 아이를 확인하고 시에나 역시 말문을 잃었다.

아이의 머리카락은 검은색이었다. 그런데 검은 머리카락 사이에 푸른색이 보였다.

시에나는 시녀장을 호명했다.

"자네는 지금 철왕궁으로 가서 철왕을 모시고 태양궁으로 가게. 폐하께 허락을 구한 후 신관 입회하에 신목의 이파리를 받아 오게."

"예, 전하."

대답하는 시녀장의 목소리가 떨렸다. 시녀장이 서둘러 방을 나갔다.

주변이 조용했다. 아이를 들여다보는 시에나의 표정이 부드럽게 풀렸다. 놀라기는 했어도 '역시'라는 생각이 들었다. 라드 일족의 뿌리가 분명히 제국과 관련 있다는 가설에 확신이 더해졌다.

"전하?"

베스가 어리둥절한 표정으로 시에나의 안색을 살폈다. 베스 눈에는 마치 시에나가 이미 짐작했던 것처럼 보였다.

"이 일을 어쩌나."

"예?"

"대공에게 미안하게도 내 아들은 내 뒤를 이어야 할 것 같소."

알아듣지 못한 베스가 고개만 갸웃했다.

"전하."

시녀가 조심스럽게 끼어들었다.

"황손께서는 황녀님이십니다."

"……뭐?"

시에나는 아이가 신족으로 태어난 것보다 아들이 아니라는 사실을 더 믿을 수가 없었다.

"아들이 아니라고?"

"예……."

"그럴 리가!"

시에나는 아이를 가진 후부터 배 속 아이가 아들이 아니라는 의심은 한 번도 해 본 적이 없었다.

에카르트.

꿈속의 자신이 아프게 외면했던 가여운 아들을 이번에는 틀림없이 마음껏 안아 줄 수 있을 거라고 믿었는데.

*     *     *

쿤이 침실 안으로 들어왔다. 침실 안에는 최소한의 시녀만 남고 모두 나간 상태라 조용했다. 그는 손짓으로 시녀를 내보냈다.

쿤은 들어오기 전에 베스한테 대강의 상황을 전해 들었다.

『아드님이 태어날 줄 아셨던 모양입니다. 그래서 따님이라는 말을 들으시고 기분이 몹시 가라앉으셨습니다. 그런데 저는 잘 모르겠네요. 정말 그 이유 때문인지.』

베스가 의아해하며 말했다. 쿤도 베스 의견에 동감했다. 분명히 다른 이유가 있을 것이다. 그녀가 성별 때문에 자식을 차별하는 불합리한 사람일 리가 없었다.

그는 침대로 다가갔다. 기척을 느꼈는지 누워서 허공을 응시하던 시에나가 고개를 돌렸다.

쿤은 침대 곁의 의자에 앉았다. 그녀의 손을 잡고 말했다.

"고생했어. 힘들었지."

시에나가 살짝 미소지었다. 그런데 그녀의 미소가 밝지 않았다.

"아이, 봤어?"

"아직. 당신 먼저 보려고."

"곧 철왕이 신목의 이파리를 가지고 올 거야."

"음. 백작부인한테 듣기는 했는데……. 정말 우리 아이가 신족일까?"

"응. 난 그렇다고 생각해."

"혹시 아니더라도…… 너무 실망하지는 마."

시에나가 웃으며 말했다.

"그 아이가 신족이더라도 당신이야말로 실망하지 마."

"내가 실망을?"

"당신 후계가 되지 못할 테니까."

쿤은 잠시 아무 말이 없다가 '아' 하고 중얼거렸다. 그건 생각도 못 했다. 잔뜩 기대해서 들떠 있을 원로들이 떠올랐다.

원로들은 수도에서 버티고 버티다가 무려 네 명이나 수도에 남았다. 아마 지금쯤이면 은왕의 진통 소식을 들었을 테고 이제나저제나 추가 소식이 오기를 기다리고 있을 것이다.

아이가 신족으로 인정받으면 원로들은 낙담하겠지만, 쿤은 개의치 않았다. 그녀와 자신의 아이가 신족이건 평범하건 딸이건 아들이건 상관없었다. 그리고 그녀도 자신의 마음과 다르지 않을 거라고 믿었다.

그래서 그녀가 왜 아이의 성별에 집착하는지 의아했다.

"아들을 원했어?"

"……."

"시에나. 아이 성별은 중요하지 않아. 더구나 제국은 성별에 따른 계승권의 차별도 없잖아."

"……그런 이유 때문이 아니야."

"그럼?"

쿤은 재촉하지 않았다. 그녀가 복잡한 표정으로 한참 아무 말이 없는 동안 말없이 기다렸다.

"아들인 줄 알았어. 틀림없이."

쿤은 피식 웃었다. 지금 그녀는 마치 고집스러운 아이 같았다. 그녀답지 않지만 그래서 더 귀엽고 사랑스러웠다.

"특별한 태몽이라도 꾼 거야?"

"태몽? 그게 뭐야?"

"라드 일족 사람들은 아이가 태어나기 전에 그 아이의 미래를 상징하는 꿈을 꾼다고 믿어. 대부분 어머니가 꿈을 꾸지. 제국에는 그런 게 없으려나?"

"글쎄. 있는데 나는 모를 수도 있어. 신족은 꿈을 꾸지 않거든."

쿤이 묘한 표정으로 웃었다.

"흥미롭네. 그런데 모든 사람이 자면서 꿈을 꾸는 건 아니야. 나도 꾼 적이 없으니까."

시에나의 눈이 커졌다.

"정말?"

"응."

"한 번도? 당신 아버지도 그랬대?"

"그건 몰라. 그런데 당신도 꾼 적이 없다면서."

"난……."

신탁이라고 믿은 꿈을 꾸었다. 약 1년에 걸쳐서 총 열여섯 번.

그런데 명확히 말하면 꿈의 형태를 빌려 미래를 봤다. 보통 사람의 꿈은 전혀 다를 것이다. 그리고 마지막 꿈 이후에는 다시는 꿈을 꾸지 않았다.


—받았느냐!


시에나는 기억 속에 남아 있는 음성을 떠올리며 흠칫했다. 오래전인데도 여전히 귓가에 이명이 남은 것처럼 생생했다.

"꿈은 아닌데……. 이상한 일은 있었어."

쿤은 시에나의 이야기를 듣고 감탄했다.

"그게 태몽 아닐까? 그것도 어마어마하게 굉장한 태몽인걸."

"어떤 점이?"

"당신이 들은 목소리가 신의 음성이라면 신께서 주신 아이라는 뜻이잖아. 역시 당신은 신의 사랑을 듬뿍 받고 있구나."

"……."

시에나는 시녀를 불러 지시했다.

"아이를 데려오너라."

문이 열리고 아이를 안은 시녀가 들어올 때부터 쿤의 얼굴에서 웃음기가 싹 사라졌다.

시녀가 비스듬히 기대앉은 시에나에게 아기를 안겼다. 그녀가 능숙한 자세로 아이를 안자 쿤이 감탄했다. 그녀도 어머니가 되는 첫 경험일 텐데 왜 조금도 어색함이 없는지 신기했다.

시에나는 잠든 딸의 얼굴을 내려다보았다. 아이는 배 속에서도 순하더니 태어나서도 얌전했다.

산파는 수없이 아이를 받은 경험으로 아이의 반응을 보면 기질을 대충 알 수 있다면서 조심스레 말했다.

「소인이 감히 황족님을 평가하려는 뜻이 아니오라 황손께서는 곧고 바른 성품으로 자라실 것입니다.」

시에나는 고개를 들어 쿤을 보고 작은 웃음을 터뜨렸다. 그는 의자에 앉은 자세 그대로 뻣뻣하게 굳어 있었다.

"왜 그러고 있어. 이리 와서 봐."

"……그래도 돼?"

시에나는 또다시 웃었다.

"당신이 아버지잖아."

쿤이 엉거주춤 일어나 침대 곁으로 바짝 다가갔다. 상체를 숙여 아이의 얼굴을 잘 볼 수 있도록 자세를 잡았다.

한참 말이 없길래 그의 표정을 살폈다가 시에나는 미소 지었다.

그는 지나치게 감동하면 아무 말도 나오지 않는, 딱 그런 표정을 짓고 있었다.

"너무…… 작아. 커티스보다 훨씬 작잖아."

"당연하지. 커티스가 태어난 지가 언제인데."

"우리가 커티스를 처음 보러 간 날. 그날 봤던 커티스보다 훨씬 작다고."

"흠. 아무래도 커티스는 사내아이고, 그때는 태어나서 며칠 지난 후였으니까."

시에나는 아이를 안은 팔의 방향을 돌렸다.

"안아 봐."

쿤이 화들짝 놀랐다.

"내가?"

"싫어?"

"아, 아니. 내가 할 수 있을까? 떨어뜨리면 어떡하지?"

시에나는 아무래도 이러다가 날 새겠다는 생각이 들어 그에게 팔을 쭉 뻗었다. 쿤이 엉겁결에 아이를 받았다. 아이의 존재를 온몸으로 느끼며 쿤은 전율했다. 벼락을 맞은 것처럼 온몸이 부르르 떨렸다.

'내 딸…….'

눈이 후끈했다. '기적'이라는 단어의 뜻이 지금 이 순간만큼 가슴에 박힌 적이 없었다. 이 작은 아이야말로 하늘이 주신 기적이었다.

바깥에서 침실 문을 두드리자 잠시 긴장이 감돌았다. 근처에 서 있던 시녀가 문을 열었다. 아까 시에나의 지시를 받아 태양궁으로 갔던 시녀장이 들어왔다.

"전하. 명하신 대로 이행했습니다. 철왕 전하께서 함께 오셨습니다."

"수고했다."

시에나는 쿤에게 말했다.

"대공. 신목의 이파리를 가져다주세요."

"알겠습니다."

쿤은 조심스럽게 아이를 그녀의 품에 안기고 침실을 나왔다. 그는 응접실 정경을 보고 멈칫했다.

응접실에는 철왕뿐만 아니라 신관들과 시종장까지 와 있었다. 특히 최근 황제 곁을 떠나지 않는 시종장까지 왔다는 건 황제의 관심도 크다는 방증이었다.

쿤이 디안에게 다가가 고개를 숙였다. 디안이 묻고 싶은 것이 많은 표정으로 쿤을 바라보았다.

디안은 은 쟁반 위에 놓인 수정함을 들고 있었다. 투명한 안쪽으로 녹색의 이파리가 비쳐 보였다.

"대공. 자세한 이야기는 듣지 못했지만, 형식적인 확인은 아닌 모양이오."

"자세한 이야기는 나중에 전해 드리겠습니다. 전하."

디안은 미련이 가득한 한숨을 내쉬며 고개를 끄덕였다. 들고 있던 은 쟁반을 쿤에게 넘겼다.

디안이 황궁에서 생활한 지 거의 10년이 다 되어 가지만, 형식과 절차에 얽매인 예법만큼은 평생 익숙해질 것 같지 않았다. 마음 같아서는 체면 상관없이 무슨 일이냐고 캐묻고 쿤을 따라 들어가 조카 얼굴도 보고 싶었다.

쿤은 침실로 들어가려다가 걸음을 멈추고 고개를 돌렸다. 침실
문 근처에서 떠나지 못하는 베스와 눈이 마주쳤다. 그는 복잡한 표
정의 베스에게 말했다.

"백작부인. 함께 들어가시지요."

"예? ……그래도 됩니까?"

베스는 당혹스러워하면서도 예의상으로라도 거절하지 않았다.
그만큼 궁금해서 견딜 수 없는 마음이 그대로 드러났다.

"그럼요. 백작부인은 은왕 전하에 관한 일이라면 가장 먼저 알
자격이 있습니다."

베스가 감격하여 흔들리는 눈으로 고개를 살짝 숙였다. 두 사람
이 함께 침실로 들어가는 모습을 보며 디안이 혀를 찼다.

'저 녀석, 저런 식으로 은왕 유모를 꾀어서 틈을 만들고 은왕과
밀회를 한 거였군!'

디안은 약삭빠른 녀석이라며 투덜거렸다. 자신에게 빈말로라도
함께 들어가자고 하지 않은 쿤에게 야속한 마음도 얼마간 있었다.


쿤이 은 쟁반을 들고 침대로 다가갔다. 그는 시에나가 시녀의 도
움을 받아 아이를 감싼 요를 들추고 아이의 손을 바깥으로 드러낼
동안 기다렸다.

그는 딸의 작은 손에서 눈을 떼지 못했다. 꼭 주먹 쥔 손은 제 어
머니의 손가락 하나를 쥐기도 버거워 보였다.

그는 다시 한번 자신의 딸이 너무 작다고 생각했다. 왜 체격 크

고 튼튼한 어머니나 아버지를 닮지 않고 약하게 태어났을까, 근거
없는 걱정을 시작했다.

몸을 건드리는 통에 자고 있던 아이가 깨어났는지 입술을 삐죽
거렸다. 아이가 인상을 찡그리자 몰두해서 보고 있던 쿤은 자기도
모르게 미간을 찌푸렸다.

"대공."

쿤은 시에나의 부름을 듣지 못했다. 넋 놓고 아이를 보다가 시에
나가 한 번 더 '대공' 하고 부르고 나서야 정신을 차렸다.

베스는 멋쩍은 헛기침을 하는 쿤을 보며 미소지었다. 황손께서
아버지의 넘치는 사랑을 듬뿍 받으며 자라실 것 같다는 예감이 들
었다.

쿤이 그녀 손이 닿기 쉽도록 은 쟁반을 든 손을 아래로 내렸다.
시에나가 수정 덮개를 열어 신목의 이파리를 꺼냈다.

시에나는 이파리를 잠시 손에 쥐고 특유의 신성한 느낌을 음미
했다. 말로 설명하기는 어려웠다. 시원하면서도 따뜻한 기운이 손
에서 느껴졌다.

그녀는 딸의 주먹 쥔 손가락을 펴고 이파리를 쥐여 주었다. 그
순간 모두 숨을 죽였다. 시에나가 아이를 만지던 손을 뗐다. 이제
이파리는 온전히 아이의 손에만 남았다.

오래 기다릴 필요도 없었다. 이파리는 신족이 아닌 인간에게 닿기
만 해도 시들었다. 장갑을 끼거나 도구를 이용해 건드려도 시든다.

오직 신족만이 신목에서 손수 떼어 낸 가지나 이파리를 특수한
수정함에 넣거나 꺼낼 수 있었다. 신족이 아닌 자들이 신목의 가지

나 이파리를 옮기려면 수정함에 넣고 바깥 공기를 차단한 후에 비로소 가능했다.

시에나는 아이의 손에서 이파리를 빼려다가 당황했다. 손아귀 힘이 얼마나 강한지 꽉 쥐고 놓으려 하지 않았다. 억지로 힘을 주면 이파리가 찢어질 것 같았다.

꽤 애를 먹는 시에나를 보다가 베스가 웃으며 조언을 건넸다.

"전하. 아기씨 입에 손가락을 물려 보세요."

시에나가 아이 입안에 손끝을 살짝 넣자 아이가 힘차게 빨았다. 그러면서 주먹 쥔 손에 힘이 풀렸다. 그 틈에 무사히 이파리를 빼낼 수 있었다.

이파리는 여전히 선명한 녹색이었다. 세 사람 모두 말없이 이파리를 응시했다. 백 마디 말보다 많은 뜻이 담긴 침묵이었다.

시에나는 다시 이파리를 수정함에 넣었다. 덮개를 덮기 직전 쿤을 올려다보았다.

'쿤이 이파리를 쥐어도 시들지 않을까?'

시도해 보고 싶었다. 하지만 신목의 이파리는 요청한 용도대로만 사용해야 한다. 그리고 만약 쿤이 만져서 이파리가 시들면 상황이 난감해질 것이다.

시에나는 왠지 부모의 마음이 무엇인지 알 것 같았다. 딸의 인생이 걸린 문제를 두고 모험을 할 수는 없었다.

그녀는 함의 덮개를 덮었다.

"대공. 철왕께 부탁을 전합니다. 황손의 혈통에 반응한 이파리를 폐하께 반환합니다. 닷새 후 신관들과 증인들 입회하에 신족의 혈통을 증명하겠다고 폐하께 말씀 올려 주십시오. 차질 없이 마무리되도록 대공께서 함께 다녀와 주세요."

쿤이 수정함을 들고 침실을 나갔다.

"전하."

베스가 이동의자를 움직여 침대 가까이 바짝 붙었다.

"전하께서 머지않아 제위를 물려받으시겠지요. 후계까지 얻으셨으니 이제 저는 걱정할 일이 없습니다."

베스의 여한이 남지 않은 사람처럼 후련한 표정을 지었다.

"백작부인. 내 딸이 신족으로 태어난 이유가 궁금하지는 않소?"

"신의 뜻을 미욱한 제가 어찌 알겠습니까."

시에나는 피식 웃었다. 백작부인은 소심한 듯하면서도 대범한 면이 있었다.

"사람들이 모두 그대처럼 생각하면 좋으련만. 말들이 많을 거요."

"제 눈으로 똑똑히 본 것을요. 누가 아기씨께서 신족이 아니라고 의심한단 말입니까."

"그걸 의심한다는 게 아니라 이 아이의 아버지가 누군지 의심하겠지."

베스가 당황해 입을 벌렸다. 온갖 억측이 떠도는 사교계와 말 많은 자들을 생각하니 충분히 벌어질 일이었다. 베스의 눈동자가 도르륵 한번 돌았다가 '아!' 하고 탄성을 질렀다.

"전하. 확실한 방법이 있습니다."

"무슨 방법?"

"어서 둘째를 보셔요."

"막 산고에서 벗어난 사람한테 너무 하는 것 아니오?"

시에나의 웃음 섞인 핀잔을 들으며 베스가 민망한 웃음을 지었다.

"마음이 그새 바뀌었소? 이 아이의 존재를 처음 알았을 때 그대 표정이 어땠는지 아직 눈에 선한데 말이오."

베스가 천연덕스럽게 맞장구쳤다.

"황실의 경사이자 큰 기쁨이었지요."

시에나가 헛웃음을 흘렸다.

"기쁨?"

"아기씨께서 들으십니다. 매사 말씀을 조심하셔요."

시에나의 눈이 커졌다가 작게 웃음을 터뜨렸다.

아이의 칭얼거림을 듣고 두 사람은 웃음을 그쳤다. 시에나의 품에서 아이가 앙증맞은 눈코입을 씰룩거리다가 곧 울음을 터뜨렸다.

대기해 있던 시녀가 얼른 다가왔다. 베스는 우는 모습마저도 그저 사랑스럽다는 듯 보면서 말했다.

"배가 고프신 모양입니다."

아이를 시녀에게 건네려던 시에나가 멈칫했다. 시녀에게 물었다.

"젖을 물릴 시각이 되었느냐?"

"예, 전하. 젖 유모를 들어오라고 할까요?"

"그래. 아니…… 되었다. 나가 봐라."

시녀는 점점 커지는 울음소리를 들으며 불안한 표정으로 기웃거리다가 물러갔다. 시에나는 우는 아이를 어르며 베스에게 말했다.

"어떻게 하면 되는 거요?"

"직접 해 보시게요?"

"내 아이에게 젖 한 번은 물려 보고 싶소."

베스가 새삼 감회가 새로운 눈으로 시에나를 바라보았다. 걸음을 막 떼던 어린 황녀님 모습이 아직 눈에 선했다. 가슴으로 낳은 딸처럼 보살핀 황녀님이 어느덧 한 아이의 어머니가 되셨구나, 기특하고 대견했다.

"방법이 따로 있으려고요. 그저 편하게 자세를 잡고 아기씨 입에 물려 주시기만 하면 됩니다. 살기 위해 먹는 것은 본능이니까요."

시에나는 왼쪽 팔에 아이를 눕히듯 안았다. 넉넉한 품의 자리옷을 입은 터라 힘들이지 않고 상체를 드러낼 수 있었다. 그녀는 다소 서툰 움직임으로 앙앙 우는 아이의 입에 젖을 물렸다. 베스의 말대로 아이는 입에 뭔가가 닿자마자 본능적으로 삼켰다.

'아……'

시에나는 미간을 찡그렸다. 느낌이 이상했다. 이 작은 몸 어디에서 그런 힘이 나오는 것인지, 젖을 힘껏 빨아들이는 압력이 상당했다.

'네가…… 내 딸이구나.'

아이가 배 속에서 자라는 동안 점점 불러 오는 배를 보면서, 진통을 느끼며 아이를 낳으면서, 자신이 어머니가 되었다는 사실을 충분히 실감했다고 생각했다.

그런데 품에 안고 직접 체온을 맞닿은 상태로 젖을 먹이는 것은 전혀 다른 새로운 경험이었다. 몰랐던 뭉클한 감정이 울컥 치밀었다.

보호 없이는 살아남지 못할 작고 무력한 나의 딸.

그녀는 예감했다. 자신의 인생에서 이 아이의 탄생은 중요한 분기점이 될 것이다.

'미안……. 아가.'

그녀는 딸에게 용서를 구했다. 아들이 아님을 알고 놀라 아이를 내려놓았던 아까의 기억을 떠올렸다.

'네가 태어난 것이 서운해서 그런 것이 아니다. 네가 미워서 그런 것도 아니란다.'

꿈에서 본 그 아이가 태어날 거라는 기대는 처음부터 잘못되었다. 이미 꿈과 완전히 미래는 달라지지 않았나.

시에나는 뜨거워지는 눈을 감았다가 떴다. 눈물이 고여 눈앞이 흐려졌다.

'에카르트…….'

제대로 보지 못한 작은 초상화 속 아이가 아프게 가슴에 맺혔다. 아이를 낳고 나니 애끓는 어미의 고통이 뭔지 알겠다. 꿈속 미래의 자신이 비통하게 울던 심정이 절절하게 이해가 갔다.

'그 아이도 분명히 신족으로 태어났을 텐데.'

아마 그 사실을 숨겼을 것이다. 알려졌다면 공왕이 후계로 키울 수가 없다.

자신의 꿈속 황제였어도 같은 선택을 했을 것 같다. 손발이 묶인 허울 좋은 황제의 후계자보다는 쿤의 후계 자리가 아이의 미래를 위해서도, 행복을 위해서도 훨씬 낫다.

'아가. 오늘만……. 오늘까지만 그 아이를 생각할게.'

시에나의 눈에서 툭툭 눈물이 떨어졌다. 눈물만 흘리며 우는 시에나의 모습이 애달파서 베스는 차마 아무것도 묻지 못했다.

5장

이루어지리라

은왕 부부가 마차에서 내렸다. 쿤이 먼저 아이를 안고 내린 후 뒤따라 내리는 시에나의 손을 잡아 도와주었다.

쿤은 속싸개를 살짝 들추어 새근새근 잠든 딸의 얼굴을 들여다보았다. 출발하기 전에 배부르게 젖을 먹은 아이는 곤히 잠들어 태양궁까지 이동하는 동안 깨지 않았다.

곱지 않은 구석이 없었다. 잘 먹고 잘 자는 것도 기특했다. 아마 깨서 칭얼거렸어도 예뻤을 것이다. 봐도 봐도 질리지 않았다. 밥을 먹지 않아도 배부르고 잠을 자지 않아도 활력이 솟았다.

그는 지금 자신이 웃는 것도 의식하지 못했다. 딸 얼굴만 보면 저절로 웃음이 나오는 조건반사였다.

"대공."

시에나가 두어 번을 부르고 나서야 쿤이 고개를 들었다. 시에나는 이제 그러려니 했다. 요즘 그는 정신을 반쯤 빼놓고 다니는 사람 같았다. 그래도 딸에게 흠뻑 빠져 애정을 쏟는 그의 모습이 좋아 보였다.

시에나는 자신이 아마 부드러운 어머니 노릇은 못 할 거라고 생각했다. 쿤이 다정한 아버지가 되어 준다면 균형이 맞을 것이다.

"폐하께서 기다리시겠습니다."

"아, 그렇지요. 어서 갑시다."

두 사람이 나란히 태양궁으로 들어갔다. 오늘은 아이의 신족 혈통을 황제 앞에서 증명하고 아이의 이름을 받는 날이었다.

황제는 시에나에게 대부분 나랏일을 넘기고 얼마 전부터는 태양궁에서 머무르는 시간도 줄였다. 근래에는 광왕 시절에 머물렀던 창건궁이자 별궁을 거처로 삼았다.

은왕 부부가 황제의 서재에 도착했다. 서재 문 앞에 철왕 부부가 마중 나와 있었다.

"오오. 어디 조카님 좀 봅시다."

쿤이 뿌듯한 표정으로 슬쩍 몸을 숙여 잠든 딸의 얼굴을 보여 주었다. 얼굴을 바짝 들이댄 철왕 부부의 눈빛이 반짝거렸다.

"어머나. 예뻐라."

"은왕을 쏙 빼닮았네."

아이 구경에 여념이 없는 그들을 보다못해 시에나가 헛기침했다. 철왕 부부가 아쉬워하며 물러섰다.

그들은 서재 안으로 들어갔다. 서재는 공간이 넓게 트이도록 가구가 치워져 있었다. 발코니 창가에 나란히 놓인 의자에 황제 부부가 앉아 있고 제법 많은 사람이 모였다.

고위 신관들과 행정 각 부의 수장들, 증인이 되어 줄 일곱 명의 공작들도 와 있었다. 그들은 왕 부부, 네 사람이 들어오자 고개를 숙였다.

은왕 부부는 황제 부부 앞으로 가서 인사했다.

시에나가 고개를 들면서 황제의 안색을 슬쩍 살폈다. 오랜만에 뵙는 황제는 조금 마른 듯 보였다.

'표정은 편안해 보이시는구나.'

시에나의 안도의 숨을 내쉬었다. 그리고 패트리샤와 시선이 마주쳤다. 모녀가 서로 얼굴을 보는 것이 무척 오랜만이었다. 시에나는 정기적으로 시녀를 통해 안부 인사는 챙겼으나 개인적으로는 적왕궁을 찾지 않았다.

패트리샤가 한발 물러나는 자세를 보였다면 냉랭한 모녀 사이가 좀 누그러졌을지도 모른다.

그런데 패트리샤는 평생 누군가에게 숙여 본 적 없는 사람이었다. 은왕과 관계가 극단적으로 치닫는 상황에서도 무엇도 내려놓지 못했다.

예전보다는 위세가 줄었지만, 여전히 패트리샤는 사교계에 영향력이 대단했다. 더구나 은왕의 등극이 가까워지면서 은왕의 친모인 적왕을 무시할 수 있는 자는 아무도 없었다.

적왕궁을 드나드는 귀부인들이 모두 눈치챌 정도로 패트리샤는 은왕의 결혼을 마땅치 않아 하는 태도를 숨기지 않았다. 라드 대공 이야기만 나오면 불쾌해했다.

패트리샤는 시에나의 임신 기간 내내 아이가 잘 자라느냐 물은
적이 없고 산통 중에 경과를 묻지도, 아이가 태어난 후에도 성별조
차 궁금해하지 않았다. 신족이 아닌 손자의 탄생은 인정할 마음이
없었던 것이리라.

아이가 신족으로 태어난 사실은 무사히 닷새가 지날 때까지는 비
밀이었다. 그러니 패트리샤도 아마 오늘에서야 전해 들었을 것이다.

대공이 안은 아이를 보며 패트리샤의 눈빛이 흔들렸다. 사정을
모르는 사람이 보면 참 애처로워 보였다. 시에나는 조소했다.

'내 딸이 신족이 아니었으면 어머니가 그런 표정을 지으셨을까
요?'

저분이 사랑한 자식은 '시에나'였을까, '황제의 후계'였을까.

꿈속에서 어머니가 황제에게 어서 후손을 보라고 종용하던 일이
떠올랐다. 어머니에게 신족이 아닌 에카르트는 손자가 아니었겠지.

미래의 자신은 최소한 한 가지만은 올바른 결정을 내렸다. 어머
니한테서 에카르트를 멀리 떼어 놓은 것.

"신목의 이파리를 가져오라."

황제의 명에 따라 신관이 은 쟁반에 놓인 수정함을 들고 앞으로
나왔다.

"신목의 이파리는 누가 거두었는가."

디안이 나서서 대답했다.

"아뢰옵니다. 소인이 폐하의 명을 받들어 신목의 이파리를 거두
었습니다."

"신관이 그 자리에 입회하였는가."

네 명의 신관이 입을 모아 대답했다.

"예, 폐하. 신 앞에서 맹세하옵니다."

"거행하라."

시에나가 쿤한테 딸을 건네받았다. 황제 부부가 앉은 자리에서 약간 떨어진 위치에 제단처럼 마련된 작은 침상이 있었다. 그 위에 아이를 눕혔다.

신관이 이파리가 담긴 수정함을 들고 곁으로 왔다. 시에나는 덮개를 열어 이파리를 꺼냈다. 잠든 딸의 주먹 쥔 손가락을 펴서 이파리를 쥐여 주었다.

그녀는 아이를 눕힌 침상에서 한 걸음 뒤로 물러났다. 신관들이 침상 곁을 에워쌌다. 잠시 후 그들이 물러나면서 황제에게 고했다.

"신목의 이파리가 성스러운 힘을 잃지 않았습니다. 신 앞에서 맹세하옵니다."

황제가 고개를 끄덕이며 말했다.

"증인들도 입회하라."

일곱 명의 공작들이 신관들이 물러난 자리에 섰다. 그들은 황손의 손에서 푸르름을 잃지 않은 신목의 이파리를 확인했다.

그들의 시선이 황손의 흑발 사이에 푸른색이 드문드문 섞인 머리카락으로 옮겨 갔다. 지금껏 신족의 기본 머리카락이 흑발처럼 짙은 색이었던 적이 없었다.

다들 표정이 기이했다. 내색은 못 하지만 이해할 수 없는 일이 벌어져 어리둥절했다. 눈으로 보면서도 믿지 않았다. 공작들이 침상 곁에서 물러나 황제에게 고개를 숙이며 말했다.

"신목의 이파리가 성스러운 힘을 잃지 않았습니다. 신 앞에서 맹세하옵니다."

황제가 근엄하게 고개를 끄덕이며 손을 들었다. 신호를 받은 시종장이 비단 봉투가 담긴 쟁반을 들고 황제 곁으로 다가갔다.

"황손에게 신이 허락하신 이름을 내리노라."

시에나는 시종장이 전하는 비단 봉투를 받았다.

"황은이 망극하옵니다, 폐하."

봉투 속에는 오직 신족만이 받는, 고어로 된 이름 한 글자가 들어 있을 것이다.

"황손의 이름으로 생각해 둔 것이 있느냐."

"따로 마음에 둔 이름은 없습니다. 청하옵건대 부디 황손의 이름을 주시옵소서."

아이의 이름은 황제께 부탁드리자고, 쿤과 시에나는 뜻을 모았다. 두 사람의 결혼이 잡음 없이 성사된 것도, 안정된 환경에서 아이를 낳은 것도 모두 황제의 도움 덕분이었다.

황제는 얼마간 고심하다가 말했다.

"제국의 역사를 거슬러 올라가면 제국의 영광된 역사에 기록된, 최초로 신목의 꽃을 피웠던 분이 계신다."

시에나도 물론 알고 있었다. 그분은 제국 역사상 성군으로 손꼽혔다. 항상 동경했고 닮고 싶은 역사 속 인물이었다.

"이자벨."

'이자벨.'

황제가 이름을 말하는 동시에 시에나도 속으로 선황의 이름을 중얼거렸다.

"이자벨 아르젠트. 황가의 족보에 올라갈 황손의 이름이다."

시에나는 마음이 벅차올랐다. 딸의 이름으로 더할 나위 없이 완벽하고 영광스러웠다.

은왕 부부는 귀한 이름을 하사한 황제께 깊이 고개를 숙여 감사 인사를 올렸다.

"황은이 망극하옵니다, 폐하."

황손의 이름을 논하는 동안 공작들은 라드 대공을 흘끔거렸다.

'요즘 신학자들 사이에서 이상한 말이 나돈다더니.'

'허무맹랑한 소린 줄 알았는데.'

시에나가 신학자들에게 쿤이 물려받은 고어를 전달한 이후 몇 개월이 지났다.

시에나는 지난달에 학자들에게 결국 일곱 개 글자를 전부 공개 했다. 학자들의 집요함은 시에나의 예측을 뛰어넘었다. 신학자들이 글자를 달라고 끈질기게 매달렸다. 쫓아내도 소용없었다.

학자들은 아침부터 밤까지 은왕궁 주변을 유령처럼 배회했다. 가뜩이나 할 일이 많은 시에나가 그들까지 신경 쓰는 게 못마땅한 쿤이 그냥 다 주자고 했다.

그래서 시에나는 학자들을 불러 앉혀 놓고 쿤이 직접 고어를 쓰는 모습을 보여 주면서 글자의 출처가 라드 대공이라는 사실을 분명히 했다.

학계는 시에나가 예상한 것보다 훨씬 폭발적인 반응과 빠른 확산력을 보였다. 지금 신학계는 잘못 건드린 벌집 같았다. 그래서 신학자들의 연구에 관심 있는 귀족들에게도 알음알음 전해졌다.

잃어버린 신의 언어는 라드 대공이 갖고 있었으며 대공이 신족의 혈통이라는 말도 돌았다.

대부분 귀족은 처음 들었을 때 코웃음만 쳤다. 공작들도 마찬가지였다. 청왕 자격이 있느냐는 논란을 불식시키기 위해 라드 대공이 뒷공작을 한 게 아니냐, 의심하는 시선이 많았다.

그게 정말 고어인지 누가 증명할 수 있나. 엉뚱하게 꾸며 낸 글자인지 알게 뭐냐. 귀족들을 냉소적으로 비꼬았다. 원래 학자들은 쓸데없는 일로 밤을 새워 격론을 벌인다. 순진한 면이 있어서 그럴듯한 말에 혹하여 말도 안 되는 주장을 펼친다 등등.

그래서 한때의 유행처럼 부풀었다가 금방 가라앉으려니 했다. 그런데 예상과 달랐다. 찻잔 속 태풍은 펄펄 끓는 용광로가 되었다.

은왕과 라드 대공 사이에서 신족이 태어난 사실을 확인한 공작들은 이제 그 논란을 무시할 수 없게 되었다.

"들으시오."

황제가 일어나 말하자 모두 고개를 조아렸다.

"부족함이 없는 증인들이 모두 모였으니 지체할 이유가 없소. 이자리를 빌려 짐은 이제 마지막 소임을 마치려 하오."

황제의 말이 끝나자마자 문 앞에 서 있던 시종들이 문을 열었다. 황금 궤를 받침대에 올려 앞뒤로 긴 손잡이를 든 네 명의 시종이 안으로 들어왔다. 그들 주변을 무장한 기사들이 삼엄하게 호위했다.

궤 안에 무엇이 들었는지 짐작한 사람들 안색이 굳었다. 예상치 못한 상황에 당황한 기색이 역력했다.

시종들이 궤를 황제 앞에 내리고 궤의 덮개를 열었다. 그들을 무릎을 꿇은 자세 그대로 무릎걸음으로 물러나 바닥에 엎드렸다. 황제가 궤 앞에 무릎을 꿇었다.

제국의 황제가 기꺼이 자신을 낮추어 받드는 대상은 오직 신뿐이다. 신의 의지를 받은 신목의 관이 궤 안의 수정함 속에 들었다.

황제는 신목의 관을 공중으로 높이 들어 올렸다가 제 머리에 썼다. 멍하게 지켜보던 자들이 모두 그 자리에서 무릎을 꿇었다.

황제가 천천히 일어났다. 정수리만 보이는 사람들을 둘러보았다. 황제의 입가에 은은한 미소가 올라왔다.

오늘은 정말 기쁜 날이었다. 황제는 어젯밤 신의 부름을 받았다. 자비로운 신께서는 어리석은 죄인을 외면하지 않으셨다. 이제 자신의 삶이 얼마 남지 않았다는 뜻인데도 황제는 아침에 눈을 뜨면서 뜨거운 눈물을 흘렸다.

"은왕."

"예, 폐하."

시에나의 목소리가 떨렸다.

"가까이 오너라."

시에나가 일어나 황제 앞으로 다가가 다시 무릎을 꿇었다.

"맹세하라."

"맹세합니다."

"신 앞에 겸손하게 자신을 낮추고 높은 뜻을 받들어라."

"겸손한 태도로 신을 뜻을 받들겠습니다."

"황실을 수호하라."

"황실을 수호하겠습니다."

"제국의 번영을 이끌어라."

"제국의 번영을 이끌겠습니다."

황제가 제 머리에 쓴 신목의 관을 벗어 시에나의 머리에 씌웠다. 신목은 오직 신족에게만 반응하지만, 신목의 관은 최초의 한 사람만 주인이 될 수 있다.

시에나의 머리에 씌워진 신목의 관이 순식간에 말라비틀어지면서 빛처럼 고운 가루로 부스러져 공기 중으로 흩어졌다.

황제가 만감이 교차하는 표정으로 느릿하게 눈을 감았다가 떴다.

"신목의 궤는 단 하루도 비어서는 안 될 일. 즉시 신목의 앞에서 네 의지를 고하고 너의 관을 받아라."

시에나는 목이 메어 잠긴 목소리로 대답했다.

"마지막 황명을 받잡습니다."

*　　　*　　　*

신목의 방으로 오르는 이 계단이 이렇게 많고 높았던가.

시에나가 마지막으로 신목의 방에 다녀간 지는 그리 오래되지 않았다. 특사로서 사막으로 떠나기 전, 황제께 신목의 이파리를 요청해서 신관들과 이 계단을 올라갔다.

그런데 그때와 전혀 다른 길을 가는 기분이 들었다.

그녀가 가장 앞장서 걷고 뒤에 사람들이 따랐다. 처음 출발은 수

십 명에 불과했으나 점점 더 많은 사람이 합류했다. 지나가던 궁인들이 따라붙고 헐레벌떡 달려온 관리들도 행렬에 붙었다. 수많은 사람이 이동하는데도 돌계단에 옷자락이 스치는 소리 외에는 적막할 정도로 조용했다.

새 황제가 등극하여 신목의 관을 받는 단 하루만 신목을 공개했다. 오늘이 바로 문을 활짝 열고 신목의 방에 누구나 들어갈 수 있는 유일한 날이었다.

신목은 태양궁의 가장 높은 곳에 있다. 어떻게 그곳에 신목을 가져다 심었는지 사람들은 궁금해했다. 딱히 비밀은 아닌데도 모르는 사람이 더 많았다. 신목의 뿌리는 땅 아래에 박혀 있다.

하늘 높이 뻗어 올라간 거대한 신목의 주변에 돌을 쌓고 벽을 만들어 지금의 태양궁이 만들어졌다. 즉, 지금 보는 신목은 신목 전체가 아니라 신목의 가장 윗부분인 셈이다.

엄중히 문을 지키고 있던 기사들이 창을 거두어 세우고 제국의 새 주인께 고개를 숙였다.

그들이 열어 주는 문 앞에서 시에나는 잠시 멈추어 숨을 골랐다. 그녀는 의식적으로 등을 곧게 세우고 안으로 들어갔다.

청량한 기운이 느껴졌다. 사철 내내 변함없는 신목이 오늘도 굳건하게 서 있었다. 구멍이 뚫린 천장에서 쏟아지는 빛이 신목을 비추었다.

뒤따라 신목의 방에 들어온 사람 중에는 전에 신목을 봤던 자가 일부 있었지만, 대부분 오늘이 처음이었다. 쿤 역시 말로만 들었던 신목을 처음 봤다.

'저것이 신목······.'

생각했던 것보다 평범한 나무처럼 생겼다. 그런데 말로는 설명할 수 없는 신묘한 기운이 느껴졌다. 분명히 오늘 처음 보는데도 어딘지 모르게 익숙한 기분이 들었다.

모든 사람이 신목의 영험한 기운을 느끼지는 못했다. 그런데 모두 약속한 것처럼 어느 정도 거리에서 감히 더 갈 수 없었다. 오직 한 사람, 은왕만이 걸음을 멈추지 않고 신목으로 다가갔다.

은왕과 신목 사이의 거리가 조금씩 좁혀질 때마다 술렁임이 점점 가라앉았다. 이윽고 은왕이 신목의 바로 아래에 섰다. 그녀가 신목으로 천천히 손을 뻗는 순간, 모두 숨 쉬는 것조차 잊었다.

시에나의 손바닥이 신목에 완전히 닿았다. 그녀는 숨을 크게 들이켰다. 신목의 이파리를 만졌을 때와 비교할 수 없는 강렬한 감각이 온몸으로 쏟아져 들어왔다.

맑고 차가운 샘물에 몸을 담그는 듯한 청량함이었다. 동시에 따스한 기운이 온몸을 감싸는 것 같았다. 도무지 공존할 수 없을 모순적인 감각이 조화롭게 어우러졌다.

모든 잡념이 사라지고 마음이 잔잔하게 가라앉았다. 그녀는 눈을 감았다. 지켜보던 사람들 입에서 의미 모를 탄식이 흘러나왔다.

신목의 가지가 길게 뻗어 시에나 주변을 휘감았다. 가지는 시에나를 어루만졌다. 네가 자격이 되느냐, 묻는 것 같았다. 가지가 시에나의 머리를 감싸며 둥글게 휘어졌다. 가지 끝이 자라나고 새순이 돋아 이파리가 벌어졌다.

가지들이 서로 엉키며 기본 형태를 구성했다. 얼기설기하게 뼈대를 먼저 잡은 후 가지가 촘촘하게 맞물려 견고한 관의 형태를 만들었다.

관이 완성되기까지는 제법 시간이 걸렸다. 하지만 누구도 지루함을 몰랐다. 눈앞에서 벌어지는 신의 기적에 저절로 겸손해졌다. 은왕의 주변을 감싼 가지들이 스르르 뒤로 물러났다. 그녀의 머리 위에 온전한 신목의 관이 남았다.

시에나는 눈을 떴다. 신목의 틈새로 햇빛이 그녀에게 쏟아져 내려왔다.

"제국의 위대한 지배자께 축복과 경배를!"

적막을 가르고 누군가가 외쳤다.

"제국의 위대한 지배자께 축복과 경배를!"

사람들이 입을 모아 따라 소리쳤다.

"헉!"

"어억!"

"꽃이다!"

여기저기에서 경악성이 튀어나왔다. 순간적으로 함성이 잦아들었다. 시에나도 흠칫 놀라 고개를 들었다. 신목의 나뭇가지 사이사이로 새하얀 꽃봉오리가 소담하게 올라왔다.

나뭇잎 반, 꽃봉오리 반이라고 할 정도로 빼곡히 솟은 봉오리가 일제히 만개했다. 순식간에 신목의 방에 싱그러운 향이 가득 찼다.

"신목의 꽃이다!"

"신목이 꽃을 피웠다!"

"황제 폐하 만세!"

"제국에 무궁한 영광을!"

사람들은 비명처럼 소리를 질렀다. 무릎을 꿇고 두 손을 모아 쥐어 울음을 터뜨리는 사람도 있었다. 거대한 함성이 돌벽에 반사되어 쩌렁쩌렁 울렸다.

옆 사람과의 대화도 불가능할 정도의 소음 속에서 쿤은 탐스럽게 꽃을 피운 신목을 응시했다.

'과연. 보는 눈은 있으시군요.'

쿤은 신의 안목을 인정했다. 그녀가 아니면 누가 신의 기적을 일으킬 자격이 있겠는가.

그는 이 순간 어린 딸의 얼굴을 떠올렸다.

이자벨은 지금 유모과 함께 있다. 아직 많은 사람이 있는 장소는 피하는 게 좋을 듯하여 신목의 방에 오기 전에 유모에게 맡겼다. 잘한 결정이었다. 이렇게 귀가 먹먹할 정도의 굉음은 갓난아이 청력에 해로울 것이다.

그런데 한편으로는 아쉬웠다.

'이자벨. 네가 조금만 더 컸으면 나와 함께 네 어머니가 일으킨 이 기적을 봤을 텐데.'

쿤은 재킷의 주머니에서 나뭇잎을 꺼냈다. 반들반들한 이파리를 손끝에 쥐고 문질렀다. 아까 이자벨의 신족 혈통을 증명하기 위해 사용된 신목의 이파리였다.

원래대로라면 엄격하게 관리될 귀물이지만, 새 황제의 등극에 모두 정신이 쏠려 누구도 이자벨이 손에 꼭 쥐고 있는 신목의 이파리를 챙기지 못했다.

쿤도 처음에는 몰랐다. 제단에 눕혔던 딸을 안아 들고 서재에서 나와 유모에게 딸을 건네기 직전, 딸의 손에 뭐가 있기에 별생각 없이 손가락을 폈다. 아차 싶었을 때는 이미 그가 이파리를 만진 후였다.

이파리는 시들지 않았다. 그는 놀란 마음을 감추고 유모가 눈치채지 못하도록 재빠르게 이파리를 주머니에 넣었다.

'신족이라……'

자신이 부친께 배운 글자가 정말 고어일까. 그녀가 잃어버린 신의 언어라고 주장했어도 내심 긴가민가했다. 그런데 뚜렷한 증거가 여기 있었다.

그는 다시 이파리를 주머니에 넣었다. 기회를 봐서 그녀에게 얘기해야겠다. 일족의 서고도 뒤져 봐야겠고.

뭔가를 찾을 가능성은 적었다. 기록이 있다면 아버지께서 단단히 다짐을 받으며 글자를 몰래 전했을 리가 없을 테니까.

'그래도 모르지. 운 좋게 뭔가를 건질지도.'

그는 자신의 아내를 바라보았다. 완벽한 순간이었다. 꽃을 피운 신목 아래에 신목의 관을 쓰고 서 있는 그녀는 위대하고 성스러웠다. 사람들이 그녀에게 환호하고 있다. 그녀에게 경의를 표하고 절을 올렸다.

'그래……. 어쩔 수 없군.'

그녀를 오롯이 자신 혼자만 독차지하고 싶은 욕심은 과욕이었다. 대상이 제국이건 신이건 평생 그녀의 관심과 시간 일부를 양보해야 할 것이다.

'하지만 당신은 강철이 아니라 사람이니까 지칠 때가 있겠지. 쉬고 싶을 때의 당신은 전부 내 거야.'

쿤은 시에나와 눈이 마주쳤다. 그녀를 보면서 미소지었다. 그리고 가슴에 손을 얹고 정중하게 허리를 숙였다가 폈다. 다시 눈이 마주친 시에나가 그를 보며 환하게 웃었다.

지금 둘은 멀리 떨어져 있었지만, 거리감을 느끼지 못했다. 두 사람의 마음은 누구보다도 가까웠다.

*　　*　　*

꿈 같은 하루가 저물었다. 시에나는 자정이 가까워져서야 겨우 숨을 고를 수 있었다.

화장대 앞에 앉은 시에나의 뒤에서 시녀들이 머리를 빗겼다. 시에나는 거울 너머를 응시하며 숨 가빴던 하루를 되돌아봤다.

딸의 신족 혈통을 인정받고 이름을 받았다. 거기까지는 예정된 일정이었다. 그런데 곧바로 이어진 신목의 관 승계식은 갑작스러웠다. 마음의 준비를 하지 못한 상태에서 승계식을 치렀다. 의연한 척했으나 사실 그때부터 정신이 없었다.

신목의 방에 가서 관을 받은 것으로 끝이 아니었다. 그게 시작이었다. 관을 쓴 채 다시 태양궁으로 돌아가 상황이 되신 황제를 뵈었다.

이어서 공식적으로 제위를 물려받는 절차를 진행했다. 황제의 권능을 상징하는 국새와 통치권을 상징하는 왕홀을 받았다. 새 황제의 즉위를 신께 고하는 제례도 엄숙하게 치렀다.

그 뒤에 기사들과 관리들의 충성 맹세를 받았다. 그러는 사이에 날이 어두워졌다. 오늘처럼 길었던 하루가 없었다. 무사히 오늘이 끝난 것이 신기했다.

시에나는 어느새 자신의 머리를 만지던 손길이 거두어졌음을 느꼈다. 거울 너머로 보니 시녀들이 두 손을 모으고 물러서 있었다.

"다 된 것이냐."

"예, 폐하."

시에나의 몸이 순간 경직됐다. 아직 익숙하지 않은 호칭이었다.

"……물러가라."

"예, 폐하."

혼자가 된 시에나는 작은 한숨을 내쉬었다. 뒤늦게 피로가 몰려왔다. 아주 어릴 때부터 이날이 오기를 꿈꾸었다. 그런데 막상 신목의 관을 머리에 쓰자 책임의 무게에 짓눌릴 것 같았다.

한동안 일이 많다. 제후국 대표들과 제국의 귀족들을 불러 모아 다시 한번 즉위식을 치러야 하는데 그 절차 준비도 만만치 않았다.

'직인도 제작해야지. 관리들 인선은 당분간 그대로 둘까…….'

그녀는 누군가 자신의 어깨를 부드럽게 누르자 시선을 들었다. 거울을 통해 쿤과 눈이 마주쳤다. 시에나가 미소지으며 고개를 뒤로 돌렸다.

"힘들지?"

"괜찮아."

"무리하지 마. 당신은 아이를 낳은 지 며칠 안 된 산모라고."

쿤이 화장대 의자에 앉은 그녀를 안아 들자 시에나가 팔을 뻗어 그의 목을 감았다. 그는 시에나를 침대에 내려놓으면서 그녀를 살짝 내리누르며 입술을 포갰다. 호흡이 깊게 섞이는 입맞춤이 길었다.

그가 입술을 떼고 그녀와 이마를 맞댔다.

"여기서 보내는 마지막 밤이네."

오늘은 은왕궁으로 돌아왔지만, 당장 내일부터는 태양궁으로 침실을 옮길 것이다.

"시간이 늦었으니 어서 자자. 당신은 내일도 할 일이 많잖아."

"오후부터 이자벨 얼굴을 한 번도 못 봤어."

"내가 봤으니까 괜찮아. 우리 딸은 잘 먹고 잘 자고 있어."

"내일은 이자벨을 데리고 폐하를 뵈러 가야겠어. 이름을 지은 후에 이자벨을 안아 주셨으면 했는데 오늘은 기회가 없었거든."

"그래. 내일 가자."

조금 전까지 전혀 잠이 오지 않았다. 그런데 그의 나직한 목소리를 듣고 있으니 점차 나른해졌다. 그녀는 점점 무거워지는 눈을 느릿하게 감았다가 떴다.

"당신도……."

"응?"

"당신도 오후부터 계속 못 봤어."

"그래서 보고 싶었어?"

"응……."

쿤은 장난처럼 되물었다가 그녀가 뜻밖에 순순히 대답하자 기분이 한껏 고양되었다. 어쩐 일이지? 잠기운에 취한 건가? 그는 한 손으로 턱을 괴고 귀엽게 잠투정을 부리는 그녀를 내려다보았다.

"아까 신목의 관을 받을 때……. 조금은 무서웠거든. 왠지 세상에 혼자가 된 기분이 들었어. 그런데 당신이……."

시에나가 갑자기 '아!' 하고 소리를 질렀다. 감기던 눈에 번쩍 뜨였다. 그녀는 벌떡 일어나 앉았다.

"위대한 소원!"

어떻게 그걸 잊을 수가 있지.

"신목의 관을 받기 전날에 성서를 완성하려고 했는데!"

"하지만 완성하지 않아도 신목은 꽃을 피웠지."

"……그러게."

시에나는 골똘히 생각에 잠겼다. 성서와 신목의 꽃은 관련이 없었던 걸까. 그 책을 처음 받을 때만 해도 위대한 소원은 신목의 꽃이라고 믿어 의심치 않았다. 꿈에서 황제도 그렇게 말했으니까.

"쿤. 성서를 완성해야겠어."

"지금?"

"지금."

"너무 늦었어. 당신은 자야 해."

"성서 생각이 머리에서 떠나지 않아서 잠이 안 올 거야."

시에나는 조금 전까지 막 잠들려던 사람답지 않게 날랜 동작으로 침대에서 내려왔다. 쿤이 한숨을 내쉬며 일어났다.

"두 글자만 더 쓰고 곧바로 와서 자는 거야. 약속해."

"알았어."

두 사람은 집무실로 갔다. 시에나는 서랍에서 책을 꺼내 책상에 펼쳤다. 그가 편하게 나머지 두 글자를 적을 수 있도록 옆으로 비켜섰다.

쿤이 한 글자를 적었다.

**—완성하라.**

문장이 나타났다가 사라졌다. 잠시 기다린 후 쿤이 다시 펜 끝을
종이에 댔다. 살짝 굳은 그의 미간이 그도 지금 긴장하고 있음을 나
타냈다.

그는 단번에 마지막 글자를 적었다. 두 사람은 빛이 글자를 삼켜
사라지는 모습을 숨죽여 지켜봤다.

**—이루어지리라.**

시에나의 눈이 커졌다. 항상 반복되던 문장이 바뀌었다. 문장이
서서히 사라졌다.

그리고 백지에서 은은한 빛이 뿜어져 나왔다. 시에나가 더 자세
히 보려고 고개를 숙였다. 그때 쿤이 그녀의 허리를 감아 재빠르게
뒤로 당겼다.

책에서 뿜어 나오는 강한 빛이 아슬아슬하게 그녀의 머리카락
끝을 스쳤다. 빛의 기둥은 거슬러 올라가는 폭포처럼 천장으로 뻗
어 올라갔다.

실제로 물리적인 힘이 천장에 구멍을 만든 것은 아니지만, 책 안
에 봉인되어 있던 강렬한 기운이 단번에 빠져나와 시공간을 꿰뚫는
다는 느낌이 들었다.

빛이 기둥이 사라진 후에도 두 사람은 움직이지 못했다. 그는 팔에 힘을 풀지 않고 뒤에서 그녀를 꽉 안았다. 무의식적으로 미지의 위험에서 그녀를 지키고자 했다.

"방금…… 뭐였지?"

시에나가 멍하게 중얼거렸다.

"글쎄……."

쿤도 얼떨떨한 기분으로 대답했다.

펼쳐진 성서를 바라보던 시에나가 흠칫 놀라더니 그의 품에서 벗어나 펜을 들었다. 그녀는 성서에 고어를 적었다.

"아……."

글자가 그대로 있다. 다시 적었다. 역시 책은 반응이 없었다. 글자가 사라지지도 문장이 나타나지도 않았다.

시에나는 손이 떨려서 펜을 놓쳤다. 책상 위로 펜이 데구루루 굴러갔다. 그녀가 망연한 표정으로 결론을 내렸다.

"사라졌어……."

이 책은 이제 성서가 아니었다. 책에 깃들었던 신의 힘이 사라졌다. 평범한 노트가 되었다.

두 사람은 시에나가 쓴 글자가 여전히 남아 있는, 이제는 백지가 아닌 페이지를 응시했다. 지금 이 상황을 어떻게 받아들여야 하는지 알 수 없었다.

"폐하!"

다급한 외침이 들렸다. 대답하지 않는데도 집무실 문이 벌컥 열렸다. 시녀가 이런 행동을 했다가는 예법에 엄한 시녀장에게 단단히 혼이 날 것이다.

그런데 정작 예법을 잊은 장본인이 시녀장이었다. 시녀장은 벌겋게 달아오른 얼굴로 숨을 몰아쉬었다.

"폐하. 바깥을 보시옵소서. 신목의 탑이, 탑이……."

시에나와 쿤은 곧바로 은왕궁 바깥으로 나갔다. 자정이 넘은 이 시각에 궁인들과 기사들이 깜깜한 어둠 속에 우두커니 서서 태양궁이 있는 방향을 바라보고 있었다.

시에나도 그들처럼 태양궁이 있는 방향을 보고 눈을 크게 부릅떴다. 태양궁의 가장 높은 첨탑, 신목이 있는 그 자리에 거대한 빛의 기둥이 하늘 높이 뻗어 있었다.

\*　　　\*　　　\*

술을 가져오라고 했더니 집사가 와인도 아니고, 평소 자주 찾아 마시는 탁주도 아닌, 생소한 술병을 테이블에 올렸다. 밑바닥이 둥글고 주둥이가 좁았다.

"이게 뭔가?"

"제 아내가 담근 과일주입니다."

제프리는 말없이 집사를 쳐다봤다. 집사가 설명을 덧붙였다.

"산딸기로 담근 술인데 약으로도 씁니다. 저희 집안에서 내려오는 제조법으로 빚었습니다."

"약? 내가 아파 보이나?"

"아, 아닙니다. 공작님. 과음하시는 일이 잦으시니 좋은 술을 드시는 편이 낫겠다 싶어……. 언짢으셨다면 송구합니다."

제프리는 한숨을 내쉬며 손을 내저었다. 그가 지금 바라는 건 마시면 목이 탈 것 같고 코끝이 시린 독주였지만, 딴에는 걱정해 주는 사람에게 뭐라 할 수는 없지 않은가.

그나마 건강을 염려해 주는 사람이 한 명은 있었군. 제프리는 자조했다.

집사가 나간 후 술병을 들었다. 술잔에 따르니 피처럼 붉은 술이 쏟아져 나왔다. 그는 한잔 가득 채워서 단번에 들이켰다. 과연 좋은 술이었다. 목 넘김이 부드럽고 뒷맛이 깔끔했다.

들큼한 과일주 내음이 폐부 깊숙이 스며들었다. 그런데 오히려 입안은 썼다.

그는 빈 술잔을 쥔 채 눈을 감았다. 술은 제법 독했다. 한 잔뿐인데도 배 속에서 후끈한 열이 올라왔다.

그는 한탄이 담긴 한숨을 내쉬었다. 오늘 은왕이 신목의 관을 받았다. 황제가 바뀌었다. 디안이 계승권을 포기했을 때 이미 다 끝난 일이었지만, 막상 오늘이 닥치자 뭐라 말할 수 없는 상실감이 들었다.

'신목의 꽃…….'

그 기적을 목격했으니 누구도 새 황제에 대해 이러쿵저러쿵하지 못할 것이다. 대다수 귀족이 못마땅해하는 결혼조차도 이제는 흠이 될 수 없었다.

"나도 한 잔 주겠나?"

제프리가 고개를 들었다. 이동의자를 조정해 다가오는 벗을 보며 헛웃음을 흘렸다.

"누가 자네를 들여보내 주던가?"

"아무도 나무라지 말게. 내 꼴이 이런 덕분이니. 나야 어린아이 손목도 비틀지 못할 힘 없는 늙은이 아닌가."

"물리적 힘만 힘인가? 자네의 날카로운 혀는 능히 사람 수십을 죽이고도 남겠지."

"거참, 사람 아직도 뾰족하구먼."

란델의 이동의자가 테이블에 바짝 붙었다. 그는 제프리에게 손을 내밀었다.

"잔이 하나뿐인가 보군. 그거 주게."

제프리는 픽 웃고는 란델의 손에 술잔을 건네고 술을 채웠다.

"비웃으러 왔나?"

"내가 자네를? 돈방석에 앉은 자네를 부러워할지언정 비웃다니."

"……나는 정말 모르겠네."

제프리는 이해할 수 없었다. 하늘은 공평하지 않았다. 비명에 가신 자신의 아버지와 비참하게 죽은 누이동생. 그들의 억울함을 상쇄할 보상이 과연 있겠는가.

디안이 황제가 되어 위대한 군주로 이름을 남기는 것만이 그나마 그들의 죽음을 헛되게 하지 않는 거라고 생각했다. 그런데 금수만도 못한 짓을 저지른 선대 리먼 공작은 평생 호의호식하다가 천수를 누렸고 그 손녀가 황제가 되다니.

더구나 신께서 그 앞날을 축복하며 신목의 꽃을 피우시다니.

란델이 제프리가 주절주절 늘어놓는 하소연을 듣다가 술잔을 입에 댔다. 쭉 들이킨 후 캬아, 감탄했다.

"좋은 술이군. 이렇게 좋은 건 나눠 먹어야지. 다음번엔 내가 명주를 들고 오지."

"또 오겠다고?"

"쫓아낼 건가?"

"……."

"제프리. 작은 앙금으로 등 돌리고 살기에는 이제 우리는 살아온 날보다 살아갈 날이 더 적게 남지 않았나."

란델은 제프리 손에서 술병을 빼앗아 술을 따랐다.

"내게 원망이 있으면 풀고 세상에 원망이 있으면 흘려보내게. 세상의 이치는 거대한 물결과 같지만 우리는 세파에 휘말린 물방울 하나에 불과하지. 때로는 원치 않은 방향으로 튀고 갑자기 던져진 돌에 맞고 움푹 팬 곳에 고여 움직이지 못하기도 해."

"내가 겪은 모든 일이 운명이라는 건가?"

"원통해 하지 말게. 신의 멱살을 잡을 수도 없는 노릇 아닌가."

"……그럴 수만 있다면 그러고 싶군."

제프리가 란델의 손에서 술잔을 빼앗아 단번에 마셨다.

란델은 혀를 찼다. 눈앞의 행복을 외면하고 과거의 절망에서 헤어나오지 못하는 친구가 딱했다.

"난 철왕 전하께서 과연 백부님의 손자라고 생각했네. 누가 그분 같은 결정을 내릴 수 있겠나? 쥐는 것보다 놓는 것이 얼마나 어려운지, 자네도 알지 않나. 그분이 제위에 오르셨어도 명군이 되셨을 걸세."

"하지만 자네는 은왕을 지지했지."

"난 철왕께서 계승 서열을 회복하고 제위에 오르셨어도 기꺼이 승복했을 거라네. 제프리. 제위는 하늘이 내리는 자리야. 고작 자네와 나 따위가 간섭할 수 있다고 생각하나?"

제프리는 고집스럽게 아무 말이 없었다. 하지만 란델은 재촉할 생각이 없었다. 엉킨 마음이 풀어지려면 시간이 필요할 것이다.

"……난 아직 자네 벗인가?"

란델이 미소지었다. 어쩌면 생각보다 오래 걸리지는 않을 것 같다.

"물론이지."

시작은 어색했으나 두 사람은 금방 마음의 벽을 허물었다. 그들은 어느새 예전처럼 자연스럽게 대화했다.

"은왕……. 아니, 황제 부처께서 일찌감치 결혼 증서부터 작성한 일 말일세."

"음?"

란델이 움찔했다.

"자네는 증인이었으니 진즉 알고 있었겠지. 입이 근지러웠을 텐데 잘도 참았군."

"뭐……. 그렇지."

란델은 대충 얼버무렸다. 사실은 나도 몰랐노라고 말할 수는 없었다.

증서에 찍힌 황제의 직인 날짜를 보고 자신 역시 황당했다. 증서에 서명한 날이 송년 연회 전날이라서 똑똑히 기억했다. 그런데 여름으로 둔갑했다.

은왕이 바란 일이었든, 황제의 결정이었든 문서 위조라니. 은왕과 황제, 그 부녀가 저지를 법한 일이라고는 상상이 가지 않았다. 그 증거로 누구도 은왕 결혼 증서의 진위를 의심하지 않았다.

란델은 그저 침묵할 수밖에 없었다. 막내아들이 '제게 슬쩍 눈치 주실 수는 있었잖아요. 전 그것도 모르고……. 혼인하신 분께 수작을 건 제 꼴이 우스워지지 않았습니까.'라며 원망을 드러낼 때도 아무 말 못 했다.

"자네는 요즘 바쁘지? 제국의 모든 상인이 아케론 공작을 만나고 싶어서 줄을 대느라 난리라던데."

란델이 슬쩍 화제를 돌렸다. 제프리는 고개를 끄덕이며 한숨을 내쉬었다. 표정이 밝지 않았다.

"생각이 많아서 근래 잠을 이루지 못한다네. 가문은 내가 어찌어찌 일으킨다 해도 내 뒷일이 걱정이라……. 내가 지금 자식을 볼 수도 없고."

"왜 불가능하다고 생각하나? 나이는 숫자일 뿐이네."

"예끼, 이 친구야."

제프리가 기겁하자 란델이 껄껄 웃었다.

"똑똑한 양자를 들여도 되겠지만, 자네야 굳이 그럴 필요 있겠나. 철왕께서 계시는데."

"나도 모르는 새에 국법이 바뀌었나?"

디안은 황제의 아들이다. 그래서 절대 다른 가문의 양자로 들어갈 수 없었다. 디안이 자신의 성 '아르젠트'를 버리려면 죄인이 되어 황가에서 축출되는 방법뿐이다.

"철왕 전하 말고. 전하의 아드님 말일세."

제프리의 눈이 커졌다. 자신의 종손 커티스는 왕의 아들이지만, 부친에게 계승권이 없으므로 황실 규범의 적용 대상이 아니었다.

"흐음……."

제프리가 턱을 문지르며 생각에 잠겼다.

"각하!"

바깥에서 집사가 거의 소리를 질렀다. 마주 앉아 있던 두 공작이 놀라 고개를 돌렸다. 제프리가 '무슨 일인가!'라고 큰소리로 묻자 집사가 들어왔다.

"변고가 일어났습니다!"

"변고라니?"

"화, 황궁에……."

"황궁에 왜!"

란델이 버럭 소리쳤다. 당장 일어날 수 없는 자신의 몸 상태가 원망스러웠다.

집사는 주변을 둘러보다가 발코니로 달려가 창을 활짝 열었다. 그리고 공작들에게 어서 오라고 마구 손을 흔들었다. 무례한 행동이었지만, 누구도 지금 그걸 따질 정신이 아니었다.

제프리가 란델의 이동의자를 밀고 발코니로 나갔다. 2층의 발코니 오른쪽이 황궁을 바라보는 방향이었다. 두 공작은 집사가 가리키는 방향을 보고 입이 떡 벌어졌다.

"허어……."

"저게…… 뭐지?"

사방이 어둠에 잠긴 늦은 시각, 하늘에서 내리꽂히는 빛의 기둥은 결코 이 세상의 광경이 아닌 듯했다.

하지만 집사가 말한 '변고'라는 표현은 적절하지 않았다. 그냥 알 수 있었다. 저것은 절대 불길하지 않았다. 세 사람 모두 이질적이고 신비로운 모습에서 눈을 떼지 못했다.

*    *    *

새 황제의 등극으로 공개된 신목의 방은 해가 완전히 졌을 때 문을 닫았다. 그 후 평소와 다름없이 기사들이 삼엄하게 경비를 섰다.

늦은 시각, 갑자기 신목의 방으로 달려온 시에나의 앞을 막는 자는 아무도 없었다.

시에나는 굳게 닫힌 신목의 방, 문 앞에서 멈추었다. 문틈 사이로 새어 나오는 빛이 어둑한 주변을 밝힐 정도로 강했다.

문을 열자마자 시에나도, 그녀와 함께 온 쿤도, 문 앞을 지키던 기사들도 모두 고개를 뒤로 돌렸다. 눈이 부셔서 똑바로 볼 수가 없었다.

시에나는 이를 악물고 신목을 보기 위해 고개를 앞으로 돌렸다. 눈을 꼭 감았는데도 눈이 시려서 눈물이 나왔다. 갑자기 시야가 어두워졌다. 눈이 편해지자 시에나는 멈추었던 숨을 내쉬었다.

쿤이 시에나의 눈을 손으로 감싸 누르며 기사들에게 지시했다.

"문을 닫아라."

잠시 후 쿵 소리가 나면서 주변이 다시 어두워졌다. 그제야 쿤이 눈을 가렸던 손을 떼며 말했다.

"지금 안으로 들어가도 빛 때문에 신목을 볼 수 없습니다."

시에나는 잠시 아무 말이 없다가 고개를 끄덕였다.

"빛이 사라지면 금방 알 수 있을 겁니다. 기약 없이 여기서 기다릴 수는 없는 노릇이니 침전으로 돌아가시지요."

시에나는 쿤의 얼굴과 빛이 새어 나오는 문틈을 번갈아 보다가 한숨을 내쉬었다. 그녀는 기사에게 말했다.

"빛이 사라지면 즉시 알려라."

"예, 폐하."

그녀는 은왕궁으로 돌아왔다. 왔다 갔다 하는 동안 놀란 마음이 조금 진정되었다. 어수선하던 은왕궁 주변도 길버트가 단속하여 질서를 잡았다.

시에나는 자리옷으로 갈아입자마자 쿤에게 들려 침대에 누웠다.

"자, 어서."

"왜 이렇게 날 재우려고 그래?"

"당신은 아파도 약이 안 듣는 사람이잖아. 건강을 위해서 잘 먹고 잘 쉬는 방법밖에 없어."

반박할 말이 없었다. 시에나는 얌전히 눈을 감았다.

그런데 잠이 오지 않았다. 억지로 잠을 청해도 머릿속만 더 맑아졌다. 불편한 자세 탓을 하며 그녀는 베개를 다시 고쳐 누웠다.

"잠이 안 와?"

시에나는 눈을 뜨고 고개를 옆으로 돌렸다. 그의 숨소리가 고르게 들려서 자는 줄 알았다.

"나 때문에 깼어?"

"아직 안 잤어."

쿤이 옆으로 돌아누우며 한쪽 팔로 머리를 괴었다. 그리고 다른 쪽 팔을 그녀를 향해 뻗었다.

"이리 와. 재워 줄게."

시에나는 그를 살짝 흘겨보고 웃으며 그의 품으로 파고들었다. 그의 어깻죽지를 베개로 삼고 등 뒤에 팔을 둘렀다. 그의 손이 자신의 등을 부드럽게 쓸어내리는 느낌이 좋아 미소를 지었다.

"그 빛⋯⋯. 우리가 완성한 성서와 관련이 있겠지?"

시에나의 중얼거림에 쿤이 대답했다.

"아무래도 그렇겠지. 우연이라기에는 시기가 너무 절묘하니까."

"무슨 일이 일어나고 있는 걸까⋯⋯."

"나쁜 일은 아닐 거야."

시에나는 턱을 들어 올렸다.

"당신은 왜 이렇게 침착해? 일족의 염원이 이루어질 결정적인 사건일지도 몰라."

"우리 일족은 워낙 역사가 파란만장하니까. 일일이 기뻐하고 슬퍼해서는 오랜 세월을 견딜 수 없거든. 특히 나는 중심을 잡아야 하는 사람이고."

무슨 뜻인지 알 것 같아서 시에나는 고개를 끄덕였다.

"이러고 있으니 그날 같아. 사막 한복판에서 보냈던 밤."

"아마 당신 평생에 가장 불편했던 잠자리였지? 추웠고 몸을 웅크려 자야 했으니."

그랬던가. 하지만 시에나는 그날 밤을 떠올리면 아늑했던 기억만 남았다.

"난 또 가고 싶어. 그날처럼 우리 둘만."

"흐음. 산 하나를 옮기라고 명령하는 것보다 어려울 텐데. 이제 당신은 이 제국을 벗어날 수 없는 사람이잖아."

"나중에 가면 되지."

"나중, 언제?"

"이자벨 다 키워서 내 자리 물려주고."

"폐하. 그때 우리 나이가 몇인 줄 알아? 찬 데서 함부로 자면 입돌아가."

"뭐야, 그게."

분위기 깨뜨리는 말을 하는 그에게 시에나가 발끈했다. 쿤이 키득거리면서 짜증 내는 그녀에게 키스했다.

두 사람의 도란거리는 목소리는 띄엄띄엄 간격이 넓어지다가 어느 순간 침실은 조용해졌다. 사막의 그 날 밤처럼 두 사람은 서로를 꼭 끌어안고 잠들었다.

*　　*　　*

마차가 별궁 앞에 도착했다. 쿤은 품에 안은 딸이 배냇짓하는 모습을 흐뭇하게 보면서 시에나에게 말했다.

"당신만 이자벨을 데리고 상황 폐하를 뵙는 편이 낫겠어."

"왜?"

"나도 함께 가면 형식적인 자리만 될 것 같아."

"당신이 불편해서 그런 거라면……."

"그런 건 아니야. 상황 폐하께서 당신에게만 전하고 싶은 말씀이 있을지도 몰라."

이제 곧 돌아가실 분이니까. 쿤은 뒷말을 굳이 덧붙이지 않았다.

"……알았어."

"난 외출 다녀올게. 원로들을 만나서 진정시켜야 할 것 같거든."

"가까운 시일 내 날 잡아서 입궁하시라고 해. 비록 당신 후계는 못 되더라도 이자벨을 보여 드려야지. 나도 그분들 뵙고 싶어."

쿤이 웃으며 그녀의 입술에 가볍게 키스했다.

이자벨을 품에 안은 쿤이 먼저 내린 후 뒤따라 내린 시에나에게 딸을 안겼다. 그녀가 별궁 안으로 들어가는 모습을 보고 나서 그는 다시 마차에 올라탔다.


상황은 의자에 앉은 채 시에나를 맞이했다. 의자의 등받이가 완만했다. 시에나가 임신 동안 낮잠 장소로 이용한 환자용 의자와 형태가 비슷했다.

시에나는 인사를 올리며 흘끔 상황의 손을 봤다. 언제부턴가 상황을 뵈면 항상 손에 장갑을 끼고 계셨다. 이 계절에 손이 시린 걸까. 그 정도로 몸이 안 좋으신 건가.

"어쩐 일인가, 황상."

시에나는 무슨 말을 해야 할지 알 수 없었다. 지금껏 뚜렷한 용건 없이 부친을 뵌 적이 없었다. 그렇다고 평소 해 본 적 없는 살가운 안부 인사말이 나오지도 않았다.

시에나는 말없이 상황의 곁으로 다가가 이자벨을 품에 안겨 드렸다.

상황은 순간 당황한 듯 눈이 커졌다. 곧 그는 아이를 품에 더 가까이 고쳐 안았다. 고개를 숙여 손녀를 내려다보는 시선이 길었다. 시에나는 부친 곁에 꽤 한참을 서 있었다.

"황상을 닮았구나."

그 말뿐이었다. 그리고 그만 데려가라는 듯 팔을 앞으로 내밀었다. 시에나가 부친의 팔에서 딸을 받아 안았다.

"신목의 방에는 들어가 보았나?"

"아직입니다. 빛이 너무 강해서 가까이 갈 수가 없습니다."

빛의 기둥은 아직 사라지지 않았다. 평소보다 더 엄격한 경비로 주변을 지키고 있다.

"꽃이 핀 것도, 빛의 기둥도 상서로운 징조인즉, 황상을 굽어살피는 신의 뜻을 받들어 태평성대를 이루시게."

"명심하겠습니다."

"할 일이 많지 않은가. 가 보시게."

그럼 그렇지. 시에나는 속으로 피식 웃었다. 따로 전하고 싶은 말씀이라니. 부친은 감상적인 사람이 아니었다. 돌아가시는 그 순간까지 꼿꼿하실 것이다.

그녀는 인사를 남기고 돌아섰다가 멈칫했다. 그녀는 다시 몸을 돌렸다.

"폐하. 오래전 일입니다만, 제가 어릴 때 생일 선물로 신목의 방에 데려가신 적이 있습니다. 기억하십니까?"

"기억한다."

"왜 그러셨는지, 이유를 여쭈어도 되겠습니까?"

상황이 묘한 시선으로 시에나를 물끄러미 쳐다봤다. 시에나 자신도 왜 이런 질문이 튀어나왔는지, 무슨 대답을 듣고 싶은 것인지 알 수 없었다.

엉뚱한 질문이었는데 상황은 오랫동안 고심하며 답을 골랐다.

"네가 다 자란 것 같았다."

시에나는 미간을 찡그렸다. 일곱 살 때의 일이다. 혹시 상황께서 시기를 잘못 기억하시는 건가?

"……그날 나는 황제로서 널 신목의 방에 데려간 것은 아니었다."

상황은 알쏭달쏭한 답을 남기며 아예 고개를 돌려 눈을 감았다.

"그만 가 보시게."

시에나는 더 말을 꺼내지 못하고 별궁을 나왔다. 부친의 말을 곱씹어도 담긴 뜻을 알 수 없었다.


빛의 기둥이 나타난 지 사흘이 지났다. 여전히 기둥은 사라지지 않았고 누구도 신목의 방에 접근하지 못했다.

수도에 사는 제국인이라면 빛기둥을 보지 못한 사람이 없었다. 어디를 가든 사람들은 모두 이 신비로운 현상에 관해 이야기했다.

어스름한 빛이 깔리는 새벽, 쿤이 눈을 떴다. 바깥에서 부르는 목소리가 그를 깨웠다. 좋지 않은 예감이 들었다. 쿤이 서둘러 침실 문을 열었다. 문밖에 서 있던 시녀가 고개를 숙였다.

"청왕. 상황 폐하께오서……."

쿤은 더 듣지 않고 몸을 돌렸다. 빠른 걸음으로 침대에 다가갔다. 곤히 잠든 그녀의 허리 아래에 팔을 넣어 그녀의 상체를 일으켜 안아 세웠다. 시에나가 잠에 취해 눈을 깜빡였다.

"시에나. 별궁에서 비보가 왔어."

시에나가 눈을 떴다. 단번에 눈에 초점이 잡혔다.

그녀가 서둘러 별궁에 도착했을 때 별궁을 지키던 기사들이 모두 바닥에 한쪽 무릎을 꿇은 자세로 흐느끼고 있었다.

시에나는 그들을 지나쳐 안으로 들어갔다. 복도에도 중간중간 궁인들이 바닥에 엎드려 울었다. 그녀는 문이 활짝 열려 있는 침실로 들어갔다. 침대 곁에서 어깨를 들썩이는 한 사람은 시종장이었다.

시에나가 침대로 다가갔다. 아직 주변이 어두웠지만, 사물을 식별하기에는 충분했다. 아침 해가 떠올라 점점 침실이 밝아지고 부친의 얼굴이 뚜렷이 보일 때까지 그녀는 침대 곁에 서 있었다. 눈을 감은 상황은 마치 잠든 사람 같았다. 평온해 보였다.

그 사이에 침실 앞에 사람들이 속속 도착해 모였다. 패트리샤가 달려오고 철왕 부부도 왔다.

"……자네가 상황 폐하의 임종을 지켰나."

시종장이 꽉 잠긴 목소리로 대답했다.

"예, 폐하. 송구하옵니다. 기별을 넣을 틈도 없이 소인이 감히……."

"자네가 아니면 누가 자격이 있겠는가. 남기신 말씀은 없는가?"

"지금…… 입으신 의복 그대로……. 무엇도 손대지 말고 장례를 치르라…… 하셨……."

시종장이 말을 더 잇지 못하고 울음을 터뜨렸다. 그는 지난 수개월간 얼마나 갈등했는지 모른다.

주인의 병을 은왕께 알리고 치료 방법을 찾아야 하는 게 아닐까.

주인의 노여움을 사겠지만, 그렇게 해서라도 주인을 살리는 것이 참된 종복의 자세가 아닐까.

하지만 시종장은 오랫동안 상황을 모셔 왔기에 그분의 성정을 누구보다 잘 알았다. 죽을지언정 자존심을 버릴 수 있는 분이 아니었다.

신족으로 죽겠다는 주인의 뜻을 끝내 거스르지 못했다.

아이처럼 꺼이꺼이 우는 시종장 울음소리를 들으며 시에나는 눈을 감았다. 눈물이 볼을 타고 흘러내렸다.

황실의 행사는 모두 종교적 의례에 따라 진행했다. 그나마 국혼이 가장 화려한 편이다.

천하의 지배자 죽음을 기리는 절차라고 하기에는 지나치게 소박하다는 평이 있을 정도로 제국의 국장은 단순했다.

사흘에 걸쳐서 신관들이 주도하여 영면을 바라는 기도를 올리는 의식이 전부였다. 그 후 황실 묘지에 안장한다.

상황이 서거한 아침, 빛기둥이 사라졌다. 신께서 상황의 영혼을 거두어 가신 거라며 우러러보는 자들이 많았다.

시에나는 사람들의 오해를 바로잡지 않고 오히려 은근히 부추겼다. 돌아가신 부친의 영예를 드높이는 일이 자식으로서 할 수 있는 마지막 효도라고 생각했다.

사흘의 국장 의식이 끝나자 시에나는 모든 의욕이 쭉 빠져나가는 탈력감을 들었다. 상황께서 이제 안 계시다는 생각을 하니까 자신이 짊어진 것들이 더 무겁게 느껴졌다.

그녀는 쿤에게 뒷정리를 맡겼다.

"오늘은 아무도 만나고 싶지 않아."

"알았어. 내가 철왕과 다 알아서 할게."

그녀는 침실로 돌아와 흔들의자에 몸을 맡기고 한참을 멍하게 있었다.

'아! 신목!'

그녀는 벌떡 일어났다. 빛기둥이 사라진 때가 국장 기간과 겹치는 바람에 나중으로 미뤘다.

그녀는 서둘러 신목의 방으로 갔다. 문을 열기 직전에는 기대감으로 심장이 두근거렸다.

문을 열자 청량한 기운이 바람처럼 불어왔다. 햇볕 아래에 서 있는 신목은 여전히 푸르고 굳건했다.

'뭐가 달라졌나?'

그녀는 가까이 다가갔다. 신목 바로 아래에 서서 위를 올려다보았다. 그녀의 눈이 점점 커졌다. 꽃이 피었던 그 자리에 둥근 덩어리가 보였다. 진주처럼 뽀얀 열매가 매달려 있었다.

열매라니.

시에나는 눈에 보이는 광경이 믿기지 않았다. 신목에 꽃이 피었다는 기록은 전해지지만, 열매가 열린 적은 한 번도 없었다.

이파리 사이사이에 둥글게 매달린 열매는 한두 개가 아니었다.

만개했던 꽃만큼 많았다. 도대체 몇 개나 될까. 눈으로는 가늠할
수 없었다.

시에나는 열매를 향해 손을 뻗었다. 까마득히 멀었다. 열매는 모
두 손이 닿지 않을 높은 곳에 있었다. 거리가 있어서 크기를 정확히
알 수 없지만, 두 손 가득히 쥐는 과일보다 큰 것 같았다.

배척받은 신학자의 논문 내용 한 구절이 머릿속에 스쳐 지나갔
다.


**—세상의 모든 생명은 태어나 성장하고 씨를 뿌린다. 신
목은 세상의 법칙에 어긋난 존재다.**


태어난 생명은 반드시 죽는다. 그래도 세상이 유지되는 것은 자
손을 남기는 덕분이다.

신의 피를 이어받았다는 신족조차도 영생을 누리지 못했다. 아
무리 영험한 힘을 가졌다 해도 신목은 고작 나무 아닌가. 인간보다
는 생이 길겠지만, 언젠가는 끝이 올 것이다.

그동안 신목이 꽃을 피우는데 왜 열매는 맺히지 않는가를 이상
하게 생각한 사람이 없었다. 마치 금기처럼 누구도 의문을 제기하
지 않았다. 백여 년 전의 그 신학자를 제외하면.

'위대한 완성이 이걸 말하는 것이었을까?'

저 수많은 열매가 모두 싹을 틔워 신목으로 자라면 이 세상 전부
가 신의 축복을 누릴 수 있을 것이다. 괴물의 위협에 떨지 않아도
되고 사막화 현상도 줄어들 것이다.

그러나 빛이 있으면 그림자도 있는 법.

그녀는 신목의 주변을 천천히 돌면서 생각했다.

'하지만……. 그렇게 되면 제국의 영향력은 줄어든다.'

제국은 신목의 가지를 하사하여 제후국들을 구슬렸다. 제국이 제후국의 내정에 간섭하지 않는다 해도 형식적 상하 관계는 존재했다. 그래서 제국은 세상의 중심이 될 수 있었다.

황제는 신의 뜻을 받들고 제국의 부흥을 이끌어야 한다.

'그런데 두 가치가 충돌하면 황제는……. 나는 어느 쪽을 택해야 하지?'

시에나는 비교적 가까운 곳에 매달린 열매를 발견하고 걸음을 멈추었다. 손을 뻗었다. 발꿈치를 힘껏 들어보고 깡충 뛰어 보기도 했지만 아슬아슬하게 닿지 않았다.

'아래 디딜 것을…….'

주변을 둘러보았으나 아무것도 없었다. 그녀는 몸을 돌려 문으로 갔다. 문을 밀치자 대기하고 있던 궁인들이 고개를 숙였다.

"시녀장."

"하문하시옵소서, 폐하."

"자네는……."

발 받침이나 사다리를 가져오라고 하려다가 시에나는 생각을 바꿨다.

"청왕을 모셔 오게. 바로 신목의 방 안으로 들어오시라고 전하게."

지시를 내린 후 그녀는 다시 들어갔다. 시에나는 신목 아래에서 신목을 올려다보며 쿤을 기다렸다.

그녀는 낮은 헛기침 소리를 듣고 고개를 돌렸다. 어느새 그가 들어와 저만치에 서 있었다. 쿤이 가슴에 손을 얹고 고개를 살짝 숙이며 말했다.

"부르셨습니까, 폐하."

시에나가 웃음을 터뜨렸다. 그는 주변에 사람이 없을 때는 편하게 말하지만, 아주 가끔 폐하라고 부를 때가 있었다.

거리를 두거나 놀리려는 의도는 느껴지지 않았다. 마치 이름을 부르듯 아무 부담 없이 그가 '폐하'라고 부를 때마다 시에나는 웃음이 나왔다.

이 남자는 자신이 황제가 되기 전과 후를 전혀 다르지 않게 생각하는 것 같았다. 그의 변함 없는 태도가 좋았다.

온 세상 사람이 자신을 황제라고 불러도 쿤과 함께 있을 때는 그의 가족이며 배우자이고 싶었다.

"쿤. 이리 와서 저것을 봐."

시에나의 손짓에 쿤이 다가갔다. 신목과의 거리가 가까워지자 걸음이 약간 느려졌지만, 그는 멈추지 않고 시에나의 바로 곁에 섰다.

쿤은 시에나처럼 고개를 들고 신목을 쳐다봤다. 그의 눈이 커졌다.

"열매……?"

"위대한 완성이 저 열매인가 봐."

"……."

"쿤?"

넋 놓고 신목을 보던 쿤이 흠칫했다.

"음? 아아……. 놀랍네. 열매라니. 그럼 저것을 심으면 싹이 나고 새로운 신목으로 자라는 건가?"

"이제부터 확인해 봐야겠지. 그러니까 나 좀 도와줘."

시에나는 그의 팔을 끌고 아까 봐 뒀던 열매 앞으로 갔다.

"당신이 날 들어 주면 저기에 내 손이 닿을 것 같아."

쿤이 시에나를 받쳐 안고 가능한 한 높게 들어 올렸다. 시에나가 눈앞에 가까워진 열매로 손을 뻗었다. 두 손으로 열매를 쥐기 직전, 열매가 손에서 빠져나갔다.

'어?'

그녀는 다시 시도했다. 빠른 속도로 열매를 확 움켜쥐었다. 그런데 역시 이번에도 허공만 붙잡았다. 세 번째로 시도했으나 마찬가지였다.

"쿤. 내려 줘."

쿤은 그녀를 내려놓은 후 그녀의 빈손을 보고 의문 섞인 시선으로 쳐다봤다.

"열매가 내 손을 피해. 내가 따면 안 되나 봐."

"아직 시기가 아닐 수도 있지. 나무에 열매가 열리면 원래 익기까지 시간이 걸리잖아."

덜 익은 열매인가. 그의 말이 일리가 있었다. 어쩌면 신목의 열매는 기약 없이 오랫동안 저 상태로 매달려 있을지도 모른다.

한편으로 안도했다. 당장은 두 가지 가치 사이에서 고민하지 않아도 되겠다.

"내일 신관들을 불러서 열매 개수를 확인하라고 해야겠어."

"저건 세기 힘들겠는데."

"정확하지는 않더라도 대충 파악은 해 둬야지."

시에나는 작은 한숨을 내쉬었다. 며칠 사이에 너무 많은 일이 벌어져서 그런지 한계에 다다른 기분이었다.

황제의 관을 쓴 날 꽃이 피고 열매가 맺혔지만, 기쁨보다도 부담이 더 컸다. 자신에게 거는 주변의 기대가 엄청날 것이다.

"……내가 잘할 수 있을까?"

쿤이 그녀의 허리를 한쪽 팔로 감아 당기면서 관자놀이에 입을 맞췄다.

"당신은 할 수 있는 일, 하고 싶은 일만 해도 돼. 그러라는 의미로 꽃이 피고 열매가 맺힌 거야."

시에나가 피식 웃었다.

"하고 싶은 일만 하는 군주는 폭군이야."

"폭군은 아무나 되는 게 아니야. 당신은 그거 못 해."

시에나는 웃다가 '아!' 하고 고개를 들었다.

"나가기 전에 확인해야겠어. 당신이 신목을 만져도 되는지 궁금해. 내가 이파리를 따올 테니까……."

몸을 돌리는 그녀를 쿤이 붙들었다. 그리고 자신의 재킷 안쪽에서 작은 주머니를 꺼냈다.

그는 시에나의 손에 주머니를 건넸다. 그녀가 주머니 안쪽을 열어 보고 놀란 눈으로 안에 든 이파리를 꺼냈다.

"이건……."

"이자벨 손에 쥐고 있던 이파리. 다들 회수하는 것을 잊은 모양이야. 당신에게 말할 틈이 없었어."

"……시들지 않았구나."

시에나는 녹색의 이파리를 손바닥에 올려 한참 내려다보았다.

"역시 당신은 신족이었어."

"그런데 난 신족의 특성이 없거든. 머리카락도 그렇고 약이 안 드는 체질도 아니야."

"하지만 증거가 여기 있잖아."

"……그러게."

"당신 일족 얘기 좀 해 봐. 당신 일족 중에 당신의 친척도 있어?"

"얘기가 길어. 앉을 수 있는 데로 가자."

"응……. 아, 그전에 당신도 시도해 봐."

시에나는 열매를 가리키며 말했다. 쿤이 황당한 표정으로 그녀를 쳐다봤다.

"열매를 따라고?"

"그 책에 당신만 글자를 쓸 수 있었던 것처럼 혹시 모르잖아."

"혹시 내가 따게 되면?"

"그럼 당신 거지."

쿤은 묘한 시선으로 시에나는 바라보다가 웃으며 말했다.

"다 따서 당신 줄게."

쿤이 조금 전 시에나가 따려고 시도한 열매를 올려다봤다. 팔을 쭉 뻗었다. 미묘하게 높아서 닿지 않았다.

그는 자세를 살짝 낮추었다가 뛰어올랐다. 시에나는 똑똑히 볼 수 있었다. 그의 손에 닿기 직전, 열매가 달린 나뭇가지는 마치 피하는 것처럼 위로 스윽 올라갔다.

쿤은 한 번 더 시도했다. 이번에는 훨씬 더 자세를 낮추고 있는 힘껏 땅을 박찼다. 그러자 아까보다 더 노골적으로 가지가 휙 움직였다.

쿤이 입맛을 쩝 다시며 말했다.

"건드리지 말라고 나한테 화내는 것 같아."

시에나는 쿡쿡 웃었다. 방금 그녀도 같은 생각을 했다.


두 사람은 황제의 침전과 연결된 응접실로 자리를 옮겼다.

"며칠 전에 출궁했을 때 원로들과 우리 일족의 기원에 관해 긴 얘기를 나눴어."

쿤은 원로들에게 자신의 딸이 신족으로 태어났으며 일족의 뿌리가 제국에 있을지도 모른다고 말했다. 말하면서 원로들의 표정을 유심히 살폈다. 찰나의 눈빛이라든가, 미묘한 표정이라든가.

그런데 원로들은 전혀 짐작도 못 한 눈치였다. 오히려 쿤에게 자세한 이야기를 듣고 싶어 했다.

따로 메이슨을 불러서 진지하게 다시 캐물었다. 메이슨은 고개를 저었다.

「전혀 들은 바가 없습니다, 쿤.」


쿤은 메이슨만큼은 무엇도 숨기지 않는다고 믿었다. 메이슨이 모른다고 하면 정말 모르는 거다.

쿤은 일단 현재 제국에 없는 다른 원로들을 호출했다. 원로들이 아는 정보 모두를 서로와 공유하지는 않으니까 누군가는 뭔가를 알지도 모른다.

"하지만 기대는 안 해. 나도 모르는 이런 엄청난 비밀을 원로들만 알 리가 없거든."

"일족의 기록물을 모은 서고가 있다며. 거길 뒤지면 실마리가 있지 않을까?"

쿤은 고개를 저었다.

"기록은 없을 거야."

"왜?"

"당신도 비슷한 경험을 했잖아. 선황의 유언으로 받은 그 책. 구전으로만 내려온 거라며. 나도 구전으로만 글자를 배웠지. 기록으로 남겼을 리가 없어."

쿤도 처음에는 서고를 뒤져 볼까 생각했다. 그런데 문득 하나의 가설이 떠올랐다. 그 가설에 살을 붙여 생각을 거듭하면서 그럴듯한 이야기를 만들 수 있었다.

"내 조상은 그 기록을 일부러 지운 게 아닐까?"

"어째서? 라드 일족은 오랜 세월 떠돌아다녀야 했잖아."

"그게 이유야. 시에나. 우리 일족의 뿌리가 제국에 있고, 내가 신족 혈통이라는 사실을 알고 있었다면 무슨 일이 벌어졌을까? 일족은 정착할 땅을 찾으러 다니는 게 아니라 되찾으려 했겠지."

"되찾……."

시에나는 그의 말뜻을 알아듣고 '아……' 하고 탄식했다. 라드 일족은 힘과 재물을 모아 제국을 전복하려 했을 것이다.

"그랬다면 아마 난 지금. 음……. 제국을 위협하는 가장 강대한 반당의 우두머리이지 않을까?"

쿤의 말투는 가벼웠지만, 내용은 그렇지 않았다. 그의 말대로 그와 라드 일족은 제국의 가장 큰 위협이 되었을 것이다.

지금껏 황족이 황실을 지킬 수 있었던 이유는 오직 신족만이 신목을 다룰 수 있었던 덕분이었다.

그런데 신목은 쿤에게 반응했다. 그는 새로운 황조를 세울 수 있는 자격이 있다.

"정말 조상님께서 도우심이지. 당신과 적으로 마주쳤을지도 몰라. 상상만으로도 끔찍하네."

시에나 역시 섬뜩한 가정에 가슴을 쓸어내렸다. 쿤과 서로 죽고 죽이는 전쟁을 벌이는 가능성이라니. 생각하기도 싫었다.

"무슨 이유에서인지 내 조상님은 제국을 떠났어. 그런데 훗날 다시 돌아와 제국인과 전쟁하기를 바라지 않으셨던 것 같아."

라드 일족은 반드시 지켜야 하는 원칙이 있었다. 침략과 약탈로 정착지를 얻으면 안 된다. 수단 방법을 가리지 않았다면 라드 일족은 정복 전쟁을 통해서 진즉 땅을 얻었을 것이다.

먼 길을 돌아가야 했기에 기약 없이 방랑하는 통한의 긴 세월을 보내야 했다.

"그게 조상님의 순수한 의지였는지, 제국을 떠난 대가였는지는 모르겠어. 어쨌든 어떤 기록도 남기지 않았지만, 내가 배운 일곱 개의 글자. 그것만은 버리지 못하신 거지."

시에나는 고개를 끄덕였다. 상상일 뿐이지만, 그의 말은 아귀가 맞았다.

"그리고 당신이 아까 한 질문. 일족 내에 혈족이 있기는 한데 촌수를 따질 수도 없이 멀어. 남이나 다름없지. 우리 집안 대대로 외아들만 태어난 지가 오래되었거든."

"그럼 당신 집안사람만 물려받는 남다른 점이라든가."

"남다른 점……."

쿤이 팔짱을 끼고 생각에 잠겼다.

"힘이 센 거?"

시에나가 오래전 그가 했던 말이 생각나 피식 웃었다.

"인간치고 대단하다고 했었지, 아마."

"오. 당신은 내가 한 말을 모두 기억하는구나."

시에나가 싱글거리는 그를 흘겨봤다.

"왜 얘기가 그쪽으로 가. 하던 말이나 계속해."

쿤이 쿡쿡 웃으며 말했다.

"그때 했던 말은 농담 같아도 농담만은 아니었어."

시에나는 그가 사막귀를 사냥하던 모습을 떠올렸다. 그 거대하고 무시무시한 괴물은 허무할 정도로 쉽게 쿤에게 사냥당했다.

나중에 길버트가 말하기를, 그만한 대형 크기의 사막귀 머리는 껍데기가 워낙 단단해서 사람 힘으로 꿰뚫기는 불가능하다고 했다.

그래서 시에나가 '라드 후는 하지 않았소?' 하고 되물으니 길버트는 말문이 막힌 표정으로 한참 만에 대답했다.

「제 눈으로 직접 보지 않고 누가 목격담을 말했다면 절대 믿지
못했을 겁니다.」

'황족이 튼튼하기는 해도 근력이 우월하지는 않아.'

그녀는 상상의 나래를 펼쳤다. 제국의 신족이 중독되지 않는 체
질인 것처럼 그의 조상님은 신께 강한 무력이라는 선물을 받았을지
도 모른다.

"아, 그리고 내 조상님은 고어를 훔쳐서 무단으로 제국을 탈주한
건 아닌 것 같아."

"무슨 뜻이야?"

"아까 노프 경이 날 찾아왔어."

노프. 그는 버림받은 신의 언어가 존재한다고 주장하는 학파의
거두이자 신학계의 원로였다.

연구 대상을 향한 집착이 얼마나 대단한지, 시에나에게 끈질기게
들러붙어 끝내 일곱 글자를 모두 받아 간 장본인이기도 했다.

"빛기둥이 나타났을 때 성서에도 신비한 현상이 나타났대."

원래 성서 원본은 황실 서고에 보관했지만, 최근 고어 연구가 활
발해지면서 학자들이 성서 원본의 대출을 요청했다.

황제―지금은 타계한 선황―의 허락을 받아 대출한 성서 원본은
연구탑에 보관했다. 연구탑은 신학원 중앙에 있는 탑으로 보안이
엄격하며 자격을 갖춘 학자들만 출입 가능했다.

신목에 빛기둥이 나타난 그 시각, 성서에서도 빛이 뿜어져 나왔고 마침 고어 연구에 열중하던 학자들이 목격했다.

시에나는 쿤의 이야기를 듣다가 인상을 썼다.

"그런 기현상이 나타났으면 그들은 즉시 알렸어야지, 왜 내가 지금 처음 듣는 거지?"

"학자들의 과도한 욕심이었겠지. 황실에 알렸다가는 성서를 당장 회수해 갈 테니까."

쿤은 비굴한 표정으로 굽실거리던 노프 경을 떠올렸다. 그 꼬장 꼬장한 노학자가 진땀을 삐질삐질 흘리는 모습은 진귀한 구경거리였다.

아마 그들은 뒷일은 생각하지 못하고 성서에서 나타난 신비 현상을 관찰하다가 뒤늦게 아차 했을 것이다.

노프 경은 황제인 시에나가 아니라 쿤을 만나러 왔다. 쿤을 붙들고 간곡히 부탁했다.

「부디 황제 폐하께서 노여워하시지 않도록 말씀 잘 부탁드립니다. 청왕.」

노프 경은 자신의 손녀뻘 되는 어린 황제가 어려워 청왕에게 청탁을 넣으러 찾아온 것이다.

쿤은 노프 경을 이해했다. 그녀가 금색 눈동자로 빤히 쳐다보면 속이 다 읽히는 기분이다. 긴장을 놓을 수가 없었다. 노구를 이끌고 직접 매달리러 온 노프 경의 정성을 생각해서 슬쩍 역성을 들어 주었다.

"그런데 알릴 생각조차 못 했을 거야. 당신도 겪어 봐서 알잖아. 그들이 집중하는 뭔가에 얼마나 맹목적인지."

"……."

시에나는 언짢은 표정으로 더 뭐라고 하지는 않았다.

"빛기둥이 나타남과 동시에 성서에서도 빛이 나왔다면 빛기둥이 사라졌을 때 성서의 빛도 사라졌겠네."

"음. 당신 말대로야. 그리고 빛이 사라진 후 보니까 지워져 있던 고어가 되돌아 왔다래."

시에나의 눈빛이 흔들렸다. 성서는 원래 일부 글자가 손상되어 있었다.

"지워진 글자가 정상적인 형태로 되돌아 왔다는 거야?"

"그렇다고 하더군. 노프 경이 성서는 오늘 안으로 반납하겠다고 했어."

"성서의 완성……."

시에나는 중얼거리며 그것이 의미하는 바를 생각했다.

성서가 인위적으로 훼손되지 않았다는 뜻이다. 라드 일족이 고어 일부를 갖고 떠난 것을 신도 인정했다고 해석할 수 있다.

"성서에 되돌아온 고어는 당신이 알고 있던 일곱 글자였겠지?"

쿤은 고개를 끄덕였다.

이로써 쿤이 소유했던 글자가 고어가 틀림없다는 사실을 누구도 트집 잡을 수 없게 되었다.

쿤은 노프 경과 대화를 마친 후 참 절묘하다고 생각했다.

자신이 아는 일곱 글자를 학자들에게 먼저 공개하지 않은 채 책을 완성했다면 되돌아온 고어의 본래 소유자가 자신이었다는 사실을 증명하기 어려웠을 것이다.

글자를 학자들에게 공개하자고 적극적으로 추진한 사람은 그녀였다.

쿤이 팔을 뻗어 시에나의 어깨를 감쌌다. 그녀를 당겨 안으면서 그녀의 볼에 키스했다.

"고마워."

"뭐가?"

"그냥 전부. 내 곁에 있어 줘서."

시에나의 눈빛이 살짝 흔들렸다. 시선을 약간 내린 채 중얼거렸다.

"……나도."

쿤이 나직이 웃음을 터뜨리며 그녀를 더 꽉 품으로 안았다. 어색해하면서도 표현하려고 애쓰는 그녀가 사랑스러웠다.

자신이 발견한 그녀의 매력이다. 앞으로도 다른 사람은 알지 못할 것이다. 절대로. 그는 그 사실이 무척 만족스러웠다.

\*       \*       \*

담쟁이 저택에서 출발한 여러 대의 마차가 황궁으로 들어갔다. 새 황제의 등극으로 황궁의 경비가 특히 엄격한 와중에도 마차들은 태양궁 앞까지 무사통과했다.

새로 임명된 시종장이 시종들을 이끌고 손님맞이를 위해 마중 나왔다. 시종장은 첫 공식 임무를 맡아 적잖이 긴장한 안색이었다.

마차 문이 열리고 사람들이 내렸다. 원로 네 명과 그들의 수행원 자격으로 집사 발터, 칼리 형제, 레반이 함께 왔다.

황궁 구경이 처음인 발터는 잔뜩 얼었다. 오지에 살다가 도시 구경을 처음 하는 사람처럼 주눅이 들어 두리번거렸다.

원로들 역시 황궁에 처음 왔지만, 그들은 살면서 보고 들은 것이 워낙 많았다. 그저 호기심 어린 눈으로 스윽 둘러보는 정도였다.

시종장은 가장 윗사람으로 보이는 노인들에게 다가가 정중한 태도로 고개를 숙였다.

"귀빈들께 인사 올립니다. 안으로 모시겠습니다. 귀빈들을 기다리고 계십니다."

일행들은 시종장의 안내를 받아 태양궁 안으로 들어갔다. 시종장은 지시받은 대로 손님들을 황제의 개인 응접실로 데려갔다.

황제가 사람을 만나는 장소는 집무실, 알현실, 회의실 등 다양하지만, 응접실은 몹시 개인적인 공간이었다. 외부인을 들이는 경우가 극히 드물었다.

그만큼 지금 모시는 손님들이 황제께 아주 중요한 귀빈이라는 뜻이었다. 시종장은 손님 대접에 소홀함이 없었는지 수시로 되돌아보았다.

태양궁 구조를 모르는 일행들은 별생각 없이 시종장이 열어 주는 화려한 문양의 푸른색 문 안으로 들어갔다.

일행들은 입구에서 멈칫했다. 당연히 얼마간 기다려야 할 줄 알았는데 소파에는 이미 황제 부부가 앉아 있었다.

황제 부부는 나란히 붙어 앉아 이불보에 감싼 아이를 들여다보다가 고개를 들었다.

쿤이 엉거주춤하게 서 있는 원로들에게 인사를 건넸다.

"어서 오세요. 와서 앉으시지요."

일행들이 황제 부부에게 다가갔다. 수행원으로 따라온 네 사람은 적당한 거리를 두고 멈추어 섰고 원로들만 소파 앞으로 갔다.

원로들은 잠시 머뭇거렸다. 쿤이 낯설게 느껴져서 괜히 섭섭했다. 턱수염이 가슴께까지 길게 늘어진 노인, 보리스가 대표해서 인사했다.

"인사 올립니다. 폐하, 쿠……, 청왕."

습관적으로 나온 호칭을 재빠르게 고쳤다. 시에나가 미소지으며 말했다.

"편한 대로 부르셔도 됩니다. 오늘은 남편의 집안 어른을 뵙자고 모신 자리입니다. 어서들 앉으세요."

서로 시선을 교환하는 원로들의 눈빛이 이채를 띠었다. 그들은 흡족한 기분으로 소파에 앉았다.

원로들은 모두 결혼식 하객으로 참석했다. 그런데 그날은 워낙 모여든 사람이 많은 자리라 참석에만 의의를 뒀다. 신혼부부와 개인적인 말을 나누기는커녕 근처에 접근하지도 못했다.

메이슨을 제외한 원로들은 오늘 처음으로 시에나와 가까이 마주 앉았다. 결혼식장에서 멀찍이 봤을 때도 참 대단한 미인이라고 생각했지만, 가까이 보니까 감탄만 나왔다.

"좀 더 빨리 모셨어야 했는데 사정이 여의치 않았습니다. 서운하셨다면 마음 푸시기를 바랍니다."

출산 후 즉위, 상황의 승하, 빛기둥과 신목의 열매 등 여러 가지 일이 숨 가쁘게 닥쳤다. 시에나는 현실적으로도 심적으로도 여유가 없었다.

이자벨이 태어난 후 오늘로 꼭 한 달이 되었다. 이제 겨우 대충 주변 정리가 되어 원로들을 초대할 수 있었다.

"아닙니다. 이렇게 잊지 않고 불러 주신 것만으로도 감사드립니다."

내색은 못 했어도 서운했다. 원래 탐탁지 않게 생각했던 결혼이었다. 그나마 곧 태어날 쿤의 후계자만 기다렸는데 그 기대마저도 무너졌다.

태어난 아이가 신족이라 황제의 후계가 되어야 한다는 말을 듣고 원로들은 며칠 식사도 거를 정도로 상심했다.

초대를 받아 황궁으로 오면서도 시큰둥했다. 쿤을 빼앗긴 기분이 들어 마음 한구석이 앵돌아졌다. 그런데 시에나가 먼저 위로의 말을 건네니 금세 속이 누그러졌다.

뒤에서 지켜보던 레반이 내심 감탄했다.

'다루는 법을 제대로 아시는데?'

괄괄한 성품의 원로들은 강한 상대와 부딪치는 일에는 거침이 없지만, 부드러운 태도에는 면역력이 없었다.

"이름은 들으셨지요? 이자벨입니다."

시에나가 품에 안은 딸을 시녀에게 안겨 주었다. 시녀가 조심스럽게 황녀를 보듬어 안고 원로들에게 다가갔다. 근엄하게 체면 차리고 있던 원로들 눈빛이 호기심 많은 아이처럼 초롱초롱했다.

메이슨이 선수를 쳐서 황녀를 받아 안자 다른 원로들이 분하다는 눈빛으로 메이슨을 쏘아보았다. 메이슨을 중심으로 원로들이 주변에 다닥다닥 모여 붙었다.

신족은 보통 사람보다 발달 속도가 서너 배 빠른 편이었다. 이제 생후 한 달이지만, 눈을 맞추기 시작한 지 꽤 되었고 웃고 우는 등의 감정 표현이 뚜렷했다.

이자벨은 금색 눈동자를 이리저리 굴리며 자신을 들여다보는 낯선 노인들을 관찰했다.

"꺄하."

이자벨이 웃으며 손을 버둥거리자 원로들의 표정이 녹아내렸다. 다들 입이 헤벌쭉 벌어지고 허허허 웃음만 흘렸다.

이렇게 어여쁘고 사랑스러운 아이라니. 감격이 울컥 밀려오면서 동시에 쿤의 후계가 아니라 원통했다.

그 광경을 보며 쿤이 피식 웃었다. 시에나의 귓가에 속삭였다.

"원로들의 저런 모습은 처음 봐."

시에나도 기분 좋게 미소 지었다.

"다행이야. 당신 후계가 아니라서 서운해하실 줄 알았는데."

"그거와 별개지. 누구든 이자벨을 보면 푹 빠질 수밖에 없어."

"흐응."

시에나는 건성으로 응수했다. 그는 만나는 사람마다 딸 자랑을 늘어놓지 못해 안달이었다. 문제는 그 '사람'의 범위에 이자벨의 어머니인 자신도 포함된다는 것이다.

"이자벨 방에 시녀 숫자를 늘리자니까. 지금 경비는 너무 허술해."

"지금도 충분하다고 했지."

요 며칠 계속 실랑이를 벌이는 문제였다. 시에나는 그만하라는 뜻으로 그의 허벅지를 가볍게 내리치고 원로들에게 말했다.

　"오늘 여러분들을 모신 이유는 이자벨을 보여 드리기 위해서만은 아닙니다. 중요하게 드릴 말씀이 있습니다."

　시에나의 신호를 받아 시녀가 황녀를 메이슨 손에서 넘겨받았다.

　"황녀를 방으로 데려가라."

　"예, 폐하."

　원로들은 마치 제 아이를 영영 빼앗긴 사람처럼 낙담한 표정으로 멀어지는 시녀의 뒷모습을 바라보았다.

　시에나는 모든 궁인을 내보냈다. 이제 응접실에는 황제 부부와 원로 일행만 남았다.

　쿤이 소파테이블에 지도를 펼쳤다. 지도는 널찍한 테이블을 모두 덮을 정도로 큼직했다.

　세계 지도는 아니고 제국 전도도 아니었다. 제국에서 사막으로 이어지는 국경 부근이었다. 그중 일부 지역에 붉은색으로 동그라미를 쳐 두어 눈에 잘 들어왔다.

　"땅의 끝이라고 불리는 지역입니다. 잘 아실 겁니다."

　원로들은 그저 말없이 시에나가 말하는 지역을 쳐다봤다.

　"제국의 영토이지만, 사실 실질적인 지배력은 미치지 않습니다. 백성들이 살지 않고 영주도 없으니까요. 국경이 사막과 맞닿아 있어서 땅이 척박한 것도 이유겠지요."

　시에나는 원로들을 둘러보면서 말했다.

"기름진 땅은 아니고 위치도 좋지는 않지만. 이곳에서 라드 일족이 새로운 시작을 해 보시겠습니까?"

원로들은 말을 아꼈다. 이럴 때 연륜이 묻어났다. 지금 원로들의 기분이 어떤지 표정만으로는 전혀 알 수 없었다.

"라드 일족의 기원이 제국과 무관하지 않더라는 말을 들으셨을 겁니다."

원로들의 안색이 미묘하게 굳었다. 파다하게 소문이 난 일을 모를 리가 없었다.

지난 한 달, 수도는 축제 분위기였다. 새 황제의 등극과 더불어 신목의 꽃과 빛기둥이라는 기적을 목격한 수도 사람들은 역시 제국은 신께서 보살피는 나라라며 자화자찬했다.

동시에 자성의 태도로 자기 자신을 되돌아보았다. 수도의 범죄율이 확 떨어진 것은 물론이고 사소한 싸움조차도 줄어들었다.

그런데 신학자들이 주목하는 부분은 약간 달랐다. 그들은 되돌아온 신의 언어에 열광했다. 되찾은 고어는 출처가 청왕으로 알려진 일곱 글자와 정확히 일치했다.

이제는 시에나가 백 년 전 학자의 논문 연구를 굳이 요구할 필요가 없어졌다. 이미 많은 학자가 연구에 뛰어들었고 조만간 논문이 쏟아져 나올 것이다.

그러나 정작 당사자인 라드 일족은 침묵했다. 달갑게 받아들이는 분위기가 아니었다.

고작 제국에 복속되려고 지금껏 일족의 땅을 찾아 헤맨 것이 아니다. 뿌리는 뿌리고 현재는 현재다. 거슬러 올라가면 하나가 아닌 것이 뭐가 있겠는가.

"영지를 주시겠다는 겁니까?"

보리스가 신중한 태도로 물었다.

"아닙니다."

시에나는 원로들의 경계심을 이해했다. 라드 일족은 땅을 찾아 헤매는 세월만큼 자신들을 집어삼키려는 외부의 힘과 맞서 싸웠다.

"일단은 라드 일족이 외부인은 아니라는 명분으로 버려진 땅을 맡겨 일구게 한다고 공표할 겁니다. 몇 년이 걸릴지, 그보다 몇 배의 시간이 더 걸릴지는 알 수 없습니다. 하지만 약속하겠습니다. 내가 제국을 통치하는 동안 반드시 그 땅은 제국의 영토에서 제외될 겁니다."

원로들의 눈빛이 흔들렸다. 조금씩 상황 파악이 되었다.

메이슨이 물었다.

"땅을 주시겠다는 겁니까?"

"그렇습니다."

"그리고 제국의 지배권에서 제외된, 독립된 영토로 인정해 주시겠다고요?"

"당장은 힘들지만, 예, 그렇습니다."

"조건은 뭡니까?"

"없습니다."

"이해할 수 없군요."

"말씀드렸지만, 제국에서 실질적으로 지배하지 못하는 땅입니다."

"그래도 엄연히 제국 영토입니다."

원로들은 지금껏 살면서 영토 욕심이 없는 군주를 본 적이 없었다. 그나마 제국은 신목 때문에 영토 확장을 벌이지 않는 특이한 경우였다. 그래도 이미 가진 영토를 포기하는 건 아예 다른 문제였다.

잠자코 있던 쿤이 끼어들었다.

"내가 보증합니다. 나를 믿고 이주를 시작하세요."

"쿤, 하지만……."

시에나가 다시 입을 열었다.

"당장 결정하시라는 뜻은 아닙니다. 시간은 충분히 드리지요. 생각하는 시간이 길어진다고 해서 이 영토에 관한 결정을 철회하는 일은 없을 겁니다. 믿음이 생기면 그때 움직이셔도 됩니다."

원로들의 눈빛에서 경계심이 누그러졌다. 무조건 나를 믿으라고 하는 것보다 오히려 신뢰감이 생겼다.

그리고 요충지가 아닌 변방의 험지라는 점도 솔깃했다. 좋은 땅이었으면 더 들어 볼 필요도 없이 거절했을 것이다. 세상에 공짜는 없는 법이니까.

그때 뾰족 턱의 노인, 원로 스타프가 불쑥 말했다.

"땅도 땅이지만, 쿤의 후계는 어쩌실 겁니까?"

옆에 있던 다른 원로가 팔꿈치로 스타프를 쿡 찔렀다. 그러나 스타프는 오히려 역정을 냈다.

"아니, 내가 뭐 못할 말 했나! 가는 게 있으면 오는 게 있어야지! 쿤을 데려갔으면 쿤의 후계를 줘야 도리에 맞지! 지금 땅이 문제야! 쿤이 없는데, 쿤이!"

쿤이 한숨을 쉬며 손으로 이마를 짚었다. 스타프가 욱해서 내지르면 누구도 못 말렸다. 그래서 오늘 초대에 응한 원로 중에 스타프도 포함되었다기에 내심 걱정했다.

시에나는 작게 웃음을 터뜨렸다. 그녀는 계속 라드 일족에게 빚을 진 기분이었다. 쿤은 자신과 결혼하기 위해 라드 일족을 버릴 생각까지 했다. 저들에게서 쿤을 빼앗아 온 것이나 다름없었다.

그녀는 쿤을 보며 미소짓고 다시 원로들을 돌아보며 말했다.

"나와 쿤의 아들이 라드 일족이 세우는 나라의 첫 왕이 될 겁니다."

모두의 눈이 휘둥그레졌다. 쿤도 놀란 눈으로 그녀를 쳐다봤다. 그녀와 영토 이야기는 오랜 시간에 걸쳐 의견을 나누었지만, 아이는 처음 듣는 말이었다.

"물론 그것도 먼 훗날의 이야기이겠지요."

사람들은 그럼 그렇지, 라는 표정을 지었다. 그녀의 말 속에 담긴 묘한 확신을 지금은 누구도 알아차리지 못했다.

그래도 원로들은 시에나의 대답에 그럭저럭 만족했다. 어쨌든 아이를 더 낳으려는 의지가 있다는 말이니까.

그리고 이어지는 시에나의 말에 원로들은 표정 관리를 못 할 정도로 기뻐했다.

"이자벨이 보고 싶으시면 언제든 오세요. 여러분께 황궁 문은 항상 열려 있을 겁니다."

## 6장

### 오늘, 내일, 그리고……

철왕의 아들, 커티스 왕자의 두 번째 생일을 기념한 파티가 황궁 연회홀에서 열렸다.

커티스의 첫 생일은 새 황제가 즉위한 지 얼마 안 된 시점이라 조촐하게 치렀다. 그런데 그 후 약 반년 후에 치러진 이자벨 황녀의 첫 생일은 화려했다.

시에나는 명색이 커티스의 대모가 되어서 제대로 된 생일 파티를 열어 주지 못한 게 마음에 걸렸다. 그래서 두 번째 생일은 아주 성대하게 자리를 마련했다.

어지간한 귀족은 모두 참석했다고 말할 정도로 연회홀은 북적이는 사람들로 발 디딜 틈이 없었다.

정작 오늘의 주인공인 커티스는 축하 건배를 나눌 때 잠깐 모습만 보이고 퇴장했다. 남은 시간은 어른들의 파티였다.

철왕 부부 주변을 사람들이 에워쌌다. 철왕은 특유의 변죽 좋은 성격과 유쾌한 말솜씨로 사람들의 인기를 끌었다.

철왕에게 계승권이 없다는 점이 오히려 장점이 되었다. 철왕과 가까이 지내도 거리낄 게 없었다. 그는 사교계의 유명 인사로 떠오르는 중이었다.

철왕의 아들은 대모가 황제인 데다가 철왕은 아직도 황궁에 거처가 있었다. 황제의 최측근인 셈이었다.

원래 황궁에 머물 수 있는 황족은 황제의 직계 존속뿐이다. 선황의 아들인 철왕은 새 황제의 즉위 후 출궁해야 함이 원칙이다. 그런데 시에나는 디안에게 원할 때까지 철왕궁에서 지내도 좋다고 했다.

디안은 사양하고 궁을 비우려 했다. 그런데 시에나가 간곡히 말했다.

「우리가 서로를 알고 지낸 시간이 너무 짧아요, 오라버니. 황궁
은 우리 세 식구만 지내기에는 너무 넓군요.」

디안은 '오라버니'라는 호칭에 항거 불능으로 붙잡혔다.

그는 종종 국정에 치이는 시에나의 일을 돕곤 했는데 일이 많을 때마다 '에휴, 내가 왜 사서 고생이냐.' 하며 투덜거렸다. 하지만 진심으로 싫었다면 이미 손을 털고 떠났을 것이다.

"황제 폐하! 청왕! 납시옵니다!"

시종이 길게 외쳤다. 연회장의 소란이 잦아들고 모두의 시선이 입구 쪽으로 돌아갔다.

황제 부부가 입장했다. 언제나처럼 두 사람은 들어오면서 다정하게 시선을 맞추었다. 직전에 무슨 재미있는 이야기를 나누었는지 입가에 웃음이 있었다.

사실관계가 어찌 되었든 부부가 남들 앞에서는 그럴듯하게 연기하는 일이 귀족 사회에서 드물지 않았다.

하지만 황제 부부가 서로를 바라보는 눈빛에는 언제나 애정이 가득했다. 누구도 가짜라고 말할 수 없을 정도로 진심이 흘러넘쳤다. 사교계에는 온갖 헛소문이 돌아다니지만, 황제 부부의 불화 소문은 전혀 없었다.

선황 부부의 냉랭한 관계에 익숙했던 귀족들은 젊은 황제 부부의 다정한 관계에 신선한 충격을 받았다.

두 분은 시작부터가 남달랐다고 사람들은 수군거렸다. 과거에 요란한 스캔들을 일으키며 연애했던 사실이 새삼 화제가 되었다. 그 당시에는 군말이 많았던 염문설이 지금 와서는 아름답고 환상적인 연애담으로 바뀌었다.

귀부인들이 복잡한 기분으로 부채를 흔들었다. 나날이 피어나는 황제의 미모는 말할 것도 없거니와 황제 곁에서 바래지 않는 청왕의 매력도 감탄이 나왔다.

두 사람이 흠잡을 데 없이 잘 어울려서 부러운 한숨만 나왔다.

"황제 폐하 손을 봐요. 오늘도요."

"그 반지 맞죠?"

"청왕께서 낀 반지와 한 쌍이 틀림없어요."

귀부인들은 오늘도 어김없이 황제 부부가 끼고 나온 반지에 관심을 보였다.

황제 부부는 언제나 귀족들의 최고 관심 대상이었다. 말 한마디, 의미 없는 손짓, 살짝 인상을 쓰는 모습조차도 두고두고 사람들 입에 오르내렸다.

그러니 황제 부부가 공식 석상에 모습을 드러낼 때마다 끼고 나오는 반지는 당연히 사람들 눈에 띄었다. 황제가 같은 반지를 여러 번 끼고 나오는 것만으로도 흥미로운데 청왕의 손가락에도 비슷한 디자인의 반지가 있었다.

제국에서 반지는 여인들만을 위한 장신구였다. 남자가 반지를 끼다니. 제국의 일반적인 풍습이 아니었다.

"내가 폰스 남작 부인한테 들었는데요, 철왕비님 육촌 말이에요. 저 반지는 증표래요. 부부의 맹세 같은 거라고 하더군요."

"어머나. 로맨틱해요."

"그래도 부부만 은밀히 나누는 게 아니라 공개적으로 남편과 같은 반지를 끼고 다니다니. 좀 남사스럽네요."

남자가 반지를 끼는 것에 관해서는 귀족들 의견이 제각각이었다. 그런데 황제 부부가 낀 반지의 보석 정체는 모두 궁금해했다.

"루비나 사파이어는 아니었어요."

"맞아요. 색이 없더라고요."

"가까이에서 얼핏 봤는데 특이했어요. 투명한 듯하면서 여러 가지 색으로 보이던데요."

그 보석이 무엇인지 은밀히 수소문한 자들이 적지 않지만, 아직 답을 얻은 자는 없었다. 아무리 궁금해도 황제한테 '그 반지 보석이 뭡니까?'라고 물을 수는 없는 노릇이다.

시간이 지날수록 신비한 보석은 몸값이 올라갔다. 그 보석을 어디서 구할 수 있는지만 알려 줘도 정보 값을 주겠다는 현상금까지 걸렸다.


제국 수도의 빈민가.

오늘도 돈벌이에 골몰하는 올가의 수장 에비타는 최근 폭발적으로 값이 급등한 수수께끼의 보석에 관심이 있었다. 그 보석을 유통할 방법만 찾으면 떼돈을 벌 것이다.

에비타는 본격적으로 정보 수입을 시작했다. 수하에게 지시한 조사 보고서를 오늘 받았다. 조사서를 읽다가 에비타의 표정이 점점 굳었다.

"어라. 이건……."

몇 번을 다시 읽어도 틀림없었다. 자신이 의부한테 받았던 계승자의 증표. 목숨값으로 칼리고 단장에게 바쳤던 그 원석과 특징이 정확히 일치했다.

"분명히 비싼 건 아니라고 그랬는데……."

쿤은 거짓말을 하지 않았다. 그 말을 할 당시에는 원석 가치가 매우 낮았다. 그건 옥의 일종이었다.

투명하면서도 색이 뚜렷한 보석을 선호하는 풍조 때문에 옥은 거의 보석으로써 소비되지 않았다. 옥은 종류 불문하고 저렴했다.

쿤의 아버지는 수익 목적이 아닌, 아내에게 선물하려고 독특한 옥이 출토되는 광산을 구매했다. 즉, 그 광산의 개발권은 라드 일족에게 있었다. 그리고 쿤은 아버지의 유품인 그 광산을 개발할 생각이 없었다.

풀린 물량이 오직 황제 부부가 낀 반지뿐이니 현존하는 가장 희귀한 보석일 것이다. 아마 가격이 한계를 모르고 치솟게 되리라.

에비타는 직감적으로 그 원석을 유통할 열쇠를 칼리고 단장이 쥐고 있음을 눈치챘다. 지난번 일로 단단히 찍혔으니 한 발 걸치기는 글렀다.

"도대체 그 원석 정도 크기면 값이 얼마야."

에비타는 손에서 빠져나간 일확천금이 아까워 배가 아팠다.

"흐어엉. 내가 미쳤지, 내가."

후회해도 이미 늦었다.

＊　　　＊　　　＊

쿤은 상회에 처리할 일이 있어서 아침 일찍 외출했다가 오후에 환궁했다. 청왕궁으로 돌아오자마자 시종에게 황제 근황부터 물었다.

"폐하께서는 집무실에 계신가?"

방해하면 안 될 국정 업무를 처리 중이라면 인사는 나중으로 미루고 딸의 방부터 가 볼 생각이었다.

"아닙니다. 침전에 들어 계십니다."

쿤이 인상을 쓰며 고개를 돌렸다.

"침전?"

이 시간에?

"무슨 일이 있었나?"

"소인이 따로 전해 들은 일은 없습…….."

시종이 쿤의 살벌한 표정을 살피며 말끝을 흐렸다. 등에서 진땀이 났다. 소리치며 화내는 것보다 무언의 비난이 더 무서웠다. 쩔쩔매며 열심히 머리를 굴리다가 문득 떠오르는 일이 있었다.

"아까 의관들이 폐하의 침전에 다녀갔습니다."

쿤의 표정이 더 굳었다. 더 들을 것도 없이 돌아서서 청왕궁을 나왔다. 시종을 붙들고 시간 낭비하느니 직접 가서 그녀를 보는 편이 낫다.

'의관이라니. 온실 때문인가?'

시에나는 즉위하자마자 패트리샤의 온실 사용권을 회수했다. 온실의 처리를 놓고 고심하다가 이미 패트리샤가 만들어 놓은 약초밭을 없애기보다는 좋은 쪽으로 이용하기로 마음먹었다.

황족의 특이체질 때문에 황궁 의학은 수준이 매우 낮았다. 그래서 철왕비가 난산 후 출혈로 위험해졌을 때도 제대로 조치하지 못했다.

온실은 약초 연구소로 기능이 바뀌었다. 전문 약초꾼들을 영입하고 황궁 의관들을 재교육하는 등 황궁 의학은 대대적인 개편에 들어갔다.

'하지만 온실에 용건이 있으면 왜 의관을 굳이 침전으로 불렀지?'

온갖 상상으로 불안감이 점점 커졌다. 황제의 침전에 도착했을 때 쿤의 표정은 심각했다.

쿤은 침전 앞을 지키는 기사에게 물었다.

"폐하께서는 안에 계신가?"

"예, 청왕."

그는 곧바로 들어갔다. 청왕이 황제 침전에 드나드는 것은 일상이었다. 허락을 구하고 기다리는 절차는 아예 해 본 적이 없었다.

소파에서 대화를 나누던 시에나와 베스는 문이 열리자 고개를 돌렸다. 베스는 쿤을 보더니 슬쩍 웃으며 시에나에게 말했다.

"저는 그만 물러가겠습니다. 폐하."

들어오는 쿤과 나가는 베스가 서로에게 묵례하며 지나쳤다. 쿤이 곧장 시에나 옆자리에 앉아 다급히 물었다.

"의관을 불렀다며? 무슨 일이야? 당신이 의관은 왜?"

"진찰을 받느라고."

"진찰? 당신이?"

"웬 고약한 녀석이 나를 발로 찼거든."

잠시 그녀의 말을 이해하지 못한 쿤의 표정이 험악해졌다.

"누가 감히……."

"당신 아들이."

시에나는 그의 손을 잡아 자신의 배에 얹었다. 그녀는 눈만 끔벅 거리는 그를 보며 쿡쿡 웃었다.

"어……."

쿤이 그녀의 배를 멍하게 내려다보다가 시선을 들었다. 웃고 있는 그녀 얼굴을 잠시 보던 그가 와락 아내를 끌어안았다. 그녀의 입술, 콧등, 볼 등에 마구잡이로 입을 맞추었다.

"날 놀리는 게 재미 들렸지. 응?"

시에나가 그의 입술을 손으로 막으며 까르르 웃었다.

쿤이 그녀를 품에 안고 한 손으로 그녀의 배를 감싸듯 덮었다.

"우리 둘째가 이 안에 있다는 거지?"

"응. 우리 아들."

"당신은 그렇게 아들을 원해?"

"아들을 원하는 게 아니야. 이 아이를 원하는 거지."

시에나는 확신 같은 예감이 들었다. 이번에는 틀림없이 만날 수 있을 것이다. 에카르트, 그 아이를.

*　　　*　　　*

시에나는 끝까지 정독한 보고서를 내려놓았다. 오랜만에 먼 곳에서 온 소식을 받았다.

제국은 새 황제의 치세 아래에서 안정을 찾아가는 데 반해 사막의 정세는 언제나 혼돈 그 자체였다.

그나마 페로 연합국이 중심을 잡고 있어서 그 정도였다. 사막에는 모래알처럼 많은 소수 부족이 있고 그들은 제국이든 연합국이든 질서에 편입하기를 거부했다.

통제되지 않는 사막은 언제나 제국의 골칫거리였다. 넓은 지역이 제국 국경과 맞닿아 있는 데다가 괴물의 소굴이기도 했다.

'그게 벌써 팔 년 전인가.'

시에나가 특사로서 사막에 다녀온 지가 어느덧 그렇게 되었다.

시에나가 투이사 대군장에게 신목의 가지 소유권을 인정하고 돌아온 후 연합국은 잠시 안정되는 듯 보였다.

그런데 그 후 연합국 왕이 양어머니인 대비 레카와 충돌하면서 사이가 크게 벌어졌고 왕은 뜻밖에도 호투 부족과 손을 잡았다.

그리고 흥미롭게도 호투 대군장의 아들 중 유력한 후계자로 거론되는 쟈호만과 파티마가 혼인했다.

시에나는 파티마의 혼인 소식을 듣고 직접 쓴 축전과 선물을 보냈다. 하지만 개인적 인연만 아니었으면 사신단을 보내지 않았을 것이다. 그 당시 연합국 왕에게 유감이 있었다.

'어리석은 자였지.'

시에나가 연합국의 왕, 이제는 선왕이 된 그자를 떠올리며 중얼거렸다.

그자는 호투 부족을 제 편으로 끌어들이면서 무슨 속살거림에 현혹되었는지 연합국의 독립적 지위를 강화하고자 외부 세력의 간섭을 용납하지 않겠다고 공표했다.

그 범위에 라드 일족이 포함되었다. 딱 봐도 궁극적으로 겨냥하는 대상이 라드 군장이었다.

시에나는 몹시 불쾌했지만, 정작 당사자인 쿤은 덤덤한 반응을 보였다.

「먼저 손을 놓겠다면야 난 오히려 고맙지. 신경 써야 할 게 줄

어드는 거니까.」

쿤은 애초에 권력욕 때문에 사막의 부족 전쟁에 뛰어든 게 아니
었다. 그럴듯한 이름을 얻기 위해 사막을 이용했다.

하지만 이용하려는 목적이었다 해도 단물만 빼 먹고 빠지는 건
쿤의 방식이 아니었다. 오히려 연합국에서 먼저 밀어내서 잘 되었
다고, 쿤은 홀가분하게 말했다.

쿤이 무던하게 넘기니 시에나도 더 따지지 않았다. 하지만 아주
괘씸했다.

배은망덕한 자 같으니라고! 쿤이 발 벗고 나선 덕분에 제가 목숨
을 구명한 일도 잊은 건가.

그 후 시에나는 정보원을 통해 연합국의 소식을 정기적으로 챙
겼다. 그런 어리석은 자의 말로는 뻔했다. '네 놈이 얼마나 잘 되나
보자.'라는 마음으로 지켜봤다.

그런데 큰 사건이 벌어졌다.

대비 레카가 왕을 갈아 치우려고 시도하다가 그 과정에서 파티
마가 레카 세력에게 죽을 뻔한 위기에 처했다.

제국은 제후국의 내정에 간섭하지 않음이 원칙이지만, 시에나는
군사를 보내 파티마를 구했다. 예전에 진 빚을 갚았다.

대비의 반역 모의를 계기로 연합국에서 한동안 피바람이 불었
다. 레카는 유폐되었으며 왕이 레카 세력을 겨냥해 대대적인 숙청
을 거행했다.

대부분 투이사 부족 출신이었고 그건 왕이 스스로 제 목을 조르

는 꼴이 되었다.

시에나의 예측대로 그자는 왕위를 오래 지키지 못했다. 뒤를 이어 호투 부족장이 왕좌에 앉았다.

그 후 한동안 시에나는 연합국 정세에서 관심을 거뒀다. 가뜩이나 할 일이 많았다. 먼 사막에서 벌어지는 일에 할애할 시간이 부족했다.

중요한 일만 아니면 보고할 필요가 없다고 말해 두었다. 그리고 오랜만에 받은 소식에 따르면 왕이 된 호투 대군장이 병석에 누웠다고 한다.

'조만간 왕이 바뀌는 건가?'

욕심 많은 새 왕은 자신의 후계를 정하지 않고 자식들의 싸움을 방관했다. 지금 연합국에서는 살벌한 후계 다툼이 한창이었다.

가장 유력한 후보는 쟈호만. 파티마의 부군이었다.

'파티마가 왕비가 될 수도 있겠군.'

쟈호만은 기가 상당히 약하다는 평이었다. 파티마가 남편을 앞세우고 뒤에서 조종한다는 말도 나돌았다.

'어디서 달라진 걸까.'

꿈속 미래에서 파티마는 이미 죽은 사람이었다. 그런데 뭔가가 파티마의 운명을 뒤틀었다.

미래에서는 파티마가 언제 무슨 이유로 죽었는지 자세히 모르기 때문에 이유는 전혀 짐작할 수 없었다.

'어쩔까…….'

방관할 것인가, 도울 것인가.

시에나는 생각에 잠겼다. 그녀의 손가락이 책상을 가볍게 두드
렸다.

'제국에 우호적인 입장을 지닌 자가 왕이 되는 편이 낫다.'

수년 전에 파티마를 구했을 때 함께 있던 쟈호만도 제국군이 아
니었으면 죽을 뻔했다.

시에나로서는 쟈호만이 덤으로 구한 목숨에 불과했지만, 쟈호만
은 목숨의 은인인 제국에게 호의적이었다.

'파티마에게 빚을 지우는 것도 괜찮지.'

쟈호만이 왕이 되어도 아마 파티마가 상당한 실권을 거머쥐게
되리라. 파티마는 쟈호만의 아들을 둘 낳아 확고하게 자리를 잡았
다.

시에나는 펜을 들었다. 서랍에서 특수한 용지를 꺼내 적었다.

**─은밀히 접촉. 비공식적인 제국 지원 약속.**

글씨는 스르르 사라져 종이는 백지가 되었다. 시에나는 종이를
돌돌 말아 봉인 후 검은 나무 함에 담았다.

"폐하."

시종장이 다가왔다.

"철왕 전하께서 들었사옵니다."

"응접실로 모셨는가?"

"예, 폐하."

일어나는 시에나의 배가 꽤 불렀다. 그녀의 배 속에는 셋째가 자

라고 있었다. 출산 예정일까지 넉 달 정도 남았다.

\* \* \*

시에나는 디안이 만남을 요청한 용건을 듣고 눈이 커졌다. 디안은 철왕궁을 비우고 출궁하겠다고 말했다.

"갑자기 왜요?"

"갑자기가 아니야. 슬슬 생각하고 있던 참이었어."

"오라버니. 무슨 일이 있었어요?"

디안인 심각해진 시에나 표정을 보고 웃으면서 고개를 저었다.

"누가 눈치 줬냐고 묻는 거라면 전혀 아니야. 숙부님이 부쩍 외로워하시는 것 같아서 내가 모시려고 해. 숙부님과 어긋나기는 했지만, 그분 인생만 보면 가여워서……. 난 숙부님을 외면할 수가 없어."

"……이해해요."

시에나 역시 가까이할 수도, 버릴 수도 없는 존재가 있었다. 자신의 어머니.

시에나는 자신이 동행한 자리에서만 패트리샤가 아이들을 볼 수 있도록 조치했다.

어느 날, 이자벨이 사라져서 한바탕 난리가 났다. 알고 보니 패트리샤가 말없이 이자벨을 자신의 처소로 데려간 것이었다.

그 일로 시에나는 패트리샤에게 몹시 화를 내며 언성을 높였다. 그후 패트리샤는 단단히 감정이 틀어져 리먼 공작령으로 내려가 버렸다. 1년 전 일이었다.

리먼 공작이 요즘 패트리샤를 달래서 데려갔으면, 은근히 눈치를 보였다. 하지만 시에나는 모르는 척했다.

"당장 나가겠다는 건 아니야. 곧 태어날 조카는 보고 가야지. 쿤은 언제 와? 이번에는 좀 길게 가 있는 것 같네."

"출발했다고 연락은 받았어요. 도착할 때가 거의 되었지요. 오늘 아니면 아마 내일?"

디안이 장난스레 말했다.

"우리 식구가 출궁하면 너희 가족들이 드디어 오붓하게 지낼 수 있겠구나."

시에나가 정색했다.

"무슨 말씀이세요. 오라버니 가족도 우리 가족이에요."

디안이 멋쩍게 웃었다. 평소에는 감정 표현에 인색한 누이동생이 가끔 농담으로도 못할 간질거리는 대사를 진지하게 할 때가 있었다.

그럴 때의 기분은 그냥…… 뭐라고 말할 수 없이 좋았다.

"출궁해도 아케론 공작령으로 내려간다는 말은 아니니까. 공작저에서 황궁은 엎어지면 코 닿을 데라고. 자주 올게."

"오라버니 결심은 이미 확고한 것 같군요. 아케론 공에게 무슨 일이 있는 건 아니지요?"

"일이라기보다는……. 작년에 영지에 다녀오신 후 상심이 크신 것 같았어."

제프리는 공작 가문의 복권 후에도 계속 수도에 거주하며 영지의 일을 서면 보고만 받았다. 영지에서 치른 누이동생의 성대한 장례식조차 참석하지 않았다. 그만큼 제프리의 상처는 크고도 깊었다. 찬란했던 과거의 기억과 달라진 공작령의 모습을 차마 볼 용기가 나지 않았던 것이다.

겨우 마음을 먹고 지난해 영지에 다녀온 후 제프리는 며칠을 앓아누웠다. 디안이 숙부를 안타깝게 생각하는 마음이 커진 시기도 그즈음이었다.

"아케론 공작령은 하루가 다르게 바뀌고 있다고 들었어요. 곧 옛 모습을 되찾을 수 있을 거예요."

"그야 그렇겠지. 그런데 숙부님은 흑암성 모습에 충격이 크셨나 봐."

흑암성은 아케론 공작 가문의 상징이었다. 비록 역모의 죄를 쓰고 무너졌어도 누구도 감히 침범하지 못했다. 오랫동안 아케론 공작령을 대신 지배한 리먼 가문도 공작성을 건드리지 못했다. 그래서 성은 아무도 살지 않고 쓸쓸하게 방치되었다.

사람이 살지 않는 집은 금방 망가진다. 거대한 성도 마찬가지였다. 폐허가 되어 버린 흑암성을 보고 제프리는 각오한 이상으로 충격받았다.

"그래서 다른 곳에 공작성을 새로 지을 생각이신데……."

흑암성의 영광을 기억하는 사람들은 대부분 죽거나 떠났다. 디안도 흑암성에서의 추억은 전혀 없었다. 그러니 그곳에 애정이 없다.

"그럼 흑암성은 완전히 버려지겠지. 그런데 그것도 숙부님 마음에 걸려서 이러지도 저러지도 못하시길래 내가 의견을 냈거든. 음……."

디안은 좀처럼 말을 꺼내지 못하고 시에나의 눈치를 살피다가 말했다.

"쿤이 가져가는 건 어때?"

"……네?"

"오래되긴 했지만 흑암성을 건설할 때 쓴 흑돌이 요즘은 구하기 불가능한 희귀한 자재야. 성이 폐허가 되었다는 건 내부가 그렇다는 뜻이고 핵심 골조는 다 멀쩡해. 라드 일족이 나라를 세우면 왕성도 짓겠지. 흑암성을 해체해서 가져다 쓰면 어떨까 해서."

"……."

"좋지 않은 일을 겪은 곳이라 내키지 않겠지? 불길하다고 생각할 수도 있다는 건 아는데 난 그냥 좀 아까워서……."

디안은 침묵하는 시에나의 표정을 살피며 주절주절 말했다. 그런데 시에나는 디안의 제안이 기분 나빠서가 아니라 놀란 마음을 진정시키고 있었다.

꿈속 미래에서 아케론 공작령은 공국이 되었고 흑암성은 공왕이 된 쿤의 왕성이 되었다. 꿈과 다르게 라드 일족은 전혀 다른 위치에 기반을 잡았지만, 디안의 제안에 응하면 흑암성은 결국 라드 일족의 것이 된다.

절묘하게 흐르는 세상일이 경이로웠다. 시에나는 밝은 표정으로 고개를 끄덕였다.

"좋은 생각이에요."

"정말?"

"네. 쿤과 의논해 봐야겠지만요. 쿤도 찬성할 거라고 생각해요. 비록 힘든 일은 겪었지만, 흑암성의 상징성이 고작 그 정도로 바래지 않아요. 오히려 영광이지요."

"그렇게 말해 주니 고맙네. 그럼 이 일은 쿤이 오면 구체적으로 얘기해 보자."

"그래요."

디안이 돌아간 후 시에나는 마음이 어수선하여 자리를 뜨지 못했다. 벌써 디안이 황궁을 떠난 것처럼 허전했다.

시종장이 다가와 고했다.

"폐하. 칼리 경이 알현을 청하옵니다."

"오늘 일정에 있었던가?"

"아니옵니다. 되돌려 보낼까요?"

"들이게."

시종장이 고개 숙여 대답하고 물러갔다.

시에나는 어느 칼리 경이냐고 묻지 않았다. 현재 황궁에 있는 칼리 경은 우스뿐이었다. 마틴은 쿤을 보좌하느라 자리를 비웠다.

잠시 후 우스가 들어왔다. 그는 기사의 정복의 차려입었고 절도 있게 인사를 올렸다.

"우스 칼리, 인사 올립니다, 폐하."

시에나가 즉위한 후 우스는 기사 서임을 받았다. 시에나는 은왕 시절에 특사로 사막에 갔을 때 우스가 사절단을 구한 공을 치하하며 금단추를 내렸다.

칼리 형제는 제국에서 가장 유명한 기사들이었다. 형제가 각각 2대에 걸쳐 황제한테 금단추를 받았으며 실력도 최고라는 평이었다.

쿤은 출궁할 일이 생기면 칼리 형제 중 한 명을 반드시 황궁에 남겼다.

시에나는 칼리 형제가 나름의 방식으로 순번을 정하는 줄 알았는데 번번이 남는 사람은 우스였다. 슬쩍 쿤에게 일부러 마틴만 데려가는 거냐고 묻자 그가 답했다.

「우스가 자청해서 남는 거야.」

「자청해서? 왜?」

「당신은 일족의 안주인이니까 경호하는 거래.」

「호위가 겹겹인 황궁 안인데 무슨.」

「황궁의 경비가 뚫리는 일이 생기면 심각한 비상사태니까 그런 돌발적인 상황에서는 자기가 적격이라더군. 본인 주장은 그래.」

잠시 옛 생각을 하다가 우스를 보면서 시에나는 꿈속 미래에서 봤던 우스를 떠올렸다.

**「이놈은 워낙 무식하고 성질이 급해서 그런저런 절차를 따지면 숨이 넘어가겠습디다.」**

버럭버럭 내지르던 미래의 우스 칼리. 하지만 현실의 우스는 점잖았다. 시에나에게 항상 극진히 예의를 다했다. 그녀는 한 번도 무례한 우스의 모습을 본 적 없었다.

게다가 자유로운 성품의 우스가 쿤을 따라가는 것도 마다하고 행동을 제약하는 규범이 엄격한 황궁에 자청해 남았다.

시에나는 꿈과 달라진 행복한 현재를 발견할 때마다 포근한 봄볕 아래에 서 있는 기분이 들었다.

"칼리 경. 어쩐 일이오?"

"죄를 청합니다. 폐하."

우스가 어둡게 가라앉은 표정으로 말했다.

"소인이 감히 황녀님께 상해를 입혔습니다. 벌하여 주시옵소서."

"상해라니?"

시에나는 화들짝 놀랐다가 짐작 가는 바가 있어서 말했다.

"검술 훈련 중에 말이오?"

"……."

"칼리 경. 검술 수업이니 거칠 수 있소. 이해하오."

반년 전, 이자벨은 기사단 사열식을 본 후 무척 감명을 받았는지 검술을 배우고 싶다고 했다. 그리고 어디선가 칼리 형제가 제국 최고의 실력자라는 말을 듣고 와서 칼리 경한테 배우고 싶다고 고집을 부렸다.

고작 일곱 살짜리 검술 스승으로 금단추의 기사라니. 아무리 이자벨이 또래 일곱 살과 비교해 월등히 힘이 좋다고 해도 과했다. 시에나는 칼리 경의 시간과 재능의 낭비라고 생각했다.

그런데 우스가 황녀를 가르치겠다고 나섰다. 기초부터 좋은 습관을 다져야 한다기에, 언제든 그만둬도 된다는 조건으로 허락했다.

"아닙니다, 폐하. 소인의 잘못입니다."

시에나는 침통한 표정의 우스를 보며 작은 한숨을 내쉬었다. 분명히 그럴 만한 일이 있었을 것이다. 이자벨 황녀를 쥐면 부서질까, 애지중지하기로는 칼리 형제들이 쿤 못지않았다.

"팔이라도 부러졌소?"

우스가 기겁하며 대답했다.

"아닙니다."

"그럼 얼굴에 흉이라도 생겼나?"

"아닙니다."

"그럼?"

"……손바닥 살갗이……."

시에나는 피식 웃었다. 정말 큰 사고가 벌어졌다면 진즉 시녀가 달려와 알렸을 것이다.

"내가 황녀에게 가 볼 터이니 경은 자책하지 마시오. 그만한 일로 벌을 내리면 세상은 범죄자들로 가득하겠지. 아, 그리고 청왕은 오늘 일을 모르게 하시오. 시끄러워지는 건 황녀도 바라지 않을 거요."

이자벨이 손가락만 베어도 호들갑을 떠는 남편이 알았다가는 황궁이 뒤집힐 것이다.

시에나는 우스를 다독여 돌려보낸 후 시녀장을 불렀다.

"황녀는 궁에 있는가?"

이자벨은 다섯 살 생일이 지난 후 궁을 받았다. 시에나가 은왕 시절에 머물렀던 창건궁이었다.

다섯 살이 되면 개인 처소를 받는 것이 황궁의 전통이지만, 쿤은 아직 이자벨은 어리고 너무 이르다고 반대했다. 그런데 이자벨이 오히려 자신만의 궁을 갖고 싶다고 당차게 말하고 미련 없이 처소를 옮겨 버렸다.

쿤은 한동안 이자벨이 쓰던 텅 빈 방에 앉아 '품 안의 자식이 겨우 다섯 살까지라니.'라고 한탄했다.

"황녀님은 조금 아까 황자님 궁에 가셨습니다."

에카르트도 얼마 전 다섯 살 생일이 지난 후 궁을 받았다. 선황이 임종 직전까지 머물렀던 창건궁은 에카르트 황자의 궁이 되었다.

"황자궁으로 가자."

\*　　　\*　　　\*

태양궁에서 출발한 마차가 황자궁 앞에 멈추었다. 시에나가 내리자 궁 앞을 지키던 기사들이 일제히 고개를 숙였다.

미리 알리지 않고 온 터라 마중 나온 시녀는 없었다. 시에나는 에카르트의 공부방으로 갔다.

간식을 들고 막 방 안으로 들어가려던 시녀는 뒤에서 누가 자신의 어깨를 잡길래 고개를 돌렸다. 황제를 발견한 시녀가 크흡, 숨을 들이켰다.

시에나가 손가락을 입에 가져다 대고 조용히 하라는 신호를 준 뒤 시녀 대신 안으로 들어갔다.

안에 있던 시녀와 유모들이 황제의 등장에 눈이 휘둥그레졌다. 오직 남매만 아직 알아차리지 못했다.

남매는 문을 등지고 나란히 책상에 앉아 있었다.

"자, 에카르트. 이건 이렇게 쓰는 거야."

"이렇게?"

"아니야. 여기서 획이 비뚤어졌잖아. 고어는 조금만 획이 달라져도 다른 글자가 돼."

"흐응. 누님. 이건 잘 모르겠어."

"다시 써 줄게. 잘 봐."

"응."

"너도 다시 써 봐."

"으응……. 이렇게?"

"맞아, 그거야. 잘했어."

에카르트가 헤헤 웃었다.

시에나는 우애 좋은 남매의 뒷모습을 흐뭇하게 바라보았다. 검은색에 푸른색이 섞인 머리카락은 둘이 똑같았다.

이자벨은 시에나를 더 닮았고 에카르트는 쿤을 더 닮았다. 그런데 핏줄이라는 건 참 신기했다. 이자벨을 보면 쿤을 닮은 부분이 있고 에카르트를 봐도 시에나를 닮은 부분이 있었다.

그래서 성별이 다르고 나이 차이가 있어서 체격도 다른데 남매가 함께 있으면 쌍둥이처럼 닮았다고 말하는 사람이 많았다.

"열심이구나."

남매가 고개를 뒤로 휙 돌렸다. 시에나를 발견하고 환하게 웃었다.

"어머니!"

"인사 올립니다, 폐하."

에카르트는 이자벨이 예법에 맞는 인사를 올리자 곁눈질하며 주춤했다. 어머니와 누나를 번갈아 보며 갈등했다. 당장 어머니 품에 달려가고 싶다가도 누님처럼 하고 싶었다.

에카르트는 울상을 지으며 고개를 숙였다.

"인사 올립니다, 폐하."

지켜보던 시녀와 유모들이 고개를 숙이며 웃음을 참았다.

시에나도 웃으면서 남매에게 다가갔다. 양쪽 팔로 각각 아들과 딸 어깨를 감싸며 품에 안았다. 그녀는 책상에 펼쳐진 책과 연습지를 보며 말했다.

"에카르트. 고어를 익히고 있었니?"

"예!"

"이자벨과 중요하게 나눌 이야기가 있단다. 에카르트. 누나를 데려가도 되겠지?"

에카르트는 아쉬운 눈으로 이자벨을 보더니 고개를 끄덕였다. 아침에 눈만 뜨면 누님을 찾을 정도로 에카르트는 온종일 이자벨 뒤만 졸졸 따라다녔다.

시에나는 이자벨과 공부방에서 나와 다른 방으로 갔다. 시녀들을 모두 물린 후 모녀만 남은 상황에서 시에나는 이자벨의 손을 잡아 손바닥이 보이도록 펼쳤다.

이자벨이 순간 당황하여 손을 오므리려고 했다. 하지만 손바닥을 덮은 붕대를 이미 보인 후였다.

"이자벨. 손은 어쩌다가 이랬니?"

"넘어졌어요."

"정말?"

"네."

시에나는 딸의 표정을 살폈다. 특유의 고집스러움이 드러났다. 아마 추궁해서는 절대 제대로 된 대답을 하지 않을 것이다.

"칼리 경이 날 찾아왔어."

이자벨의 눈동자가 흔들렸다.

"칼리 경 잘못이 아니에요!"

"칼리 경은 벌을 받겠다고 하더구나."

"어머니. 칼리 경에게 벌을 주시면 안 돼요."

"그럼 무슨 일이 있었는지 솔직히 말을 해 줘야지."

"……며칠 전에 칼리 경이 다른 기사와 대련하는 모습을 우연히 봤어요."

시에나는 우스 칼리가 다른 기사와 대련하는 모습을 상상해 보았다. 거칠고 난장판이었을 것이다.

"실망했니?"

"네."

시에나는 우스를 위한 변명을 하려 했다. 그런데 이자벨이 뜻밖의 말을 했다.

"칼리 경이 저를 장난처럼 가르친다고 생각했어요. 칼리 경은 항상 칭찬만 했고 무서웠던 적도 없었거든요."

"그래서?"

"칼리 경에게 진짜 실력으로 가르쳐 주지 않으면 미워할 거라고 했어요."

시에나는 미워할 거라는 말을 듣고 이러지도 저러지도 못하고 쩔쩔맸을 우스 모습이 눈앞에 그려졌다. 가엽게도.

시에나는 웃음을 감추고 짐짓 엄하게 말했다.

"이자벨. 칼리 경이 널 장난으로 가르친 게 아니란다. 네 부족한 실력에 맞추어 주었을 뿐이야."

이자벨이 시무룩하게 말했다.

"네. 칼리 경이 조금만 더 힘을 주었을 뿐인데 전 검을 놓쳤어요."

"그래서 손바닥을 다쳤구나."

"……네."

"칼리 경은 지금 네게 과분한 스승이다."

이자벨이 고개를 번쩍 들었다.

"제가 잘못했어요. 하지만 다른 사람에게 배우고 싶지는 않아요."

"왜?"

"칼리 경은 최고의 기사니까요. 최고한테 배워야 최고가 될 수 있어요."

시에나는 피식 웃었다. 딸은 자신을 닮았다. 뭐든 최고가 아니면 용납하지 못하는 모습이 어릴 때 자신을 보는 것 같았다.

"이자벨. 왜 최고가 되고 싶니?"

이자벨은 곧바로 대답하지 못했다. 우물쭈물하다가 말했다.

"……어머니처럼 최고가 되어야 어머니를 도와드릴 수 있으니까 요."

시에나의 눈이 커졌다. 딸은 자신과 달랐다. 자신은 성취감에 도취했고 그 자체를 즐거워했다. 선황을 도와드리고 싶다고 생각한 적은 없었다.

'네가 벌써 이렇게 컸구나.'

아직 어리다고만 생각했는데 어느새 다 자란 것 같아 든든하고 뿌듯했다.

"이자벨. 따라오너라."

시에나는 이자벨을 데리고 황자궁을 나왔다. 모녀를 태운 마차가 태양궁에 도착했다.

시에나는 딸의 손을 잡고 신목의 방으로 올라가는 계단을 밟았다.

문 앞을 지키던 기사들이 사선으로 늘어뜨린 창을 바로 세웠다. 시에나는 문을 열기 직전, 멈칫했다.

「네가 다 자란 것 같았다.」

갑자기 선황의 말씀이 떠올랐다. 그분의 임종 전에 마지막으로 나눴던 짧은 대화는 아무리 시간이 지나도 생생했다.

그녀는 흔들리는 눈동자로 자신의 딸을 내려다보았다. 잔뜩 기대하여 상기된 표정의 이자벨 얼굴이 붉었다.

「그날 나는 황제로서 널 신목의 방에 데려간 것은 아니었다.」

'아아……. 그렇구나.'

시에나는 그날 선황의 말씀을 오늘 비로소 이해했다.

그녀는 방금 들뜬 마음으로 계단을 올라왔다. 신목에게 보란 듯이 자랑하고 싶었다. 장차 자신의 뒤를 이어 신목의 관을 쓸 후계자가 이렇게 잘 자랐노라고. 황제가 아니라 그저 한 아이의 어머니로서.

그녀는 뜨거워지는 눈을 감았다가 떴다. 뒤늦게 깨달은 부정이 기쁘면서도 마음 아팠다.

"어머니?"

이자벨이 걱정스레 시에나를 올려보았다. 시에나는 딸을 보며 미소 짓고 문을 열었다. 청량한 바람이 불었다.

이자벨이 동그랗게 커진 눈과 벌어진 입으로 감격을 드러냈다.

"처음 보지?"

"네……. 정말…… 아름다워요."

"신목을 지키는 일이 우리의 사명이란다."

"네, 어머니."

"가까이 가 볼까?"

모녀가 손을 잡고 함께 신목으로 다가갔다.

"어머니, 열매가 있어요."

"그래."

"그런데 한 개만 익었나 봐요."

"뭐?"

시에나는 이자벨이 보는 방향을 유심히 살폈다. 그녀 역시 높은 곳에 매달린 단 한 개의 붉은 열매를 발견했다.

'도대체 언제…….'

매일 신목의 방이 오지는 못해도 며칠에 한 번은 꾸준히 들렀다. 몇 년 동안 아무 변화 없다가 왜 갑자기?

'발견하지 못했던 걸까, 아니면…….'

시에나는 이자벨을 보며 '혹시?'라는 생각이 들었다. 누구도 건드리지 못했던 신목의 열매가 이자벨에게 붉게 익은 모습을 보여 준 것이 과연 우연일까.

그녀는 이자벨을 데리고 신목의 바로 아래까지 접근했다. 이자벨은 붉은 열매를 발견한 순간부터 열매에서 눈을 떼지 못했다.

이자벨이 열매를 향해 두 팔을 뻗었다. 시에나의 손에도 닿지 않을 높이이니 이자벨한테는 까마득한 거리였다.

그런데 마치 이자벨의 부름에 응하는 것처럼 붉은 열매를 매단 가지가 천천히 아래로 내려왔다.

시에나는 자신이 조금이라도 움직이면 방해가 될까 봐 꼼짝할 수 없었다. 가지가 완전히 내려와 열매가 이자벨의 손에 닿기 직전에는 숨을 멈추었다.

붉은 열매는 안정적으로 이자벨의 두 손에 닿았다. 어서 따라고 재촉하는 것 같았다. 이자벨이 두 손으로 열매를 쥐었다. 가지에서 똑 떨어진 열매가 이자벨 손에 남았다.

"어머니."

실감이 나지 않아 멍하게 보던 시에나가 흠칫했다.

"응?"

"이 안에 신목의 아기가 있대요."

"누가…… 그런 말을 했니?"

"모르겠어요. 그냥……."

시에나는 자세를 낮추어 앉았다. 이자벨을 올려다보며 말했다.

"신목이 네게 소중한 아기를 맡겼구나. 그럼 너는 무엇을 해 줘야 하니?"

"음……. 집을 줘야 해요. 제가 궁을 받은 것처럼요."

"어디에?"

"딱 맞는 곳을 알아요. 땅의 끝이요."

이자벨은 고민 없이 바로 대답했다. 생각지도 못한 말을 듣고 시에나는 매우 놀랐다.

에카르트가 태어난 후 라드 일족은 땅의 끝 지역에 이주를 시작했다. 라드 일족의 부유함은 가히 대단했다. 돈을 쏟아부으니 불과 몇 년 사이에 허허벌판은 그럴듯한 모양새로 탈바꿈했다.

쿤은 비정기적으로 일족의 정착지에 다녀왔다. 지금 그가 수도에 없는 것도 그곳에 갔기 때문이다.

시에나는 그의 일부분을 일족에게 양보해야 한다는 사실을 인정했다. 그는 라드 일족의 장이었다. 그에게 자신의 남편이자 제국의 청왕 역할만 강요할 생각은 없었다.

일족의 정착지는 문제가 많았다. 황폐한 땅은 부지런히 일구면 된다지만, 사막과 인접하여 사막귀의 위협에서 안전하지 않다는 점은 어쩔 수 없었다.

다행히 라드 일족에는 칼리고라는 특출난 무력 집단이 있기에 그들이 정기적으로 주변을 탐색하며 괴물을 사냥 다닌다고 했다.

"왜 땅의 끝을 생각했니?"

"그곳에서 신목이 자라면 괴물이 나타나지 않겠지요? 그럼 아버지가 기뻐하실 거예요. 에카르트도 위험하지 않을 테고요."

시에나는 이자벨에게 라드 일족에게 할양할 영토, 훗날 에카르트가 주인이 될 그 땅에 대해 자세히 말한 적이 없었다.

하지만 영특한 딸은 어렴풋이 눈치챈 것 같다. 에카르트를 보러 수시로 일족 원로들이 드나드니까 무슨 말을 들었을 수도 있고.

"아버지와 에카르트를 위해서?"

이자벨은 '네.' 하고 대답했다가 눈치를 살폈다.

"그러면 안 되나요?"

"안 되긴."

시에나는 웃으며 이자벨의 머리카락을 다정하게 쓸어 넘겼다. 하루라도 빨리 그 지역의 독립 절차를 마무리해야겠다고 생각했다. 탐낼 가치가 없는 버려진 땅으로 보여야 수월할 것이다.

"하지만 당분간 열매는 우리끼리만 아는 비밀로 하자."

"아버지께도 비밀이에요?"

"아니. 네 아버지에게는 말해도 괜찮아."

"네."

시에나는 이자벨이 두 손에 쥔 큼직한 열매를 보면서 고민했다. 이 열매를 어떻게 보관해야 할까. 은밀하면서도 안전하게. 두 가지를 모두 충족할 방법이 떠오르지 않았다.

"어머니. 이 열매는 제 것이지요?"

"그래. 네 것이야."

"그럼 제가 갖고 있어도 되나요?"

"흐음. 방법을 찾아보자. 네 책상 위에 올려놓을 수는 없는 노릇이잖니."

그때 열매에서 빛이 뿜어져 나왔다. 완전히 빛으로 둘러싸인 열매가 서서히 모양이 변했다. 모녀가 휘둥그레진 눈으로 열매의 변화를 지켜봤다.

열매는 점점 작아지다가 길쭉하게 늘어나더니 이자벨의 손목에 감겼다. 잠시 후 빛이 사라지고 이자벨 손목에는 홍옥처럼 반짝거리는 팔찌가 생겼다.

"와!"

이자벨이 탄성을 지르며 손목을 이리저리 돌렸다.

'이자벨. 네가 틀림없는 열매의 주인이구나.'

시에나는 고개를 들어 신목을 올려다보았다. 진주처럼 뽀얀 열매는 여전히 셀 수 없이 많았다. 저 열매가 언제 익을지, 누구를 주인으로 택할지는 오롯이 신의 뜻일 것이다.

모녀는 신목의 방에서 나왔다. 계단 아래에서 기다리고 있던 시종장이 말했다.

"폐하. 청왕께서 전언을 보내셨습니다. 수도 부두에서 하선하셨으며 상회에 잠시 들렀다가 환궁한다고 하셨습니다."

"알았다."

시에나는 이자벨을 돌아보며 말했다.

"아버지 마중 나갈까?"

이자벨은 힘차게 '네!' 하고 대답했다가 바로 이어 말했다.

"에카르트도 함께요."

시에나가 웃으며 말을 받았다.

"에카르트도 함께."


궁 입구에서 서성거리며 기다리던 에카르트는 달려오는 마차를 발견하고 활짝 웃었다.

마차 문이 열리고 모녀가 내렸다. 누님만 돌아온 줄 알았다가 어머니까지 함께 내리자 에카르트는 잠시 고민했다. 누님을 좋아하지만, 어머니가 조금 더 좋았다.

"어머니!"

에카르트가 시에나에게 달려가 품에 매달렸다. 옆에서 이자벨이 동생에게 주의를 시켰다.

"에카르트. 조심해야지. 어머니 배 속에 우리 동생이 있단 말이야."

에카르트가 놀라 몸을 뗐다.

"어머니. 배 아파요?"

시에나가 아들의 머리를 쓰다듬었다. 동그란 뒤통수가 귀여워 웃음이 나왔다.

"괜찮아. 에카르트. 곧 아버지가 오신단다. 마차가 오는 길을 따라 걸어가 볼까?"

"네!"

에카르트가 '아버지 오신다!' 하고 소리치며 모녀의 주변을 뛰어다녔다.

시에나는 아이들과 함께 걸었다. 적당한 거리를 두고 뒤에서 궁인들과 기사들이 따라왔다.

곁에서 차분히 함께 걷는 이자벨과 다르게 에카르트는 잠시도 가만히 있지 않았다. 저만치 달려갔다가 다시 뛰어와 어머니와 누나 곁을 한 바퀴 돌고 다시 뛰어갔다.

에카르트는 제 아버지를 닮아 체격도 힘도 좋았다. 시중드는 궁인들이 몇 시간만 따라다녀도 지쳐 나가떨어졌다. 그래서 황자궁의 궁인들은 하루 4교대로 회전했다.

이번에는 꽤 멀리까지 간 에카르트가 달려왔다.

"어머니!"

부르는 외침에 들뜬 감정이 느껴졌다. 시에나는 고개를 들어 시선을 멀리 던졌다. 마차가 보였다.

아버지를 만난다며 신이 난 아들처럼 시에나의 심장도 조금씩 두근거렸다. 그는 여전히 다정한 남편이며 때로는 뜨거운 연인이었다.

에카르트는 시에나에게 오다 말고 다시 방향을 바꾸어 마차를 향해 달려갔다.

저 멀리에서 마차가 멈추었다. 그가 달려오는 아들을 발견한 모양이었다.

마차에서 내리는 쿤의 모습이 보였다. 그가 아들을 가뿐히 안아 들었다. 아직 서로의 표정이 보이지 않을 만큼 먼 거리였지만, 시에나는 그와 눈이 마주쳤다는 기분이 들었다.

시에나는 곁에 있는 딸의 등을 툭 치며 말했다.

"이자벨. 너도 가 보렴."

이자벨이 빠른 걸음으로 앞서가다가 곧 달려갔다. 긴 머리카락을 휘날리며 멀어지는 딸의 뒷모습이 그림의 한 장면처럼 눈 속에 박혔다. 시에나는 벅차오르는 기분으로 느릿하게 눈을 감았다가 떴다.

시에나는 자신이 행복하다고 느낄 때마다 스무 살 때 꾸었던 꿈속에 등장한 황제를 떠올렸다. 자신의 인생 자체를 바꾼 그 꿈의 정체가 무엇이었는지, 끝내 수수께끼를 풀지 못했다. 누구에게도 말하지 못하고 가슴에 묻은 비밀이었다.

그저 잠에서 깨면 사라지는 꿈일 뿐이었을까, 그런 미래의 가능성이었을까, 아니면 그 미래에서 살아가는 자신이 어딘가 존재하는 것일까.

그것이 헛된 망상이 아니라 정말 존재하는 미래라면, 그 미래의 자신도 결국은 행복해졌을 거라고 믿는다.

그녀는 예감했다. 이제 다시는 꿈속 황제를 떠올리는 일은 없을 것이다. 아직 그 꿈을 놓지 못한 것은 미약한 불안함이 남아 있기 때문이었다. 모든 것이 어긋나면 어쩌나, 내가 누리는 이 행복이 무너지면 어쩌나.

그런데 이제는 그런 불안감마저 씻은 듯이 사라졌다. 순탄하지 않은 미래가 기다리고 있을지도 모른다. 당장 내일 무슨 일이 일어날지 모르는 게 인생이다.

하지만 어떤 미래가 온다고 해도 극복할 자신이 있었다. 사랑하는 사람들이 곁에 있는 한 절망은 없을 것이다.

시에나는 쿤에게 달려가 안기는 딸의 모습을 보며 미소지었다. 의젓한 딸이 제 아버지 앞에서는 어리광쟁이가 되었다.

그녀는 또 예감했다. 지금 이 순간을 영원히 잊지 못할 것이다. 먼 훗날, 두고두고 떠올리며 행복한 추억에 잠기게 되리라.

늦은 오후의 초가을 바람은 적당히 부드럽고 적당히 시원했다. 완벽한 날이었다.


〈위대한 소원 완결〉

## 외전

### 또 다른 미래

정신이 들어 보니 낯선 장소였다. 시에나는 주변을 둘러보았다. 빽빽한 나무와 수풀이 가득했다. 그녀는 이끼가 깔린 바닥에 주저 앉은 상태였다.

'정원……?'

그녀는 곧바로 고개를 저었다. 아무리 황궁의 정원이 우거졌다 고 해도 이 정도는 아니었다. 전혀 인위적인 관리가 느껴지지 않는, 자연 그대로의 숲이었다.

왜 자신이 이런 곳에 있는지 알 수 없었다. 마지막 기억으로는 분 명히 자신의 침실, 침대에 누워 잠을 청했다.

"아무도 없느……!"

목소리를 내다 말고 시에나는 흠칫 놀랐다. 자신의 입에서 나온 소리가 낯설었다. 평소보다 훨씬 가늘고 맑았다.

시선을 내린 그녀의 눈이 커졌다. 뚫어지게 바라보던 자신의 손을 들어 올렸다. 주름 하나 없는 매끈한 손등이었다.

그녀는 손으로 제 얼굴을 더듬었다. 거울이 없어서 확인할 수 없지만, 촉감으로 느껴지는 피부에 탄력이 있었다.

이상했다. 이 놀라운 일이 그다지 놀랍지 않았다. 시에나는 천천히 일어났다.

그녀는 길이 난 방향을 쳐다보다가 걷기 시작했다. 저곳으로 가야 한다. 예감이 시키는 대로 그녀는 걸어갔다.

오래 걷지 않아서 그녀는 새하얀 티테이블을 발견했다. 숲 한가운데에 테이블이라니.

이질적인 광경이지만, 이유를 알 수 없이 납득했다. 그녀는 거부감 없이 테이블로 다가가 빈 의자에 앉았다.

그녀의 맞은편에 누군가 먼저 앉아 있었다. 누군지 전혀 알 수 없었다.

낯선 사람이라는 뜻이 아니라 뿜어져 나오는 빛 때문에 생김새의 식별이 불가능했다. 사람과 비슷한 형체라는 것만 알아볼 수 있었다.

빛 때문에 형태만 보이지만, 똑바로 봐도 눈이 부시지 않았다. 시에나는 미지의 상대방을 멍하게 바라보다가 물었다.

"저는 죽은 건가요?"

상대가 미소를 짓는 것처럼 느껴졌다.

—아직은 아니다.

성별을 알 수 없는 음성이 주변과 공명하여 웅웅 울렸다. 귀로 들리는 게 아니라 머릿속으로 파고드는 것 같았다.

시에나는 탄식했다.

"아……. 신의 부름."

제국 황제가 죽기 전에 자기 죽음을 미리 알게 된다는 '신의 부름'이 어떤 방식인지는 전혀 알려지지 않았다.

"당신이 아르……. 신입니까?"

—너희가 섬기는 신은 내가 아니다. 나는 너희와 같으면서도 다른 존재. 너희의 목소리를 그분에게 전하는 매개다.

시에나는 잠시 생각에 잠겼다가 미간을 찌푸렸다.

"신목이군요."

—너희는 나를 그렇게 부른다.

"저희가 멋대로 당신을 신목으로 부른다는 말씀입니까?"

—존재가 먼저인지, 이름이 먼저인지. 그 오묘함을 나도 알 수 없구나. 너희가 신목으로 부르면 나는 신목일 뿐.

"그럼 당신은 신의 목소리를 제게 대신 전하러 오셨습니까? 제 죽음을요."

—네가 관을 쓴 순간부터 너는 나와 연결되었다. 쇠락하는 네 기운을 나는 감지할 수 있지. 네 기운이 완전히 사라지기 전에 너를 만나러 왔을 뿐이다.

시에나는 충격받았다. 알고 있던 사실과 전혀 달랐다.

"신의 부름은 신의 뜻인 줄 알았습니다."

—실망했느냐?

"……그저 궁금합니다. 왜 이 사실이 알려지지 않았는지."

—이곳은 네 무의식의 세계. 나는 방문자다. 네가 눈을 뜨면 우리가 나눈 대화를 기억하지 못할 것이다.

"전혀 기억하지 못한다면 신의 부름이라는 존재조차도 몰라야 하는 것 아닙니까?"

—그게 중요한가?

시에나는 한참 아무 말이 없다가 고개를 저었다.

"중요하지 않지요."

이제 자신은 곧 죽을 텐데, 그게 뭐가 중요하겠는가.

"왜 하필 죽기 직전입니까? 기억하지 못한다 해도……. 이렇게 찾아오실 수 있다면 말입니다."

—나는 방문자이기 때문이지. 너는 신의 축복을 받은 존재다. 네 무의식은 견고하다.

시에나는 피식 웃었다.

"죽을 때가 다 되어 약해진 틈에 들어왔다는 말씀인가요? 무단 침입자인 셈이군요."

—그래서 사과의 뜻으로 선물을 준비했다.

마치 농담 같았다. 신목이 농담이라니. 시에나는 웃음이 나왔다.

"선물이요?"

—마지막 소원을 들어주마.

시에나는 흠칫 놀랐다가 벌떡 일어났다.

"위대한 소원?! 설마 그것조차도 신목의 힘이었습니까?"

—나는 위대한 소원이 무엇인지 알지 못한다.

잔뜩 긴장했던 시에나는 힘이 빠져서 다시 털썩 앉았다.

'하긴……. 나는 이미 위대한 소원을 이루었지. 신목의 꽃이 피었으니까.'

그런데 어쩌면 위대한 소원도 '신의 부름'처럼 잘못 전해진 진실일지도 모른다는 생각이 들었다.

"제가 관을 쓸 때 꽃이 피었습니다."

―그랬지.

"꽃을 피우고 싶다는 제 목소리가 신께 닿은 게 아닌가요?"

―나는 알지 못한다.

"당신은 신목이라면서요. 왜 꽃이 피었는지 모른다는 겁니까?"

―너의 삶과 죽음처럼 내 의지로 하는 일이 아니다.

시에나는 한숨을 푹 내쉬며 투덜거렸다.

"무엇 하나 속 시원한 대답이 없네요."

그녀는 잠시 침묵했다가 웃음을 터뜨렸다.

"그냥……. 뭔가 다 우습군요. 당신이 정말 신목인지 의심스럽고 내가 죽기 전에 마지막 환상을 보고 있을지도 모른다는 생각이 듭니다."

―네 믿음은 내가 관여할 수 없는 문제구나.

"이미 떠나신 선황들께도 같은 제안은 하셨습니까? 소원을 들어준다는."

―그렇다.

"혹시 선황들 중에서 당신을 의심한 분은 없었습니까? 그분들은 무엇을 바랐습니까?"

─그 대답이 네가 바라는 소원이냐?

시에나는 움찔했다. 그리고 허탈하게 웃었다.

대화하는 대상이 정말 신목이건, 환상에 불과하건 무슨 상관인가. 일일이 따지고 싶지 않았다.

평생을 전쟁터에서 보냈다. 피가 튀고 사람이 죽어야만 전쟁이 아니다.

그녀는 끊임없이 싸워야 했고 누구도 믿을 수 없었다. 이제는 지쳤다. 환상 속에서조차 실랑이하고 싶지 않았다.

"무슨 소원이든 들어주십니까?"

─나는 전능하지 않다. 네 죽음을 막을 수 없고 다른 인간의 운명에 개입할 수 없다. 오롯이 너를 위한 소원이라면 무엇이든 좋다.

"나만을 위한…… 소원……."

그녀는 오직 자신만을 위해 바라고 이룬 일이 있었는지 생각해 봤다.

뒤돌아보니 고단한 인생이었다. 아무도 모르게 어두운 침실에 홀로 앉아 가슴을 친 날이 많았다.

그래도 주저앉지 않았다. 비록 오랜 시간이 걸렸지만, 제국을 병들게 하는 요인을 대부분 도려냈다.

그 과정에서 많은 사람이 죽었고 혈육인 외숙과 친어머니까지 잘라 냈으며 피의 황제라는 악명도 얻었지만, 후회는 없었다.

하지만 여전히 가슴에 사무치는 일은 있었다.

'에카르트…….'

하나뿐인 아들이 자라는 과정을 지켜보지 못한 것. 그 아이를 오랫동안 외면한 것. 한 번도 사랑한다는 말을 해 주지 못한 것.

그리고 또 한 사람.

'쿤.'

시에나는 눈을 감았다.

그가 남긴 마지막 말이 잊히지 않았다.

「우리의 시작이 그런 식이 아니었으면…….」

그의 말대로 시작이 달랐으면 뭔가가 바뀌었을까.

그는 에카르트가 스물세 살이 되자 왕위를 물려주고 떠났다. 제국을 제외한 온 세상을 떠돌아다닌다고 들었다.

그가 좋은 사람을 만나 행복해지기를 기도했다. 하지만 사실은 모르겠다. 정말 자신이 그걸 바랐는지.

"아십니까? 신목을 지키는 저희는 꿈을 꾸지 않습니다."

―신의 축복을 받았기 때문이다. 무의식으로 삿된 것이 침투할 수 없도록.

"저는 보통 사람이 꾼다는 꿈이 무척 궁금했습니다. 그리고 부러웠습니다. 현실이 아니더라도 꿈이라는 환상으로 그리운 사람을 보고 싶었지요."

꿈을 통해서라도 보고 싶은 사람이 있었다. 아들에게는 미안함이 크다면 그 남자에게는 후회가 남았다.

처음이자 마지막으로 긴 대화를 나누었던 그 날의 그를 한 번만 더 보고 싶었다.

"제 마지막 소원입니다. 꿈을 꾸고 싶습니다. 제가 보고 싶은 꿈이 있습니다."

—소원은 이루어질 것이다. 시작은 내 의지요, 끝은 신의 뜻에 닿으리라.


시에나는 눈을 떴다. 익숙한 천장을 바라보던 그녀의 눈에 눈물이 맺혔다.

그녀는 손을 공중으로 들어 올렸다. 쪼글쪼글하게 주름이 잡힌 손등이 보였다.

자세한 기억은 없었다. 신인지, 신의 사자인지 알 수 없는 존재를 만났다. 그 세상에서 자신은 젊었고 마음이 평화로웠다.

"신의 부름……."

눈을 감았다가 뜨자 눈시울을 따라 뜨거운 눈물이 흘렀다. 그녀의 입술이 부드럽게 휘어졌다.

시에나는 일어나 시종장을 불렀다.

"찾아 계시옵니까, 폐하."

"제후들을 모두 소집하라."

"제후라 하시오면……."

"공작들 전원, 그리고 공왕도 부르라."

"분부 받잡습니다. 폐하."

시종장이 나간 후 시에나는 격동하는 표정으로 주먹을 꼭 쥐었다.

'드디어.'

오늘만을 기다렸다.

신목의 관을 내 아들, 에카르트에게 물려줄 바로 그 날을.

언제 마지막으로 웃었는지 기억나지 않았다. 오늘은 진심으로 웃을 수 있을 것 같았다.

외전

언제나 오늘처럼

　일 년에 한 번, 모든 제후국 대표들이 한자리에 모이는 제국의회는 제국의 중요 국가 행사다. 제국의회는 제국과 제후국들의 우호를 다지기 위한 친교 모임에 가까웠다. 그러나 때로는 첨예한 이익을 다투는 자리이기도 했다.

　올해의 제국의회는 별다른 쟁점 없이 무난하게 폐회했다. 그날 저녁에는 자국으로 돌아갈 대표들을 위한 성대한 송별연회가 열릴 예정이었다. 날이 어두워지기도 전에 황궁으로 마차들이 줄지어 들어왔다.

　황궁에서 주최하는 연회인 데다가 올해 들어 가장 규모가 크고 개최의 명분이 뚜렷했다. 황제 부부를 비롯하여 모든 제후가 참석할 테니 눈도장을 찍고 싶은 자들이 몰려들어 연회장은 발 디딜 틈이 없을 것이다.

시에나는 연회 참석을 위한 모든 준비를 마치고 자신을 에스코트할 쿤을 기다렸다. 평소에는 훨씬 전부터 와서 기다리고 있을 남자가 늦다니, 전에 없던 일이라 의아했다.

잠시 나갔다가 들어온 시녀장이 시에나의 곁으로 다가와 말했다.

"폐하. 청왕께서 황자님께 가셨다고 합니다. 아무래도 늦어질 것 같으니 연회장으로 먼저 입장하시는 편이 낫겠다고 말씀을 전해 오셨습니다."

시에나의 표정이 굳었다.

"무슨 일로?"

시녀장이 잠시 주저하다가 대답했다.

"황자님께서 책을 들고 청왕궁으로 가셨습니다. 청왕께서 책을 읽어 주시기로 약속한 날이…….."

"아. 무슨 말인지 알겠다."

시에나는 시녀장의 말을 끊었다. 속으로 쯧 혀를 찼다. 눈에 넣어도 아프지 않을 사랑스러운 그녀의 아들, 에카르트는 요즘 들어 부쩍 생떼가 늘었다. 일단 고집을 부리기 시작하면 꺾일 줄을 몰랐다.

그녀는 자신의 두 아이를 매우 사랑했다. 그 아이들을 위해서라면 목숨도 아깝지 않았다. 하지만 되는 일, 안 되는 일의 구별은 확실히 했다. 그녀는 비교적 엄한 어머니였다.

쿤은 그녀와 달랐다. 그는 아이들의 어리광을 모두 받아 주었다. 아이들이 아무리 성가시게 해도 눈살 한번 찌푸리지 않았다.

시에나는 그를 보면서 따뜻하게 품어 주는 부모의 사랑이 무엇인지 알게 되었다. 가끔은 아낌없이 부정을 받는 자신의 아이들이 부러웠다.

그렇다고 시에나만 아이들에게 엄격한 역할을 도맡지는 않았다. 그가 드물게 야단을 칠 때는 야무진 큰딸 이자벨마저도 눈물을 쏟을 정도로 매서웠다.

평소에 너그러운 아버지가 돌변한 모습을 아이들은 더 무서워했다. 그는 다정한 아버지와 엄격한 아버지, 두 역할 사이를 능숙하게 오갔다.

시에나는 아들의 침대 맡에 앉아 책을 읽고 있을 쿤의 모습을 떠올리며 미소지었다. 그는 아이들이 황궁의 규칙에 얽매이기보다는 더 자유롭기를 바랐다. 방종한 아이들로 자랄까 봐 우려했던 시에나도 이제는 그의 생각에 동조했다.

"손님들을 더 기다리게 할 수는 없는 노릇이니 먼저 가야겠구나."

"예, 폐하."

연회장으로 통하는 회랑을 홀로 걸어가면서 시에나는 기분이 이상했다. 자기도 모르게 흘끔 옆을 보게 되었다. 늘 자신의 옆에 있는 남편의 빈 자리가 유독 크게 느껴졌다.

그녀는 피식 웃었다. 그가 없이 살아온 시간이 그와 함께한 시간보다 훨씬 긴데도 이제는 그가 없는 인생을 상상할 수 없었다. 타인에게 온전히 기댄 자신의 상태를 자각하면서도 불안하지 않은 기분, 이것이 행복이었다.

"황제 폐하, 납시옵니다."

연회장의 소란이 일시에 잦아들었다. 삼삼오오 모여 떠들던 자들이 입을 다물고 고개를 돌렸다. 황제를 바라보는 사람들의 눈빛에 경탄이 어렸다.

신이 빚은 인형으로 일컬었던 그녀의 아름다움은 갈수록 찬란하게 빛났다. 범접하지 못할 위엄이 더해져 감히 똑바로 바라보기조차 죄스러웠다.

그녀는 신족이며 황가의 적통이었다. 그 사실만으로도 그녀는 이 세상에서 가장 존귀했다. 그런데 그녀가 즉위할 때 신목이 꽃을 피우고 빛의 기둥이 하늘 높이 뻗어 올라갔다. 상서로운 징조들은 그녀의 권능을 더욱 공고하게 뒷받침했다.

제국에 새로운 황제가 즉위한 지 6년이 지났다. 새 황제의 치세는 여러모로 파격적이었다.

그녀는 강력한 황권을 바탕으로 다양한 정책을 실행했다. 그중에는 가난한 백성들의 민생을 살피는 것들이 많았다.

빈민가에 교육과 의료 지원을 시작했으며 반당을 회유하여 제국민으로 편입하는 정책에도 적극적이었다. 반당과 충돌 사건이 줄자 그만큼 백성들의 삶이 안정화되었다.

일반 백성들 사이에서 황제의 인기가 높아지는 만큼 상대적으로 귀족들은 가진 것을 양보해야 했지만, 반발은 거의 없었다.

황제는 자신의 정책을 앞으로 오랫동안 안정적으로 실행할 만큼

젊었다. 이미 후계자도 두었다. 정치적 기반도 굳건했다.

제후 가문 중 블레스 가문은 적극적으로 황제를 지지했고 아케론 가문의 핏줄인 철왕은 황제를 보좌했다. 철왕비의 가문인 그로시 가문, 황제의 외가인 리먼 가문을 비롯하여 다른 제후 가문들 모두가 황제의 권위에 승복했다.

제후 가문들마저도 고개를 숙이는 상황이다. 귀족들은 그저 지금은 납작 엎드릴 때라고 체념했다.

황제가 움직이는 대로 길이 만들어졌다. 사람들이 물러서면서 고개를 숙였다. 다들 내색은 못 하지만, 속으로는 비슷한 의문을 가졌다.

'왜 혼자 입장하셨을까.'

'청왕께서는?'

황제 부부의 금슬이 유명한 만큼 작은 빈틈을 찾으려는 집요한 시선도 많았다. 황제 부부가 작은 말다툼이라도 했다가는 둘 사이에 심각한 불화가 있다는 소문으로 부풀어 퍼질 것이다.

황제에게 가장 먼저 다가가는 사람은 철왕 부부였다. 그들이 먼저 고개를 숙여 인사하고 시에나가 살짝 고개를 끄덕여 인사를 받았다.

"분위기가 좋군요. 철왕비께서 수고를 많이 하셨습니다."

비올렛이 배시시 웃었다.

"노력하였으나 많이 부족합니다. 너그러이 봐 주셔서 감사합니다, 폐하."

오늘 연회의 준비는 비올렛이 맡았다. 원래 이런 연회 준비를 도

맡아 하던 패트리샤가 반년 전 리먼 공작령으로 내려갔다. 패트리샤가 이자벨을 멋대로 자신의 처소에 데려간 문제로 시에나가 크게 언성을 높여 비난했고 완전히 모녀 사이가 틀어졌다.

시에나는 패트리샤가 느닷없이 황궁을 떠나서 처음엔 당황했다. 한동안 입맛도 잃었다.

그런데 시간이 지날수록 마음이 편해졌다. 리먼 공작령으로 사람을 보내 위로하면 어머니는 못 이긴 척 돌아오리라는 사실을 알고 있었다. 어머니는 내심 그러기를 바라고 있을 것이다.

그러나 모른 척할 생각이었다. 어머니가 고개를 숙인다면 내치지는 않겠지만, 먼저 굽히지는 않을 것이다.

"그런데 폐하, 왜 오늘 혼자십니까?"

디안이 불쑥 물었다. 민감한 질문을 아주 가볍게 던졌다. 만약 황제 부부 사이에 무슨 문제가 있다면 약점을 건드리는 셈이었다.

하지만 디안은 두 사람 사이에 어떤 문제도 없다고 확신했다. 두 사람 관계를 저울로 비유하면 한쪽으로 완전히 기울어져 있었다.

더 사랑하는 사람이 약자라고 하지 않던가. 지난 몇 년을 지켜보며 생각건대 시에나 앞에서 쿤은 완전히 약자였다.

누이동생의 성품이 흔들리지 않는 나무와 같으니 강자인 자신의 위치를 남용할 사람이 아니었다. 그러니 두 사람 사이가 삐걱거릴 일은 없을 것이다.

"청왕은 황자에게 들렀다가 오느라 늦을 겁니다."

"조카님에게 무슨 일이 있습니까?"

"무슨 일은요."

시에나가 살짝 미간을 찡그렸다.

"이제는 철이 들 나이도 되었는데. 황자가 나이를 거꾸로 먹는가 봅니다."

디안의 눈이 휘둥그레졌다가 웃음을 터뜨렸다.

"폐하. 기준이 너무 엄하시네요. 황자의 나이가 이제 겨우 네 살입니다. 저는 이 나이 먹도록 아직 철들려면 멀었습니다만?"

그들 이야기에 귀 기울이던 주변 사람들이 웃음을 터뜨렸다. 비올렛이 그게 자랑이냐는 듯 남편에게 눈을 흘겼다.

언제나 그렇듯 오늘도 철왕이 스리슬쩍 담을 허물었다. 시에나가 황녀였던 시절에도 그녀에게 쉽사리 다가오지 못했던 사람들은 황제가 된 그녀를 더욱 어려워했다. 그런데 철왕과 대화하는 중에는 황제의 표정이 부드러웠다. 그러면 그 틈으로 은근히 사람들이 파고들었다.

황제의 주변으로 제후들이 다가왔다. 의례적인 인사를 나누고 가벼운 대화를 시작했다.

황제와 제후들은 이 세상을 이끄는 중추적인 인물들이었다. 어떻게서든 그들 앞에 기웃거리고 싶은 자들이 대화를 나누는 그들의 주변을 맴돌았다.

이동의자를 타고 참석한 블레스 공작의 곁에는 어린 소년이 함께 있었다. 시에나는 란델과 인사를 나눈 후 소년이 누구인지 물었다. 그런데 소년이 누구일지 대충 짐작이 갔다. 어린 소년은 공작을 많이 닮았다.

"황제 폐하께 인사 올려라, 앤디."

"블레스 남작의 아들, 앤드류 블레스가 인사 올립니다. 폐하."

소년의 표정은 잔뜩 굳어 있었지만, 또박또박 말하는 태도는 의젓했다.

"제 둘째 아들의 막내입니다. 이 녀석이 겉으로는 점잖은 척해도 못 말리는 개구쟁이입니다. 글쎄, 수도로 오는 짐 마차에 몰래 탄 녀석을 이틀이 지난 후에 발견했지 뭡니까. 금방 들키면 되돌려 보낼까 봐 이틀 동안 숨어서 싸 들고 온 과자를 먹으며 버텼답니다."

"저런."

시에나가 미소지었다. 자신의 어린 아들, 에카르트가 떠올랐다. 아들이 이 소년만큼 자랐을 때 더한 개구쟁이가 될 것 같은 예감이 들어 블레스 공에게 '고생이 많겠다'라는 말은 차마 할 수 없었다.

"나이가 몇이냐?"

"여덟 살입니다, 폐하."

"한창 호기심이 많을 나이로구나. 하지만 네가 사라져서 걱정하는 사람이 많았을 것이다. 행동하기 전에 그 행동으로 인한 결과를 생각해야 한다."

"명심하겠습니다, 폐하."

주변 귀족들이 황제와 대화를 나누는 어린 소년을 시기와 부러움이 담긴 눈으로 바라보았다. 제 자식을 황제의 눈에 들게 하기 위해서라면 수단 방법을 가리지 않을 사람들이 넘쳐났다.

하지만 사교계에 데뷔하기 전에는 자택에서 여는 파티가 아니면 참석하지 않음이 원칙이었다. 너도나도 아이들을 동반하면 파티 분위기가 엉망이 될 것이다. 특히 오늘처럼 규모가 크고 저녁에 열리는 공식적인 연회에 아이가 참석하는 일은 없었다.

블레스 공작이 그러한 사교계 원칙을 모를 리가 없었다. 하지만 그는 공작이었다. 손자 한 명을 데려왔다고 공작에게 뭐라고 할 수 있는 사람은 없었다.

그리고 공작은 둘째 아들의 막내라고 소개하여 이 아이가 장차 블레스 가문을 잇지 않을 거라는 사실을 간접적으로 밝혔다. 즉, 공작가의 미래 후계자를 황제에게 선보인 것은 아니라는 뜻이다.

"흠. 여덟 살이면 커티스 또래로군요."

디안이 소년에게 관심을 보였다.

"두 아이가 잘 어울려 놀 수 있을 듯한데……. 블레스 공, 언제 한 번 데리고 입궁하시지요."

"기꺼이 그리하겠습니다, 전하. 이 녀석이 혼자서 심심해하던데 잘 되었습니다."

"다만 걱정은 되는군요. 두 말썽꾼을 붙여 놓으면 무슨 사고를 칠지."

디안이 골치가 아프다는 표정으로 고개를 내젓자 란델이 껄껄 웃었다.

\*　　　\*　　　\*

연회장 분위기가 갑자기 술렁거렸다. 시에나가 소음이 들리는 쪽으로 시선을 돌리자 잔뜩 사람들이 몰려가고 있었다. 황제의 곁으로 시녀장이 다가와 고했다.

"폐하. 청왕께서 입장하셨습니다."

황제가 연회장으로 입장한 이후에 들어오는 입장객은 시종이 호명하지 않았다. 연회 참석자들이 황제가 입장하기 전에 부지런히 미리 출석하는 것은 단지 황제보다 늦지 않기 위해서만은 아니었다.

연회장이 넓고 많은 사람이 모이는 자리라 등장만으로 사람들이 알아보는 유명인은 소수였다. 입장할 때 호명해야 자신이 누군지 알릴 수 있었다.

"소란스럽구나."

시에나는 의아해하며 말했다. 쿤이 왔다는 이유만으로 새삼 사람들이 우르르 몰려들 리가 없었다.

"황녀님과 황자님도 함께 오셨습니다."

황녀와 황자는 황제 부부의 아성을 뛰어넘는 인기인이었다. 공식적인 자리에 종종 모습을 드러내는 황제 부부와 다르게 황녀와 황자는 아직 어려서 사람들이 볼 기회가 거의 없었다. 그래서 하찮은 정보조차도 사교계를 휩쓸었다.

차기 권력자들에게 쏠리는 관심은 당연했다. 그런데 단지 그 이유만은 아니었다. 미남 미녀로 유명한 황제 부부를 축소한 것처럼 똑 닮은 황녀와 황자를 보며 사람들은 열광했다.

지금껏 황가에서는 황녀와 황자처럼 짙은 색의 머리카락을 지닌 황족이 태어난 적이 없었다. 사람들은 낯설어하면서도 신비롭다고 생각했다.

'시간이 꽤 늦었는데.'

아들에게 책을 읽어 주러 갔으면서 어쩌다 황녀까지 연회장으로 데려온 것일까. 시에나는 그 뒷사정이 궁금했다.

마음 같아서는 얼른 남편과 아이들에게 가고 싶지만, 보는 눈이 많았다. 그녀는 차분한 표정으로 잠시 끊겼던 대화에 다시 집중했다.

시에나는 파르안 백작 부부와 대화를 나누던 중이었다. 사교 활동을 거의 하지 않는 백작 부부는 모처럼 만에 연회에 참석했다. 작년에 데뷔탕트를 치른 여식을 동행했다.

파르안 백작 부부가 여러 번 유산 끝에 겨우 얻은 딸은 매우 약하게 태어났다. 종종 열병에 시달리며 의사로부터 마음의 준비를 하라는 진단을 들은 것도 여러 번이었다.

백작 부부의 사연은 사람들에게 연민의 대상이 되어 끊임없이 뭇사람 입에 오르내렸다. 시에나의 귀에도 들려올 정도였다.

시에나는 백작의 딸이 무사히 자라 사교계에 데뷔했다는 소문을 들었고 오늘 그 소문의 당사자를 보니 반가워 말을 걸었다. 자신도 자식을 키우는 어머니로서 백작 부부의 딸이 무탈하게 잘 자라 기쁜 마음이 들었다.

"이제 큰 시름을 덜었다니 다행이오."

"예, 폐하. 이 아이가 지금 제 곁에 있는 것만으로도 더 바랄 게 없습니다."

딸을 바라보는 백작 부인의 눈이 촉촉했다.

"아직은 더 요양이 필요합니다. 이 아이의 건강을 위해 수도를 떠나 조용한 곳으로 이사하려 합니다."

시에나는 말없이 고개를 끄덕였다. 어떻게 해서든 수도에서 살고 싶은 지방 귀족들이 줄을 섰다. 모든 기반이 있는 수도를 정리하고 떠나겠다니, 보통 결심이 아니었다. 하지만 자신이 같은 입장이라도 망설이지 않을 것이다.

그들이 대화하는 동안 좌중의 술렁이는 소음이 점점 가까이 들려왔다. 쿤과 두 아이가 이쪽으로 오고 있다는 뜻이었다.

황제 주변에 모여 있던 자들의 시선이 하나둘 돌아갔다. 시에나도 고개를 돌렸다. 쿤의 모습이 멀찍이 보였다. 사람들 사이에 둘러싸여 있으나 장신의 그는 눈에 띄었다.

그의 왼쪽 팔은 아들을 받쳐 안고 아래로 내린 오른쪽 손으로 작은 손을 쥐고 있었다. 아버지의 손을 잡은 딸의 모습은 사람들에게 가려 잘 보이지 않았다.

시에나는 그의 표정을 보자 웃음이 나왔다. 절대 뚫리지 않을 강철의 갑옷을 몇 겹으로 걸친 기사처럼 세상 무서울 것 없다는 표정이었다.

그는 팔불출 아버지였다. 사람들 앞에 아이들을 내보일 때 뿌듯함과 자랑스러움을 감추지 않았다. 사람들이 아이들을 보며 감탄하고 환호성을 지르고 찬사를 보내면 자신이 칭찬받은 듯 몹시 흐뭇해했다.

어떤 이유로 저녁 연회에 아이들을 동반했는지 모르겠지만, 아마 아이들을 자랑하고 싶어 근질거리는 그의 욕심이 반 이상은 동기로 작용했을 것이다.

그를 바라보는 시에나의 심장이 점점 거세게 뛰었다. '남자'의 매력을 한껏 드러낼 때보다 '아버지'가 된 그를 볼 때 왜 더 가슴이 두 근거리는지 모르겠다. 우쭐해진 그의 유치한 표정이 사랑스러워서 당장 그에게 키스하고 싶었다.

"어쩜. 황자님께서는 저리도 의젓하실까."

백작 부인이 감탄하는 소리를 듣고 난 후 비로소 시에나는 아들 의 모습이 제대로 보였다. 남편을 보느라 아이들이 안중에 없었다. 자신의 속마음을 누가 읽을 리가 없는데도 공연히 민망했다.

시에나는 부드럽게 미소지었다. 백작 부인 말대로 에카르트는 많은 사람에게 둘러싸인 상태에서도 느긋했다. 주변인들의 호들갑 에 당황하지 않았다.

응석받이인 에카르트가 제법 거만한 표정으로 턱을 치켜들고 있 는 모습을 보니까 웃음을 참을 수가 없었다.

*　　*　　*

쿤은 저만치 떨어져 있는 시에나와 거리를 가늠했다. 그녀 곁으 로 가려면 아직 멀었다. 주변에 너무 많은 사람이 몰려들어 움직이 기가 어려웠다.

혼자라면 인파를 헤치고 지나가면 그만이지만, 아이들을 데리고 있는 상태에서는 조심스러웠다.

"청왕."

디안이 다가왔다.

"요란스러운 등장이군요."

쿤이 고개를 숙여 인사했다. 두 아이도 입을 모아 인사했다.

"숙부님께 인사 올립니다."

"숙부님께 인사 올립니다."

디안이 웃으며 고개를 끄덕였다. 어린 조카들을 바라보는 디안의 눈빛이 따스했다.

"에카르트. 지금은 잘 시간이 아니냐?"

"아직 졸리지 않습니다. 숙부님."

에카르트가 아직 어설픈 아이의 발음으로 씩씩하게 대답했다. 하지만 아이의 눈에 들어찬 잠기운이 선명했다.

디안은 슬쩍 쿤에게 눈짓으로 물었다. 쿤이 한숨을 쉬며 고개를 내저었다. 디안이 피식 웃었다. 자신도 커티스를 키워 봐서 알지만, 한창 자기 고집이 세질 나이였다.

"생각해 보니 언제나 청왕이 연회장이 등장하면 분위기가 들썩거렸지요. 아이 둘을 데리고 와도 달라지는 게 없네요."

"철왕 전하께서도 항상 연회장의 중심에 계십니다만?"

"나와는 경우가 다르지요."

귀를 기울이던 이자벨은 어른들의 알아들을 수 없는 대화에 곧 흥미를 잃었다. 무심코 주변을 둘러보던 소녀가 멈칫했다.

전부 어른들이라 그들의 얼굴을 보려면 이자벨이 고개를 들어올려야 했다. 그런데 그녀의 눈높이와 비슷한 위치에서 시선이 마주친 사람이 있었다.


아직 사교계에 데뷔하지 않는 앤드류는 황궁 연회 참석이 처음이었다. 마차를 타고 황궁으로 가는 동안 조부님의 긴 잔소리를 들었다. 격식을 차리는 자리이니 행동과 말을 모두 조심하라고 엄하게 다짐을 받았다.

넓고 화려한 연회장과 잔뜩 모인 사람들을 보며 앤드류는 잔뜩 긴장했다. 몇 번 구경한 적 있는 가벼운 파티와 완전히 달랐다. 조부님 말씀대로 엄숙함이 느껴졌다.

그런데 갑자기 분위기가 바뀌었다. 체면 따지는 어른들이 달려가는 목적지에 무엇이 있을지 궁금했다. 그래서 소년은 냉큼 그들의 움직임에 합류했다.

하지만 소년의 키가 작아 아무리 까치발을 해도 사람들이 둘러싼 안쪽이 보이지 않았다. 앤드류는 자신의 작은 체격을 유리하게 이용하며 틈을 비집고 안으로 들어갔다. 그리고 짙은 흑발의 소녀를 본 순간 숨을 멈췄다.

여덟 살 인생에서 소녀처럼 예쁜 아이는 처음 봤다. 사촌 누나가 애지중지하며 자랑하는 미녀 인형도 저 소녀와 비교하면 평범했다.

이자벨이 고개를 갸웃했다. 입을 벌리고 멍청한 표정을 짓고 있는 소년의 표정이 우스꽝스러웠다. 이자벨은 작게 웃음을 터뜨렸다. 그러자 앤드류의 눈동자가 마구 흔들렸다.

앤드류는 이끌리듯 앞으로 걸어 나왔다. 몰려든 사람들은 일정 반경의 거리를 두고 떨어져 있었다. 소년이 그 공간으로 성큼 침범하자 하나둘 시선이 모였다.

앤드류는 이자벨과 거의 한 걸음 정도의 거리까지 가까이 다가갔다. 소년은 크게 심호흡을 했다가 손을 가슴에 대고 정중히 상체를 숙였다.

지켜보던 귀부인이 웃음소리를 죽이며 부채로 입을 가렸다. 어린 소년이 아무리 무게 잡아 봤자 어른의 눈에는 그저 귀엽기만 했다.

"앤드류 블레스입니다. 레이디, 부디 이름을 알려 주시겠습니까?"

사람들이 흥미진진한 눈으로 소년과 소녀를 번갈아 보았다. 여기저기서 속삭이는 소리는 소년의 정체를 묻는 누군가와 대답하는 누군가의 목소리였다. 숨죽여 웃는 소리도 들렸다.

하지만 지금 앤드류는 사람들의 시선을 느끼지 못했다. 아무 소리도 들리지 않았다. 눈앞에 있는 소녀 외에는 무엇도 보이지 않았다. 가까이에서 보는 소녀의 눈동자는 황금색으로 반짝거렸다. 가슴이 두근거렸다.

갑자기 난입한 소년 때문에 쿤과 디안의 대화가 끊겼다. 두 사람이 말문이 막힌 표정으로 소년을 내려다보았다.

디안은 금방이라도 폭소를 터뜨릴 것처럼 얼굴 근육이 씰룩거렸다. 쿤은 처음엔 어처구니없다는 표정이었다가 자신의 금쪽같은 딸에게 감히 수작을 거는 어린놈을 싸늘하게 노려보았다.

"너는……."

"블레스 군."

어린아이를 상대로 쿤이 날카롭게 굴까 봐 디안이 얼른 끼어들었다. 흘끔 쿤의 표정을 곁눈질하니 역시나, 잔뜩 가시를 세운 고슴도치 같았다.

"이 자리는 네가 황녀와 첫인사를 나누기에는 적절하지 않구나."

앤드류가 커진 눈으로 이자벨을 응시했다.

'황녀님……?'

"앤디."

앤드류는 귀에 익은 목소리를 듣고 흠칫 놀라 고개를 뒤로 돌렸다. 사람들이 열어 준 길로 이동의자를 탄 블레스 공작이 다가왔다. 공작이 손짓으로 부르자 앤드류는 얼른 조부의 곁으로 다가갔다.

"손자가 실수했다면 부디 너그러운 용서를 구합니다. 청왕."

"……아닙니다. 우려하실만한 일은 없었습니다."

"다행입니다. 앤디, 청왕께 인사 올리거라."

쿤은 떨떠름한 표정으로 소년의 인사를 받았다. 그는 불시의 일격에 당한 것처럼 마음이 복잡했다. 이자벨 곁에 자신 이외의 남자가 함께 있는 모습은 상상조차 해 본 적이 없었다.

이자벨이 성년이 되려면 아직 멀었다. 하지만 그는 시간의 흐름이 얼마나 덧없고 빠른지 알고 있었다. 막 태어났을 때의 이자벨 모습이 아직 눈에 선한데 벌써 여섯 살이었다.

"청왕. 황자는 그만 자러 가야겠습니다."

디안이 고개를 꾸벅거리며 조는 에카르트를 보며 웃음 섞인 목소리로 말했다. 황자의 고개가 아래위로 흔들릴 때마다 여기저기에서 탄식 소리가 흘렀다. 귀부인들이 사랑스러워서 견딜 수 없다는 눈빛으로 한숨을 내쉬었다.

쿤이 미소지으며 아들 이마에 살짝 입을 맞추고 아이를 보듬어 안았다. 그는 이자벨에게 말했다.

"이자벨. 어머니께 인사만 드리고 너도 그만 돌아가자."

"예, 아버지."

"청왕. 황녀는 내가 폐하께 데려갈 테니 황자부터 편히 재워요."

쿤은 망설였다. 잠시라도 딸을 눈앞에서 떼어 놓고 싶지 않았다. 하지만 점점 몸이 축 늘어지는 에카르트를 어서 편안한 잠자리에 누이고 싶은 마음도 컸다.

"황녀를 부탁드리겠습니다. 전하."

그는 꼭 붙들고 있던 딸의 손을 디안에게 넘겨주었다. 디안의 손을 잡고 멀어지는 딸을 바라보다가 발걸음을 돌렸다.

앤드류는 철왕과 함께 걸어가는 황녀의 뒷모습에서 눈을 떼지 못했다. 안타깝고 아쉬웠다. 심장 안쪽이 간질간질한 것 같으면서 초조한 기분도 들었다. 모두 소년이 처음 겪는 감정이었다.

"앤디."

앤드류는 움찔했다가 고개를 푹 숙이고 용서를 빌었다.

"죄송해요, 할아버지."

"무엇을?"

"제가 멋대로……."

란델이 씩 웃으며 손자의 작은 머리통을 쓰다듬었다. 크게 야단을 들을 줄 알았던 터라 앤드류는 조부의 손길이 부드러워 놀랐다. 어쩐지 할아버지가 기분이 좋아 보인다는 생각이 들었다.

\* \* \*

쿤은 아들을 침실에 데려다 눕힌 후 다시 연회장으로 돌아왔다. 그는 연회장 입구에 서 있는 시종에게 물었다.

"황녀는 궁으로 돌아갔나?"

"예, 청왕. 조금 전에 철왕비님과 함께 가셨습니다."

그는 고개를 끄덕이며 연회장 안쪽으로 들어갔다. 인사를 건네는 사람들에게 응대해 주면서도 시에나의 행방을 찾아 그의 눈동자는 바쁘게 움직였다.

그녀 주변에는 사람들이 잔뜩 모여 있을 텐데 어디를 봐도 몇 명씩 모인 무리뿐이었다.

쿤이 음료 쟁반을 들고 지나가는 시종을 불렀다.

"폐하께서는 어디 계시지?"

"발코니에서 쉬고 계십니다."

그는 시종이 알려 준 연회장 안쪽의 발코니로 갔다. 발코니 난간에 기대어 바깥을 바라보고 서 있는 그녀의 뒷모습이 보였다. 황제의 휴식을 방해하지 못하도록 주변을 기사들이 지키고 있고 궁인들이 대기해 있었다.

쿤은 그들을 지나쳐 발코니로 들어가면서 묶어 놓은 커튼의 줄을 풀었다. 그의 등 뒤에서 커튼이 늘어져 펼쳐졌다.

혹시 황제의 휴식이 끝나면 인사말이라도 건넬 수 있을까 기웃거리던 사람들은 청왕이 들어가면서 커튼이 드리우는 모습을 보며 의미심장하게 웃었다.

"폐하께서 금방 나오시지는 않을 것 같네요."

"그러게 말입니다."

기다리던 사람들 상당수가 돌아섰다. 물론 끈질기게 남아서 기다리는 자들도 있었다. 그들은 내세울 것이 없는 처지라 우연한 기회가 아니면 황제와 한마디 말을 나누기조차 어려웠다. 황제에게 직접 인사를 올릴 수 있다면 다리가 아픈 정도는 별 것 아니었다.


쿤은 곧바로 그녀에게 다가가 뒤에서 그녀의 허리를 끌어안았다. 그녀의 목덜미에 입을 맞추고 품 안에 가둘 것처럼 그녀를 꼭 안았다.

갑자기 끌어안기는 바람에 잠깐 긴장했던 시에나가 웃으며 고개를 돌렸다. 손을 들어 자신의 어깨에 턱을 올린 그의 볼을 감쌌다. 그가 마치 애교를 부리는 동물처럼 그녀의 손바닥에 볼을 문지르자 시에나는 웃음을 터뜨렸다.

"이자벨은 봤어?"

"응. 아까 잠깐 인사만 하고 궁으로 돌아갔어. 철왕비가 데려다준다고 하기에 그러라고 했지."

"다른 일은?"

"무슨 다른 일?"

쿤은 아까 봤던 꼬맹이를 떠올렸다. 속이 부글부글했다. 어린애 상대로 예민하게 반응할 필요가 없다는 건 알지만, 블레스 공작의 손자라니까 예전에 그녀 곁에 얼쩡거렸던 블레스 공 아들 생각이 났다.

'역시 그 노인네는 마음에 안 들어.'

블레스 공작이 아들을 내세워 시에나에게 청혼한 사실을 쿤은 나중에 우연히 알았다. 태연한 척했으나 속에서 불길이 일었다. 그때 생긴 앙금이 사라지지 않았다.

공작의 손자와 이자벨이 마주치도록 그 노인이 꾸민 게 아닌가 의심스러웠다. 물론 그럴 리는 없었다. 이자벨의 오늘 연회 참석은 즉흥적인 결정이라 아무도 몰랐다.

"……아니야."

"어떻게 된 거야? 아이들은 왜 데려왔어?"

"책 두 권을 읽어 줬는데도 우리 아들이 안 자고 버티더라고. 내가 당신을 보러 연회장으로 가 봐야 한다고 하니까 그럼 자기도 가서 당신을 만나야겠대. 그 녀석이 말하기를."

쿤은 말하다가 작게 웃음을 터뜨렸다.

"당신을 오랫동안 못 만나서 보고 싶대."

"오랫동안? 오늘 아침에 봤는데?"

"내가 그 말을 했지. 오늘 아침에 인사하지 않았느냐고. 그러니까 에카르트가 그냥 자면 내일이 될 텐데 너무 오랫동안 당신을 못보는 거라 슬프다는 거야."

두 사람이 키득거리며 웃었다. 남이 들으면 시시하다고 할 것이다. 두 사람은 아이들에 관한 에피소드라면 같은 이야기를 반복해서 들어도 질리지 않고 항상 웃음이 나왔다.

"아무튼, 안 된다고 하면 더 안 자려고 할 것 같았어. 그래, 가자, 했지."

"이자벨은?"

"누나는 빼놓고 혼자 갈 수는 없다잖아. 그리고 마차를 타러 나가는 길은 굳이 걸어가겠다고 해서 그것도 한참 걸리고……. 에휴."

남편의 하소연을 들으며 시에나는 웃었다. 그가 아들과 보조를 맞추느라 느릿하게 걷는 모습이 눈앞에 그려졌다.

"날 보러 왔다는 우리 아들은 결국은 내게 인사도 못 하고 그냥 돌아갔네?"

"평소 자는 시간보다 꽤 늦었으니까. 못 버틸 줄 알았지."

투덜거리는 그의 목소리에 아들을 향한 애정이 느껴져 시에나는 미소지었다.

"당신은? 내가 없는 동안 별일 없었어?"

"별일은 무슨. 매년 반복되는 연회일 뿐인걸."

"아까 얼핏 보니까 처음 보는 사람들과 당신이 오랫동안 말을 나누던데."

"응? 아……. 파르안 백작 부부였을 거야."

대체 그건 언제 봤을까. 그는 아까 연회장에 오래 머물지 않았고 아이들 둘을 챙기느라 정신도 없었을 것이다. 언젠가 누가 지나가듯 말한 적이 있었다.

「폐하. 청왕께서는 언제나 폐하만 보시는군요. 그분 시선 끝에 는 항상 폐하께서 계신답니다.」

문득 그 말이 떠오르자 시에나는 자꾸 입꼬리가 올라갔다. 지금 그가 등 뒤에 있어서 자신의 얼굴을 볼 수 없으니 다행이다. 지금 무척 이상한 표정을 짓고 있을 것이다.

"아. 파르안."

"아는 사람이야?"

"아니. 유명하니까 이름은 들었지."

"당신도 백작 부부의 딸 이야기를 들었구나?"

"딸? 내가 들은 이야기는 다른 거야."

"뭔데?"

"사교계에서 인정하는, 세 손가락 안에 드는 유명한 잉꼬부부가 있거든. 파르안 백작 부부가 그들 중 하나야."

시에나가 풋, 웃음을 터뜨렸다. 쿤이 사교계의 가십에 관심 있는 줄은 몰랐다.

"셋이면 나머지 둘은?"

"하나는 철왕 부부."

시에나는 고개를 끄덕여 수긍했다. 그 두 사람은 정말 사이가 좋았다. 철왕은 가끔 어디로 튈지 모르는 느낌이고 철왕비는 그런 철왕을 포근하게 감싸 안아주는 사람이었다.

철왕비의 온화한 성품은 갈수록 빛을 발했다. 그녀를 싫어하는 사람이 드물었다. 내성적인 성격인데도 비올렛은 점점 사교계에서 확고한 자신의 자리를 만들고 있었다.

"다른 하나는?"

"몰라서 물어? 당연히 우리지."

"아……."

"혹시 당신은 생각이 달라?"

"……."

등 뒤에서 그는 잠시 아무 말이 없었다. 그가 시에나의 어깨를 잡아 몸을 휙 돌렸다.

"시에나. 우리 사이에 문제가 있다고 생각해?"

그의 표정은 심각했다. 시에나는 웃으며 고개를 내저었다. 두 팔을 뻗어 그의 허리를 안으며 가슴에 고개를 푹 묻었다. 결혼한 후 한순간도 그가 자신에게 소홀하다고 느낀 적이 없었다.

"그냥 신기해서. 남들 앞에서는 드러낸 적이 거의 없다고 생각했거든. 그런데 다들 우리를 그렇게 본다고 하니까."

쿤이 안도하는 표정으로 그녀를 마주 안았다.

"파르안 백작 부부가 참 힘들게 아이를 가졌대. 하나뿐인 딸이 얼마 전에 사교계에 데뷔해서 그 얘기를 나누었어. 부부 사이가 그토록 좋다니 안타깝네."

"부부 금슬이 지나치게 좋으면 아이를 갖기 어렵다는 속설이 있기는 해."

"그런 말은 처음 들어."

"제국의 속설은 아닐지도 몰라. 어디서 들었는지 기억은 안 나."

시에나는 철왕 부부를 떠올렸다. 그들도 아이는 한 명뿐이었다. 자신에게는 아이가 둘이 있긴 하지만, 보통은 아이들을 서넛 낳으므로 많다고는 할 수 없었다.

"쿤."

시에나는 고개를 들어 그를 쳐다보았다. 그녀가 불러 놓고 보기만 하자 쿤이 고개를 숙여 그녀의 입술에 가볍게 키스했다. 살짝 닿았다가 떨어진 입술이 다시 내려왔다. 좀 더 길게 맞붙었던 입술이 떨어졌다가 다시 맞물렸다.

그녀의 벌어진 입술 사이로 그의 혀가 파고들었다. 그녀의 두 팔은 그의 목을 감았다.

두 사람의 혀가 뜨겁게 뒤얽혔다. 서로를 혀를 빨아들이고 섞이는 타액을 삼켰다. 한 장의 커튼 바깥에 수많은 사람이 있으나 개의치 않았다. 그들은 부부였고 그들의 애정 표현을 손가락질할 사람은 아무도 없었다.

농밀한 입맞춤이 끝났을 때 시에나는 숨을 몰아쉬었다. 그녀의 입안 전부를 삼킬 것처럼 달려드는 키스에 숨이 찼다. 대부분 양보해 주는 남자가 키스나 섹스만큼은 절대 주도권을 놓으려 하지 않았다.

"쿤. 우리……."

"응?"

"셋째 가질까?"

쿤의 눈동자가 흔들렸다.

"진심이야?"

"당신만 좋."

"좋지. 좋고말고."

쿤이 시에나의 말이 끝나기도 전에 대답했다. 그가 굉장히 신이 나 보여서 시에나는 놀랐다. 그가 평소에 아이를 더 원한다고 내색한 적이 없었다.

"아이를 더 갖고 싶었어? 몇이나?"

"많으면 많을수록 좋아. 내가 혼자 커서 항상 형제가 많은 집이 부러웠어."

"그런 말, 한 적 없잖아."

"아이가 태어날 때까지 가장 고생하는 사람은 당신이니까. 당신

의견에 따라야지."

"내가 둘만으로 충분하다고 하면?"

"그것도 좋아. 아이가 더 태어나지 않아도 우리는 행복할 거야. 셋째가 태어나도 역시 행복하겠지."

시에나는 미소지었다. 그의 말이 정답이었다. 가족의 수가 넷이든 다섯이든 그들은 계속 행복할 것이다.

그녀는 문득 궁금했다. 이자벨은 자신의 후계자로서 신께서 점지해 주신 아이였다. 에카르트는 꿈에서 봤던 아픈 손가락이다. 세 번째는 어떤 인연의 아이가 자신의 품으로 들어올까.

"당신도 좋다고 하니까, 아이 갖자."

쿤이 두 손을 위로 번쩍 들어 만세를 한 후 다시 시에나를 끌어안았다.

"오늘 아침에 쾌락차를 마시지 않았어."

시에나는 크게 뜬 눈을 깜빡였다.

"며칠 동안 계속된 회의에다가 저녁에는 연회까지. 당신이 피곤할 것 같아서 오늘은 얌전히 재워 주려고 했거든. 그런데 아무래도 안 되겠네."

그는 시에나의 귓가에 쪽 소리가 나도록 입맞춤한 뒤에 잔뜩 가라앉은 목소리로 음험하게 속삭였다.

"오늘부터 이 한 몸 바쳐 열심히 노력하겠습니다. 폐하."

시에나는 헛웃음을 터뜨렸다. 하지만 그날 밤, 쿤의 은밀한 예고는 그저 예고만으로 끝나고 말았다.

거나하게 취한 왕국의 대표들이 잔뜩 흥이 올라 분위기를 주도

하면서 연회장은 자정을 훌쩍 넘은 후에도 시끌벅적했다.

황제 부부는 새벽녘에 연회장을 겨우 빠져나왔다. 쿤이 황제의 침실로 들어갔을 때 시에나는 자고 있었다.

그녀는 제대로 이불을 덮지 않고 어중간한 위치에 옆으로 누운 구부정한 자세 그대로 잠들었다. 그를 기다리다가 잠든 모양이었다.

쿤은 조심히 그녀를 안아 들고 침대에 편히 눕혀 주었다. 그는 그녀의 옆자리에 비스듬히 자세를 틀고 누웠다. 한쪽 팔로 머리를 받쳐 곤히 자는 그녀의 얼굴을 내려다보았다. 잠든 얼굴이 평소보다 어려 보였다.

그녀의 이마를 덮은 머리카락을 부드럽게 쓸어 넘겼다. 그는 종종 딸과 아들의 머리맡에서 아이들이 자는 모습을 바라보곤 했다. 그때 느끼는 뭉클한 감정은 지금 느끼는 감정과 비슷하면서도 달랐다.

그녀를 보고 있으면 가슴 안쪽이 부들부들해졌다가 온몸의 피가 끓어오르는 것처럼 뜨거워졌다.

내 운명, 내 연인, 내 아내, 내 아이들의 어머니.

"사랑해, 시에나."

나직이 속삭이는 그의 얼굴에 행복한 미소가 가득했다.

\*　　　\*　　　\*

늦게까지 연회에 참석한 다음 날은 시에나도 다소 게으름을 부리곤 했다. 쿤과 결혼 생활을 하는 동안 그녀는 조금은 더 느긋해지고 지나치게 스스로 다그치지 않게 되었다.

그녀의 변화는 나이 탓일 수도 있고 아이를 낳고 기르면서 세상을 더 넓은 눈으로 볼 수 있게 된 덕분일 수도 있다.

그런데 시에나는 쿤이 자신에게 미친 영향이 상당할 거라고 생각했다. 그는 어떤 일에도 조급해하는 적이 없었다. 그의 여유로움은 주변 사람들에게 신뢰감을 주었다. 그게 참 좋아 보였다.

그들은 평소보다 늦은 시각에 일어나 침실 안에서 늦은 아침을 먹었다. 언제나 그렇듯 부부가 함께하는 아침이었다.

시중을 드는 시녀들이 가까이에서 대기해야겠지만, 식사만 차려두고 모두 물러갔다. 두 사람만 공유하는 시간을 내는 일은 쉽지 않았다. 그래서 기회만 닿으면 아랫사람들을 모두 물렸다.

쿤이 아까 일어나자마자 들은 소식을 전했다.

"대표들의 귀국이 늦어지겠어. 레신 왕자가 술병이 났다는군."

시에나가 살짝 미간을 찌푸렸다. 레신 왕자는 주당으로 유명했다. 어제 연회장에서도 꽤 취해 있었다.

"아마 다른 대표들도 며칠 더 머문다고 할 거야."

"왜? 그들도 술병이 났대?"

"핑계는 다양할 테지만 사실은 만물장 구경을 하고 싶어서겠지."

이번 제국의회 시기가 만물장이 열리는 기간과 겹쳤다. 제국 수도에서는 매년 열리는 만물장이지만, 수도 이외의 지역 사람들이나 타국인들에게는 진귀한 구경거리다.

하지만 각국 대표들은 제국에 놀러 온 게 아니다. 그들이 왔다 갔다 하는 비용과 체류비가 적지 않았다.

그건 모두 자국의 나랏돈이고 하루라도 빨리 귀국하는 게 비용을 아끼는 길이다. 따라서 장터 구경을 하고 싶어 귀국을 늦춘다고 당당히 말할 수는 없을 것이다. 레신 왕자의 술병도 거짓 핑계일 가능성이 컸다.

그들이 한심하여 시에나는 혀를 찼다.

'시끄러운 일은 없었으면 좋겠는데.'

하필 두 기간이 겹치는 것이 달갑지 않았다. 만물장이 열리는 동안은 수도의 경비가 느슨했다. 워낙 많은 사람이 모여들어 사건 사고가 잦았다. 사고에 휘말려 대표 중 누군가 다치기라도 하면 뒷수습이 성가셨다.

'만물장……'

꽤 오래전 가 보았지만, 활기차고 시끄러웠던 장터의 모습이 아직 생생했다. 가끔은 그날이 생각났다.

"우리도 갈까?"

"……응?"

잠시 옛 생각에 빠져 있다가 시에나는 시선을 들었다. 눈이 마주친 그가 싱긋 웃었다.

"오늘, 미룰 수 없는 일이 많아?"

"그다지……"

굵직한 일정이 끝났다. 며칠은 한가할 것이다.

황제는 아침부터 밤까지 시간을 쪼개서 써야 하는 자리이므로 돌발 상황 때문에 일정이 어긋나 줄줄이 밀리기 시작하면 걷잡을 수가 없었다. 그래서 반복되는 공식 행사가 끝난 후에는 틈이 있도록 일정을 짰다.

"당신이 즉위한 지 육 년이 됐어. 이쯤이면 암행 한 번은 나가 줘
야지."

"암행…… 이라고?"

"그럼. 암행이고말고."

시에나는 내키지 않았다. 술병 핑계를 대는 레신 왕자와 다를 게
뭔가. 비록 그녀가 옛날보다는 융통성이 늘었다고 해도 기본적으
로 일탈을 즐기지 않는 사람이었다.

쿤은 그녀의 미지근한 반응에도 개의치 않았다. 어쩌면 시에나
자신보다도 그녀를 잘 파악하고 있었다.

"당신이 바꾼 빈민가의 모습을 보고 싶지 않아?"

시에나는 웃음을 터뜨렸다. 정말 못 당하겠다.

"좋아. 가자."

그녀는 기꺼이 그가 흔드는 미끼를 잡았다.

*　　　*　　　*

말쑥하게 옷을 차려입고 반가면을 쓴 사내가 깃펜 상점으로 들
어갔다. 고급 상점의 내부는 널찍했다. 이미 매장 안에 진열된 상품
들을 구경하는 고객들이 몇 있었다. 옷차림이 모두 고급스러웠다.

사내가 채 몇 걸음 들어가지 않아서 지배인이 달려 나와 고개를
숙였다.

"오셨습니까, 안으로 모시겠습니다."

사내가 지배인과 안으로 들어간 후 고객 중 누군가가 아는 척을 했다.

"아무래도 저분이 미스터 크라운 같지 않소?"

"아, 그 유명한?"

무언가를 수집하는 취미는 다양한 품목을 대상으로 한다. 그런데 수집 물품의 가격이 높을수록 고급 취미로 분류했다. 깃펜 수집은 고급 취미이면서 아니기도 했다. 워낙 가격대가 다양하기 때문이다.

미스터 크라운은 깃펜 수집가들 사이에서 어떤 수집가를 일컫는 별명이었다. 그는 몇 년 전, 깃펜 박람회에 혜성처럼 등장했다.

깃펜 박람회는 반년에 한 번 열린다. 수집가라면 반드시 참석해야 하는 가장 큰 행사이며 전시, 판매, 경매 등이 이루어졌다.

박람회장에서의 깃펜 매매는 돈을 주고받는 게 아니라 본인이 가진 깃펜을 내놓아 교환하는 방식이었다. 미스터 크라운은 그날 돈 주고도 구하기 어려운 깃펜을 경매로 부치고 평범한 깃펜들로 교환해 갔다.

반년 후, 또 반년 후에도 같은 일이 벌어졌다. 사람들은 그가 내놓는 물건이 모두 엄청난 귀물이라 놀라는 한편 그의 기행을 의아해하며 때로는 안목을 비웃었다.

그런데 그 사내가 교환해 간 평범한 깃펜이 가치를 인정받으면서 그 깃펜 제작자의 물건이 모두 값이 엄청나게 뛰었다.

그 후 그 사내는 수집가들 사이에서 유명해졌다. 좁은 바닥이라 건너 건너면 다 아는 사람이다. 그러나 사내의 정체를 아는 사람이 없었다. 그는 다른 수집가들과 교류하지 않았다. 항상 반가면을 쓰고 나타나 더욱 사람들의 호기심에 불을 질렀다.

타국의 왕족이라더라, 막대한 유산을 물려받은 거부다, 말만 무성했다. 수집가들은 신비한 사내를 미스터 크라운이라고 부르기 시작했다.

"생각보다 젊은 분 같소."

"체격을 봐서는 혹시 기사 가문 태생이 아닐까요?"

"기사와 깃펜? 정말 안 어울리는 조합이로군."

"그런가요……?"

"누구건 무슨 상관이겠소. 저분의 컬렉션을 구경할 수만 있다면 소원이 없겠소."

사내가 지배인과 함께 들어간 안쪽 문이 열렸다. 떠들던 자들이 입을 다물고 다들 진열장으로 고개를 돌려 구경하는 척했다. 문으로 걸어가는 사내의 뒤에서 지배인이 허리가 꺾어지도록 인사했다.

"감사합니다. 언제든 찾아 주십시오."

신비한 수집가 미스터 크라운, 길버트는 상점을 나오며 흐뭇하게 웃었다. 옷 위로 가슴께를 더듬어 방금 받은 깃펜 상자가 안주머니에 무사히 있는지 다시 확인했다.

그는 오랫동안 눈여겨봐 둔 깃펜을 드디어 손에 넣어 기분이 좋았다. 이 깃펜은 본래의 소유자가 있었고 길버트가 갖고 있던 깃펜과 교환했다. 상점의 지배인이 수수료를 받으며 중간에서 매개해 주었다.

수수료를 내느라 오랫동안 모은 돈을 모두 털어 넣었지만, 아깝지 않았다. 방금 얻은 깃펜의 가치에 비하면 수수료는 푼돈이었다.

'감사합니다.'

길버트는 허공을 응시하며 감사를 전했다. 자신의 취미 생활을 후원해 주는 그분께.

그는 황제 폐하를 근접에서 보위하는 근위대장의 자리까지 올랐다. 그래도 불법적인 뒷돈을 착복하지 않는 한 그가 받는 봉록으로는 깃펜 수집을 즐기기에 턱없이 부족했다.

라드 후작, 이제는 청왕이신 그분은 지금도 꾸준히 길버트에게 깃펜을 보내 주었다. 처음엔 계속 사양했다가 직접 청왕을 뵙고 말씀드려도 안 되어서 황제 폐하께 읍소하기도 했다.

그러나 모두 소용없었다. 황제께서도 그냥 받으라고 대수롭지 않게 말씀하시니 길버트는 어찌할 줄을 몰랐다.

그는 권력이든 재물이든 욕심이 없지만, 아름다운 깃펜을 바라보고 있으면 기쁨이 가득 차오르고 황홀해졌다. 수집욕이 충족됐을 때의 그 쾌감에 길버트는 서서히 무너졌다.

처음에는 깃펜을 받아 모셔 두기만 했다가 시간이 지나면서 과감해졌다. 받은 깃펜 중에 겹치는 물건이 있으면 그것을 다른 것과 교환해 자신의 수집품 목록을 점점 늘렸다.

그는 자신도 모르는 사이에 깃펜 수집가들 사이에 유명인이 되었다.

길버트는 고개를 돌렸다. 지나가는 사람이 별로 없는 고급 상점 거리에서 바로 이어지는 길은 사람들이 우글우글했다. 평소에도 붐비는 장터가 만물장이 열려 혼잡 그 자체였다.

'아무래도 길을 돌아서 가야겠군.'

귀한 깃펜이 품 안에 있다. 사람 많은 곳으로는 불안해서 갈 수 없었다. 그는 무심히 고개를 돌리려다가 멈칫, 다시 시선을 돌렸다. 용병 차림새의 남자가 지나가는 모습이 눈에 들어왔다.

분명히 처음 보는 남자였다. 그런데 이상한 느낌이 그를 잡아끌었다. 그는 예민한 편이 아니었다. 그래서 가끔 발동하는 자신의 감을 무시하지 않았다. 길버트는 무작정 그 남자의 뒤를 밟았다.

남자는 일행이 있었다. 일행마저 수상했다. 아예 얼굴이 보이지 않을 정도로 로브 후드를 푹 뒤집어썼다.

만물장 기간에는 어지간하면 검문하지 않음이 관행이었다. 길버트는 그런 관행에 손을 볼 필요가 있지는 않을까, 심각하게 고민했다.

장터가 복잡하여 조심하지 않아도 뒤를 쫓기가 수월했다. 그들의 행방을 놓치지만 않으면 들키지 않고 미행할 수 있을 것 같았다. 모퉁이를 돌아서는 순간, 길버트는 강한 힘으로 멱살이 잡힌 채 등이 벽에 부닥쳤다.

"뭐 하는 새끼야."

사납게 으르렁대는 목소리가 귀에 익었다. 반사적으로 방어하려던 길버트의 몸에서 힘이 빠졌다. 얼굴에 덮인 반가면이 획 벗겨져 날아갔다. 눈이 마주친 사내가 험상궂은 표정 그대로 굳었다.

"엥?"

우스는 가면을 벗기고 드러난 얼굴을 보며 당황했다.

"여기서 뭐 해요?"

길버트가 목이 졸리는 소리로 기침하자 우스가 얼른 쥐고 있던 멱살을 놓아주었다.

"칼리 경이야말로 길 가던 사람에게 무슨 짓입니까?"

"그야 수상쩍은 자가 뒤를 밟으니까 그랬죠."

"칼리 경 뒤를 밟은 적 없습니다만?"

"내가 아니라요."

"그럼 누……. 아…….."

우스 칼리가 호위할 사람이라면 청왕, 그분인가.

'그럼 아까 그 용병이?'

길버트는 청왕께서 중요한 일을 하는 중이라고 추측했다. 용병의 동행인이 황제일 거라고는 상상도 하지 못했다.

"그분이셨군요."

"몰랐으면서 왜 따라왔어요?"

"그냥 지나치면 안 될 것 같았습니다."

"흐음. 감이 꽤 좋네요."

"나 때문에 호위에 빈틈이 생긴 것 아닙니까?"

"괜찮아요. 나 말고도 호위는 있으니까. 마침 잘됐네. 담쟁이 저택으로 가서 기다려요. 거기로 오실 거예요."

"……칼리 경은요?"

"황궁에 가 봐야 해요. 내일 오전에 검술 수업이 있어서요."

"아. 황녀님을 가르치신다지요? 내일부터입니까?"

우스가 히죽 웃었다.

"하루라도 일찍 시작하면 좋지요. 황녀님께서 내게 꼭 배우고 싶다고 하시는데 뭐, 어쩔 수 있나요."

뻐기는 표정에 좋아서 어쩔 줄 몰라 하는 속내가 그대로 드러났다. 길버트는 우스가 황녀의 검술 스승이 되기까지의 과정을 생각하며 피식 웃었다.

황녀는 '칼리 경'을 검술 스승으로 지목했다. 문제는 칼리 경이 둘이었다.

칼리 형제는 비무를 통해 황녀님의 스승 자리를 결정했다. 두 사람은 황궁 안에서 대결하지 않고 어디론가 가서 결정 짓고 돌아왔다.

돌아왔을 때 두 사람 얼굴은 엉망이었다. 검을 들고 겨루다가 나중에는 주먹질로 싸웠구나, 짐작했다.

잔뜩 멍이 든 얼굴로 우스는 온종일 웃고 다녔다. 승자는 누가 봐도 우스였다.

우스 칼리는 황궁 기사들 사이에서 '악마', '괴물', '지랄견' 등으로 불렸다. 마틴 칼리의 악명은 그보다 덜할 뿐이지 누구에게도 편한 사람이 아니었다. 그런 칼리 형제에게 어린 황녀님은 유일한 약점이었다.

"그럼 뒷일 부탁해요."

우스는 길버트의 대답도 듣지 않고 휙 돌아섰다. 길버트는 순식간에 멀어지는 우스의 뒷모습을 보며 때늦은 질문을 중얼거렸다.

"내일 오전 수업이라면서 이따 호위가 끝난 후에 돌아가도 되는 것 아닌가?"

                        *        *        *

　시에나는 쿤과 함께 빈민가로 들어갔다. 그녀는 내심 실망했다. 고작 몇 년 만에 엄청난 변화가 있을 거라고 기대하지는 않았다. 그래도 뭔가 달라졌기를 바랐는데 오래전에 봤던 원시적인 주거 형태는 그대로였다.

　쿤이 허름한 건물을 가리키며 말했다.

　"저기가 학교야."

　그녀는 또다시 실망했다. 좀 더 번듯할 줄 알았다.

　빈민가에 교육 기관을 세우는 일은 그녀가 했던 정책 중에 가장 반발이 컸다. 정책의 취지는 빈민가의 백성이 교육을 통해 바깥세상으로 나올 기회를 만들어 주기 위함이었다.

　그러기 위해서는 과정을 수료하면 어디서든 인정받을 수 있는 양질의 교육을 제공해야 한다. 시설을 마련하는 비용 문제는 둘째이고 사람을 구하는 일이 어려웠다. 빈민가 학교에 교사로 가려는 사람이 없었다.

　자원하는 자가 없으니 어쩔 수 없이 관리를 동원했다. 일정 기간 이상 반드시 빈민가 학교에 교사로 재직한 경력이 있어야 승진이 가능한 정책을 시행했다.

　시행한 지 몇 년이 되었으나 여전히 불만이 많았다. 시정을 바라는 상소가 꾸준히 올라왔다. 항상 들려오는 말이 부정적이어서 시에나는 요즘 생각이 많았다. 자신이 너무 성급했나 싶었다.

　"들어가 볼까?"

"들어갈 수 있어?"

"후원금을 준다고 하면 어디서든 환영이지."

쿤이 장담한 대로 두 사람은 그럴듯하게 꾸민 응접실에서 교장과 마주 앉았다.

"어디서 오신 분들입니까?"

"상인이오. 상단을 갖고 있지. 내 상단은 계속 이동하기 때문에 직원을 구하기가 쉽지 않소. 여기에 후원하면 쓸 만한 인재를 구할 수 있겠소?"

"아, 정말 잘 오셨습니다. 우리 학교는……."

교장은 이 학교에서 얼마나 훌륭한 교육을 제공하고 명석한 졸업생들을 배출할 예정인지에 관해 줄줄이 설명을 늘어놓았다. 교장 말만 들어서는 빈민가에 있는 이 낡은 학교가 일류 학교 못지않았다.

교장은 성적 우수생들의 명단을 가져와 추천하는 열정도 보였다. 교장이 진심으로 학교를 발전시키려는 의지가 보여 시에나는 아까보다 훨씬 기분이 나아졌다. 환궁하면 교장에게 따로 포상을 내려야겠다고 생각했다.

"흠. 그런데 말이오. 듣자 하니 제국의 황제께서 이곳에 학교를 세워 주셨다던데. 굶주린 자들이 넘쳐 나는 이곳에서 책 몇 줄 읽는 게 무슨 의미가 있겠소. 차라리 식량을 나눠 주는 편이 낫지 않소?"

사근사근하던 교장의 표정이 굳었다.

"하나는 알고 둘은 모르십니다. 음식은 잠깐의 주린 배를 채울 수는 있겠으나 부른 배는 꺼지면 그만입니다. 이 학교는 아이들에게 평생 식량을 구하는 방법을 가르쳐 줄 겁니다. 며칠 배가 부른 것과는 비교할 수 없습니다. 학교에서 교육받은 아이들은 이곳을 떠나면 자신의 배움으로 장차 세상을 이롭게 할 거라고 믿습니다."

"그걸 누가 장담할 수 있소? 눈에 보이는 효과가 과연 있을지 알 수 없거니와 까마득한 먼 훗날의 일 아니오?"

교장이 흐릿하게 웃으며 고개를 끄덕였다.

"맞습니다. 누구도 미래는 알 수 없습니다. 하지만 위대하신 황제 폐하께서는 혜안으로 먼 앞날을 내다보시고 이 절망의 거리에 학교를 세우셨습니다. 사람 취급도 받지 못하는 저희에게 기회를 주셨지요. 저는 그분의 현명함과 자애로움이 백성들의 고통을 어루만져 주실 거라고 믿습니다. 이 학교는 황제 폐하의 위대한 업적으로 남을 겁니다."

쿤은 지니고 있던 보석을 학교에 후원금으로 내놓았다. 교장의 극진한 배웅을 받으며 두 사람은 학교에서 나왔다. 교장은 아무 탈 없이 빈민가에서 나갈 수 있도록 길잡이도 붙여 주었다.

빈민가에서 서쪽 거리로 들어서는 초입까지 길잡이가 배웅했다. 보이지 않는 경계가 존재하는 것처럼 길잡이는 더 나오지 않았다. 길잡이는 돌아서자마자 빠르게 뒷골목 안쪽으로 사라졌다.

빈민가로 이어지는 골목에는 인적이 없었다.

"이제 어디로 갈까? 장터?"

"……"

"시에나?"

쿤은 고개를 돌리고 서 있는 시에나의 앞으로 다가갔다. 눌러 쓴 후드를 위로 들추고 그녀의 턱을 잡아 들었다. 흘끔 시선을 들었다가 다시 내리는 그녀는 어쩐지 부끄러워하는 것 같았다. 도무지 그녀답지 않은 표정이 귀여워서 쿤은 그녀의 입술에 키스했다.

"왜 그러십니까, 폐하?"

"그런 말……."

"음?"

"……들으려고 간 건 아니야."

"무슨 말?"

"……."

그녀를 유심히 살피던 쿤의 입술이 짓궂게 휘어졌다.

"위대하신 황제 폐하? 그분의 현명함과 자애."

"그만해."

시에나가 손을 들어 그의 입을 막았다. 그는 키득거리며 그녀의 손바닥에 쪽, 쪽 입을 맞추었다. 그녀는 온갖 미사여구를 곁들인 찬사에 익숙한 사람이었다. 머쓱해 하는 그녀의 반응이 새삼스러웠다.

"그자의 말이 당신을 불편하게 했어? 그자는 당신이 누군지 몰랐고 의도가 있어서 한 말이 아니야."

"……알아."

쿤은 미소지었다. 그녀가 느끼는 감정이 어렴풋이 와 닿았다. 그녀는 아부할 의도가 전혀 없는 진심 어린 찬사를 처음 들은 것이다. 전혀 모르는 백성한테서 날 것 그대로의 칭송을 들어 기쁘면서도 당황스러운 거다.

시에나는 그에게 물었다.

"왜 그랬어?"

쿤은 교장의 속을 떠보는 질문을 했다. 교장의 대답을 어느 정도
는 유도했다.

"내가 시킨 거 아니야."

"그런 의심은 안 해. 그자가…… 안 좋은 말을 할 수도 있었잖아."

"그랬다고 해도 당신은 상처받지 않았을 거야. 당신은 강한 사람
이고 다양한 의견을 존중하니까. 하지만 나쁜 말이 나올 리가 없지.
당신 자신을 과소평가하지 마."

그는 그녀의 볼을 부드럽게 쓸었다.

"당신이 올바른 길로 가고 있다고 알려 주고 싶었어. 시에나. 자
신을 믿어. 당신보다 나은 선택을 할 수 있는 사람은 없어."

시에나는 말없이 그를 바라보다가 시선을 떨어뜨리고 고개를 끄
덕였다. 그가 주는 단단한 신뢰가 감격스러웠다.

온 세상 사람이 자신에게 등을 돌리는 순간이 오더라도 이 남자
만 흔들림 없이 자신의 곁에 있어 준다면 절망하지 않을 것이다.

"자, 그럼 장터로 나가 볼까?"

시에나는 고개를 좌우로 흔들었다.

"장터……. 안 가?"

"안 갈래."

쿤의 눈동자가 흔들렸다. 그럼 환궁인가? 모처럼의 데이트가 겨
우…….

학교에 들른 일이 그녀를 자극한 모양이다. 해야 할 일이 잔뜩 떠
오른 것이겠지. 장터 구경을 먼저 하고 나서 빈민가에 갈 것을 그랬
다. 쿤은 실망감을 애써 감추었다.

"쿤."

시에나가 그를 끌어안았다.

"장터 구경보다는 당신과 둘만 있고 싶어."

그의 눈빛이 점점 짙게 가라앉았다. 그는 그녀의 이마를 반쯤 덮을 후드를 아래로 내려 그녀의 얼굴을 완전히 감추었다. 그녀의 손을 붙들고 성큼성큼 걷기 시작했다. 그에게 끌려가듯 걸어가는 그녀의 심장이 두근두근 뛰었다.


담쟁이 저택으로 들어간 두 사람을 발터가 맞이했다.

쿤의 거처가 황궁으로 옮겨졌으나 저택은 계속 관리했다. 그가 라드 일족의 장으로서 업무를 처리하기 위한 집무실은 담쟁이 저택에 그대로 두었다. 자잘한 일은 모두 위임하고 반드시 검토해야 할 일이 쌓이면 저택에 들러 처리했다.

"다녀오셨습니까."

아침에 나갔다가 저녁에 들어오는 주인을 맞이하듯 발터는 인사를 올렸다. 발터의 옆에 길버트가 함께 있었다.

"경이 어쩐 일이오?"

길버트는 낯선 사내가 청왕의 목소리로 아는 척해도 당황하지 않았다. 아까 장터에서 뵀었던 모습은 변장이었을 거라고 이미 짐작했다.

"칼리 경으로부터 호위 임무를 인계받았습니다."

쿤이 삐딱하게 고개를 기울였다.

"인계? 경에게 떠넘기고 튀었다는 건가?"

"그게 아니라, 칼리 경은 내일 황녀님의 검술 수업 준비를, 크억!"

길버트는 쿤의 곁에 서 있는 사람이 후드를 벗는 모습을 무심코 봤다가 괴성을 질렀다.

"폐, 폐하?!"

시에나가 말했다.

"경. 오늘은 비번이 아닌가?"

쿤이 혀를 찼다. 이자벨의 검술 수업은 모레부터다.

"경이 왜 그 녀석 할 일을 쉬는 날에 대신 떠맡는 거요."

"두 분의 안위를 지키는 일은 근위 대장으로서 마땅히 해야 하는 소임입니다. 제 소임을 다할 뿐입니다."

우직한 대답을 하는 길버트를 바라보는 쿤의 시선이 미묘했다. 사람은 참 좋은데 고지식하달까, 너무 무르달까. 휘둘리기 쉬운 사람이었다. 그녀 같은 좋은 주인을 만나서 다행이다.

시에나가 언젠가 길버트와 우스는 순수한 점이 닮은 것 같다고 말한 적이 있었다. 그 자리에서는 굳이 반박하지 않았지만, 그녀는 우스를 아직 파악하지 못했다. 우스가 단순해 보여도 필요할 때는 제대로 머리를 굴렸다.

"발터. 식사는 안쪽 응접실에 차려 놔. 부를 때까지는 누구도 이 층에 얼씬 못 하게 하고."

"예, 쿤."

"오랜만이군. 변함없이 여기를 지키느라 수고가 많네."

"황공하옵니다, 폐하."

발터가 감격한 표정으로 고개를 숙였다.

황제 부부가 계단을 올라 2층 위로 완전히 사라진 후 길버트가
발터에게 물었다.

"오늘…… 환궁하지 않으실까요?"

"예. 그럴 계획으로 나오셨습니다. 모르셨습니까?"

"……."

우스는 호위 임무를 떠넘기면서 오늘 집에 돌아가지 못할 거라
고 말해 주지 않았다. 길버트는 가슴 안쪽의 깃펜 상자를 더듬으며
한숨을 내쉬었다.

*　　*　　*

시에나는 문을 열고 안으로 들어서자마자 감탄했다. 여기를 마
지막으로 다녀간 적이 언제였더라.

오래전, 그를 만나기 위해 누구도 모르는 밤 외출이 빈번했던 시
기가 있었다. 저택의 집사는 언제나 그녀를 주인의 침실로 이어지
는 응접실로 안내했었다.

쿤이 변장을 지우러 잠시 자리를 비운 동안 시에나는 응접실을
돌아다니며 옛 추억에 잠겼다. 그때 기억했던 모습이 그대로 남아
있었다. 심지어 응접실 구석의 옷장조차도 그 자리에 있었다.

그녀는 옷장으로 다가가 손잡이를 당겼다.

'없네.'

망토를 걸친 드레스는 없었다. 옷장은 텅 비었다. 이곳에 있던 옷의
행방을 도무지 짐작할 수 없었다. 그가 버리지는 않았을 것 같았다.

문이 열리는 소리를 듣고 시에나는 고개를 돌렸다. 역시 원래 저 남자의 얼굴이 좋다. 반가운 마음에 활짝 웃었다.

그가 빠른 걸음으로 순식간에 다가와 그녀의 턱을 쥐고 그녀의 입술을 집어삼켰다. 조건 반사처럼 벌어지는 입술을 비집고 그의 혀가 파고들었다. 그녀의 입안을 휘젓고 혀를 휘감아 올렸다.

"흣……."

그녀의 목 안에서 신음이 울렸다. 시에나는 눈을 꼭 감고 날숨마저 삼키는 그의 집요한 키스에 속수무책으로 끌려갔다. 혀뿌리가 당기도록 강하게 혀가 빨렸다. 그의 어깨에 얹은 손가락이 찌릿찌릿했다.

그녀는 오늘 남장 차림을 했다. 무릎 아래까지 덮는 긴 로브를 걸친 안쪽에 셔츠와 바지를 입었다.

로브가 바닥으로 흘러내렸다. 그는 맞닿은 입술을 끊임없이 비비고 핥으면서 그녀의 몸을 더듬었다. 두 손으로 셔츠의 앞섶을 잡고 그대로 잡아당겼다. 뜯겨 나가는 단추가 사방으로 튀었다.

셔츠가 벗겨지면서 그에게 붙들린 몸이 휙 돌아갔다. 시에나는 눈에 보이는 소파의 등받이를 반사적으로 붙들었다.

그녀는 셔츠 안에 특수한 옷을 입었다. 가죽을 단단하게 무두질한 조끼인데 몸의 곡선을 감추어 주었다. 만약의 경우에는 갑옷 역할도 했다. 보통의 옷과 입는 방식이 반대였다. 앞을 여미는 게 아니라 앞은 통으로 막혀 있고 등 뒤에서 가죽끈을 교차해 묶었다.

투둑, 끊어지는 소리를 들으며 시에나는 기가 찼다. 사람의 무게도 견디는 질긴 가죽끈을 손아귀 힘으로 끊다니. 힘자랑하는 건가.

순식간에 조끼가 벗겨졌다. 그의 두 손이 그녀의 가슴을 움켜쥐었다. 그의 입술이 어깨를 타고 올라가다가 이를 세워 목덜미를 물었다.

"읏."

시에나는 몸을 움츠렸다. 가슴을 주무르는 손에서 그의 조급함이 느껴졌다. 대체 이 남자가 왜 이렇게 흥분했는지 모를 일이었다.

그녀의 몸이 다시 돌아갔다. 곧바로 그가 입술을 겹쳤다. 뜨겁게 밀려 들어오는 열기가 그녀의 입안을 가득 채웠다. 혀끼리 맞닿아 문지르는 미끈한 감각에 소름이 오싹 돋았다.

그가 너무 서두른다고 생각하면서도 그녀 역시 달아올랐다. 솔직히 그가 자기 자신을 주체하지 못하고 달려드는 모습이 싫지 않았다.

숨이 차도록 몰아붙이는 키스 후에 그가 그녀의 턱 아래에 깊이 고개를 들이밀어 입술을 붙였다. 그녀의 턱이 저절로 들렸다. 드러나는 그녀의 목선을 따라 키스하다가 탐스러운 가슴을 입안 가득 삼켰다.

"아!"

시에나의 머리가 더 뒤로 젖혀졌다. 그의 손이 그녀의 등을 받쳐주어 넘어질 염려는 없었다. 하지만 무게 중심이 뒤로 쏠리자 그녀는 두 손으로 그의 머리를 끌어안았다.

강한 흡입력으로 그가 가슴을 쭉쭉 빨아들였다. 타액으로 젖는 유두가 단단하게 곤두섰다. 그가 입술 끝으로 유두를 물어 문지르고 혀끝으로 파고들었다.

"으응. 아⋯⋯."

그녀의 숨소리가 점차 거칠어졌다. 몽글몽글한 기운이 아랫배에 뭉치기 시작했다. 빨아들이는 힘이 강해서 유두가 아릿했다. 약간의 통증은 쾌감이 되어 온몸으로 번졌다.

다리 사이가 뜨거워졌다. 오므리려는 허벅지 안쪽으로 그의 다리가 들어왔다. 두 사람의 다리가 얽히면서 하복부가 맞닿았다. 시에나는 그의 성기가 터질 것처럼 부풀어 단단해졌음을 느끼고 흠칫했다.

"하아⋯⋯."

그녀는 단숨을 몰아쉬었다. 그의 장대한 물건이 빠듯하게 안을 채우는 강렬함을 기억했다. 질구 안쪽이 저릿하게 조여들었다. 그녀의 가슴이 타액으로 축축해질수록 그녀의 사타구니 안쪽도 빠르게 젖었다.

그의 손이 그녀의 엉덩이를 강하게 움켜쥐었다가 바지 안쪽으로 들어갔다. 손가락이 둔덕 아래에 감추어진 균열을 문질렀다. 그가 손가락을 세워 질구 안으로 파고들었다. 애액으로 젖은 입구가 저항 없이 긴 손가락을 삼켰다.

"흐읏!"

그녀의 팔이 그의 목을 감았다. 휘청이는 몸을 그가 한 손으로 붙들어 지탱했다. 질벽을 파고들었다가 빠져나오는 손가락이 점점 빠르게 움직였다.

"아⋯⋯. 하아⋯⋯."

그의 손가락이 움직이는 방향을 좇아 그녀의 엉덩이가 흔들렸다. 다리 안쪽 깊은 곳에서부터 번지는 쾌감이 아슬아슬하게 찰랑거렸다. 도드라진 은밀한 돌기는 반복되는 자극을 견디지 못하고 작은 폭발을 일으켰다.

"으응!"

그녀는 그의 목을 더 강하게 끌어안았다. 강렬한 쾌감이 그녀의 온몸을 훑고 지나갔다. 다리에 힘이 풀렸다. 푹 기대어 안기는 그녀를 끌어안으며 그의 눈동자가 탁하게 가라앉았다. 그녀의 뒤통수를 감싸며 입술을 겹쳤다. 여린 살점을 빨아들이는 탐욕스러운 키스가 이어졌다. 가슴을 주무르는 손이 단단해진 끝을 잡아 문질렀다.

쾌감의 여운이 가라앉기 전에 이어지는 자극은 강렬했다. 그녀는 머릿속이 흐물흐물해졌다. 몸에 힘이 들어가지 않았다.

그가 이끄는 대로 뒷걸음치고 그가 팔을 잡아 돌리는 대로 몸이 돌아갔다. 그가 등을 누르는 힘에 그녀는 원형의 테이블에 상체만 엎드렸다. 반들반들하고 차가운 나무에 가슴이 짓눌렸다.

뒤에 그가 있었다. 치골에 걸쳐져 있던 바지가 허벅지 아래로 벗겨졌다.

시에나는 긴장된 숨을 삼켰다. 시작부터 뒤로 삽입하는 결합은 처음이었다. 말 한마디 없이 그녀를 집어삼키는 남자는 전에 없이 야만적이었다. 그녀는 묘하게 흥분된 기분으로 야릇하게 숨을 헐떡였다.

속옷마저 벗겨져 축축한 다리 사이에 한기가 밀려들었다. 커다란 손이 그녀의 둔부 아래쪽을 잡아 벌렸다.

'아······.'

그녀는 손등에 이마를 대고 가늘게 몸을 떨었다. 구멍이 열리는 느낌이 적나라했다. 단단하면서도 부드러운 살덩이가 엉덩이골에 바짝 밀착한 채 질구를 문질렀다. 뭉툭한 끄트머리가 살짝 안으로 파고들었다가 뒤로 물러났다.

그는 거칠면서도 다정했다. 얕게 들어왔다가 나가기를 반복했다. 그녀의 몸이 놀라지 않도록 성실하게 예고했다. 조금씩 점점 깊게 파고들었다.

두툼한 귀두를 삼키는 질구가 움찔거렸다. 두 사람의 호흡 소리가 점점 거칠어졌다. 누구의 것인지 알 수 없게 뒤섞였다.

"쿤······."

당신을 원해.

그는 그녀가 보내는 신호를 놓치지 않았다. 그녀의 깊은 안쪽으로 돌진했다. 음낭이 그녀의 엉덩이를 때릴 정도로 거세게 치받았다.

"흐윽!"

숨이 턱 막혔다. 질벽이 한계까지 벌어지는 느낌이 생생했다. 뒤에서 꿰뚫리는 압박감은 다른 체위보다 훨씬 버거웠다. 단번에 안쪽을 깊이 건드리는 감각에 몸이 소스라쳤다.

쑥 빠져나간 그가 뿌리 끝까지 박아 넣었다. 반복되는 추삽질이 빠른 속도로 이어졌다. 거대한 그를 받아들이기 위해 몸은 본능적으로 물을 흘렸다. 허벅지로 흐르는 애액이 그의 살과 부딪쳐 음란한 소리를 냈다.

"흑! 아!"

묵직한 테이블이 덜컹덜컹 흔들렸다. 땀이 배어 나오는 상체가 테이블에 짓눌려 달라붙었다. 몸의 흔들림이 적은 대신 그가 치밀어 올릴 때마다 그 충격을 고스란히 받았다. 찔러 넣는 방향이 바뀌면 새로운 자극이 그녀를 덮쳤다.

"으응! 아!"

단단한 성기가 질벽을 가르고 빈틈없이 채울 때의 충족감은 어떤 말로도 표현할 수 없었다. 그가 빠져나갈 때 좁아지는 질벽이 그를 받아들이면서 벌어졌다. 반복되는 움직임을 학습하는 것처럼 질벽이 움츠렸다가 이완했다.

"후우……."

간헐적으로 들리는 그의 낮은 숨소리에 그녀는 반응했다. 아랫배가 당기는 느낌과 함께 질구가 확 좁아졌다.

"윽."

시에나는 이럴 때 들리는 남자의 신음을 좋아했다. 찌릿하게 퍼지는 쾌감이 등허리를 타고 올라갔다. 도발 당한 남자는 그녀가 느끼는 부분을 본격적으로 쳐올리기 시작했다.

교성이 터졌다. 발가락이 곱아 들고 손가락을 세워 테이블을 긁었다. 눈을 꽉 감았는데도 눈앞이 환해졌다가 어두워졌다.

"흐읏!"

그녀가 고개를 젖혔다. 그의 손이 그녀의 목을 잡아 턱 아래를 쥐어 더 뒤로 올렸다. 위에서 덮치는 그의 입술이 그녀의 입술과 틈 없이 맞물렸다. 그녀는 숨을 헐떡이며 입안을 휘젓는 그의 혀를 삼켰다.

"흐……. 으읏."

절정의 쾌락이 사지의 모든 신경을 타고 내달렸다. 경련하는 내
벽이 힘껏 좁아지며 그의 성기를 꽉 물었다. 그녀의 깊은 안쪽에 박
아 넣은 채 그가 파정했다. 뜨거운 정액이 안쪽에 쏟아졌다.

아이를 갖자고 합의한 이후의 첫 교합이다. 그녀는 그의 씨앗이
안쪽에 잔뜩 뿌려졌다는 사실에 오싹한 쾌감을 느꼈다. 육체의 절
정과 정신의 만족이 더해져 그녀의 절정이 길게 이어졌다.

질벽의 경련이 느려졌다. 바짝 긴장했던 그녀의 몸이 늘어졌다.
어깨와 등, 목덜미에 그의 입술이 부드럽게 내려앉았다.

"괜찮아?"

"응……."

시에나는 숨을 몰아쉬며 힘없이 대답했다. 아직 여운이 남아 떨
림이 가라앉지 않았다.

"오늘 여유가 없네, 당신."

"정말로 여유가 없었으니까. 오랜만이잖아."

쿤이 그녀의 목덜미에 쪽쪽 입을 맞추고 귓불을 핥았다.

"이제 좀 살겠다."

"……."

시에나는 그의 말에서 어떤 점을 지적해야 할지 알 수 없었다. 오
랜만이라니. 그가 말하는 오랜만의 기준은 대체 뭘까. 마지막 잠자
리가 사흘 전이었다.

그는 여전히 그녀의 안쪽에 자신을 깊이 묻고 있었다. 그가 허리
를 느릿하게 돌리며 은근한 목소리로 말했다.

"이대로 한 번 더?"

시에나는 놀라 고개를 들어 뒤를 돌아보았다.

"왜 이렇게 서둘러?"

"음? 아, 하긴. 아직 시간은 많지."

시에나는 마른침을 삼켰다. 이제 겨우 이른 오후였다. 그는 부드럽게 웃고 있었지만, 눈동자가 묘하게 번들거렸다. 확실히 평소와 달랐다. 무슨 이유인지 모르겠지만, 그는 지금 발정기의 짐승처럼 잔뜩 흥분했다.

그녀는 다시 고개를 돌리며 체념의 한숨을 내쉬었다. 이 짐승을 진정시킬 방법은 하나밖에 떠오르지 않았다. 내일 환궁할 때까지 아무래도 이 방을 벗어나지 못할 것 같다.

"침실로 갈래."

그녀의 눈두덩이에 입을 맞춘 그가 상체를 들고 허리를 뒤로 물렸다. 안쪽을 틀어막고 있던 그가 빠져나가는 느낌이 선뜩했다. 허벅지를 타고 체액이 흘러내렸다. 얼굴이 화끈거려 그녀는 입술을 깨물었다.

그녀는 그에게 안겨 침실로 들어갔다. 푹신한 침대가 등 뒤에 닿았다. 허벅지에 반쯤 걸쳐져 있던 바지는 그가 빠르게 벗겼다. 그녀처럼 알몸이 된 그가 다시 그녀의 위로 올라왔다.

"이 침실도 그대로네."

쿤이 그녀의 얼굴 여기저기에 끊임없이 입을 맞췄다. 이 분위기라면 곧바로 정사가 시작될 것 같았다. 시에나는 그에게 묻고 싶은 게 있었다.

"당신이 여기는 그대로 두라고 했어?"

"굳이 건드릴 이유가 없으니까."

"하지만 커튼도 바꾸지 않은 건 너무하잖아. 저 무늬는 너무 구식이야."

그녀의 말이 길어지자 쿤은 잠시 열기를 가라앉혔다.

"그럼 당신이 바꿔."

"내가?"

"여기도 당신 집이니까."

그녀의 눈이 커졌다가 상기된 표정으로 고개를 끄덕였다. 어느 귀족 가문 안주인들이 하는 커튼 바꾸기 등의 소소한 일은 해 본 적이 없었다. 재미있을 것 같았다.

"바깥의 옷장은 왜 비었어?"

쿤이 살짝 미간을 찡그렸다가 슬쩍 눈을 피하며 말했다.

"다른 곳에 뒀어."

"어디?"

"침실에."

"여기에?"

"아니. ……다른 곳의 침실."

"다른……. 황궁 침실에?"

"……."

"정말 당신 침실에 뒀단 말이야?"

시에나는 왜 지금껏 몰랐을까, 의아해했다가 황궁에 있는 그의 침실에 한 번도 가 보지 않았음을 깨달았다. 그 침실에서 그가 잠든 적도 없을 것이다. 두 사람은 언제나 황제의 침실에서 함께 자고 함께 아침을 맞이했다.

"사용하지 않는 침실이라도 청소는 할 텐데. 시종들이 봤을 거야."

"그게 뭐."

"당신에게 이상한 취미가 있다는 뒷말이 나돌지도 모른다고."

"마음껏 떠들라지. 상관없어."

그가 고개를 숙여 그녀의 입술을 덮었다. 그녀의 아랫입술을 빨아들이며 입술 안쪽의 살을 핥았다.

"그게 지금 중요한 일은 아니잖아."

그의 눈동자에 정염이 가득했다. 당장 그녀를 안고 싶어 몸이 단 사내의 눈빛이었다. 본능적이고 원초적인 욕망을 충족시키는 일 외에는 아무 관심도 없어 보였다.

시에나는 웃으며 팔을 뻗었다. 그의 욕망이 사랑에 기반했음을 안다. 자신 역시 그를 사랑하기에 그를 욕망했다. 그의 목을 끌어안아 자신에게 당겼다. 순순히 끌려오는 그의 입술에 키스했다.

"쿤. 담쟁이 저택이 편해?"

"음?"

"당신이 평소보다 들뜬 것 같아. 아무래도 장소 탓이라는 생각이 들어."

"아…‥. 담쟁이 저택이 편해서가 아니라,"

쿤이 괜한 헛기침을 했다.

"장소가 바뀐 게 좋아."

"내 침실이 불편했어?"

"새로운 장소가 좋다는 뜻이야. 그런 의미에서 말인데."

그는 그녀의 턱을 살짝 깨물며 말했다.

"연회 때 발코니에서 해 보고 싶어."

"발코니에서만?"

"정원하고 서재와 당신 집무실에서도."

시에나는 기다렸다는 듯 냉큼 대답하는 그에게 눈을 흘겼다. 웃음이 나왔다. 천하를 쥐락펴락하는 제국의 황제가 가장 사랑하는 남자는 천하 따위에 관심이 없었다. 오직 그녀만을 원하는 남자 앞에서 그녀는 황제가 아닌 보통의 여자가 될 수 있었다.

시에나의 반응이 나쁘지 않자 쿤은 내심 환호성을 질렀다. 집무실 책상 앞에 앉아 있는 그녀의 치마 안으로 기어들어 갈 상상을 하니 아랫배에 피가 몰렸다. 그는 온몸으로 그녀를 내리누르며 입술을 깊이 포갰다. 그녀를 품에 안고 있으면서도 그녀를 갈망했다.

두 사람의 끈적한 숨소리와 웃음소리, 작은 속삭임이 뒤섞였다. 이 순간, 서로가 상대방의 세상 전부가 되었다.


〈위대한 소원 끝〉